HERA LIND | Die Champagner-Diät

HERA LIND

Die Champagner-Diät

Roman

Diana Verlag

FSC

Mix

Produktgruppe aus vorbildlich
bewirtschafteten Wäldern und
anderen kontrollierten Herkünften

Zert.-Nr. SGS-COC-1940
www.fsc.org
© 1996 Forest Stewardship Council

Verlagsgruppe Random House FSC-DEU-0100
Das für dieses Buch verwendete
FSC-zertifizierte Papier *EOS* liefert Salzer, St. Pölten.

3. Auflage
Copyright © 2006 by Diana Verlag, München,
in der Verlagsgruppe Random House GmbH
Herstellung | Helga Schörnig
Satz | Leingärtner, Nabburg
Gesetzt aus der Rotis 10,4/14,8 pt
Druck und Bindung | GGP Media GmbH, Pößneck
Alle Rechte vorbehalten
Printed in Germany

ISBN-10: 3-453-35136-3
ISBN-13: 978-3-453-35136-3

1 Nebenan duftete der Käsekuchen im Backofen. Ein frischer Beweis ehelicher Treue und Beständigkeit. Ich sollte ihn rausholen, dachte Eva Fährmann, er ist genau richtig. Der Sahnequark ist so goldgelb und locker, wie er sein muss, und die Vanillestreusel sind kross und warm. Jetzt muss nur noch Leo kommen, das wäre perfekt.

»Liebe geht durch den Magen«, grunzte ihr innerer Schweinehund zufrieden. Er war ein riesiger, fetter Bursche von Furcht erregender Massigkeit. Natürlich konnte ihn nur Eva Fährmann sehen und hören. Wie bei allen Moppeln dieser Welt war ihr innerer Schweinehund ihr dickster Freund und gleichzeitig ihr ärgster Feind.

Er sprach ständig mit ihr, ließ sie nie in Ruhe.

»Probier doch schon mal ein Stückchen!«, drängte er gierig.

»Sitz, Fährmann! Ich warte auf Leo.«

Das massige Tier setzte sich so unwillig, dass es platschte.

»Wenn dein Alter nicht bald nach Hause kommt, fällt die ganze Pracht in sich zusammen«, maulte es. »Außerdem schmeckt der Käsesahnestreuselkuchen kalt nur halb so gut, und aufwärmen kann man ihn nicht, das wissen wir beide ganz genau.«

»Fährmann, ich kann mich beherrschen!«

»Schade«, sagte Fährmann und verzog sich unter die Küchenbank.

Eva schüttete Puderzucker in ein feines Sieb und streute ihn vorsichtig über die duftende Köstlichkeit. Genau in diesem Moment hörte sie das ersehnte Motorengeräusch in der Auffahrt. Eva seufzte erleichtert auf.

»Na also! Da ist er ja!«

Fast schon hätte sie sich Sorgen um ihren Mann gemacht. Er sah unverschämt gut aus für sein Alter und war in letzter Zeit verdächtig viel auf Achse ... Doch ihre Sorgen waren überflüssig, denn da war er, und ihre gemütliche Teestunde konnte beginnen.

Hastig putzte Eva ihre Brille und zog die Kittelschürze aus. So. Nun konnte sie Leo gegenübertreten.

Eva starrte durch das Fenster. Leo stand unter der Kastanie und telefonierte. Warum kam er denn nicht herein bei der Kälte?

»Irgendetwas ist anders als sonst«, murmelte sie düster.

Draußen türmten sich dichte Wolken, wie vor einem Gewitter, da braute sich irgendetwas Unheimliches zusammen. Heftige Januarwinde bogen die kahlen Kastanien, die die Auffahrt säumten. Schneeregen tanzte auf den Marmorplatten der Terrasse.

Leo schlug den Kragen seiner karamellfarbenen Kaschmirjacke hoch, als er endlich sein Telefonat beendete und leichtfüßig die Treppenstufen heraufeilte.

»Da bist du ja«, rief Eva erfreut, während sie die Wintergartentür vorsichtig öffnete.

Eiskalter Wind schlug ihr entgegen. Sofort beschlug ihre Brille. Die Palmen und tropischen Gewächse im Wintergarten mit Fußbodenheizung zitterten im plötzlichen ungemütlichen Durchzug. Das Kaminfeuer drohte auszugehen. Hier drinnen war es mollig warm, gemütlich, häuslich und geschmackvoll eingerichtet bis ins letzte Detail.

»Das, liebe Eva, das ist es, was er braucht«, flüsterte ihr innerer Schweinehund ihr freundlich zu. »Es macht nichts, dass du rundlich bist. Nur die inneren Werte zählen! Er weiß genau, was er an dir hat!«

Eva, die Leos Pantoffeln bereits vor seinen Lieblingssessel gestellt hatte, streifte ihrem Mann mütterlich mit dem rechten Handrücken über die Wange.

»Seit wann rasierst du dich zweimal am Tag?«, fragte sie neckisch und spitzte die Lippen zum üblichen Begrüßungskuss. Doch dieser ging überraschenderweise ins Leere.

Von fern ertönte ein leichtes Donnergrollen.

»Ist was passiert?«

Vielleicht hatte Leo wieder ein paar Leute entlassen müssen, und dann war die Stimmung in der Kleinstadt gegen sie hochgekocht. Die Zeiten sind schlecht, dachte Eva. Leo hat mehr Sorgen, als er sich anmerken lässt. Unsicher lächelte sie ihn an.

»Leo, vielleicht willst du dich erst mal ein bisschen ausruhen. Wir können auch später Tee trinken, das macht mir nichts aus!«

Leo sah auf merkwürdige Weise an ihr vorbei. Er durchquerte entschlossenen Schrittes den Wintergarten, ohne der blühenden Pflanzenpracht wie sonst einen Blick zu schenken, und ließ sich auf das schlichte schwarze Biedermeiersofa aus Ebenholz fallen.

Draußen bogen sich die dürren, kahlen Kastanienäste, als wollten sie dem Unvermeidlichen ausweichen.

Ratlos blieb Eva mitten im Raum stehen.

»Doch lieber sofort Tee? Der Kuchen ist noch warm!«

»Eva, ich ... Lass doch das Hausfrauengeschwätz einmal sein!«

Leo verknotete, wie Eva verwundert beobachtete, hilflos die Hände. Schließlich öffnete er mit einer fahrigen Bewegung seinen obersten Hemdknopf und lockerte die Krawatte.

»Leo, wenn du Sorgen hast, dann reden wir darüber.«

Mit plötzlicher Entschlossenheit drehte Leo sich weg und sagte, zur Fensterfront gewandt:

»Ich habe eine andere Frau ... kennen gelernt. Um es genau zu sagen: näher kennen gelernt.«

»Leo ...«, flüsterte Eva, während ihr der Schreck in die Glieder fuhr.

»Ich will ja gar nicht lange drum herumreden: Es ist Svenja.«

»Svenja?! Unser ... Kindermädchen?«

Eva griff Halt suchend ins Leere.

»Unser früheres Kindermädchen. Inzwischen ist sie eine erwachsene Frau.«

Eva hatte immer so etwas geahnt, wollte es aber nicht wahrhaben. Wie alle Moppel war sie eine Meisterin im Verdrängen.

Svenja, das hübsche blonde Mädchen mit dem drolligen Akzent, war vor zehn Jahren aus Schweden zu den Fährmanns gekommen, als Leonie noch klein war und Eva halbtags in Leos Firma als Fremdsprachenkorrespondentin gearbeitet hatte. Svenja gehörte zur Familie, fuhr mit in Urlaub, lernte Skifahren und Tischmanieren, wie man sich kleidet, benimmt und spricht. Eva brachte ihr bei, wie man einen Tisch dekoriert, wenn Gäste kommen, sie weihte sie in die Geheimnisse des Kochens und Backens ein. Aber vor zwei Jahren war Svenja dann durch verschiedene Model-Jobs in die Modebranche gekommen und schließlich nach Hamburg gezogen. Leonie war inzwischen vierzehn und brauchte kein Kindermädchen mehr.

Hamburg. Wo Leo seine Filiale aufgebaut hatte.

Ich hätte es wissen müssen, dachte Eva. Ich hätte es wissen müssen.

Unfähig, irgendetwas zu spüren, zu denken, geschweige denn zu sagen, schleppte sich Eva in die Küche, wo der nach Vanille duftende Käsestreuselkuchen kross auf der Gaggenau-Warmhalteplatte stand.

Eva schnitt den Kuchen vorsichtig an, ganz automatisch, wie sie das immer tat, wenn Leo nachmittags im Wintergarten saß und seine Schuhe ausgezogen hatte. Wenn er ihr Zeitung lesend seinen Teller hinhielt.

Der Kuchen war genau richtig, saftig-mürbe von innen und goldgelb-knusprig von außen. Eva war eine perfekte Hausfrau, was Leo bisher immer zu schätzen gewusst hatte. Aber das war jetzt wohl alles nichts mehr wert. Automatisch kehrte sie in den Wintergarten zurück.

Svenja. Die Schlange, die sie am Busen genährt hatte.

Leo und Svenja. In Hamburg. Wusste Leonie davon?

Seit wann lief das schon? Wochen? Monate? Jahre? Hatte es womöglich schon angefangen, als Svenja noch bei ihnen im Haus wohnte?

Die Offenbarung ihres Mannes tat Eva körperlich weh. Es war, als hätte er ihr ein Messer in den Magen gerammt.

Schockiert sank sie auf die Armlehne des Sessels, der Leo gegenüberstand. Der Sessel knarrte bedrohlich, und Eva ließ ihren Hintern, von dem sie auf einmal wusste, dass er so breit war wie die Startbahn West des Frankfurter Flughafens, mitten hineinsinken. Der Sessel war mit sonnenblumenfarbenen Hussen überzogen. Er gab dem Raum einen sonnigen Akzent. In »Schöner Wohnen« hatte Eva gelesen, dass sonnige Akzente einen Raum freundlicher machen, Trost spenden, Wärme und Geborgenheit schenken. Doch das war jetzt alles nichts mehr wert.

Der Raum um Eva wurde zu einer finsteren engen Zelle. Sie war darin gefangen. Vorsichtig holte sie Luft. Sie durfte jetzt nichts Unüberlegtes tun. Nicht schreien, nicht weinen, nicht aufspringen, nicht toben. Nur ganz ruhig sitzen bleiben.

»Bitte ... Leo, sag, dass das nicht wahr ist ...«

Leo ließ die Zeitung sinken. »Es ist wahr, Eva. Ich hätte es dir schon längst sagen müssen. Svenja und ich, wir ... lieben uns schon seit längerem, und es ist nicht fair, dich auf Dauer wie eine Haushälterin zu behandeln.«

»Nein«, flüsterte Eva matt. Mechanisch quälte sie sich aus dem Sessel, griff zur silbernen Teekanne und füllte Leos hauchdünne Royal Dulton mit Darjeeling Black Moon, Leos Lieblingssorte um diese Uhrzeit.

Sie wunderte sich, dass ihre Hand kaum zitterte, als sie die Tasse mitsamt Untertasse und kleinem Silberlöffel vor ihm abstellte.

Da Leo keinen Zucker nahm, schüttete sie ihm automatisch etwas Milch in den Tee. So als hätte er gar nichts Besonderes gesagt, als hätte er sie nicht aus ihrer stoischen Ruhe gebracht, als wäre ihr Herz nicht gerade in tausend Scherben zerborsten, schob sie den silbernen Tortenheber unter den bereits angeschnittenen Streuselkuchen und servierte ihn ihrem Mann. Selbst den kleinen Klecks süßer Sahne tupfte sie mit der gleichen sorgfältigen Art wie immer auf den Kristallteller, mit dem gleichen Silberlöffel wie immer. Dann hielt sie ratlos inne. Sie war tatsächlich seine Haushälterin, erkannte sie jetzt plötzlich. Seine Geliebte war sie schon lange nicht mehr.

»Bitte setz dich wieder, Eva. Das nervt, wenn du stehst.«

Leo rieb sich gereizt den Nacken, so wie er das oft tat, wenn er verspannt und abgearbeitet war.

Eva ließ sich in den Sessel plumpsen – sie war unfähig, einen klaren Gedanken zu fassen. Als draußen mitten im klatschenden Schneeregen ein plötzlicher Donner niederkrachte, zuckte sie zusammen. Merkwürdigerweise kam erst jetzt der Blitz.

Ganz so, als könne auch der Himmel nicht begreifen, dass er gerade über mir eingestürzt ist, dachte Eva. Ein Gewitter am zweiten Januar.

Eva versuchte, nicht mehr zu atmen. Sie sank in sich zusammen und lauschte ihrem letzten Atemzug, aber der Körper nahm sich, was er brauchte, und Evas Lungen füllten sich nach einem verzweifelten Aufseufzen wieder mit Luft.

Leo aß den Käsestreuselkuchen mit großem Appetit. »Ich bin froh, dass es endlich raus ist«, murmelte er kauend, »mir hat es schon gar nicht mehr richtig geschmeckt in letzter Zeit.«

Er grinste schief. »Aber dir umso mehr, nicht wahr? Sei mal ehrlich, Eva. Warum futterst du so viel? Da musst du dich gar nicht wundern, wenn sich ein Mann in den besten Jahren lieber nach was Schlankem, Hübschem umsieht!«

Nein, dachte Eva. Genau dasselbe hätte jetzt auch meine Mutter gesagt. Wenn mein Mann fremdgeht, bin ich ja wohl selbst schuld.

»Wir führen doch schon lange keine aufregende Beziehung mehr«, hieb Leo weiter auf sie ein. »Du bist so ... träge und ... langweilig, und seit du so fett geworden bist, kann man sich mit dir ja auch nirgendwo mehr sehen lassen!«

Eva sagte nichts. Sie war so fassungslos, dass ihr kein einziges Wort über die Lippen kam. Das tat so weh, dass sie nur noch sterben wollte.

»Tja, und dass ich ein sportlicher und aktiver Mensch bin, hast du immer gewusst«, sprach Leo in die schmerzende Stille hinein.

Er machte eine fahrige Handbewegung, »Aber dir reicht es ja, Servietten zu falten, Rosen in Vasen anzuordnen und Tischdecken zu bügeln. Dir reicht dein bescheidener Wirkungskreis um Heim und Herd. Ist ja auch alles ganz nett so weit ...«

Er stellte den Kuchenteller auf dem Glastisch ab und pickte mit dem Finger die übrig gebliebenen Butterstreusel auf. Gedankenlos steckte er sie in den Mund und seufzte satt. »Wie gesagt: Kochen kannst du. Und backen. Und das Haus nett herrichten. Aber ein Mann wie ich braucht auch noch etwas anderes.«

Eva spürte einen pochenden Schmerz zwischen den Schläfen.

»Aber du hast doch immer gesagt, dass du keine Selbstverwirklichungs-Emanze haben willst.«

»Nein, eine Emanze brauche ich nicht. Aber auch kein Hausmütterchen. Ich brauche eine unternehmungslustige, sportliche, vorzeigbare Frau. Guck dich doch mal an! Du hast ja gar nichts mehr anzuziehen!«

»Ich werde abnehmen!«, rief Eva verzweifelt aus. »Gib uns doch noch eine Chance!«

Leo zuckte mit den Schultern. »Du hast doch gar nicht den Durchhaltewillen! Wie willst du denn da zwanzig oder dreißig Kilo abnehmen?«

»Ein Model war ich nie, das weißt du. Als wir vor fünfzehn Jahren geheiratet haben, hatte ich auch schon meine siebzig Kilo. Das fandest du immer weiblich ...«

»Aber jetzt wiegst du fast zwei Zentner!«, unterbrach Leo sie lieblos. »Du gehst ja gar nicht mehr aus dem Haus! Svenja geht mit mir in die Berge, mountainbiken und skifahren ... Mit der Frau kann man was anfangen!«

Leo hielt inne, weil er verschnaufen musste. Wie zum Hohn nahm er sich ein zweites Kuchenstück, bestrich es extradick mit Sahne und schob es sich heißhungrig in den Mund.

Danach kratzte er die Krümel auf dem Teller zusammen und zerquetschte sie zwischen den Zinken seiner Kuchengabel. Wie erbarmungslos er die Krümel zerdrückt, dachte Eva, genau so, wie er gerade unsere fünfzehnjährige Ehe zerdrückt.

Stoisch schenkte sie ihm Tee nach. Ihr kam gar nicht in den Sinn, wie aberwitzig es war, ihn während seiner Ausführungen über die Vorzüge der anderen weiter zu bedienen.

Das Unwetter draußen schien sich noch steigern zu wollen. Dicke Hagelkörner tanzten wie Irrwische vor dem Wintergarten herum. Sie waren in Form und Größe nicht mehr von den weißen Kieselsteinen zu unterscheiden, die die hochherrschaftliche Auffahrt bedeckten.

Das ist der Weltuntergang, dachte Eva. Mein ganz persönlicher Weltuntergang.

Leos Stimme erreichte Eva wie aus weiter Ferne:

»Svenja ist wach und wissbegierig und kreativ. Sie reist, sie will was erreichen, sie hat sich hohe Ziele gesteckt, sie lebt nicht einfach so planlos in den Tag hinein wie du ...«

»Aber ich sorge seit fünfzehn Jahren für dich und unsere Tochter! Das ist doch nicht planlos!«

»Sie trägt hohe Absätze, knappe Kostüme und schöne Unterwäsche. Das braucht ein Mann! Meinst du, deine Leberwurstkorsetts machen mich noch an?«

Eva fühlte sich plötzlich so klein, als steckte sie in einem Schuhkarton, der nun auch noch zusammengedrückt wurde. Zertreten wie jene Kartons, die man in den Altpapiercontainer stopft, damit sie auf Nimmerwiedersehen verschwinden. Er will mich entsorgen, dachte sie, unauffällig und umweltfreundlich, weil ich für ihn Altpapier bin, wertlos, für ihn nicht mehr wieder verwertbar. Es reicht, dachte sie. Ich muss mich jetzt wehren, sonst wird er immer ausfallender. Wo ist mein letztes bisschen Würde?

»Leo, du solltest jetzt gehen!«

Leo erhob sich sofort. »Ja. Jetzt habe ich mehr gesagt, als ich wollte. Ich hab mich in Rage geredet, tut mir Leid.«

»Ja.«

»Ich wollte dir nicht wehtun.«

»Nein.«

»Du hast mich aber auch provoziert!« Das schlechte Gewissen stand ihm auf der Stirn geschrieben. »Ich werde fürs Erste bei Svenja in Hamburg wohnen.«

»In der Wohnung, die wir für sie eingerichtet haben ...?«

Eva schlug das Herz bis zum Hals. Konnte das Schicksal so grausam sein? Sie sah sich noch für Svenja die Gardinen nähen.

»Die Firma in Kerpen-Horrem muss ich über kurz oder lang sowieso schließen«, unterbrach Leo ihre schmerzlichen Gedanken. »Es läuft einfach nicht mehr.«

»Und was wird aus mir?«

»Du kannst hier mit Leonie wohnen bleiben, bis sie ihr Abitur hat. Ich werde alles unverändert lassen. Finanziell soll es dir vorerst an nichts fehlen.«

Eva starrte Leo fassungslos an. War das hier alles vielleicht nur ein Albtraum?

Und wenn ja, wann würde sie endlich daraus erwachen?

»Aber dafür erwarte ich, dass du dich ruhig verhältst. Kein Scheidungsstress, keine üble Nachrede.« Er grinste schief. »Aber dafür fehlt dir sowieso die Energie, wie ich dich kenne.«

»Du bist so gemein ...« Eva kamen die Tränen. »Das habe ich wirklich nicht verdient!«

Leo streckte ihr die Hand hin: »Ist das ein Angebot? Du kannst dein sorgenfreies Leben behalten. So leicht haben es andere Frauen nicht!«

Eva nahm mechanisch seine Hand. »Ja. Wahrscheinlich hast du Recht.«

»Brav«, sagte Leo. »Ich wusste, dass du nicht aus der Ruhe zu bringen bist. Im Grunde ändert sich für dich ja gar nichts. Du hast Leonie, du hast die Villa, den Garten mit Swimmingpool, und wenn du Zeit und Lust hast, kannst du dich ja ein bisschen weiterbilden und schauen, was du beruflich machen könntest. Besuch doch mal einen Computerkurs oder so was. Den Computer lass ich dir hier, ich habe in Hamburg einen moderneren.«

Leo riss seine Jacke aus dem Garderobenschrank und grinste sie noch einmal verlegen an. »Mann, bin ich froh, dass ich es dir endlich gesagt habe! Ich hatte schon Angst, du würdest es von Leonie erfahren ... Grüß sie schön. Ich hol sie am Freitag ab!«

Eva zupfte ihm mechanisch ein blondes Haar von der Jacke, während sie ihm die Tür aufhielt.

Dann war Leo weg. Für immer.

2

»Mama, was ist los? Warum darf ich nicht reinkommen?« Leonie klopfte an die Tür zum Bad, in das sich ihre Mutter seit Stunden eingeschlossen hatte.

Eva saß auf dem Badewannenrand und starrte fassungslos in den Spiegel. Die Frau, die ihr da aus rot verweinten Augen entgegensah, war fett, hässlich und verquollen. Sie sah genauso aus wie ihr innerer Schweinehund, mit dem sie seit Stunden Zwiegespräche hielt: ein abstoßendes Doppelkinn, über das nun auch noch Tränen des Selbstmitleids rannen. Im Nacken befand sich eine Speckrolle, und ihre Oberarme schwabbelten. Sie war sich noch nie so hässlich vorgekommen. Leos Worte hallten unbarmherzig in ihren Ohren nach.

»Ich werde eine radikale Diät machen«, versprach Eva ihrem verheulten Spiegelbild.

»Leo wird sich noch wundern!«

Ihr innerer Schweinehund badete in Selbstmitleid. »Nein, das kannst du uns unmöglich antun!«

»Und ob ich das tue! Neun hart gekochte Eier am Tag, und das über ein halbes Jahr. Du wirst noch staunen, wie schlank ich werde und wie klein du sein wirst!«

»Nie im Leben hältst du das durch«, begehrte Fährmann auf. »Außerdem habe ich mal gelesen, dass man davon Blähungen bekommt!«

»Dann eben Ananasdiät«, trumpfte Eva auf. »Das ist eine sehr appetitliche Angelegenheit. Entwässern tut es auch noch. Sehr praktisch.«

»Weißt du, wie fürchterlich man davon unterzuckert?«, widersetzte sich Fährmann. »Diese Hungerattacken wirst du nie und nimmer ertragen!«

»Kohlsuppe«, überlegte Eva. »Füllt den Magen und schmeckt bestimmt total lecker.«

»Das schaffst du nicht mal zwei Tage.«

»Aber die ganzen Schauspielerinnen schwören drauf ...«

»Die müssen ja auch nur zweihundert Gramm abnehmen, wenn sie mal auf einer Party ein kleines Bier getrunken haben«, widersprach Fährmann. »Aber du hast dreißig Kilo zu viel! Guck dich doch bloß mal an!«

»Dann faste ich eben. Ich esse einfach gar nichts. Trinke nur Wasser. Bis ich aussehe wie Svenja.«

»Und was wird dann aus mir?«, fragte der innere Schweinehund. »Hast du mich etwa nicht mehr lieb?«

Eva starrte fassungslos auf ihr Spiegelbild. Ein hoffnungsloser Fall.

»Da kannst du dich besser gleich erschießen«, heulte Fährmann, »aber eine Kugel wird nicht reichen. Sie wird in deinen Fettmassen stecken bleiben und kein einziges inneres Organ erreichen. Du bist sogar zu fett, um dir das Leben zu nehmen.« Jetzt wurde Fährmann richtig böse: »Vergiss es also und hol endlich das Brathähnchen aus der Röhre, dessen Duft hier schon die ganze Zeit unter der Türritze durchzieht.«

Ja. Fährmann hatte Recht. So ein krosses Brathähnchen war im Moment der beste Trost. Mit leerem Magen kann man ja keinen vernünftigen Entschluss fassen, dachte Eva.

»Mama, ist alles in Ordnung?« Aus Leonies anfänglichem Klopfen wurde nun ein ungeduldiges Hämmern.

Ich darf mich nicht gehen lassen, dachte Eva. Das Kind braucht mich. Das Kind kann nichts dafür. Das Kind hat sein Leben noch vor sich.

Mechanisch drehte Eva den Schlüssel herum, da wurde die Tür auch schon von außen aufgerissen.

16

»Na endlich! Ich dachte schon, es ist was passiert!« Leonie stürmte herein und betrachtete sich im Spiegel. Sie war schlank und sehnig, genau wie ihr Vater. Ohne ihre Mutter auch nur eines Blickes zu würdigen, begann sie, sich einen Pickel im Gesicht auszudrücken: »Mama, der bescheuerte Mathelehrer hat mir für die binomischen Formeln nur eine Vier plus gegeben, obwohl ich wie wahnsinnig dafür geübt habe, na also, du hast mit mir geübt, und du hast selbst gesagt, dass ich es kann ...« Sie hielt inne, als sie ihre Mutter im Spiegel sah.

»Was ist los, Mama? Heulst du etwa?«

Eva nickte. Der Blick in den Spiegel löste eine erneute Tränenflut aus. Eine Woge der Verzweiflung überrollte sie. Selbst als Nachhilfelehrerin hatte sie versagt. Sie war zu nichts nütze!

»Ist jemand gestorben?«

»Ja«, heulte Eva. »Ich.«

Dann sank sie auf den Badewannenrand und vergrub das Gesicht in beiden Händen. Hemmungslos gab sie sich ihren Tränen hin. Das Weinen tat gut.

»Jawohl«, feuerte Fährmann sie an. »Jetzt lass dich mal so richtig gehen vor dem Kind! Das macht Eindruck!«

»Mama, spinnst du? Hast du Krebs oder was?« Leonie zupfte ihre Mutter unbarmherzig am Bademantelärmel.

Eva hob den Kopf, sah ihrer Tochter mit tropfender Nase und verheulten Augen direkt ins Gesicht: »Dein Vater hat uns verlassen.«

»Also Mama, wenn du das mit Svenja meinst, dann hat er vielleicht DICH verlassen, aber nicht UNS. Hat er es dir endlich gesagt, ja? Wurde ja auch langsam Zeit.«

»Du hast es die ganze Zeit gewusst und mir nichts gesagt?«

»Spinnst du jetzt oder was!«, schrie Leonie aufgeregt. »Ist doch nicht meine Aufgabe!«

»Du hast mir nichts gesagt, weil du mir nicht wehtun wolltest, stimmt's?« Eva konnte ihrer Tochter einfach nicht böse sein.

»Ach Mama, das ist doch nur so 'ne Phase«, versuchte Leonie Land zu gewinnen, »der Papa braucht das halt mal im Moment, weil du so unsportlich bist und irgendwie auf nichts Bock hast, und die Svenja hat eben auf alles Bock, worauf der Papa auch Bock hat, damit meine ich jetzt nicht Sex oder so ...« Leonie plapperte sich um Kopf und Kragen. »... sondern ganz normale Unternehmungen. Du bist immer so müde, liegst auf dem Sofa und liest Romane ... Da kann ich den Papa auch irgendwie verstehen ...«

»Seit wann weißt du von der Geschichte?«

Leonie konzentrierte sich voll und ganz auf ihren Pickel.

»Ooch, so genau weiß ich das gar nicht mehr ...«

»WIE LANGE???«, brüllte Eva ihre Tochter an. Sie kam sich so verraten vor!

»Schrei doch nicht so! Was kann ich denn dafür?!«

Leonie verzog selbstmitleidig das Gesicht und produzierte ein paar Tränen. »Ich liebe Papa genau wie dich! Und der Rest ist eure Sache, verdammt noch mal!« Sie trat gegen die Badewanne.

Eva legte beruhigend den Arm auf ihre Schulter. »Aber warum hast du mir nichts davon erzählt? Du hättest mich doch warnen können!«

Leonie riss sich los. »Ist das mein Job oder was? Den Papa verpetzen? Ja glaubst du denn, ich find das toll?«

»Nein, natürlich nicht, du sitzt da zwischen den Stühlen ...«

»Du bist eben total blind! Was Papa mit Svenja macht, ist doch nicht meine Schuld! Höchstens deine!«

»Aber Leonie, ich wollte dich wirklich nicht dafür verantwortlich machen ...«

»Tust du aber! Ist doch voll eure Angelegenheit!«

»Hallo, dicke Eva?«, fragte der innere Schweinehund mitten in das Geschrei hinein. »Merkst du eigentlich nicht, dass das Gör den Ball schon auf seiner Seite hat? Willst du Leonie nicht endlich mal eine hauen?«

18

»Nein«, sagte Eva. »Ich haue mein Kind nicht. Und außerdem hat Leonie sogar teilweise Recht.«

»Du hast doch die Svenja mit Papa und mir auf Reisen geschickt!«, hielt Leonie sich dran. »Weil du keinen Bock auf Skifahren und Bergsteigen hast! Was sollte ich denn machen?!«, brüllte Leonie sie tränenblind an. »Du regst dich ja immer gleich so auf! Hätte ich dir was erzählt, hättest du dich aufgeregt, hab ich dir nichts erzählt, regst du dich auch auf! Meinst du, mir macht das Spaß, dich leiden zu sehen, oder was?« Peng! Mit einem scheppernden Knall schmiss Leonie die Tür hinter sich zu. »Jetzt hab ich die Arschkarte, was?!«, brüllte sie von draußen, bevor sie polternd die Treppe runterlief.

»Jetzt bin ich auch noch schuld, ja?! Steck mich doch ins Heim! Dann bist du uns beide los!«

Tagelang war Eva wie gelähmt. Sie wollte mit keinem Menschen reden; am allerwenigsten mit ihrer Mutter. Die hatte ihr ja schon immer vorhergesagt, dass Leo sie eines Tages verlassen würde, und endlose Predigten wollte sie sich ersparen. Freundinnen hatte Eva nicht viele, denn als Ehefrau des Hauptarbeitgebers hier im Dorf hatte sie immer Abstand zu den anderen Frauen gehalten. Die Einkäufe und Besorgungen erledigte Leos Chauffeur. Eva hatte für Leo und Leonie gesorgt, das große Haus in Ordnung gehalten, im Garten gewerkelt und sich das Leben ansonsten mit seichten Fernsehserien und ebenso seichten Romanen versüßt. Versüßt hatte sie sich das Leben auch mit dem grenzenlosen Naschen von klebrigen, fettigen Knabbereien. Keiner hatte ihr das je verwehrt – bis zum bösen Erwachen vor ein paar Tagen. Eva konnte es immer noch nicht fassen, dass Leo sie verlassen hatte. Der Einzige, mit dem ich mich unterhalten kann, ist mein eigener innerer Schweinehund, dachte sie. Ich habe gar nicht gemerkt, wie präsent der Bursche ist. Er hatte schon immer viel Macht über mich, aber jetzt bin ich ihm vollkommen hörig.

Einsam und traurig wie sie war, saß sie mit Fährmann auf dem Sofa und stopfte Pralinen in sich hinein, die ihr der Schweinehund mit haariger Pfote anreichte. »Mann, bin ich froh, dass du nicht mit dieser Diät ernst gemacht hast«, grunzte Fährmann und leckte sich die Schokolade von den Lefzen.

Es tat gut, jemanden zum Reden zu haben, auch wenn es nur ihr innerer Schweinehund war.

»Nee, das pack ich jetzt nicht«, jammerte Eva. »Erst vom Ehemann betrogen und verlassen zu werden, dann der Verrat von der eigenen Tochter, und jetzt auch noch Diät?«

»Du Arme«, sagte Fährmann und strich ihr mit seiner plüschigen Pranke pausenlos über den Kopf. »Du Arme, Arme, Arme aber auch. Lenk dich ein wenig ab und zieh dir einen Cornwall-Schinken rein. Im Fernsehen ist das Leben noch schön.«

»Genau, das mach ich.« Gehorsam starrte Eva in den Fernseher. Es lief eine der hundert Verfilmungen ihrer hundert Lieblingsromane, die alle in Cornwall spielten und in denen die Heldinnen entweder blond und noch Jungfrau waren oder dunkelhaarig und schuldlos verwitwet, aber niemals übergewichtig oder gar fett. Die Heldinnen verbrachten ihre Semesterferien gern bei gutmütigen Erbtanten, die im Garten stets eigenhändig Tomaten und Zwiebeln ernteten, so ging das ja schon mal los.

In den gemütlichen Wohnküchen der gutmütigen Erbtanten pflegte nach nicht allzu langer Zeit ein männliches Wesen im grob karierten Hemd aufzutauchen, das entweder draußen ein Pferd angebunden oder einen Sportwagen geparkt hatte. Ein männliches Wesen, das vorzugsweise eine Panne hatte oder wenigstens vorgab, eine zu haben, und das die blonde Heldin seit Kindertagen nicht mehr gesehen hatte und deshalb nicht wiedererkannte. Der gut aussehende Held war entweder charakterlich einwandfrei – dann war sein gutes Aussehen aber auch wirklich ohne jede Spur von Verschlagenheit, Herbheit, Dreitagebart oder etwas ähnlich Verdächtigem. Dafür war noch ein Hindernis zu überwinden, zum Beispiel in Form eines frühkindlichen Traumas, verursacht durch das versehentliche Rausschubsen der Heldin aus einem Boot oder durch das ebenso unabsichtliche Stoßen der Protagonistin von einem Pferd, was dann erst mal tränenreich im Schuppen neben dem Erbtantenhaus aufgearbeitet werden musste. Oder aber der männliche Hauptdarsteller, der so plötzlich in der gemütlichen Wohnküche der gutmütigen Erbtante auftauchte, war charakterlich bedenklich, was im Verlauf der nächsten neunzig Minuten noch der dämlichsten Zuschauerin aus Mollseifen oder Quadrath-Ichendorf klar werden würde, wenn sich der charakterlich Bedenkliche nämlich durch beispiellose Geldgier, Machtgier, Sexgier oder eine andere Form von Gier selbst ins Aus katapultieren würde. Solch abgebrühte Typen outeten sich etwa durch das widerliche Ansinnen, auf Gwyneth Hall oder wie diese Erbtantengutshöfe eben so hießen, einen Golfplatz oder etwas ähnlich moralisch Verwerfliches bauen zu wollen. Dann hätten die Rosen- und Tulpenzwiebelbeete der Erbtante womöglich einem Putting-Green weichen müssen, oder der Herrenumkleide eines Clubhauses – den Autoren dieser Serien konnte schon so manch Menschlich-Abgründiges einfallen. Im besten Fall ließen die Autoren solch einen Widerling in der neunundachtzigsten Minute noch einen Felsen hinunterstürzen oder vom Pferd fallen, vorzugsweise indem er mit dem Kopf gegen einen herabhängenden Ast knallte oder mit dem Gesäß auf einen spitzen Zaunpfahl flog, sodass sich Sexgier, Geldgier, Machtgier oder das unmenschliche Ansinnen, einen Golfplatz zu bauen, von selbst erledigte. Oder aber ihn traf ein Golfball zwischen die Augen, woraufhin sich die blonde Heldin – unter dem wissenden Lächeln der Bohnen zupfenden Erbtante, die inzwischen selbst mit einem gut aussehenden Kleingärtner glücklich geworden war – endgültig dem charakterlich Unbedenklichen zuwenden würde, der wiederum keine Zeit zum Golfspielen hatte, weil er mit seiner südenglischen

Fischzucht und dem Anstreichen von Fischkuttern vollauf ausgelastet war.

»So ist es gut, Eva. Lenk dich nur ab«, grunzte Fährmann träge. Er war während des Films eingeschlafen, aber als der Abspann kam, musste Eva wieder weinen.

»Nimm noch von den Pralinen, die müssen alle weg«, hauchte ihr der dicke Schweinehund tröstend zu und strich ihr um die weich gepolsterten Schenkel. »Ich hab dich lieb! Und wenn der blöde Leo mit deinem Kindermädchen durchbrennt, dann hast du immer noch mich. Ich koch dir Grießbrei oder Bratkartoffeln mit Speck, ganz wie du willst.« Mit seiner klobigen Pfote schob er ihr die Pralinenschachtel wieder unter den Busen. »Nimm noch, die müssen alle weg. Halb volle Pralinenschachteln sehe ich gar nicht gern über Nacht hier rumstehen.«

Fährmann ist mir treu, dachte Eva dankbar, er tröstet mich, er macht mir gute Vorschläge, wie ich die schwarze Leere in mir wieder füllen kann. Im Grunde genommen ist Fährmann für mich wie eine der gutmütigen Erbtanten: Er kann zuhören, kocht mir heißen Kakao und wischt mir die Tränen ab.

»Starr nicht immer aufs Telefon, Liebes«, schmeichelte der dicke fette Schweinehund. »Beschäftige dich. Koch dir was Schönes. Gulasch mit Knödeln zum Beispiel. Das hat dir noch in jeder Situation Kraft gegeben.«

»Gute Idee«, sagte Eva und schleppte sich gehorsam in die Küche. Beim Zwiebelschneiden musste sie wieder weinen.

Seit vierzehn Tagen und Nächten wartete Eva nun schon darauf, dass Leo zurückkam, sich bei ihr entschuldigte und sie, wie in ihrer Vormittags-Lieblingsserie »Reich und Schön«, ein zweites Mal zum Traualtar führen würde. Auch bei den Forresters kam es mal vor, dass man sich trennte, eigentlich kam es dort ständig vor. Aber das war doch keine große Sache, dachte Eva, dann traf man sich eben am Swimmingpool oder in Venedig oder auf einer karibischen Insel zufällig wieder, weinte ein bisschen, strich sich gegenseitig das seidige Haar aus der Stirn und versicherte einander, wie sehr man sich liebte und dass man ohne einander nicht leben konnte. Anschließend sank sich das Paar in die Arme, und dann kam der Abspann. Eva weinte noch immer, obwohl sie mit dem Zwiebelschneiden bereits fertig war.

»Vergiss es«, sagte Fährmann sachlich. Er konnte auch richtig Klartext sprechen, wie das innere Schweinehunde ja so an sich haben. »Wenn dein Leben eine Fernsehserie wäre, die, sagen wir mal »Reich und Dick« heißen würde, dann müsste aber langsam mal was passieren. Es passiert aber nichts. Der Alte macht sich mit Svenja in Hamburg ein feines Leben, Leonie steckt mit ihnen unter einer Decke, und du versauerst hier. Mach dir nichts vor.«

Eva kostete die Gulaschsauce, die ihr wieder einmal hervorragend gelungen war. Für wen soll ich noch kochen?, fragte sie sich verzweifelt. Dabei tropfte eine Träne auf den Löffel.

»Nicht weinen«, tröstete der massige Schweinehund. »Für solche Fälle ist der Eierlikör da!« Er erhob sich schwerfällig, tappte zur antiken Wohnzimmertruhe, entnahm ihr die gelbe Flasche und entkorkte sie mit den Zähnen. »Hier, Schätzchen. Trink aus der Flasche. Sieht ja keiner.«

Eva gehorchte ihrem inneren Schweinehund. Wie immer. Aber auch nach vielen Schlucken des süßlich klebrigen Gebräus wollte sich kein euphorisches Gefühl einstellen. Am liebsten hätte sie sich einfach in Luft aufgelöst. Aber wie löst man sich in Luft auf, dachte Eva, wenn man hundert Kilo wiegt?

»Na, Mama, haste dich wieder beruhigt?« Mit Gepolter stürmte Leonie ins Wohnzimmer. Soeben hatte Leo sie vor dem Gartentor abgesetzt, und der Wagen war mit quietschenden Reifen wieder weggefahren. Die Begrüßung von Leonie war genauso herzlich, als hätte sie ihr einen Eimer Eiswasser ins Gesicht geschüttet.

»Ich habe mich nie aufgeregt«, antwortete Eva stoisch. Der Eierlikör hatte seine Wirkung nicht verfehlt.

»Das hättest du aber besser mal tun sollen«, stichelte Leonie. »Was guckst du denn da für 'n Schmalz?« Sie gönnte dem Bildschirm ein paar Sekunden. Gerade lief eine Serie über eine Domina, die schlecht erzogene Kinder in sozial schwach gestellten Haushalten mit drastischen Maßnahmen zur Räson brachte. Soeben wurde ein zweijähriger Trotzkopf zum hundertsten Mal auf eine Treppenstufe gesetzt, auf der er genau null Komma dreiundvierzig Sekunden sitzen blieb, bevor er brüllend und um sich schlagend wieder zu seiner Mutter lief, die daraufhin ihrerseits brüllte und um sich schlug, weshalb sie kurzfristig ihre Zigarette ausdrücken musste. Der Vater saß teilnahmslos mit einer Bierflasche auf dem abgewetzten Sofa und starrte in die Glotze, während der Zweijährige seiner Wut dahingehend Ausdruck verlieh, dass er sein Töpfchen auf dem Wohnzimmertisch ausleerte. Die Domina schüttelte den Kopf und sagte: »So geht das nicht, Vanessa, du musst ihm Grenzen aufzeigen! Wichtig ist auch, dass du ihm beim Gutenachtlied keinen Rauch ins Gesicht bläst.« Die Mutter nickte zerknirscht, und der Zweijährige biss die Domina ins Bein.

»Total bescheuert, voll der sinnlose Scheiß«, merkte Leonie an.

Eva, die ihr nicht widersprechen konnte, nahm die Fernbedienung und schaltete den Großbildfernseher aus. So müsste ich meinen inneren Schweinehund auch mal erziehen, dachte sie. Ihm mit Konsequenz Grenzen setzen. Der macht ja mit mir, was er will.

Sie straffte die Schultern: »Vielleicht hast du Recht, Leonie. Ich bin viel zu passiv. Aber ... ich weiß einfach nicht, was ich jetzt mit mir anfangen soll!« Ihre Augen füllten sich mit Tränen.

Überrascht von ihrem unerwarteten Erfolg, baute sich Leonie vor ihrer Mutter auf. »Mama, du bist fast vierzig, da kannst du das Leben doch noch nicht abhaken! Der Papa ist zehn Jahre älter als du, aber wenn ich ganz ehrlich bin, sieht der Papa aus wie vierzig und du wie fünfzig.«

Das wirkte. Eva ließ ihren Tränen wieder freien Lauf.

Leonie war sich der grausamen Wirkung ihrer Worte voll bewusst.

Plötzlich kniete sie vor ihrer Mutter, verbarg ihr Gesicht in der Wolldecke auf deren Schoß und schluchzte: »Glaubst du, ich finde das nicht total gemein vom Papa, dass er dich zu Hause sitzen lässt und draußen mit dieser Svenja angibt? Aber was soll ich denn machen? Mich zu dir aufs Sofa setzen und Schmalzfilme angucken, nur weil ich zu dir halte?« Sie sah Eva mit verweinten Augen an: »Ich will leben, Mama, und Spaß haben!«

Eva strich ihr über die Rastalocken, mit denen sie aussah wie ein wild gewordener Staubwedel: »Leonie, ich glaube, ich brauche jetzt deine Hilfe.«

»Nee. Im Ernst?« Leonie hob den Kopf. Aus erstaunten Augen sah sie ihre Mutter an, hoffnungsvoll, misstrauisch, ein bisschen frech.

»Seit wann brauchst DU meine Hilfe?«

Eva zuckte die Schultern. »Seit jetzt?«

»O.K.«, sagte Leonie erfreut. »Und was soll ich für dich tun?«

Eva sah ihre Tochter lange ernsthaft an. »Hol mich zurück ins Leben.«

3

»Siehst du, Mama, so 'n Computer ist was für ganz normale Menschen! Wenn ich das schaffe, kannst du das
doch auch!«

Mutter und Tochter saßen einträchtig in Leos Arbeitszimmer
und surften im Internet.

»Dass du dich damit so auskennst«, sagte Eva mit ungespieltem
Erstaunen. »Da eröffnen sich ja ganz neue Perspektiven!«

»Mama, das kann heute jedes Kind! Nur du lebst noch total
hinterm Mond!«

Sie kann das alles, dachte Eva, sie lebt in einer Welt, zu der ich
überhaupt keinen Zugang habe. Ich war einfach zu faul, mich mit
solchen Dingen zu beschäftigen.

»Aber Mama! Wer heute keinen Computer bedienen kann, ist
doch ein Neandertaler!«

Trotz allen Kummers musste Eva lachen.

»Sag das bitte nicht! Es gibt Millionen von gebildeten, moder-
nen Menschen, die ihre Briefe immer noch lieber mit der Hand
schreiben!«

»Das ist genauso bescheuert, wie einen Rasen immer noch mit
der Sense zu schneiden, wenn es längst schon elektrische Rasenmäher gibt! Viel Spaß, ich geh in mein Zimmer!«

Leonie drückte Eva einen Kuss auf die Wange und verdrückte
sich.

Gebannt starrte Eva auf den Bildschirm. Was sich da alles tat!
Welche bisher unbekannten Welten sie sich da ins Zimmer holen
konnte! Mit wachsendem Interesse las sie, was sich die verschie-

denen Teilnehmer im Chatroom so zu erzählen hatten. Da wurde geflirtet, was das Zeug hielt. Eva lächelte zum ersten Mal, seit Leo sie verlassen hatte.

»Eigentlich eine feine Sache, diese Chatterei«, sagte sie zu Fährmann, der unter dem Schreibtisch eingeschlafen war. »Man kann den anderen erzählen, was man will, und sie können es glauben oder auch nicht. Man kann sich als Claudia Schiffer oder Heidi Klum ausgeben, schließlich kann das keiner nachprüfen, das muss ja jeder als gegeben hinnehmen, was ich da behaupte.«

Fährmann grunzte teilnahmslos. So ist das mit den inneren Schweinehunden, dachte Eva, wenn man in einer Sache völlig aufgeht, schlafen sie. Aber kaum macht sich Langeweile oder Frust breit, kommen sie aus ihren Löchern und haben Hunger.

Eva seufzte. »Keiner von denen da im Chatroom zeigt sein wahres Gesicht, Fährmann, das ist der Reiz an der Sache.«

»Komm mir bloß nicht auf abwegige Ideen«, brummte Fährmann schläfrig.

»Solange ich mich nicht raustraue in die Welt, muss ich sie mir eben nach Hause holen«, entschied Eva. »Dazu ist ja so ein Computer hervorragend geeignet. Ach wäre ich doch schlank.«

»Bist du aber nicht, hähähä. Dafür habe ich schon gesorgt.«

Eva googelte sich das Wort ihrer Träume: SCHLANK.

Und traute ihren Augen nicht! Tausende von Eintragungen!

Bei einer blieb Eva fasziniert hängen.

Schlank! Bald! Sie schaffen es! Mit uns!

»Lass den Scheiß«, grunzte Fährmann. »Geh in die Küche und mach endlich was Sinnvolles.«

»Nee, warte mal, ich lese das gerade!«

Ein neues modernes Fitnesscenter warb mit bunten Farben und ansprechenden Fotos auf seiner eigenen Internetseite.

»Nee! Lies das bloß nicht! Mir wird schlecht!«

»Fährmann: Sitz!«

»Die *Sportinsel*, das neu eröffnete Freizeit- und Fitness-Studio in Köln sucht noch neue Mitglieder.«

»Viel zu weit weg!«

»Ruhe! Hier, hör mal! *Sind Sie reif für die Sportinsel?*«

»Nein. Kein bisschen. Blödsinn.«

»Doch, Fährmann, ich bin absolut reif für die Sportinsel! Ich will mein Leben ändern!«

»Schaffst du nicht. Du und Sportinsel. Hahaha.«

»Schaff ich wohl! Hör zu!«

Eva las mit wachsender Begeisterung:

Schlank! Bald! Sie schaffen es! Mit uns!

Der beste Entschluss Ihres Lebens:

Nicht schwer, aber immer leichter!

Erst Ihre Entscheidung. Und dann Sie.

Tun Sie's. Jetzt. Worauf warten Sie noch?

Mehr Genuss. Mehr Wohlbefinden. Mehr Lebensqualität.☺

»Glaub ihnen kein Wort! Die wollen nur dein Geld!«

Ernährung, Bewegung und Motivation sind die drei tragenden Säulen unseres Konzepts. Dabei geht es um eine langfristige Umstellung der Gewohnheiten – ohne dass Sie dabei auf irgendwas verzichten müssen.

»Das glaubst du ja wohl selbst nicht! Pralinen, Pudding, Kuchen, Schnitzel, Pommes rot-weiß ... Von wegen nicht verzichten!!«

Drei bis sechs Monate Ihrer Zeit müssen Sie schon investieren. Aber Sie werden Ihr schweres Leben von Grund auf ändern. Für immer. Vertrauen Sie sich uns an. Vertrauen Sie sich selbst.

Sie werden es schaffen. Sie werden leicht sein. Sie werden lernen, sich selbst Glücksgefühle zu verschaffen. Durch Hormone, die Sie freilegen werden. Durch eigene Kraft. Das ist nicht schwer, aber immer leichter. Genau wie Sie.

»Das ist eine gefährliche Sekte!«, schrie Fährmann in Panik. »Mach sofort dieses neumodische Teufelsding aus!«

Aber Eva starrte wie gebannt auf den Bildschirm. Einmal leicht sein, frei sein, schlank sein, rennen können, schicke Klamotten tragen ...

Das las sich wie ofenwarmer Streuselkuchen mit frisch geschlagener Sahne, wie knuspriges, noch warmes Brot mit streichfähiger Butter und fingerdicker Leberwurst, wie krosse Bratkartoffeln mit glasig gedünsteten Zwiebeln und Speck und zwei Spiegeleiern, wie lauwarmer Schokoladenpudding mit wollüstig zitternder, zarter Haut. Das war das Stichwort für Fährmann. Der Schweinehund stand auf, reckte und streckte sich und leckte sich das Maul. »Chefin? Jetzt wäre mal wieder ein kleiner Imbiss angesagt!«

Doch Eva schob das hechelnde Speichelmaul einfach mit dem Knie weg.

Lernen Sie, warum Sie essen müssen, um abzunehmen. Wie Sie neue Ernährungsmuster spielend leicht in Ihr Leben integrieren. Welche Sportart für Sie die richtige ist. Und wie leicht Sie Ihre Lebensfreude verdreifachen können! Nehmen Sie sich diese Lebenszeit nur für sich, gewinnen Sie Ihre Selbstachtung zurück und gönnen Sie sich eine lebenslustige Intensivbetreuung mit 100%iger Zufriedenheitsgarantie!

»Du kannst deine Lebensfreude verdreifachen, indem du jetzt eine Pizza mit extra viel Käse und Schinken ins Rohr schiebst!«

Vergessen Sie all die Wunderdiäten! Es gibt sie nicht! Sie selbst sind der lebende Beweis dafür. Wenn Sie dauerhaft schlank werden und bleiben wollen, brauchen Sie ein persönliches Fitness-Coaching. Leisten Sie es sich! Sie sollten es sich wert sein! Worauf warten Sie noch ...?

Auf Ihre »leichte Zukunft«? – Nur zu, wenn Sie uns mailen, hat sie schon begonnen!

Der Schweinehund hatte seine Schnauze abwartend auf die Vorderpfoten gelegt und beobachtete Eva aus zusammengekniffenen Augen. »Lass dich bloß nicht verarschen, dicke Eva!«

»Ob ich ihnen schreiben soll?«

»Nein.«

»Ob diese Leute von der *Sportinsel* mich wohl rausziehen ...«

»Nein.«

»... aus dem grauenvollen Sumpf der Trägheit, Einsamkeit und Selbstaufgabe?«

»Sicher nicht.«

»Guck mal, wie toll die alle aussehen auf den Fotos! Schlank und rank und gut gelaunt!«

»Das ist alles getürkt«, maulte der Schweinehund. »In Wirklichkeit quälen die sich fürchterlich.«

»Glaube ich nicht.« Eva klickte neue Fotos an.

Da tummelten sich einige völlig fettfreie Damen in knappen Sport-BHs und Höschen, die einen Waschbrettbauch und tadellose Oberschenkel freigaben, fröhlich lächelnd an Furcht erregend anmutenden Sportgeräten. Andere marschierten mit Stöcken ausgerüstet und in anregende Gespräche vertieft durch Wald und Wiesen, wieder andere radelten strahlend einen Hügel hinauf.

»Ätzend! Bescheuert! Albern! Neumodischer Firlefanz!«

»Also wirklich, Fährmann. Die haben doch Spaß!«

»Haben sie NICHT!«

»Na klar, Fährmann, ist doch logisch, wenn man erst mal zu hundert Prozent aus Muskeln besteht und zu null Prozent aus Fett! Dann macht das bestimmt Spaß.«

»Aber du bestehst zu hundert Prozent aus Fett. Und dir macht das keinen Spaß. Dir macht das Muskelkater, und solange es mich gibt, deinen inneren Schweinehund, kommt so eine Sportinsel überhaupt nicht in unsere rechte Gehirnhälfte. Und jetzt heb deinen Bratarsch und mach mir den Kühlschrank auf. Ich brauch 'ne Woooaaaaast.«

Frustriert begab sich Eva in die Küche. In der Kühlschranktür lauerte listig die frische Fleischwurst, die sie heute Morgen beim Metzger erstanden hatte.

»Ich hätte gern zweihundertfünfzig Gramm von der groben, dicken.«

»Tut mir Leid, die ist heute in der Berufsschule.«

Ja, so grausame Witze musste Eva über sich ergehen lassen.

Ärgerlich kauend begab sie sich an den Computer zurück. Dass sie schon wieder auf ihren inneren Schweinehund gehört hatte und schwach geworden war!

Fettverbrennung mit Humor, Herz und Hirn!

Laufen, Lachen und Leben!

»Ist doch lächerlich, dieser Stabreim! Kann ich auch. Suppe, Sauerbraten, Süßspeise. Leberknödel, Lammkeule, Lieblingspudding.«

»Mann, Fährmann! Du gehst mir auf den Geist!«

Hier kriegt jeder sein Fett ab!

»Hahaha. Welch heiteres Wortspiel.«

Bei uns treffen sich Frust-Moppel aus dem ganzen Rheinland.

»Aber keiner aus Quadrath-Ichendorf. Vergiss es.«

Unter fachkundiger Anleitung unserer diplomierten Ernährungsberaterin Brigitte Brandt, die selbst über zwanzig Kilo weggegessen, -gelaufen und -gelacht hat, lernen Sie, Ihr Essverhalten dauerhaft zu verändern. Sie erfahren alles über schlechte Kalorien, überflüssige und versteckte Fette und den Diätwahnsinn unserer Zeit.

Wir sprechen hier nicht von einer neuen, sensationellen Diät.

Wir machen Ihnen nichts vor.

»Doch! Die lügen! Alle!«

»Sitz!«

Aber machen Sie es uns ruhig nach!

»Nein danke. Kein Bedarf.«

»Fährmann, du nervst mich!«

»Das will ich auch. Innere Schweinehunde sind dazu da, gute Vorsätze im Keim zu ersticken!«

Und ersetzen Sie Gutes durch Besseres.

Gut ist alles, was Ihnen schmeckt.

Besser ist, was Ihnen schmeckt, gut tut und zugleich schlank macht!

»Wooaaaaaaaaast!«

Ein kleiner, aber wesentlicher Unterschied.

Trauen Sie sich, ihn kennen zu lernen.

Das ist nicht schwer – aber immer leichter.

»Eierliköööööööaaaaaaa!«

Der innere Schweinehund tobte inzwischen genauso wie das Trotzkind in der RTL-Serie. Eva ignorierte ihn, wie sie es von der Domina gelernt hatte.

Neben der Theorie kommt natürlich auch die Praxis nicht zu kurz: Auf harmonische Weise werden Sie an natürliche Bewegungen herangeführt, die Fett verbrennen und Muskeln aufbauen.

»Keeekkseeeee! Schokolaaaaaade! Marzipaaaaaaaaan! Ich will kein Fett verbrennen und keine Muskeln aufbauen! Das ist langweilig und tut weh!!«

Kein Hochleistungssport, sondern lachendes, lockeres, leichtes Training, Tag für Tag. Kursdauer sechs Monate – mit garantiertem Erfolg.

»Für dich fette Tonne gilt das nicht.«

»Meinst du nicht?«

»Nein. Du würdest Jahre brauchen, das hältst du nie im Leben durch. Und davon kommt Leo auch nicht wieder.«

»Ich würde es gar nicht für Leo machen, sondern für mich!«

»Du bist doch in Ordnung, so wie du bist! Bleib doch einfach so!«

Eva beugte sich zu dem ständig an ihrem Stuhl kratzenden Kameraden: »Guck mal, was hier steht!«

»Ich kann nicht lesen, das weißt du genau!«

»O.к., ich lese es dir vor!«

Lassen Sie Ihren Schweinehund nicht zu Hause – bringen Sie ihn ruhig mit!

»Das stimmt nicht! Das steht da nicht! Du lügst! Ich geh da nicht hin, ich geh da nicht hin!« Fährmann rammte die Beine trotzig in den Boden. »Du bist so gemein, so gemein, so gemein ...«

»Ist ja schon gut«, tröstete Eva ihren treuen Kameraden und tätschelte ihm den rosaroten Schwabbelbauch. »War ja nur so ein dummer Gedanke!«

Sie griff zur letzten der köstlichen Pralinen aus der goldgelben Packung.

»Du bist nicht die erste«, sagte Eva zärtlich, als sie die Praline in den Mund steckte, »du musst schon verzeih'n, aber meine letzte, die könntest du sein.«

»Das wollen wir erst mal sehen«, grunzte Fährmann, der immer das letzte Wort haben musste.

Am nächsten Abend saß Eva schon wieder vor dem Computer. Fährmann nahm das mit Argwohn zur Kenntnis.

»Du schreibst da jetzt nicht ernsthaft hin, oder?«

»Lass mich doch. Ich muss es ja nicht abschicken.«

»O.K. Mach dich ruhig lächerlich. Ich warte so lange.«

»Jetzt halt doch mal das Maul! Ich muss mich konzentrieren!«

Hallo, Ihre Anzeige spricht mich an. Halte mich für eine gelungene Mischung aus Spaß- und Kalorienbombe und möchte gern etwas über das leichte Leben lernen. Habe mir mein Leben viel zu schwer gemacht ... Stehe schon lange auf dem Abstellgleis und sehe die Schnellzüge an mir vorbeifahren! Wer hilft mir, wieder aufzuspringen? Der feste Wille ist da, aber allein schaffe ich es nicht ...«

»O.K., und jetzt lösch das.«

»Ja, gleich. Ich lese es nur noch mal durch.«

»Scheiße, ich habe gesagt, du sollst das löschen!«

Eva fühlte sich hin und her gerissen. Einerseits kostete es sie nur eine winzige Fingerbewegung, und schon hatte sie den ersten Schritt in ein neues, vielleicht schlankes Leben gemacht.

Andererseits hielt Fährmann sie mit allen Mitteln davon ab. Der Schweinehund sprang mit Schwung auf ihren Schoß und kläffte ihr ins Gesicht: »Wenn du das nicht löschst, lösche ich es!«

»Bäh, du hast Mundgeruch, Fährmann!«

»Ja, weil ich nichts im Magen habe! Lass den Blödsinn und mach uns was zu essen! Und dann setzt du dich auf dein Sofa und machst die Glotze an! Wie immer! Was sind denn das für neue Sitten! Wo die Kekse liegen, weißt du ja!«

»Jetzt warte doch mal ...« Eva wollte den Schweinehund beiseite schieben und noch einen Blick auf den Computer werfen, ja, sie wollte ihr Schreiben noch mal neu formulieren, nicht ganz so forsch vielleicht, aber Fährmann geriet in Panik, und durch das sich daraus ergebende Hand- und Fußgemenge drückte Fährmann aus Versehen mit seiner linken Hinterpfote auf »Senden«.

Der Computer machte erfreut pling-plong, und weg war die Mail.

Der Schweinehund starrte fassungslos auf den Bildschirm.

»Sag mal, bist du jetzt komplett Banane?« Die Spucketröpfchen flogen ihm nur so von den Lefzen.

»Hab ich das jetzt gesendet ...?«

»Du kannst das jetzt nicht mehr zerreißen und in den Papierkorb schmeißen. Das Ding ist gelaufen. Wohin auch immer! Du dämlicher Trampel.«

»Tut mir Leid ...« Eva war vor Verwirrung ganz zerknirscht.

»Du isst jetzt SOFORT eine Fleischwurst. Aber SOFORT!!«

Das musste ihr der Schweinehund nicht zweimal sagen. Eva rannte mit wild klopfendem Herzen zum Kühlschrank, riss ihn auf und stopfte sich mit den Resten vom Abendessen voll.

Der Schweinehund stand mit verschränkten Vorderpfoten daneben. Sein Schwanz klopfte unbarmherzig auf den Küchenfußboden.

»So. Du hast das jetzt abgeschickt, ja?«

»Ja«, kaute Eva mit vollen Backen. »Ich weiß auch nicht, wie das passieren konnte. Boh, schmeckt die lecker.«

»Ist das die dicke Grobe?«

»Ja.«

»Dann iss noch eine. Weg ist weg.«

»Gern.«

»Was hast du dir nur dabei gedacht?«

»Ich hab das noch nie gemacht, Ehrenwort, noch nie im Leben hab ich was irgendwo hingesendet, und dann gleich so einen peinlichen Unsinn, ich ... äh ...«

»Man spricht nicht mit vollem Mund. Und jetzt gehst du hin und guckst, ob da etwa jemand geantwortet hat.«

»Ich trau mich nicht.«

»Dann iss den Schinken auch noch. Und den Käse. Am besten, du lässt gar keine Reste übrig.«

»Ja.«

Eva stand vor dem Kühlschrank und stopfte alles in sich hinein, was der Vorrat hergab. Dabei tobte es in ihrem Inneren.

Sie hatte es abgeschickt! Sie hatte es wirklich abgeschickt!

Eva starrte auf den Bildschirm. Kam da jetzt was zurück? Hallo? Ist da jemand? Am liebsten hätte sie am Computer gerüttelt.

»Da passt noch 'ne Mokkasahne rein«, mahnte Fährmann. »Während du wartest, brauchst du nicht untätig davor zu sitzen.« Er schob ihr die angebrochene Tafel Schokolade hin, die Leonie hatte liegen lassen. »Reine Nervennahrung. Das weiß doch jeder.«

Gehorsam griff Eva in das Silberpapier und schob sich die Schokoladenrippchen in den Mund, die der Schweinehund für sie schon passend vorbereitet hatte. Kauend und lutschend starrte sie auf den Bildschirm. Es war noch keine Antwort da.

So muss das Paradies ausgesehen haben, überlegte Eva zerstreut. Adam und Eva sahen bestimmt genauso aus wie diese makellosen Figuren hier, und überall hingen Äpfelchen herum und Birnen und Gurken und Tomaten, aber nein, Eva wollte unbedingt ein Sahnebaiser, und dann noch eins und noch eins.

Und Adam kam an keiner Gyrosbude mehr vorbei, und dann kam auch noch die Schlange und stapelte hinterhältig eine Bierkiste auf die andere und legte auch noch listig einen Flaschenöffner dazu. Als sie dann auch noch den ersten McDonald's eröffnete und die Big Macs im Sonderangebot waren, da hat Gott gesagt: »Schluss, Feierabend, zur Strafe müsst ihr jetzt dreißig Kilo Fett mit euch rumschleppen und auch noch scheiße aussehen. Und jetzt raus hier. Geht auf Europas Campingplätze, seid fruchtbar und mehret euch. Verteilt euch in allen Spaßbädern Deutschlands und legt eure Fettmassen in öffentlichen Liegestühlen ab. Das ist nämlich die wahre Hölle.«

Aber das Paradies kann man sich zurückerobern, dachte Eva, das geht, man muss nur erst durchs Fegefeuer wie diese Sportinsel hier, aber so schwer kann das ja nicht sein, denn man ist ja nicht allein da drin!

Die nehmen einen ja an die Hand und führen einen ins gelobte Land! »Was meinst du dazu, Fährmann?«

»Quatsch«, grollte der innere Schweinehund. »Wie naiv bist du eigentlich! Hier, nimm. Muss weg.«

Stellen Sie sich vor: Sie können essen, was Ihnen schmeckt. Mehrmals am Tag.

So lange, bis Sie wirklich satt sind.

Schöne Vorstellung? Es kommt noch besser: Sie nehmen sogar dabei ab. Sie fühlen sich besser, vitaler, wacher.

Sie sind fit statt fett.

»Träum weiter, dicke Eva.«

»Wenn nicht jetzt, wann denn dann?«

»Nie im Leben. Du! Nicht! Du hast ja gar nicht den Willen!«

»Was ich jetzt habe, ist ja wohl eine ausgewachsene Lebenskrise.«

»Ja. Klar. Und dagegen hilft faulenzen und essen. Und saufen. Da bin ich voll dabei.«

»Krise als Chance«, sinnierte Eva, das Buch von irgendeiner nachdenklichen Autorin namens Regine stand schon lange irgendwo in ihrem Regal. »Wer Regine heißt, schreibt solche Bücher«, teilte sie ihrem inneren Schweinehund mit.

Der lag beleidigt auf seinen Vorderpfoten. »Eine Regine ist von Natur aus mager und schmalbrüstig und kurzhaarig und naturbelassen und trägt Birkenstock-Sandalen und brütet über Pfefferminztee und Reiswaffeln über die Krise als Chance. Ihr Kerl hat sie zwar auch verlassen, aber nicht weil sie dick und faul ist, sondern weil sie so viel über Pfefferminztee brütet und außer Reiswaffeln mit Meersalz nichts im Haus hat.«

»Eine Regine kehrt gern der Welt den Rücken und macht auch aus ihren Wechseljahren ein beschauliches Ereignis«, spielte Eva das Spiel weiter, »sie schreibt darüber ein Buch, auf dessen Einband ein buntes Herbstblatt im Wind tanzt, und lässt sich in anspruchsvolle Talkshows im Dritten kurz vor Mitternacht einladen, wo sie ihre Unlust am Leben als Krise und Chance zugleich interpretiert, während eine Hand voll schlafloser Zuschauer endlich in tiefen Schlaf fällt, was ja der Sinn einer solchen Sendung ist.

Also, Schluss mit dem Geplänkel. Ich ändere mein Leben. Ich werde abnehmen, das ist jetzt beschlossene Sache.«

»Aber mit Muße«, mahnte das sich schlafend stellende Tier. »Es hat überhaupt keinen Zweck, jetzt überstürzt von einem Extrem ins andere zu fallen«, gab er Eva Deckung. »Und was diese Reiswaffelgeschichte mit dem Pfefferminztee anbelangt: So schlimm ist es um dich nun auch wieder nicht bestellt. So etwas soll Svenja gar nicht erst von dir denken. Also, dicke Eva. Dein Entschluss muss gefeiert werden.«

Mit einer Flasche Champagner und einem feinsten Sektkelch der Marke Riedel im Maul kehrte Fährmann an den Schreibtisch zurück.

»Sie haben eine neue Nachricht!«, rief Eva überrascht. »Komm mal gucken, Fährmann!«

»Wie du weißt, kann ich nicht lesen!«

»O.k. Sitz. Ich lese es dir vor.«

»Wie ich Ihrem Schreiben entnehme, sind Sie reif für die Sportinsel! Wenn ich Sie recht verstehe, interessieren Sie sich in erster Linie für die Fettverbrennung.«

»Nein. Tun wir nicht. Danke, wir haben es uns anders überlegt.«

»Solche Kurse bieten wir ständig an, wir verfügen über die neuesten Trainingsgeräte nach modernstem Standard. Zur Unterstützung des positiven Effektes würde ich Ihnen auch unsere Interessengruppe ›Moppel gegen Frustfett‹ empfehlen. Wir trainieren längerfristig nach dem Motto: ›Nicht schwer, aber immer leichter‹.«

»Ja, macht das. Viel Spaß.«

»Die Kontaktadresse ist: Brandt@fatburn.com. Hier werden Sie mit Ihrem persönlichen Problem ernst genommen und bekommen eine individuelle Betreuung durch hervorragend geschulte Ernährungsberater und Fitnesstrainer. Es wäre schön, wenn Sie sich mit einem Schreiben persönlich vorstellen und Ihre Ziele und Wünsche formulieren, damit Sie der passenden Gruppe zugeteilt werden können. Viel Erfolg, bis hoffentlich bald, Thorsten – die Sportinsel.«

Eva las sich die Mail zweimal durch und schlürfte dabei ihren Champagner. »Ziele und Wünsche ... Glaubst du, die interessieren sich für mich?«

»Nein. Die wollen nur dein Geld.«

»Das hört sich auch alles so anstrengend an ...«

»Ist es auch. Vergiss es einfach.«

»Andererseits ... zwanzig Kilo abnehmen ... in einer lustigen Gruppe vielleicht ... das wäre mein Traum.«

»Jetzt fängst du schon wieder damit an!«

»Ich soll mich ein bisschen persönlich vorstellen ...«

»Wenn du da schon unbedingt hinschreiben musst, dann unter einem anderen Namen«, resignierte der Schweinehund. »Erfinde halt was. Aber nicht Regine, Gudrun oder Elke.«

»Gute Idee.« Der Champagner beflügelte Eva, sie spürte ein angenehmes Kribbeln im Magen und eine neue Leichtigkeit.

Nachdem Regine, Gudrun und diese ganzen grüblerischen Frauengestalten mit den altdeutschen Namen, die alle altdeutsche Literatur studiert hatten, woraufhin die Sache mit den Teebeuteln in ihrem Leben überhand genommen hatte und sie von ihren Männern verlassen worden waren, nicht infrage kamen, ging Eva andere Namen durch.

»Claudia. Was hältst du von Claudia?«

»Schiffer?«

»Quatsch. Ich finde, Claudia hört sich unauffällig und seriös an. Und meiner Generation angemessen.«

»Meinetwegen.«

»Der Nachname kann dafür etwas außergewöhnlicher sein. Was Besonderes wie ... Monrepos«, erinnerte sich Eva, »so hieß eine Klassenkameradin von mir. Dagmar Monrepos.«

»Dackmaaa klingt schon mal per se fett«, kicherte Fährmann, schon leicht angeschickert vom Champagner.

»Erst recht bei uns im Rheinland«, fügte Eva hinzu. »Dachmaa. Sachmaa. Hasse denn schon abjenomm?«

»Auch ›Astrid‹ ist so ein Eigentor«, spann Fährmann den Faden weiter. »Wie schnell ist unter Zuhilfenahme nur weniger Konsonanten ein Arschtritt daraus geworden!«

»Jutta«, setzte Eva noch eins drauf. »Klingt nach juckendem Ekzem bei gleichzeitigem Aufstoßenmüssen.«

»Jörg«, gluckste Fährmann kindisch. »›Jörg!‹ ist das Geräusch, das eine Kröte macht, wenn sie überfahren wird.«

»Lutz«, sagte Eva, »Lutz und Rotz. Schöne Zwillingsnamen.«

»Für Rotzbengel.«

»Lutzbengel. Auch schön.«

»›Bärbel‹ ist exakt der Laut, den ein Kleinkind macht, wenn es seiner Mutter ein geriebenes Äpfelchen über die Schulter kotzt.«

»Oder Anke«, überlegte Eva. »Nur durch das einfache Vertauschen der beiden mittleren Konsonanten wird so ein heranwachsendes Mädchen im Nu zu einer Kraterlandschaft.«

»›Dirk‹ macht die Zahnarztzange beim Ziehen eines Weisheitszahns«, sagte Fährmann. »Ganz hinten im Schlund.«

»Rüdiger«, fiel Eva ein. »Ihr Junge ist ja ein ganz rüder, aber meiner ist noch viel Rüdiger.«

»Joachim«, sagte Fährmann. »Das ist das Geräusch, mit dem alte Männer sich morgens freihusten.«

»Oliver«, meinte Eva. »Das klingt, wie wenn eine leere Bierdose in die Gosse rollt.«

»O.K., lass uns jetzt mal zu Potte kommen«, der Schweinehund schüttelte sich die Lachtränen aus dem Fell, »du hast also jetzt im Internet den schlanken seriösen Namen Claudia Monrepos.«

»O.K. Dann schreib ich jetzt mal was Keckes.«

Eva schüttete den letzten Tropfen Champagner in sich hinein. Sie war inzwischen richtig guter Laune.

Hallo, Lebenskünstler!!
perlte es ihr von den Fingern,

in meinem Leben ist neuerdings wieder Zeit und Raum für neue Kontakte, sportliche Unternehmungen und Ausflüge ins Abenteuerland! Wer hilft mir, mich aufzuraffen? Möchte meinen inneren Schweinehund besiegen, mich wieder gesund ernähren und Sport treiben und mindestens dreißig Kilo abspecken ...

»So wird das nichts«, bremste sie Fährmann. »Nein, nein. Streich das. Schreib auf neckische Weise, dass du Kontakt suchst. Aber erwähne nicht, dass du fett bist. Das sehen die dann schon selbst. Du bist

gerade so gut drauf! Nutze den Rausch, morgen ist er verflogen, und dann bereust du es sowieso!«

Trinke neuerdings wieder allein Champagner und möchte meinem schwersinnigen Leben einen neuen Leicht-Sinn geben. Nachdem ich mein bisheriges Leben damit verbracht habe, andere Menschen mit meinen kulinarischen Erfindungen glücklich zu machen, möchte ich jetzt auch mal an mich denken, aber nicht allein. Wer will mit mir das Leben genießen, über das Essen wenigstens noch philosophieren und meinen wahren Kern wieder freilegen? Ich gebe der Sache gern sechs Monate und habe sehr viel Lust auf Lachen, neue Erfahrungen, Kontakte und Unternehmungen!

Bin beständig und halte durch, was ich einmal angefangen habe.

Wer will mit mir die Welt aus den Angeln heben oder mich wenigstens von der Erdanziehungskraft befreien?«

»Schon besser! So, das reicht jetzt. Damit wirst du die frustrierten Moppel aber ganz schön aufmischen ...« Eva war mit sich zufrieden.

– Voller Spannung erwartet Ihre Antwort –
Claudia Monrepos

4

Am nächsten Morgen schlich Eva leicht verkatert in das Arbeitszimmer von Leo. Wenn diese Sportinsel-Moppel-Gruppe geantwortet hatte, würde sie gleich heute mit dem Abspecken beginnen. Und gar nicht mehr lange mit dem Schweinehund diskutieren. Der lag sowieso noch schlafend auf seiner Ottomane.

Sie warf den Computer an und hatte zu ihrem Erstaunen richtig Herzklopfen.

»Sie haben eine neue Nachricht!«

»Na also«, murmelte Eva siegesgewiss und rieb sich die Hände.

Sie öffnete die Mail mit der Überschrift »Re: Champagner« und las mit wachsendem Erstaunen:

Liebe Claudia Monrepos,

was für ein herzerfrischender Brief! Auch ich möchte meinem schwersinnigen Leben einen neuen Leicht-Sinn geben. Warum tun wir's nicht zusammen? Wenn Sie nur halb so gut aussehen wie Sie zu kochen scheinen, dann bin ich Ihnen schon jetzt verfallen! Leider müssen wir uns momentan auf den schriftlichen Austausch von Koch- und Lebensrezepten beschränken, denn ich befinde mich zurzeit in Hongkong. Ich bin der Restaurantchef des Fünf-Sterne-Schiffs »MS Champagner« und ernähre mich seit zwölf Jahren von Kaviar, Austern und anderen »Delikatessen«. Haben Sie Mitleid mit mir?! ☺

In Wirklichkeit vermisse ich die deutsche Hausmannskost und eine Frau, die offensichtlich was davon versteht!! Können Sie mir ganz bald ein paar von Ihren persönlichen Rezepten schicken?

Die werde ich dann hier in meiner Schiffskombüse nachts heimlich nachkochen! Dafür werde ich mich auf Wunsch bei Ihnen mit ausgetüftelten Fünf-Sterne-Delikatessen aller Haubenköche dieser Welt revanchieren!

Nun ein bisschen über mich: Mein Name ist Mark Schubert, ich bin 43 Jahre alt, ledig (ja, ehrlich!), liebe reife Frauen und reifen Wein, klassische Musik bei Kerzenschein, Gedichte von Erich Kästner und Bilder von Renoir und natürlich rheinischen Sauerbraten, Gulasch mit Knödeln und Linseneintopf mit Speck. Alles Dinge, auf die ich seit Jahren verzichten muss! Helfen Sie mir und vermitteln mir Heimatgefühle? Und schreiben Sie auch noch etwas über sich? Ich bin so gespannt auf den nächsten Brief von Claudia Monrepos ... die mir wohl vom Himmel gefallen ist!

Herzliche Grüße aus Hongkong
Mark Schubert

Der schreibt einer ganz anderen Frau, dachte Eva erschrocken. Er antwortet auf eine ganz andere Kontaktanzeige! Wie peinlich! Offensichtlich hat er das versehentlich an mich gesendet. Oder bin ICH zu blöd, eine Mail an die richtige Adresse zu schicken? Wo habe ich mich denn da reingeklinkt? Kennwort: Champagner. Das ist was Erotisches, dachte Eva mit roten Ohren, ich lösche das jetzt sofort!

Obwohl: Die Antwort passt. Rein inhaltlich. Der Mann will Rezepte tauschen und deutsche Hausmannskost essen.

Vielleicht habe ich in meiner Unerfahrenheit und Ungeschicklichkeit auf irgendeinen Knopf gedrückt, der meine Nachricht nicht in ein nahe gelegenes Fitnesscenter zu einer abspeckwilligen Interessengemeinschaft nach Köln geschickt hat, sondern nach Hongkong zu einem einsamen Restaurantchef auf einem Fünf-Sterne-Schiff, der von Linsensuppe mit Speck träumt? »MS Champagner«! Das gibt's doch gar nicht.

Na ja, wie auch immer, dachte Eva und versuchte einen klaren Gedanken zu fassen. Er schreibt ja nicht an mich, sondern an Claudia Monrepos.

Er weiß nicht, dass ich dick bin.

Er hält mich für gut aussehend.

Eva spürte ein angenehmes Kribbeln in der Magengegend.

Ein Computer ist genauso blind wie ein Maulwurf!

Ich erfinde mich soeben neu!

Flirten ist sowieso die beste Diät. Wenn man an einen Kerl denkt, denkt man nicht mehr ans Essen.

Mark Schubert, das kannst du haben. Claudia antwortet dir.

Eva dachte lange nach.

Natürlich habe ich Größe sechunddreißig und treibe wahnsinnig gern Sport. Ja, wirklich, ich gehöre zu jenen unergründlichen Naturen, die gar nicht anders können, als täglich zwei bis drei Stunden zu laufen. Außerdem versuche ich dreimal wöchentlich, in Fitnesscentern herumliegende Hanteln vom Gesetz der Schwerkraft zu befreien.

Und am Wochenende sause ich auf meinem Siebenundzwanzig-Gänge-Rad über Stock und Stein! Genau! Ich bin wie Svenja! Das schätzen Männer an einer Frau, dass sie aktiv ist, sportlich, schlank und immer auf Achse!

Das wird ein netter Zeitvertreib, dachte Eva, in diesem Computernetz ist nichts unmöglich, das schickt weltweit Nachrichten. Ob erfunden oder erlogen, ist dem Computer ganz egal! So schnell kannst du gar nicht gucken, wie so eine Mail aus Quadrath-Ichendorf schon in Hongkong gelandet ist, wo ein einsamer Küchenchef in seiner Schiffskabine sitzt und sich freut, dass ihm jemand von rheinischem Sauerbraten und warmem Käsesahnestreuselkuchen aus der Heimat vorschwärmt.

Hoffentlich will er kein Foto von mir, dachte Eva. Sonst muss ich eines von Svenja nehmen, und so tief bin ich noch nicht gesunken. Aber Mark Schubert hatte nicht nach einem Foto gefragt. Nur nach einem Kochrezept. Er hatte offensichtlich Sinn für das Wesentliche.

Eva musste kichern.

Ein Offizier und Gentleman, dachte sie, wenn der echt ist, wäre ich schön blöd, darauf nicht zu reagieren, der ist mir ja quasi in den Schoß gefallen, unverdientermaßen. Aber ein blindes Huhn findet auch mal ein Korn.

Eva stellte ihn sich in einer gut sitzenden weißen Uniform vor, mit vier goldenen Streifen auf der Schulter.

»Warum eigentlich nicht?«, fragte sie sich selbst, keine Antwort erwartend. Erstaunlicherweise war Fährmann immer noch nicht aufgewacht. Sie verspürte keinerlei Lust auf ein opulentes Frühstück.

Ich wiege, beschloss Eva, sechsundfünfzig Kilogramm. Na gut, achtundfünfzig. Und ich lebe in Hamburg, der Weltstadt. Oder in München. Warum nicht beides? So eine erfolgreiche Karrierefrau ist viel unterwegs und hat einen Zweitwohnsitz am Starnberger See. Damit sie es zum Skifahren und Mountainbiken und Bungeejumping und ... was macht Svenja noch alles? ... Bergsteigen und Freeclimbing nicht so weit hat.

Claudia Monrepos. Eine erfolgreiche, berufstätige, unabhängige, junge, schlanke, sportliche Karrierefrau. Eine, die in ihrem ... sagen wir mal ... in ihrem Audi 8 zwischen Hamburg und München hin- und herrast und dabei natürlich ständig über die Freisprechanlage telefoniert.

Was für eine Frau mochte sich dieser Maître de Restaurant wohl unter ihr vorstellen? Claudia Monrepos sang keineswegs im Kirchenchor oder bastelte im ökumenischen Frauen- und Mütterkreis für den Weihnachtsbasar Strohsterne. Sie war ... in der Modebranche tätig. Sie war Designerin. Ja. Klar. Das war nahe liegend. Claudia war wie Svenja, nur reifer. Mark liebte reife Damen. Konnte er haben. Sie war ... blond. Natürlich. Und trug die langen Haare gern zu einem sportlichen Pferdeschwanz gebunden. So wie die Cornwall-Heldinnen in ihren Cabriolets. Ja. Genau. Perfekt.

»Was grinst du denn so blöde vor dich hin?«, kam es brummig von der Tür her.

»Guten Morgen, Fährmann. Schau mal, ich hab Antwort.«

»Was? Von diesen übellaunigen frustrierten Fastengurus aus der Moppel-Selbsthilfegruppe der anonymen Fresser aus Köln?«

»Nein! Von einem Seemann! Aus Hongkong!«

»Nee! Kann man dich denn nicht mal fünf Minuten lang allein lassen?!« Fährmann reckte sich unfein und gähnte betont gelangweilt.

»Was schreibt er?«

»Er will mich näher kennen lernen!«

»Bist du wahnsinnig? Du bist ein Fettklops von fast vierzig!«

»Denkste«, sagte Eva keck. »Ich bin Claudia Monrepos, Mitte dreißig und eine top gestylte Karrierefrau! Ich komme gerade vom Joggen um die Alster. Oder noch besser: vom Reiten im Englischen Garten!«

»Das arme Pferd«, grunzte Fährmann gemein. »Wann gibt's Frühstück?«

»Später«, sagte Eva. »Ich bin beschäftigt.« Sie drückte auf »Antworten«. »Re – Re: Champagner.« So. Damit konnte nichts schief gehen.

Lieber Mark Schubert,
schrieb sie mit fliegenden Fingern, soweit sie das Zittern derselben unter Kontrolle zu bringen vermochte, wobei sie ein mädchenhaftes Kichern nicht unterdrücken konnte:
Gerade komme ich vom Morgenritt durch den Englischen Garten zurück und habe mir nach dem Duschen noch schnell die E-Mails

angesehen. Das ist ja eine Überraschung, Post von einem Fünf-Sterne-Restaurantchef aus Hongkong zu bekommen!

»Ja, das ist gut«, röchelte Fährmann, dessen Interesse inzwischen geweckt war, sensationslüstern. »Wenn er sich vorstellt, wie du zuerst reitest und dann duschst, wird sich das Interesse seines Schweinehundes an deinem Schweinehund möglicherweise noch vertiefen. – Los, gib Gas. Sei erfinderisch. Hauptsache, wir lernen den Typen niemals kennen.«

Bevor ich aber jetzt in meinen Z 3 springe, um zur Münchner Modemesse zu sausen, möchte ich Ihnen kurz antworten. Gern können wir uns in nächster Zeit ein wenig über Koch- und Backrezepte aus der Heimat austauschen. Halten Sie mich aber bitte nicht für eine Hausfrau! Ich habe überhaupt keine Zeit zum Kochen, und meist auch nicht zum Essen! Trotzdem bin ich natürlich sehr interessiert an der Fünf-Sterne-Küche eines Luxusschiffs, denn ich muss geschäftlich oft Gäste internationalen Rangs bewirten. Was für raffinierte Rezepte können Sie mir schicken? Mein Geheimnis ist die spontane und oft auch ein bisschen verrückte Mischung aus Konvention und Fantasie. Geben Sie mir fünf Zutaten, und ich zaubere Ihnen ein unvergessliches Festessen auf den Tisch. Ich habe die Männer in meinem Leben immer (zuerst) mit meinen Kochkünsten glücklich gemacht. Liebe geht durch den Magen, das ist mein ganzes weibliches Geheimnis. Wenn das alle Frauen wüssten, gäbe es keine frustrierten Singles mehr. Doch leider versteht es heutzutage kaum noch eine Frau, leicht und modern und unkompliziert zu kochen. Und das ist wirklich eine Kunst!

»Ja, dicke Eva, das ist gut, weiter so ...! Haben wir eigentlich schon gefrühstückt?«

»Jetzt nicht, Fährmann.«

»Liebe geht durch den Magen! Sagst du doch gerade!«

»Fährmann! Wer redet denn von Liebe ... das ist ein Spaß!«

»Spaß geht auch durch den Magen!«

Meine Koch- und Backkünste sind legendär, und eigentlich sollte ich ein Restaurant für raffinierte Hausmannskost eröffnen, aber viel Zeit bleibt mir nicht für mein Hobby: Ich bin als Modedesignerin ständig auf Achse!

»Das interessiert ihn nicht. Schreib ihm was übers Essen. Das macht ihn an!«

Damit Sie nicht länger an Heimweh leiden, eröffne ich den Reigen des Rezepteaustauschs mit meiner Lieblingskalorienbombe, die noch alle Männerherzen zum Schmelzen gebracht hat:

KÄSESAHNESTREUSELKUCHEN

Zutaten für den Teig

150 g Mehl, 1/2 TL Backpulver, 80 g Butter, 80 g Zucker, 1 Päckchen Vanillezucker, 1 Ei

Diese Zutaten in einer Schüssel vermengen und mit einem Handrührgerät gut vermischen. Den Teig auf der Tischplatte gut verkneten, für 20 Minuten kalt stellen.

Eine Springform von ca. 28 cm Durchmesser gut mit Butter einfetten. 2/3 des Teigs auf dem Boden festdrücken, den Rest zu einer Rolle formen, auf den Teigboden legen und an die Form drücken, bis ein ca. 3 cm großer Rand entsteht.

Mit einer Gabel mehrere Löcher in den Boden stechen.

Die Form für ca. 10 Minuten bei 200–225 °C in den Backofen schieben, bis der Boden goldgelb aussieht.

Zutaten für die Füllung

750 g Sahnequark, 160 g Zucker, 3 EL Zitronensaft, 50 g Speisestärke, 3 Eigelb, 3 Eiweiß, 250 ml Schlagsahne

Die Eigelbe gut verrühren, das Eiweiß steif schlagen und beides unter die Quarkmasse heben und auf dem zuvor gebackenen Boden glatt streichen.

48

Zutaten für die Streusel
100 g Mehl, 80 g Zucker, 1 Päckchen Vanillezucker, 80 g Butter
Die Zutaten mit dem Handrührgerät zu Streuseln verarbeiten.
Die Streusel gleichmäßig über die Füllung verteilen und die
Form 70–80 Minuten in den noch warmen Backofen schieben,
bis der Kuchen goldbraun aussieht.
Den Kuchen bei geöffneter Tür etwa 15 Minuten im Ofen stehen
lassen, Ofen aber ausschalten. Wenn der Kuchen abgekühlt ist,
mit Puderzucker bestreuen.

Dieses Rezept habe ich übrigens von meiner Freundin Natascha
Ochsenknecht, mit der ich gerade auf der Bambi-Verleihung war,
weil Uwe nicht konnte. Der drehte nämlich gerade in Kapstadt.

»Muss das sein, dicke Eva?«
  »Lass mich doch! Ich verkehre in solchen Kreisen!«
  Revanchieren Sie sich mit ein paar Tipps aus der Fünf-Sterne-
Küche? Hätte morgen ein paar Japaner zu Gast!
  Mit eiligen Grüßen,
  Claudia Monrepos

»So. Gut. O.k.« Fährmann wedelte mit dem Schwanz. »Das hat
Spaß gemacht. Und jetzt mach dir drei Nutellabrötchen und heiße
Schokolade mit Sahne.«
  »Ach weißt du, nach diesem E-Mail-Flirt habe ich eigentlich
gar keinen großen Hunger ...«
  »Na gut. Zwei Nutellabrötchen. Ausnahmsweise. Aber dass mir
das bloß nicht einreißt mit dem sinnlosen Fasten und Darben!«
  »Eigentlich muss ich jetzt überhaupt nichts essen ...«, wunderte
sich Eva. »Er denkt, dass ich schlank bin ...«
  »Spinnst du?«, jaulte die Bestie. »Ich sitze hier geduldig unter
deinem Schreibtisch und berate dich und bekomm zum DANK nix
zu fressen?«

»Du, Fährmann: Ich hab keinen Hunger.«

»Dann bilde dir welchen ein! Das funktioniert doch sonst auch!«

»Ich hab Lust auf diese Moppel-Interessengruppe in der Sportinsel!«

»NEIN! Da gehst du NICHT hin.« Der Schweinehund sprang knurrend auf und stellte sich in voller Massigkeit vor die Haustür. Er fletschte die Zähne und starrte Eva aus blutunterlaufenen Augen Furcht erregend an. Mein Gott, ist der riesig, dachte Eva. Wenn der böse wird, ist mit dem nicht gut Kirschen essen. Und DEN hab ich selbst großgezogen?

»Ich VERBIETE es dir. Setz deinen fetten Arsch sofort auf diese Couch und mach den FERNSEHER an!« Fährmann hatte die Fernbedienung in der Schnauze und ließ sie vor Evas Füße fallen. Dann schleuderte er wütend eine Familienpackung Prinzenrolle hinterher.

»Bitte nicht böse sein, lieber Fährmann, aber ich bin gerade in der seelischen Verfassung, dass ich mich dahin traue. Ich suche mir mal ein paar Sportklamotten zusammen.«

»Hähähähä«, schnaubte der fette Köter gemein. »Daran wird die Sache schon mal scheitern. Du HAST gar keine Sportklamotten.«

»Dann kauf ich mir welche.«

»Das traust du dich doch nie ...« Fährmann tanzte hämisch im Hausflur herum und biss sich vor Wonne selbst in den Schwanz. »Du traust dich in kein Sportgeschäft! Du nicht!«

»Trau ich mich wohl. Jetzt trau ich mich. Er hält mich für schlank.«

Eva schob den sich sträubenden Schweinehund mit aller Gewalt von der Haustür weg. »Ich fahre jetzt nach Köln, und du bleibst hier. Er hält mich für schlank. Und das bin ich ja auch – tief in mir drin!«

»Ich rufe den Notarzt«, quakte Fährmann heiser hinter ihr her. »Sie werden dich abtransportieren – in der Zwangsjacke!«

Aber Eva hörte nicht auf ihn. Zum ersten Mal in ihrem Leben.

5 Leise Musik tönte Eva entgegen, als sie über den flauschigen blauen Teppich zur Rezeption der Sportinsel schritt. Ja, so musste das Paradies ausgesehen haben, bevor die Sache mit den Big Macs und den überfüllten Supermarktregalen überhand genommen hatte. In lockerer Gruppierung standen Palmen und andere Pflanzen in einer Art karibischer Landschaft auf himmelblauem Teppichboden, und überall schwebten schlanke Gestalten umher.

Sicher waren das Erzengel Michael, Gabriel und Raffael – die ganze Truppe da oben, die Gott noch übrig gelassen hatte, während sich die ganzen Fetten über Deutschlands Spaßbäder und deren Liegestühle ergossen hatten. Die ganze Dekoration mit Springbrunnen, Hängematten und gemütlichen Sitzecken verbreitete eine entspannte Atmosphäre, trotzdem wurde fleißig trainiert. Überall sah man hinter Glasscheiben junge Erzengel rumflattern oder sonst wie der Schlange widersagen: Entweder sie hingen an Kraftmaschinen oder sie stiegen und ruderten ebenso ziellos wie gedankenvoll auf Crosstrainern herum.

Rudernde Schweinehunde, dachte Eva. Das wäre mal ein Buchtitel für Frauen in den Wechseljahren, die ihre Krise als Chance sehen, bevor sie zum ersten Mal seit vierzig Jahren wieder einen Friseur aufsuchen.

Manche Erzengel ließen ihre Skelettmuskulatur von herumliegenden Eisenlasten verhöhnen, einige von ihnen trabten auf einem Laufband. Wie der Goldhamster von Leonie in seinem Käfig, als er noch lebte, dachte Eva. Das wäre nichts für mich. Wenn die laufen wollen, können sie doch an die frische Luft gehen, hörte sie schon wieder ihre Mutter auf der Endlos-Langspielplatte in ihrem Kopf sagen, das ist doch alles bloß neureicher Firlefanz hier, frische Luft, die kostet nichts.

Eva verlor sich wieder in Erinnerungen, während sie die turnenden Kraftprotze hinter Glas anstarrte und sich nicht dazu durchringen konnte, an die Rezeption zu gehen und ihrem Leben eine entscheidende Wendung zu geben. Frische Luft, das war ein Ausdruck, den ihre Mutter immer benutzt hatte, wenn Eva mal wieder mit Kitschschmöker und Lakritztüte auf ihrem Sofa gesessen hatte. Mein Gott, dieses Haribo-Konfekt, besonders die braunen, die zergingen auf der Zunge oder blieben auch gern an den Backenzähnen haften. Vermischt mit Gummibärchen waren sie ein Gaumenfeuerwerk, das so lange anhielt wie für andere der erste LSD-Trip.

Geh doch mal an die frische Luft, hatte ihre Mutter gesagt, während sie das Fenster aufriss, den Kitschschmöker zuklappte und die Bonbontüten konfiszierte. Mitten zwischen diese bräunlich roten und faden grauen Klinkerhäuser der tristen Gegend rund um Quadrath-Ichendorf sollte sie gehen und mit den anderen Kindern spielen. Eva war dann folgsam nach draußen gegangen und hatte sich immer gefragt, was sie dort eigentlich sollte, an der frischen Luft. Die anderen Kinder spielten, offensichtlich weil sie den Drang dazu verspürten, aber sie, Eva, verspürte keinerlei Drang, auf Mäuerchen zu balancieren, auf Bäumen herumzuklettern oder mit Rollschuhen über den Parkplatz zu fahren, und erst recht nicht, sich ein Gummiband um die strammen Waden zu spannen und anderen Mädchen beim Herumhüpfen auf demselben zuzusehen und dabei Gefahr zu laufen, selbst an die Reihe zu kommen mit der Hüpferei. Der grausame Sinn der Sache war nämlich gewesen, das Gummiband immer höher zu schieben, bis es schließlich unter dem Kinn klemmte. Wer wollte denn in solcher Höhe auf einem Gummiband herumhüpfen? Außerdem hatte sie, solange sie sich erinnern konnte, schon Busen, der hüpfte ungefragt immer mit, was Eva äußerst peinlich war. Sie schied immer sofort aus, stand blöd dabei und schaute den Leichtgewichten bei ihrem mühelosen Auf und Ab zu. Die Nachbarskinder in ihrer heimatlichen Einöde waren entweder dauernd am Radschlagen oder sie kurvten mit ihren Bonanza-Fahrrädern, an denen alberne Eichhörnchenschwänze flatterten, auf dem Parkplatz herum oder droschen mit Holzschlägern auf einen Gummiball ein, der an einem Gummiband hing und deshalb immer wieder angesprungen kam. Was für ein Blödsinn, dachte Eva, das führt doch zu nichts. Und wenn sie dann einige Minuten an der frischen Luft gewesen war, hatte sie sich unauffällig in ihr Zimmer zurückgeschlichen, um mit ihrer Romanlektüre fortzufahren. Damals versetzte sie sich noch nicht in das Cornwall-Milieu der jungen Schönen, sondern zu wilden sportlichen Mädchen, die Hanni, Nanni, Dolly oder Polly hießen und ständig irgendwelche Pläne schmiedeten. Meist waren Pferde im Spiel, aber im Gegensatz zu den kaltblütigen Gäulen, die desinteressiert und planlos in der flachen Prärie rund um Quadrath-Ichendorf auf den Koppeln standen, waren diese heißblütigen Huftiere rassige Zirkuspferde, auf denen schlanke temperamentvolle Zigeunermädchen wie Carlotta mit fliegenden Haaren im Stehen ritten. Und wie sich Eva gern zurückerinnerte, hatten diese kurzweiligen Geschichten immer irgendetwas mit Essen zu tun!

Bobby war auch so ein wildes Luder, die kletterte zur Mitternachtsparty über die Regenrinne in den Speisesaal, um Dosenfrüchte zu klauen. Ach, was waren das für herrliche Lesestunden! Dosenfrüchte und Kuchen haben sie um Mitternacht in sich reingestopft, die sportlichen mutigen Mädchen, und keines von ihnen war dick, weil sie tagsüber immer Handball spielten und Tennis und sich gegenseitig halfen, wo sie nur konnten, und Fräulein Theobald, die Direktorin vom Lindenhof, war gütig, weise und gerecht. Diese kameradschaftlichen Mädchen verpetzten sich gegenseitig nie, wenn sie Fräulein Roberts mal wieder einen Streich

53

gespielt hatten und unerlaubterweise doch in den Zirkus gegangen waren, Jenny allen voran, und am Schluss aßen sie noch Pudding von Mamsell.

»Hallo? Suchen Sie jemanden?«

»Nein. Ich schaue nur.«

»Na dann viel Spaß. Aber vom Nur-Schauen nimmt man nicht ab«, bemerkte ein sonnenbankgetrockneter Stockfisch im Vorübergehen.

Eva gehörte wie alle Dicken zu den Frauen, die bei solch direkten Hinweisen auf ihre Körperfülle nicht etwa in sich gehen, sondern außer sich geraten. Deshalb entgegnete sie nur unterkühlt, dass die erwachsene Haut mutwilligen Fettverlust gewöhnlich mit schnöder Einrunzelung quittiere, aber das hörte der Stockfisch nicht mehr, war er doch schon in einen gläsernen Saal geschwommen, um mit etwa dreißig Sportsfreunden auf kleinen Kästen herumzuspringen und sich von einem kurz geschorenen Muskelprotz im Unterhemd anschreien zu lassen.

Das ist ja wie beim Militär, dachte Eva erschüttert, so was macht doch kein normaler Mensch freiwillig, so was zeigen sie nach Mitternacht auf Arte, in Dokumentationen über straffällig gewordene Jugendliche in Texas, die man vor die Wahl gestellt hat: das hier oder die Todesstrafe. Entsetzt wandte sie sich ab.

Fährmann hat Recht: Hier gehöre ich nicht her.

Ob Paradies oder nicht: Dieses Fegefeuer ist die Hölle.

»Komm nach Hause«, riet ihr fernmündlich der Schweinehund. »Ich sitze hier gerade mit einem Schinken-Käse-Toast in deinem Lieblingssessel und lese einen Cornwall-Roman. Du weißt doch, dieser Schmelzkäse, dieser unvergleichlich zarte, davon habe ich drei Scheiben genommen, und vom gekochten Schinken auch, und der Toast ist ganz knusprig und noch warm. Ein Gewürzgürkchen mit Senf rundet das Geschmackserlebnis ab, und ein Tomätchen liegt auch noch oben drauf, wegen der Vitamine.«

»Ich komme sofort«, sagte Eva. »Schmeiß schon mal ein paar Eier mit Speck in die Pfanne. Das hier ist wirklich nichts für mich.«

Liebe Claudia Monrepos,
danke für das traumhafte Kuchenrezept! Ja, das weckt Sehnsüchte nach Heimat und Kindheit ... Danke, dass Sie sich meiner einsamen Wenigkeit hier in Hongkong so warmherzig annehmen! Was für eine unverdiente Überraschung, dass Sie in mein Leben geschneit sind! Liegt bei Ihnen in Hamburg Schnee? Hier in Hongkong ist es drückend schwül, die Hitze brütet in den Straßen. Da kann man ganz schön Sehnsucht bekommen nach der Heimat und nach einer Frau, die so fantastisch kochen und backen kann!

Nun ein wenig über mich: Seit über zwölf Jahren fahre ich nun schon zur See, und die letzten vier Jahre war ich fast ununterbrochen auf diesem wunderschönen Fünf-Sterne-Schiff, der »MS Champagner«. Eine amerikanische Reederei mit Sitz in New York ist mein Arbeitgeber. Mein Ziel ist es eigentlich, der Hotelmanager hier zu werden. Dann hätte ich es wirklich geschafft. Aber von 580 Besatzungsmitgliedern der Bestbezahlte zu werden, ist ein Traum, den hier viele träumen! Man muss natürlich bestimmte Bedingungen erfüllen, und daran arbeite ich hart. Wir haben hauptsächlich amerikanische Passagiere, aber die Besatzung ist durch 54 Nationen vertreten. Mein Posten als Food-and-Beverage-Manager umfasst alles, was mit Nahrungsaufnahme zu tun hat – und ich darf Theodor Fontane zitieren: ein weites Feld! Wir servieren unserem verwöhnten Publikum alles, was die Erde an Köstlichkeiten hergibt, nur eben keine deutsche Hausmannskost. Die steht nicht auf der Menükarte. Dabei fehlt mir ein schmackhafter Eintopf ebenso wie eine warmherzige kluge Frau, die meine Sprache spricht und Tiefgang hat! – Mein Beruf ist trotz aller Umtriebigkeit, trotz des ständigen Unterwegsseins, aber vielleicht auch gerade deswegen, ein einsamer Beruf. Freundschaften ergeben sich hier an Bord, natürlich, aber in jedem Hafen wechseln die Passagiere, sodass es oft bei flüchtigen Begegnungen bleibt. Als Vier-Streifen-Offizier darf ich keine privaten Beziehungen zu Besatzungsmitgliedern oder Passagieren haben. Das wäre ein Kündigungsgrund.

Was ich mir wünsche und wovon ich seit Ihrer E-Mail zu träumen wage, liebe Claudia, ist eine feste, lang anhaltende Freundschaft.

Sie schrieben, dass Sie beständig sind und der Sache mindestens sechs Monate geben. Also, wenn ich für die nächsten sechs Monate jetzt täglich auf eine E-Mail von Ihnen hoffen darf, dann werde ich mich mit Rezepten und Reiseberichten von jedem Hafen dieser Welt revanchieren.

Ist das ein Wort? Oder halten Sie das für vermessen? Täusche ich mich, wenn ich davon überzeugt bin, dass die Chemie zwischen uns stimmt?!

Und vielleicht lernen wir uns in sechs Monaten sogar kennen? Dann wäre ich nämlich zum ersten Mal wieder an Land.

Ich freue mich auf Sie, Claudia!

Herzliche Grüße

Ihr Mark Schubert

»Du willst doch heute nicht schon wieder nach Köln?«

»Tut mir Leid, Fährmann. Er hält mich für schlank.«

»Aber du bist dick! Voll fett sogar! Lass den chinesischen Trottel doch glauben, dass du aussiehst wie Heidi Klum!«

»Fährmann, das hat was mit Psychologie zu tun. Ich habe jetzt ein Ziel. Er will mich in sechs Monaten kennen lernen. Bis dahin könnte ich es geschafft haben!«

»Du machst ja doch wieder einen Rückzieher. Genau wie gestern.«

»Von dir lasse ich mich nicht mehr demotivieren. So!«

Die neue E-Mail von diesem ominösen Mark gab Eva die Kraft, ihren inneren Schweinehund ein zweites Mal zu überwinden und noch einmal in die Sportinsel nach Köln zu fahren. Auch wenn sie gestern gekniffen hatte: Heute würde sie dieses Himmel- und

Hölle-Etablissement einer weiteren eingehenden Betrachtung unterziehen.

In einem der Fegefeuer strampelten etwa zwanzig minderjährige Erzengel verbissen gegen die Erbsünde an, ohne von der Stelle zu kommen. Kopfschüttelnd beobachtete sie die sich selbst kasteiende Gruppe straffällig gewordener Jugendlicher hinter Glas und beschloss, dem ein Ende zu bereiten, indem sie Amnesty International einschaltete.

Das ist erniedrigend, dachte Eva, so was nenne ich menschenunwürdig. Wenn man solche Versuche mit Ratten macht, gehen die Tierschützer gleich auf die Barrikaden.

»Radelnde Ratten« – nicht gerade ein Buchtitel für einen beschaulichen Cornwall-Roman, wie Eva ihn liebte. Wenn ich jemals wieder ein Fahrrad besteige, dann, um gemächlich am Fluss entlangzuradeln, dachte sie verträumt. Wie die Heldinnen in meinen Lieblingsfilmen. Die haben auf Radtouren gern ein flottes, rotweiß gepunktetes Halstuch im Haar, das ihre Frisur nicht wirklich zerstört, und strampeln, wahlweise mit frisch gekauftem Gemüse oder einem Rauhaardackel auf dem Gepäckträger, gemütlich am Fluss entlang.

Meistens radeln sie entweder zum Markt hin oder vom Markt wieder nach Hause, je nachdem, wie viele Sellerie- und Lauchstangen auf ihrem Gepäckträger angebracht sind, ich schätze das ist eine Frage an die Requisite, verlor sich Eva schon wieder in überflüssige Detailverliebtheit. Paprikaschoten machen sich auch gut, aber die rollen leichter vom Gepäckträger, wog sie ab, und Eier sind bei solchen Szenen eher unpraktisch, um nicht zu sagen hinderlich, denn man dreht so eine Einstellung ja öfter, als man denkt. Aber immer treffen die hübschen Heldinnen beim beschaulichen Radeln – und hier sah Eva sich selbst in Schlank, also Claudia – auf den charakterlich einwandfreien Traummann – also auf Mark –, der gerade mit seinem Cabriolet eine Panne hat oder dessen Pferd sich gerade den Knöchel gebrochen hat oder dessen Trecker den Geist aufgegeben hat ... Da sind der Fantasie keine Grenzen gesetzt. Aber selten liegt das Pferd tot im Graben, es kotzt auch nicht vor der Apotheke, denn das macht sich nicht gut und lenkt auch vom Helden der Geschichte ab, weshalb der ratlos am Rinnstein steht. Ratlos im Sinne von kurzzeitig desorientiert, keineswegs dauerhaft hilflos, stellte Eva innerlich mal klar, so ein pilcherscher Held macht gern einen rührenden, aber keinesfalls dämlichen Eindruck. Das ist auch so eine Sache, die der Kostümbildner zu verantworten hat. Der Held trägt gern ein gediegenes Halstuch im Hemdkragen, passend zu ihrem Kopftuch, selten eine Krawatte, dachte sie, außer, er kommt gerade aus London, aber dann fällt die Sache mit dem Pferd und dem Trecker flach. Und London, das ist auch so ein dünnes Eis, denn wenn er aus London kommt, dann hat das was mit Geldgeschäften zu tun, dann will er womöglich einen Golfplatz oder – noch perfider – ein Fitnesscenter auf das Grundstück der Erbtante bauen. Aber dann ist der Bursche charakterlich nicht einwandfrei und hat es nur auf die Radieschenbeete von der Erbtante abgesehen. Jedenfalls ergibt sich für sie – die Heldin, nicht die Erbtante – die Gelegenheit, vom Rad zu springen, ohne sich mit den zarten Schuhen im struppigen Fell des Rauhaardackels zu verheddern, und ihm, also dem Helden, nicht dem Rauhaardackel, ihre Hilfe anzubieten. Er reicht ihr dann galant die Hand, die beiden starren sich an, und dann funkt's. Entweder sie kennen sich von früher, erkennen sich aber nicht sofort, oder sie werden sich noch kennen lernen und erkennen sich dann. Da sind den Autoren keine Grenzen gesetzt. Oder – die Variante wird noch lieber genommen, denn wo führt das hin, wenn sie ihm ihre Hilfe anbietet, aber der Gepäckträger bereits von dem erwähnten Rauhaardackel besetzt ist, so können sie nicht zusammenkommen, dachte Eva, außerdem sieht das scheiße aus, so ein erwachsener Mann auf einem Gepäckträger, und sie muss strampeln, nein, nein, da müssen die Weichen ganz anders gestellt werden, verlor sie sich in Gedanken – SIE hat eine Panne, beispielsweise, weil ihr die Selleriestangen oder besser der Rauhaardackel vom Gepäckträger gerutscht und in den schon erwähnten Fluss gefallen ist. Dann könnte der Held aus seinem Cabriolet in den Fluss springen und ihr den zwar durchnässten, aber völlig unversehrten Rauhaardackel wiedergeben … Aber auch das bringt sie nicht zwingend dazu, sich mit ihm zu verabreden, um ihn dann wiederzuerkennen oder kennen zu lernen, wie auch immer, überlegte Eva. Außerdem ist das eine recht unappetitliche Sache mit dem nassen Rauhaardackel, zumal sich solche Kreaturen gern in den ungünstigsten Momenten schütteln, und so ein eigenwilliger Rauhaardackel lässt sich am Set ja vom Regisseur nichts sagen. Am besten, sie hat einen Platten. Ja, das kommt gut und lässt sich auch leicht arrangieren. Das ist glaubhaft. Er legt sich dann mit seinem feinen Anzug und dem Halstüchlein ins Gras und prüft die Beschaffenheit des Fahrradschlauchs, wobei er lässig auf einem Grashalm kaut, während der Rauhaardackel kurz mal pinkeln geht. Eigentlich habe ich wahnsinnigen Hunger, dachte Eva.

»Kann ich dir irgendwie helfen?«

Eva reagierte nicht. Sie war bestimmt nicht gemeint, denn sie kannte hier niemanden, der sie duzen würde.

»Du da hinten in der grauen Strickjacke!«

Eva fuhr herum. »Reden Sie mit mir?«

»Ja. Klar. Mit wem denn sonst!« Der knackige Muskelberg im Feinripphemd hinter der Rezeption grinste sie Kaugummi kauend an. »Steht ja sonst keiner hier rum!« Er hatte einen Ring im Ohr. Und eine Tätowierung auf dem Oberarm. Das nackte Grauen. Erzengel Luzifer.

»Tja, also, ich möchte …«

»Abspecken.«

»Bitte??«

»Von dir ist doch die E-Mail von Sonntag, oder?«

Eva schoss die Schamesröte ins Gesicht. »Nein. Ja. War nur Spaß.«

»Du siehst eher wie ein Ernstfall aus.«

»Was?« Eva spürte, wie ihre Beine zitterten. Hatte DIESER weißblond zerfranste Satanist, der offensichtlich nur aus Muskeln und Samensträngen bestand, ihr diese E-Mails aus Hongkong geschickt?

Wie peinlich, wie unsagbar peinlich! Wollte er sie etwa damit herlocken? War das eine psychologisch perfide Methode, einsame dicke Frauen aus dem Umland zu einem kostspieligen Dauerabonnement zu verleiten? Eva hörte Fährmann in ihrem Inneren schreien: »Komm nach Hause, noch kannst du fliehen!«

»Guck nicht so ängstlich«, sagte der Typ hinter der Rezeption. »Jeder kann sehen, warum du hier bist.«

In letzter Sekunde fiel ihr ein, dass sie sich ja Claudia Monrepos genannt hatte. Nicht Eva Fährmann.

Sie rang sich ein unsicheres Lächeln ab, pirschte sich an den Sportsfreund heran und entzifferte das Namensschild, das an seiner gestählten Brust prangte.

Entwarnung. »Thorsten – die Sportinsel«. Der Typ, der ihr zuerst geschrieben hatte. Nicht Mark Schubert.

Trotzdem: Das konnte eine Falle sein.

»Hallo, Thorsten«, sagte Eva mit gespielter Munterkeit.

»Servus«, sagte Thorsten die Sportinsel. »Und wer bist du?«

»Eva. Eva Fährmann.«

»Vorname reicht«, sagte Thorsten. »Übrigens: Wir sind hier Schlimmeres gewohnt.«

»Schlimmeres als was?«

»Als dich.« Thorsten die Sportinsel lachte.

Eva schluckte.

Der Blonde streckte ihr die Hand hin. »Willkommen im Club.«

»Moment«, sagte Eva argwöhnisch. »Hast du mir heute Morgen eine Mail aus Hongkong geschickt?«

»Hä? Wieso denn aus Hongkong?«

Zum Glück verfügte Thorsten offensichtlich nicht über einen allzu hohen IQ.

»Weil ich heute Morgen eine Mail aus Hongkong bekommen habe«, beharrte Eva eigensinnig. »Und der nicht unbegründete Verdacht nahe liegt, dass du mich auf den Arm nehmen willst.«

»Wenn du dreißig Kilo abgenommen hast – gern«, scherzte Thorsten.

»Sehr witzig.« Eva taxierte ihn misstrauisch.

»Was stand denn drin?«

»Wie? – Ach, lassen wir das.«

War das Ganze hier ein ernst gemeintes Gespräch? Und wenn ja, wohin sollte das führen?

»Also willst du jetzt in die Moppel-Gruppe oder nicht?«

»Nein«, sagte Fährmann. »Wir gehen jetzt frühstücken.«

»Na gut«, sagte Eva. »Ich kann es ja mal versuchen.«

Thorsten die Sportinsel grinste zynisch. »Na bitte! Derart motivierte Mitglieder nehmen wir gern in unseren Club auf! – Hier, füll mal eben aus, hast du 'n Kuli, na, macht nix, hier ist einer, aber wiedergeben, den brauch ich noch, nicht dass der Beine kriegt, das sehen wir hier nicht so gern ...«, brabbelte er naiv vor sich hin, aber Eva maß seinem Gerede keinerlei Bedeutung bei. Der war intellektuell gar nicht in der Lage, ihr eine so feurige Mail aus Hongkong zu schicken. Eva seufzte erleichtert auf. Es gab einen Mark. Irgendwo am anderen Ende der Welt. Und für den wollte sie abnehmen.

Eva füllte artig den Bogen aus, den Thorsten ihr reichte. Name, Adresse, Alter, Beruf, Krankheiten, Ernährungsgewohnheiten, ausgeführte Sportarten, Gewicht, Wunschgewicht.

Der muskulöse Thorsten hantierte am Kühlschrank herum und entnahm ihm einen Fitnessdrink. Er schraubte ihn auf und trank ihn, wobei sich seine Bauchmuskeln spannten.

Eva fand seinen Anblick unerträglich.

»Deinen guten Willen hast du bewiesen. Komm heim, dicke Eva, hier ist es gemütlich und warm«, meldete sich Fährmann zu Wort. »Wir könnten uns auch einen leckeren Speckpfannkuchen machen, und die Sportklamotten versteigerst du bei E-Bay.«

»Hau ab, Fährmann.« Eva konzentrierte sich auf ihren Fragebogen. Sie stieß einen langen, hingebungsvollen Seufzer aus.

»Na, ist es so schlimm?«

O Gott. Noch so 'n Frust-Moppel. Ein männliches Exemplar. Der Kerl wog schätzungsweise vierzig Kilo zu viel, und rote Haare hatte er auch noch. Er musste eben erst angekommen sein, er keuchte noch. Er sah nach Ermüdungserscheinungen, Verdauungsproblemen, Kurzatmigkeit, Schlafstörungen und starkem Schwitzen aus. Also keinesfalls unsympathisch.

Eva warf ihm einen strafenden Blick zu.

»Diskretion!«

Sie lagen fast über ihren Anmeldebögen und sahen sich in gespielter Feindseligkeit an.

»Sie haben geguckt!«, zischte Eva.

»Nur neunzig Kilo? Da sind Sie ja noch locker im zweistelligen Bereich!«

Eva kicherte. Der Typ erinnerte sie an Benjamin Blümchen, den sprechenden Elefanten, der fast aus seiner Jacke platzt. Benjamin Blümchen, wir sagen hallo, Benjamin Blümchen, wir lieben dich so, also hallo erst mal.

»Ihr kommt beide zu Brigitte in die Gruppe, euch quetscht sie noch rein«, sagte Thorsten die Sportinsel. »Also los.«

Der Dicke riss sein Anmeldeformular an sich und zerknüllte es ganz plötzlich. »Kommen Sie mit auf 'ne Bratwurst?«

Thorsten trat hinter der Rezeption hervor. »So schnell hat noch keiner aufgegeben. Die meisten haben wenigstens noch eine Treppenstufe in Angriff genommen!«

»Später«, flüsterte Eva dem armen Dicken zu. »Wir packen das!«
Er schien noch kurz zu überlegen, dann folgte er ihr die Treppe hinauf.

»Wieso nehmen wir nicht den Aufzug?«, fragte Benjamin sterbend.

»Weil's keinen gibt«, antwortete ihm Thorsten die Sportinsel schlau.

»Sollte 'n Witz sein«, murmelte der Dicke schlapp. »Oliver heiß ich übrigens.«

»Eva!« Die beiden schüttelten sich ausgiebig die Hand. »Ich weiß noch nicht, ob ich das hier wirklich machen soll.«

»Ich auch nicht«, flüsterte Oliver verschwörerisch. »Aber ich hab so 'n Gutschein für zwei Probestunden von meiner Tochter zu Weihnachten gekriegt, und die wollte ich nicht enttäuschen.«

Eva wollte gerade antworten, dass sie auch eine Tochter hatte, da wurde die Tür aufgestoßen, und eine robuste Frau mit rotblonden Locken winkte sie herein.

»Hallo, Oliver. Wen hast du denn da mitgebracht?«

»Sie heißt Eva«, sagte Oliver. »Mehr weiß ich nicht.«

»Ich bin Brigitte Brandt, die Leiterin dieser Gruppe. Herzlich willkommen.«

Noch bevor sich Eva wundern konnte, woher die Frau Oliver kannte, schüttelte die Trainerin ihnen beiden beherzt die Hand.

»Herzlichen Glückwunsch!«

»Wie bitte?«

»Zu eurem Entschluss, den ihr in die Tat umgesetzt habt. Unser Prinzip heißt ›Nicht schwer, aber immer leichter‹. Der Anfang ist gemacht! Jetzt wird alles nur noch leichter. Ihr auch.«

Eva ließ sich auf einen freien Stuhl plumpsen und schaute sich unauffällig im Frust-Moppel-Fegefeuer um.

Lauter Problemzonen hingen da matt auf ihren Stühlen, die meisten schauten bedrückt aus der Wäsche. Einer sah aus, als wollte er jeden Moment losheulen, und irgendwie war Eva auch danach. Was mache ich hier, dachte sie, wie konnte es nur so weit kommen, dass ich jetzt hier zwischen lauter fetten, gescheiterten Existenzen hocke und auf ein Wunder hoffe?

Fährmann wedelte ganz leise mit dem Schwanz. »Da vorne wäre die Tür«, schlug er unverbindlich vor. »Zu Hause gäbe es jetzt was zu essen. Nur mal so, als Alternative in den Raum gestellt.«

»Dieser Raum hier wird in den nächsten sechs Monaten euer Zuhause sein«, sagte Brigitte. »Und wir hier eine große Familie.«

Ein unterdrücktes Stöhnen hielt im Raum Einzug.

»Natürlich nur, wenn ihr wirklich wollt. Hier wird niemand zu seinem Glück gezwungen, und wer will, kann sofort gehen.«

»Würde ich ja gern«, flüsterte Oliver Eva zu. »Aber dann kriege ich zu Hause Ärger!«

»Wer jetzt geht, wird für den Rest seines Lebens dick bleiben«, meinte Brigitte, die Olivers Bemerkung gehört zu haben schien. »Dieser Kurs hier ist für viele von euch die letzte Chance.«

Eva fühlte sich unbehaglich. Sie kam sich vor wie in einem Zentrum für Suchtkranke. Aber waren sie das nicht auch alle irgendwie? Ich doch nicht. Ich bin doch nicht suchtkrank. Ich bin nur ein bisschen dick. Ich schaff das auch allein.

»Ich weiß, was ihr jetzt denkt«, schmunzelte Brigitte. »Dass ihr es auch allein schafft. Aber damit betrügt ihr euch selbst. Denn wer von euch hat noch keine Diät versucht und war hinterher dicker als zuvor?«

Eva sah sich unter ihren Moppel-Genossen um. Alle nickten, fühlten sich ertappt, murmelten durcheinander.

Jeder berichtete bereitwillig von seinen gescheiterten Diätversuchen. Man taute langsam auf, es wurde gekichert und getuschelt. Eva entspannte sich langsam.

»Wer von uns hat noch keine Diät ausprobiert, die schnellen Erfolg versprochen hat!«, seufzte eine in der zweiten Reihe, die laut Namensschild Sabine hieß.

»Genau! Da wird uns vorgegaukelt, dass wir nur diese Pille oder jenes Pulver nehmen müssen, um nie wieder Hunger zu haben!«

»Da will man uns glauben machen, dass wir alles essen können, was wir wollen, und dass die Pfunde trotzdem purzeln«, bestätigte eine andere. Die anonymen Fresser nickten und murmelten durcheinander, und Eva fühlte sich gar nicht mehr unwohl.

»Wenn man die Frauenzeitschriften aufschlägt«, sagte Brigitte unterdessen, »begegnet man mehr Gurus, als in ganz Indien zu finden sind. Sie predigen uns wie die Propheten in der Wüste, was wir essen dürfen, sogar müssen, und was wir absolut nicht essen dürfen.«

»Gibt's hier eigentlich eine Kantine?«, fragte einer, der laut Namensschild Joachim hieß. »Wir haben jetzt lange genug über Essen geredet.«

»Oh, einen Klassenclown haben wir auch!«, sagte Brigitte freundlich. »Wenn wir eine Showeinlage brauchen, sagen wir Bescheid.«

»Gebt der ganzen Sache wenigstens eine Woche! Man schmilzt schon vom Zuhören«, behauptete eine Frau, die so dick war, dass sie zwei Stühle brauchte. Sie glich einem Nilpferd, wie Eva fand, aber sie hatte etwas Hoffnungsvolles im Gesicht, hatte sich noch nicht aufgegeben, was erstaunlich war. »Ich hab schon vier Kilo abgenommen im letzten Kurs!«

»Nee, echt? Wo denn? Im Gehirn?«, fragte Joachim unfein.

Was für ein unverschämter Kerl! Eva sah ihn von der Seite an.

Früher musste er mal bildhübsch gewesen sein, ein richtiger Frauentyp, aber jetzt war er fett und frustriert und ließ seinen Ärger offensichtlich an seiner Umwelt aus. Mit dem ist nicht gut Kirschen essen, dachte sie, um den werde ich einen Bogen machen.

»Das Prinzip unseres Kurses lautet: Gemeinsam sind wir stark, jeder zieht den anderen mit«, erläuterte Brigitte unterdessen.

»Und wie sieht das praktisch aus?«

»Wir nehmen Rückfälle nicht zum Anlass, uns selbst aufzugeben, wie das der Dicke im Allgemeinen leider oft tut. Er sagt sich nach einem Rückfall: Jetzt ist sowieso schon alles egal, jetzt kann ich auch weiter essen. Er zerstört sich aus Selbstverachtung. Das wird in dieser Gruppe nicht passieren.«

»Diese Zeitschriftengurus«, begehrte eine Birnentyp-Verformte auf, die tatsächlich Dagmar hieß, »sind doch alle nie dick gewesen. Die haben keine Ahnung, was in uns vorgeht!«

»Das ist so was von arrogant«, bestätigte eine Reithose aus der ersten Reihe. »Genauso gut kannst du einem Penner unter der Brücke sagen, er soll doch arbeiten wie alle anderen auch!«

»Und dann wollen sie uns weismachen, wir könnten mit Sauerkraut und Wein dauerhaft abnehmen«, sagte Brigitte.

»Aber da muss man mit vermehrten Flatulenzen und sinkenden Sozialkontakten rechnen«, wandte Dagmar ein. Eva kicherte. Die hat ja Humor. Die werde ich nachher mal fragen, ob sie was von meinem Pausenbrot abhaben will.

Die Moppel-Gruppe lachte. Die Stimmung wurde immer aufgelockerter.

»Im Laufe dieses Seminars werden wir eine Menge über Diäten erfahren, aber eine Diät ist es nicht, was wir hier anstreben ...«

»Sondern?«

»Eine dauerhafte Veränderung unserer Essgewohnheiten und das dauerhafte Antrainieren eines Bewegungsdranges.«

»Und das ist das ganze Geheimnis?«

»Das ist überhaupt kein Geheimnis. Das weiß jeder. Nur dass uns der innere Schweinehund immer wieder einen Strich durch die Rechnung macht und uns hindert, das in die Tat umzusetzen.«

Eva grinste. Meiner nicht, dachte Eva. Den hab ich zu Hause eingeschlossen.

6 Lieber Mark Schubert,
wie geht's denn so in Hongkong? Haben Sie viel Stress?
Bei mir in der Modebranche ist mal wieder der Teufel los.
Baue mir gerade eine neue Firma auf, habe viele Ideen und beginne gerade, sie in die Tat umzusetzen. Das ist mit wahnsinnig viel Kraftaufwand verbunden, denn dass die Konkurrenz in dieser Branche nicht schläft, muss ich Ihnen sicher nicht erklären.

Die Models leiden bei dieser Kälte ganz besonders, aber die neue Sommerkollektion muss vorgestellt werden.

Ständig wird nur über Diäten geredet, ich kann es schon nicht mehr hören. Zum Glück habe ich damit nichts am Hut – ich esse für mein Leben gern und nehme kein Gramm zu! Bin aber auch ständig in Bewegung und vergesse das Essen meist sowieso. Den Lebensstil eines berufstätigen Menschen kennen Sie ja. Heute hatte ich ein anstrengendes Meeting mit neuen Kollegen, an die ich mich erst noch gewöhnen muss. Aber es wird schon werden. Am Ende wird eine tolle neue Kollektion entstehen.

Aber was schreibe ich Ihnen von beruflichen Belangen? Als kulinarischer Leiter eines Fünf-Sterne-Betriebs wissen Sie über Mitarbeiterführung, Organisation, Ziele und Motivation selbst am besten Bescheid, und es hieße Eulen nach Athen tragen, Ihnen mit solch belanglosen Problemen die Zeit zu stehlen.

Hier schneit es in tausend stürmischen kleinen Flocken, und vom Frühling ist noch lange nichts zu sehen. Aber gegen die Kälte und das Wintertief hilft mir mein täglicher Sport!

Sie brüten wahrscheinlich in feuchtschwüler Hitze vor sich hin.

Also, abgemacht! Wir schicken uns täglich ein Rezept! Sie mir die weltweit raffiniertesten Fünf-Sterne-Menüs, und ich revanchiere mich mit solider Hausmannskost! Mal sehen, wem die Ideen zuerst ausgehen ... ☺ Sie schreiben, dass Ihre Reederei in New York sitzt – das passt gut; ich bin beruflich oft in New York. Ist ja die Modestadt überhaupt!!

Für eilige, berufstätige Schlemmer ein kleiner Gruß aus der Küche, das habe ich mir heute auch schnell zubereitet:

HÄHNCHENFILET IM GEMÜSEBETT MIT RISOTTOREIS
Zutaten
Je 30 g Karotten, Lauch, Frühlingszwiebeln, Paprika, Tomaten, 350 g Hähnchenfilet, 100 g Butter, 200 g Risottoreis, 0,2 l Sahne oder Crème fraîche, Salz, Pfeffer, Hähnchengewürz, Muskatnuss
Das Gemüse klein schneiden und auf kleiner Flamme in Olivenöl glasig dünsten. Das Hähnchenfilet in kleine Stücke schneiden und in Butter anbraten. Inzwischen den Risottoreis in Gemüsebrühe sämig kochen. Einen guten Schuss Sahne oder Crème fraîche untermischen.

Das Ganze mit Salz und Pfeffer, Hähnchengewürz, Muskatnuss und – das bleibt aber bitte unter uns!!! – Maggi ☺ abschmecken.

Guten Appetit!
Mit eiligen Grüßen
Ihre Claudia Monrepos

»Abnehmen beginnt im Kopf! Also lasst ihn nicht hängen!«
»Du hast gut reden, Brigitte! Du bist schlank«, stöhnte Cordula, eine recht propere Dicke im Leopardenmantel mit wirren Locken und hessischem Akzent. »Hast du eine Ahnung, was ich mich schon gequält und geschunden habe, nur damit dieser Mantel zugeht.«

»Das kann ich bezeugen«, gab Joachim ungefragt seinen Senf dazu.

»Zugegeben, der sieht scharf aus«, meinte Dagmar. »Du hast ungewöhnliche Formen für einen Leoparden, aber ...«

»Leoparden sind schlanke, wendige Tiere«, insistierte Joachim. »Warum ziehst du dir keinen Walrossmantel an?«

»Wenn du was Knackiges willst, heirate doch 'ne Bockwurst«, giftete ihn Cordula an. »Du siehst auch nicht besser aus.«

»Seid ihr etwa verheiratet?«, fragte Brigitte streng.

»Noch. Auf dem Papier.« Cordula warf Joachim giftige Blicke zu. »Aber ich habe die Scheidung eingereicht. Mein Mann ist mir zu fett.«

Die Gruppe lachte.

»Die Zeit unserer cellulitären Ehefehde nähert sich dem Ende«, fügte Joachim genervt hinzu. »Ich konnte irgendwann nicht mehr mit ansehen, dass die Matrone meines Herzens nicht mehr in den Fernsehsessel passt.«

»Aber du!«, giftete Cordula. »Auf deiner Staatsreserve Wellfleisch konnte ich einen Tisch für acht Personen decken.«

»Und warum seid ihr beide hier?«

»Wir haben eine Wette am Laufen. Wer zuerst dreißig Kilo abgenommen hat, behält die Wohnung.«

»Ja, da passt nämlich nur einer von uns rein – klein, wie sie ist!«

»Man sollte sich ein lohnendes Ziel setzen«, meinte Oliver knapp.

»Halt die Klappe, Fettsack!«, grunzte Joachim.

Eva sah irritiert von einem zum anderen. Hier gab es ja im wahrsten Sinne des Wortes dicke Luft!

»Stimmt es, dass du selbst dick warst?«, wandte sich Cordula an Brigitte.

»Sehr dick. Um nicht zu sagen fett. Meine ganze Familie ist so veranlagt. Das sind die Gene, habe ich mir immer eingeredet.«

»Und wie hast du es geschafft?«

»Auch in meinem Leben gab es einmal den Tag X, an dem ich beschlossen habe, mein Leben zu ändern. Genau wie bei euch! Der Anfang ist das Schwerste, dann muss man nur noch durchhalten.«

»Das ist leichter gesagt als getan!«

»Nein, gar nicht! Man muss nur WISSEN, was man vorhat. Ich hörte nicht einfach auf zu essen, weil das Schwachsinn wäre, sondern ich begab mich in die Universitätsbibliothek, wo ich unter ›Ernährungswissenschaften‹ einen Schatz von Literatur fand! Nachdem ich drei Jahre lang alles gelesen und gelernt hatte, was wissenswert ist, hatte ich nicht nur das Diplom in Ernährungswissenschaften, sondern ganz automatisch mein Idealgewicht erreicht. Abnehmen beginnt im Kopf und hat nichts mit eiserner Disziplin, sondern mit schierem Wissen zu tun!«

»Endlich mal jemand, der was von dieser Sache versteht. Die Diätgläubigkeit ansonsten durchaus gebildeter Menschen ist beschämend«, sagte Dagmar seufzend.

»Was ich euch hier mitgeben kann, ist mein Wissen. Was ihr davon übernehmen wollt, ist eure Sache. Für den Rest seid ihr selbst verantwortlich.«

Eva und Oliver nickten sich zu. Das hörte sich vernünftig an, und Eva beschloss, nicht aufzugeben. Das wird Fährmann nicht schmecken, dachte sie lächelnd. Aber da muss er durch.

Abends bereitete sich Eva zum ersten Mal mit großer Sorgfalt und Freude einen Salat zu. Die fetten schweren Gerichte waren fürs Erste von der Speisekarte gestrichen. Leonie kam sofort herbei und half ihr beim Möhrenraspeln.

»Ich find das total geil, dass du jetzt in die Moppel-Gruppe gehst.«

»Tja, Leonie, ob du's glaubst oder nicht: Das verdanke ich deinem Vater.«

»Bist du ihm eigentlich noch böse?« Leonie schaute sie mit entwaffnendem Dackelblick an. »Ich meine, wenn du abgenommen hast, kommt er bestimmt wieder!«

Eva zuckte die Achseln: »Ich glaube nicht, dass Papa mich verlassen hat, weil ich dick bin. Wir hatten uns schon lange auseinander gelebt.«

»Ach was, der Papa hat 'ne Midlifecrisis! Das legt sich wieder!«

»Tja, und ich nutze jetzt die Krise als Chance«, sagte Eva. »Ich lerne neue Leute kennen, erfahre viel über gesunde Ernährung. Reich mir mal die Gurke, bitte.«

Fährmann lag mit triefenden Augen vor dem Kühlschrank und schmollte. Nix Woaaast!

»Der Vater von meiner neuen Freundin Franzi, der ist auch voll fett. Franzi meint, das Wichtigste für einen Frust-Moppel ist die Unterstützung der Familie.«

»Da ist was dran«, sagte Eva. »Lieb, dass du zu mir hältst. So ein frischer Salat mit viel Rohkost schmeckt gar nicht so übel. Man muss nur richtig Hunger haben, dann wird sogar eine Tomate zum kulinarischen Feuerwerk. Hier. Vorsicht mit der Zwiebel. Das Messer ist sehr scharf.«

»Meine Unterstützung hast du, Mama. Weißt du, es tut mir so wahnsinnig Leid, dass ich das mit Svenja schon so lange gewusst und nichts gesagt habe ...!« Leonies Augen standen voller Tränen. Sie wischte sich mit dem Handrücken die Nase und tat das so ungeschickt, dass sie sich fast in die Lippe geschnitten hätte.

Eva nahm ihre Tochter in den Arm. »Ist schon gut, Leonie! Leg mal das Messer weg, sonst fließen hier nicht nur Tränen, sondern auch noch Blut! Ich sage dir mal was: Du hättest gar nicht anders handeln können. Es war klug und richtig, dich da rauszuhalten. Das Ganze ist wirklich eine Sache zwischen Papa und mir. Wir bleiben deine Eltern und werden dich immer lieben.«

Jetzt lagen sich Leonie und Eva heulend in den Armen.

»Kannst du mir noch mal verzeihen?«, schluchzte Leonie. »Ich komm mir so mies vor! Bei Franzi ist die Mutter gestorben, und jetzt denke ich immer, dass du zwar noch lebst, aber ich dich voll im Stich gelassen hab. Die Franzi sagt, sie hätte ihre Mutter nie so hintergangen ...«

»Ich weiß gar nicht, wovon du sprichst«, sagte Eva unter Tränen. »Ich lebe doch noch! Ich fang sogar ganz neu damit an!« Sie war so froh, dass sie ihr Kind wiedergewonnen hatte.

»Und diese ... Franzi? Von der höre ich zum ersten Mal.«

»Die ist mit ihrem Vater erst vor kurzem nach Kerpen-Horrem gekommen. Sie sitzt in der Schule neben mir. Wir wollen im Frühling zusammen in den Tanzkurs gehen und so.«

»Schön. Bring Franzi doch mal mit. Wo wohnt sie denn?«

»Die sind irgendwie zu ihrer Tante gezogen. Der Vater hat, glaube ich, seinen Job verloren und sucht jetzt einen neuen.«

»Das wird nicht einfach für ihn sein. Bei uns in der Fabrik gibt es jedenfalls keine neuen Jobs. Papa wird die Firma über kurz oder lang schließen, und dann werden hier viele Häuser leer stehen. Der Vater von Franzi hat aber wirklich Pech gehabt!«

»Der hat 'ne neue Freundin, sagt Franzi, und die ist voll nett. Er ist schon wieder supergut drauf, und einen Job findet er bestimmt auch.«

»Na dann ... bring Franzi doch mal mit! Lad sie zum Essen ein!«

»Ja, aber ...« Leonie sah sich suchend um. »Kein Topf auf dem Herd, aus dem es lecker riecht?«

»Das arme Kind muss jetzt auch noch leiden«, grunzte Fährmann. »Erst Trennungskind, und jetzt muss es auch noch verhungern.«

»Wenn Franzi kommt, dann koche ich euch Gulasch mit Knödeln«, sagte Eva. »Versprochen.«

Liebe Claudia!
Das klappt ja hervorragend! Sie sind ja eine Frau der Tat!
Jeden Morgen eine E-Mail aus der Heimat und jeden Morgen ein köstliches Rezept! Das Hähnchenfilet war köstlich! Na, da kom-

men Erinnerungen und Sehnsüchte auf! Sie sind schuld, wenn ich Tag und Nacht an Sie denke!

Sie können sich nicht vorstellen, wie ich mich freue, mit Ihnen zu kommunizieren. Jetzt gehe ich morgens immer eine Viertelstunde früher ins Büro, um in Ruhe meine Mails zu checken. Meine Kollegen vom Schiff müssen ja nicht unbedingt mitkriegen, dass ich eine neue Brieffreundin habe. Ist es erlaubt, dass ich mir ein Bild von Ihnen mache? Bitte! Sie müssen mir schon einen Hinweis geben, wie Sie aussehen. Dass Sie schlank und sportlich sind, weiß ich ja schon. Das gefällt mir. Sie bauen sich eine eigene Firma auf – wow! Sie ziehen Ihre Pläne durch, Sie motivieren neue Mitarbeiter, Sie kämpfen gegen Ihre Widersacher! Genau so eine Frau habe ich mir vorgestellt!

Ach, wir Seemänner träumen immer von Äußerlichkeiten, obwohl das im Leben gar nichts heißt. Ich brauche eine Frau, mit der ich reden kann. Eine Frau muss drei Dinge haben: Herz, Hirn, Humor. Und Sie haben das, Claudia.

Alles deutet darauf hin, dass Sie meine Traumfrau sind. Ich wünsche es mir so. Kochen können Sie.

Liebe geht durch den Magen ... und der zieht sich jeden Morgen vor lauter Freude zusammen ...

Muss zum Morgenappell auf die Brücke – es ist Punkt sechs!

Kuss Mark

»Du, Mama, ich hab da was gefunden in meinem Kinderzimmerschrank. Hinter den Babysachen, in der Kiste mit den Rasseln, Beißringen, Schnullern und dem ganzen Zeug, das du nicht wegwerfen willst. Guck mal!«

Leonie kramte eine alte Hörkassette aus ihrer Jeanstasche und legte sie auf den Tisch.

»Gymnastik für junge Mütter«, las Eva erstaunt. »Was soll ich denn damit? Ich bin doch schon eine alte Mutter!«

»Ich hab's mir angehört«, sagte Leonie eifrig, »und alle Übungen nachgeturnt. Es sind fünfzehn Stück, und jede dauert eine

Minute. Ist gar nicht schwer und richtet sich voll gegen die Problemzonen!«

»Ach Leonie! Ich bin eine einzige Problemzone, was können fünfzehn Minuten Gymnastik am Tag da schon ausrichten?«

»Aber wenn du es von jetzt an täglich machen würdest? Steter Tropfen höhlt den Stein!«

Eva sah ihren Schweinehund fragend an, der abwartend unter dem Küchentisch hockte.

»Mach's nicht«, knurrte Fährmann übellaunig. »Nützt sowieso nichts. Außerdem tut das weh, und du wirst Muskelkater haben. Dieser morgendliche Marsch mit Brigitte und den Streber-Frust-Moppeln durch den Kölner Stadtwald reicht völlig.«

»Mama, was gibt's denn da zu überlegen? Wir machen das zusammen!«

Eva überhörte Fährmanns Einwände. »Du hast eine fünfzehn Jahre alte Rückbildungsgymnastik-Kassette aus dem Schrank gekramt und alles nachgeturnt, für mich?« Was musste das Kind für ein schlechtes Gewissen haben!

»Mama, die Übungen sind ganz leicht, und die Frau auf der Hörkassette spricht ganz freundlich mit einem. Es ist sogar Musik dabei, du brauchst nur eine Wolldecke und ein Kissen, und du kannst die Kassette so oft abspielen, wie du willst, erst nur ein bisschen vielleicht, und später öfter ...«

»Vielleicht morgen«, versuchte es Fährmann mit der Verzögerungstaktik. »Oder nächste Woche irgendwann.«

»Also los, Mama. Wir probieren die jetzt aus.«

»Jetzt? Sofort?«

»Klar. Los, zieh dir deine neuen Sportklamotten an!«

Eva streckte Fährmann heimlich die Zunge raus.

Kurz darauf kugelten Eva und Leonie kichernd im Wohnzimmer auf der Decke vor der Stereoanlage herum.

Der Schweinehund saß breitbeinig und bräsig auf dem Sofa und lachte sich über sie kaputt.

Hallo, Seemann!

Wie geht's, wie steht's? Sie können wahrscheinlich nicht über schlechtes Wetter klagen? Wie ist es im Indischen Ozean? Wenn ich mir im Internet die Weltwetterkarte runterlade, sehe ich mit Neid über dreißig Grad im Schatten.

Bin gerade erst nach Hause gekommen, war auf einem Meeting in Berlin und fliege gleich weiter nach Barcelona. Ihr Männer könnt euch freuen: Im Sommer zeigt frau viel Haut. Kurze Röcke und ärmellose Tops sind angesagt! Wir arbeiten hart an der neuen Linie! Bei den Temperaturen in Hamburg fällt es schwer, sich die knappe Sommermode schon vorzustellen! Dazu brauche ich als Designerin sehr viel Fantasie und bin auch auf mein Team angewiesen. Wir glauben alle an den Erfolg und kämpfen hart dafür. Man muss an eine Sache glauben und sie kompromisslos durchziehen, sonst kann man sie gleich vergessen. Die Konkurrenz spuckt Gift und Galle – aber das spornt mich erst recht an. Die ersten kleinen Erfolge stellen sich jetzt schon ein, und ich werde meine Linie konsequent weiterverfolgen. Im Sommer werden alle staunen, und vielleicht werden dann auch Sie sehen, woran ich mit meinem Team so hart gearbeitet habe. Falls wir uns dann treffen ...?

Sie fragen, wie ich aussehe? Ganz ansehnlich, wie man mir sagt. In meiner Branche ist gutes Aussehen Pflicht ... Ich wiege 58 Kilo, bin 1,75 groß und darf mich als gertenschlank bezeichnen.

Ich habe blonde lange Haare, die ich meist hochstecke, weil sie mich sonst beim Arbeiten stören. Privat trage ich am liebsten enge Jeans und – bei diesem Wetter – Rollis unter kuscheligen Pullovern. Auf Reisen müssen es Business-Kostüme oder Hosenanzüge sein. Wenn ich abends ausgehe, wird es ziemlich flippig. Aber viel Zeit dafür habe ich nicht! Momentan absolviere ich täglich noch ein Fortbildungsprogramm in Sachen Kommunikationstraining und Mitarbeiterführung. Da genieße ich es einfach, abends in mein Loft in Hamburg zu kommen und mich mit einem guten Glas Champagner aufs Sofa zu setzen und durch die Panoramafenster meiner Dachterrasse den Schiffen auf der Elbe nachzuschauen ... und dann denke ich natürlich an Sie und daran, ob wir uns irgendwann über den Weg laufen werden.

Schreiben Sie mir wieder? Ein Rezept für eine superköstliche, schwere und würzige Kartoffelsuppe finden Sie im Anhang! Es stammt von der Schwiegermutter meines Exmannes. Sie tut reichlich Leberwurst in die sämige Kartoffelsuppe und bereichert sie mit kross angebratenem Speck und einem guten Schuss Bier. Ein traumhaftes Gericht, das ich zuletzt an Silvester bei einer Skihütten-Party in Südtirol gegessen habe. Vergessen Sie Ihres nicht! Ich freu mich drauf.

Liebe Grüße – und warum sollte ich Ihren Kuss nicht erwidern? – Kuss

Ihre Claudia Monrepos

»Was bedeutet es für euch, euer Wohlfühlgewicht zu erreichen und zu halten? Fasst das mal in Worte.«

»Den Himmel auf Erden«, seufzte Cordula ergeben.

»Endlich wieder in schöne Klamotten passen. Enge Jeans ... T-Shirt, coole Jacke. Lederstiefel, die einen schlanken Fuß machen ...«

»Nichts mehr, was gnädig den Hintern verdeckt ... nichts mehr kaschieren müssen, kein Grau und Schwarz mehr ...«

»Keine Leberwurstkorsetts mehr aus dem Werbefernsehen«, sagte Eva. »Ich träume von diesen sündhaft teuren hautengen Bodys, die man unter engen Jeans mit einem breiten Gürtel trägt.« Wie sie die Geliebte meines Mannes trägt, wollte sie lieber nicht dazusagen.

»Lange schlanke Beine unter einem Kostümrock. Dazu diese geschmeidigen, edlen Seidenstrümpfe von Wolford. Keine Stützstrumpfhosen aus der Apotheke.«

Joachim grinste sie dreist an: »Träum weiter, Baby.«

»Wovon träumst du, Joachim?«, fragte Brigitte.

»Von zwei geilen Weibern in jedem Arm. Von einer Maß Bier auf dem Tisch. Von einer Beförderung. Von einer Gehaltserhöhung.«

»Gut, ist ja gut! Weiter. Die anderen.«

»Davon, von der Verkäuferin nicht mehr blöd angemacht zu werden«, ergänzte Elisabeth. »Ich will mich ohne rot zu werden in eine Boutique trauen und nicht gefragt werden, ob das Teil als Geschenk eingepackt werden soll.«

»Davon, dass ich tagsüber nicht mehr müde und schlapp bin!«, rief Sabine aus der dritten Reihe. »Dass ich vor Energie strotze!«

»Ich will bei einer Fahrradtour mit meinen Kindern mithalten können«, gab Siegwulf zum Besten. »Ich hab null Kondition mehr. Ich schäme mich vor ihnen und sage lieber, ich hätte zu tun, als mich zu blamieren. Dicksein ist ein einsames Geschäft.«

»Ich will morgens überhaupt erst mal aus dem Bett kommen«, seufzte eine, die Michaela hieß. Sie war knapp fünfzig, eine verlassene Zahnarztgattin, wie Eva schon in Erfahrung gebracht hatte. »Ich habe überhaupt keinen Antrieb mehr.«

»Tja, wenn der Bohrer nicht mehr da ist ...«, ließ Joachim eine weitere Gemeinheit los.

»Was bist du nur für ein Idiot«, zischte ihm Cordula zu, und Eva konnte ihr nur Recht geben.

»Und du, Oliver? Hast du einen Wunschtraum für deine schlanke Zeit?«

»Tanzen gehen ...?«

Die anderen stimmten ihm sofort zu. »Ja, tanzen und schweben und nicht aus der Puste kommen, das wäre toll.«

»Im Bikini den Strand entlanglaufen ... ohne angeglotzt zu werden.«

»Im Flugzeug auf dem Mittelsitz nicht mehr zu sterben!«

»Treppen rauflaufen können ... Ich träume davon, einmal in diesen Raum zu kommen, ohne dass mir gleich schwarz vor Augen wird.«

»Keine Gelenkschmerzen mehr ...«

»Ich möchte«, sagte Eva begeistert, »so ein Duracell-Hase werden, der gar nicht mehr anders kann, als sich zu bewegen und seine Batterien immer wieder aufzuladen. Ich möchte meinen inneren Schweinehund dazu bringen, dass er mir morgens die Turnschuhe ans Bett bringt.«

»Dieser Traum ist realistisch«, lächelte Brigitte. »Das Zaubermittel zum ewigen Schlanksein. Sich Lust an der täglichen Bewegung antrainieren. Wenn du das erreicht hast, dann hast du es geschafft.«

Liebe Claudia,
Ihr Hähnchenfilet im Gemüsebett verleiht Flügel! Und dann erst diese sagenhaft köstliche Kartoffelcremesuppe mit Leberwurst! Claudia, Ihre Rezepte schmecken nach Heimat, nach Zuhause, nach Geborgenheit! Was für ein sinnliches Vergnügen, das wir miteinander teilen, Claudia! Ich überlege schon wieder, mit welch kulinarischem Genuss ich IHRE Sinne verwöhnen werde. Die Minuten, in denen ich an Sie schreibe, sind für mich die schönsten des Tages. Dazu kommen jene, in denen ich an Sie denke, mir wünsche, in Ihrer Nähe zu sein ... Ach, das sind die Träume eines einsamen Seemannes. Dann fühle ich mich, als könnte ich übers Wasser gehen ... ☺ Sie glauben gar nicht, was mir unser Briefwechsel bedeutet. Nahrung für die Seele. Ja. Das ist so.

Was Sie mir über Ihre Firma schreiben, Claudia, das imponiert mir sehr. Ich bin ein einfacher Arbeitnehmer, meine Reederei ist mein Chef, aber Sie sind selbstständig, Gründerin und Eigentümerin Ihres Unternehmens, und davor ziehe ich meinen Hut! Sie haben wichtige Jahre Ihres Lebens für diese erfolgreiche Firma geopfert, haben Ihre privaten Interessen zurückgestellt, sind zielstrebig und mutig Ihren Weg gegangen, bis Sie dort waren, wo Sie jetzt sind ... Eine eigene Modekollektion zu entwickeln, die auch noch von der internationalen Modewelt ernst genommen wird und weltweit Beachtung erhält – das muss man erst mal schaffen!

Wie viel Selbstdisziplin und Ausdauer gehört wohl dazu, alle halbe Jahre eine völlig neue Linie zu entwerfen! Im Kopf mag so was ja noch einfach sein, aber es dann auch noch durchzuziehen gegen alle Widrigkeiten und Hindernisse, die sich da in den Weg stellen! Ich bewundere Sie! Dass Sie sich überhaupt mit einem kleinen Vier-Streifen-Offizier abgeben, mir Ihre kostbare Zeit opfern ... das stärkt mich. Mein Rückgrat ist ganz fest durchgedrückt! Fast habe ich mehr Achtung vor mir selbst als früher! Dafür sind Sie allein verantwortlich, Claudia, Sie tolle Frau! Ich stelle Sie mir die ganze Zeit bildlich vor ... und dann ertappe ich mich dabei, wie ich selbstvergessen vor mich hin grinse. Die Kollegen im Meeting ziehen mich schon damit auf, aber egal. Keiner weiß von Ihnen.

Hier geht gerade die Sonne unter, das heißt, bei Ihnen geht sie auf!

Ich bin in Gedanken bei Ihnen und freue mich auf Ihr nächstes Rezept aus der Heimat! Gehe jetzt noch eine Runde laufen, tagsüber war es zu heiß.

Mit sehnsüchtigen Grüßen sendet Ihnen einen warmen Hauch orientalischer Abendröte

Ihr Mark Schubert

Rezept für einen kulinarischen Gaumenkitzel im Anhang! Wünsche sinnlichen Hochgenuss!

An einem ganz besonders scheußlichen Morgen Anfang Februar, an dem der Eisregen gegen das Schlafzimmerfenster klatschte, meldete sich Fährmann mal wieder zu Wort.

»Du willst doch jetzt nicht schon aufstehen?«

»Doch.«

»Schau mal, wie kuschelig dein Bett ist! Ich klopf dir auch das Kissen noch mal auf!«

»Fährmann, ich fahre zur Sportinsel, und Brigitte macht mit den ganz Tapferen einen Lauf durch den Stadtwald.«

»Mach doch mal 'ne Ausnahme ... nur heute ... weil ich es bin, dein alter Freund Fährmann!«

»Lass mich raus. Geh weg! Sitz!«

»Guck doch mal aus dem Fenster! Da schickt man doch keinen Hund vor die Tür!« Der Schweinehund aalte sich wohlig seufzend vor Evas Bett. Er machte ein paar zufriedene Schmatzgeräusche und hielt ihr die Fernbedienung hin. »Schau, gleich kommt deine Lieblingsserie. Dazu holen wir uns ein paar leckere Spiegeleier mit Speck ins Bett ... O.K. Ohne Speck. Wir nehmen ja ab.«

»Lass mich raus, Fährmann!«

»Du WILLST gar nicht aufstehen. Du willst liegen bleiben! Glaub mir, Schätzchen, diese Gurus aus der Fitness-Sekte wollen dir nur deinen Willen brechen!«

»Nein, genau anders herum! Du willst meinen Willen brechen, hast es bereits jahrelang getan!« Eva versuchte, unter der Bettdecke hervorzukrabbeln. Kein leichtes Unterfangen, denn ihr Leibwächter in Form und Gestalt eines stiernackigen Untiers von ungefähr fünfundachtzig Kilogramm hatte sich Furcht erregend davor aufgebaut.

»Du bleibst im Bett! Ich befehle es!«

»Ich lasse mir von dir nichts mehr befehlen! Hau ab!«

»Jetzt reicht's mir!« Der Schweinehund sprang auf Evas Bettdecke. Mit gefletschten Zähnen stieß er böse Knurrlaute aus, und seine Augen blitzten zornig auf. Gott, was ist der immer noch riesig, dachte Eva eingeschüchtert. Und ich dachte, ich hätte ihn schon im Griff.

»Leg dich hin, dreh dich um und schlaf weiter!«, brüllte die Bestie sie an. »Hier ist dein Kissen! Und jetzt RUHE!«

Mark, dachte Eva. Mark, du bewunderst mich. Du hältst mich für eine starke, zielstrebige Frau. Selbstdisziplin, Durchhaltevermögen.

»ICH HABE EIN ZIEL! NÄMLICH MICH! SCHLANK! DIESEN SOMMER!«, schrie Eva Fährmann an.

»DU BIST! UND! BLEIBST! FETT! FRÜHLING! SOMMER! HERBST! WINTER!«, brüllte Fährmann zurück.

Eva streckte eine Zehe aus dem warmen Bett, und der Schweinehund schnappte wütend danach.

Grrr ... Grrrr ... GRRRRRR ...!!

Was hatte Brigitte gesagt? Keine Kompromisse. Keine Ausnahmen. Nie. Sonst reißt der noch ganz dünne Faden des guten Willens. Und du bist wieder bei null.

»Lieber, lieber Fährmann«, versuchte es Eva mit weiblicher List. »Schau, wir könnten Freunde sein, du und ich.«

»Bis vor vier Wochen waren wir das auch«, schmollte Fährmann. »Bis du mit diesem Mist angefangen hast.«

Der Schweinehund brach in Tränen aus. »Du liebst mich nicht mehr«, heulte er los, und Eva musste ihm ein Kleenex vom Nachttisch reichen, »jeden Morgen gehst du in deine Moppel-Gruppe und lässt mich hier ganz allein! Ich langweile mich ohne dich!« Seine Tränen rannen ihm in die weit aufgerissene Schnauze hinein. »Ich verwahrlose hier, und dir ist das ganz egal!«

Was für ein Bild des Jammers! Eva strich dem Schweinehund ein bisschen über seinen rosa Bauchspeck. Das gefiel ihm, er schloss wohlig die Augen und grunzte.

»O.K., du hast gewonnen. Wir bleiben im Bett.«

»Na also. Warum nicht gleich so.« Das Untier sprang von ihrem Bett und ringelte sich auf dem Bettvorleger zusammen. Kurz darauf schnarchte es selbstgefällig. »Jetzt hab ich dich wieder, dicke Eva. Jetzt gehörst du wieder mir.«

»Denkste.« Eva stellte sich schlafend, und als der verdammte Schweinehund gerade weggeschlummert war, spannte sie ihre gerade entstehenden Bauchmuskeln an, schleuderte die Bettdecke von sich und sprang unter die kalte Dusche.

Nun scheuen Schweinehunde wirklich vor nichts zurück, sie gehen mit dir durch die Hölle und begleiten dich überallhin, sie sind die treuesten und anhänglichsten Tiere überhaupt, besonders bei

Dicken sind sie durch fast nichts zu überrumpeln. Aber eine kalte Dusche scheuen sie wie der Teufel das Weihwasser. Und so stand der Schweinehund fassungslos in der Badezimmertür und starrte sein dickes Frauchen an, das bei genauem Hinsehen schon ganze sieben Kilo abgenommen hatte. Und in diesem denkwürdigen Moment wurde der Schweinehund genau sieben Zentimeter kleiner.

Hallo, mein lieber Seemann!
Heute bin ich besonders gut drauf, und da muss ich Ihnen ganz schnell einen lieben Gruß schicken. Habe soeben den Kampf gegen meinen ärgsten Widersacher gewonnen, einen ganz ausgekochten Burschen, der vor keiner Boshaftigkeit zurückschreckt. Ein ganz übler Zeitgenosse, aber leider ein sehr enger Mitarbeiter. Früher war er sogar mein Vorgesetzter, aber ich habe mich von ihm lösen können. Das passte ihm natürlich nicht – klar, denn ich bin jahrelang nach seiner Pfeife getanzt. Und als ich heute zum ersten Mal selbst in einer wichtigen Entscheidung den Ton angab, da war er fertig. Ein wirklich schlechter Verlierer! Natürlich handelt es sich um einen beruflichen Konkurrenten, sozusagen um einen Modezar, der mir bisher noch immer die Trends diktiert hat. Ja, ich kann sogar sagen, dass er die Modelinie der letzten Jahre ganz allein bestimmt hat und ich ihn viel zu lange respektiert habe, aus alter Gewohnheit. Aber heute habe zum ersten Mal ich den Tagesablauf und die weitere Vorgehensweise vorgegeben, und weil ich die besseren Argumente hatte, musste er das Feld räumen. Ehrlich gesagt habe ich auch ein bisschen mit weiblicher List gearbeitet – diese Seite kannte er überhaupt noch nicht an mir ... ☺ Daran sind Sie nicht ganz unschuldig, Mark, weil Sie mir täglich so zauberhafte Komplimente schicken.

Tja, mein lieber Mark, deshalb ist mir heute trotz des miserablen eiskalten Winterwetters ein bisschen zum Feiern zumute, und da ich Sie als Menschen kennen gelernt habe, der sich ehrlich mitfreuen kann, wollte ich Sie gleich an meiner guten Laune teilhaben lassen!

Jetzt gönne ich mir ein Glas Champagner und stoße mit Ihnen an! Auf unsere schöne Brieffreundschaft, die mir wirklich viel Kraft gibt!

Seien Sie umarmt und schreiben Sie mir schnell!

In Hochstimmung

Ihre Claudia Monrepos

Rezept für Grünkohl mit Rauchenden und Stampfkartoffeln im Anhang! Hau rein, Mann! ☺

»Na, alles klar mit dir?«, grinste Thorsten die Sportinsel hinter seiner Rezeption. »Du bist ja richtig gut drauf!«

»Ja, mir geht's auch gut. Die Gruppe tut mir gut, Brigitte sagt lauter kluge Dinge, ich fühl mich ... wirklich O.K.«

»Du guckst gar nicht mehr so ängstlich aus der Wäsche wie am Anfang.«

»Wovor sollte ich denn Angst haben?«

Thorsten die Sportinsel zuckte die Achseln: »Wohnst du nicht ganz allein mit deiner Tochter in so 'ner Riesenvilla in Quadrath-Ichendorf? Unweit der Fabrik?«

»Woher weißt du das?«

»Fährmann«, sagte Thorsten die Sportinsel. »Als ich den Namen und die Adresse auf deinem Anmeldebogen sah, da hat es bei mir gleich klick! gemacht ...« Im Hintergrund röchelte eine matt polierte hypermoderne Kaffeemaschine ihren schwarzen Sud in die Kanne, so als verschlucke sie sich gerade vor lauter Lachen über diesen kleinen verbalen Angriff.

»Was ist der Sinn deiner Aussage?« Eva baute sich vor dem Jungmann auf und schaute ihm genau so kalt in die Augen wie heute Morgen ihrem Schweinehund. Sie stellte sich vor, wie Mark ihr dabei zusah und sie für ihren Mut bewunderte.

»Na ja, ich kenne halt die Svenja, die hat mal mit mir Tennis gespielt. Die hat manchmal von euren ... Verhältnissen erzählt.«

»Von ihrem Verhältnis mit meinem Mann?«

»Nein, ich meine, wie ihr so lebt. So einsam und so ...«

»Kannst du mir mal sagen, was dich das angeht?«

»Ich mach mir Sorgen um deine Sicherheit!«

»Dann weißt du bestimmt auch, dass es bei mir von bewaffneten Bodyguards nur so wimmelt?«

»Echt? Geil! Genau für den Job würde ich mich interessieren ... Ich würde dich und deine Villa gern bewachen. Also wenn du Schutz brauchst ... und deine Kleine natürlich auch.«

»Bist du nicht mehr zufrieden hier in deiner Sportinsel? Das dürfte Brigitte aber sehr interessieren ...« Eva schob ihren Busen, der alles andere in den Schatten stellte, über die Rezeptionstheke, und die Eiweißshakedosentürme und Fitnessriegelpyramiden gerieten gefährlich ins Wanken. »Thorsten die Sportinsel! Keine Mitarbeiteridentifikation mehr? Mein lieber Sportsfreund! Wenn sich das mal nicht rumspricht.« Das war ja Claudia, die da aus ihrem Mund sprach!

Doch Thorstens Spruchbeutel war bereits leer. »Ich wollt's ja nur mal gesagt haben ...«

»Freundchen«, verabschiedete Eva den Feinripp tragenden Pförtner ihres neuen Lieblingsetablissements mit übermäßig beherrschter Hysterie. »Behalt die Überreste deiner männlichen Kühnheit lieber für dich. Das kann sonst böse enden.«

»Ich hab nix gesagt«, stammelte Thorsten die Sportinsel.

Heute ist ein guter Tag, dachte Eva, als sie die Treppe hochlief. Sie versuchte, nicht in lautes Keuchen zu verfallen, solange sie Thorstens prüfenden Blick auf ihrem Hintern spürte. Ich werde den Burschen im Auge behalten, beschloss Eva, als sie kurz darauf vergeblich wie ein Specht an die Unterrichtstür pochte.

Der Raum war leer. Die dicken Vögel von Köln waren ausgeflogen. Aber an der Tafel stand: »Sind im Agrippa-Bad. Einmal muss das erste Mal sein!«

Lieber Mark Schubert,

wie sehr habe ich mich über Ihre witzige Nachricht aus Kuala Lumpur gefreut! Nein, das ist wirklich köstlich, wie Sie die kleinen neugierigen Affen beschreiben, die sich vor Ihrem Bullauge um die Abfälle balgen, die Ihre Leute im Hafen entsorgt haben! Ich würde mich auch um Kaviar und Lachshäppchen balgen, wenn man sie mir vor die Füße würfe!

Ach, was ist mir das Wasser im Munde zusammengelaufen, als ich Ihre Menüzusammenstellung gelesen habe. Vielen Dank! Wenn ich nur Zeit hätte, wieder einmal vernünftig essen zu gehen! Doch die Pflicht ruft. Ich habe mich heute mit der Bikini- und Bademode für die kommende Saison beschäftigt. Doch es muss noch viel an der Optik gearbeitet werden, bis die Bademode so sexy wirkt, wie ich mir das vorstelle. Ach Mark, es macht mir Spaß, Ihnen zu schreiben. Wie immer habe ich ein Gläschen Champagner neben mir stehen – Sie sind so weit weg, und doch fühle ich mich Ihnen so nah ... und denke immer öfter an Sie ...

Als Eva überlegte, ob sie Mark nicht langsam das Du anbieten sollte, da dieser Briefwechsel immer herzlicher wurde, hörte sie völlig überraschend den Mercedes von Leo die Auffahrt heraufknirschen.

Sie hielt den Atem an. Es dauerte einen Moment, bevor sie aus dem warmen Hafen von Kuala Lumpur wieder im eiskalten Quadrath-Ichendorf angekommen war. Die Scheinwerfer der Limousine streiften die kahlen Kastanien unterhalb des Wintergartens und verliehen den tanzenden Schneeflocken unwirklich viel Bedeutung. Sofort fing ihr Herz an zu rasen.

Er kam zurück! Leo kam zurück! Der Albtraum hatte ein Ende!

7 Leo sah unverschämt gut aus. Er sprang die Stufen zum
Wintergarten hinauf, sein Atem stand weiß in der
feuchtkalten Luft. Er rieb sich wärmend die Hände. Alles
war so selbstverständlich. Genau wie früher ...

Da Eva niemanden mehr erwartet hatte und sich neuerdings
abends allein etwas fürchtete, was nach dem merkwürdigen
Wortwechsel mit Thorsten der Sportinsel kein Wunder war, hatte
sie die Verandatür abgeschlossen. Ihre Heerscharen von bewaffneten Bodyguards hatten ausgerechnet heute Abend frei, um ihre
Kalaschnikows und Maschinengewehre zu putzen und neu zu
laden, und so saß Eva mit klopfendem Herzen da und harrte der
Dinge, die da kommen würden. Fährmann war ja leider kein
Wachhund, sondern ein Schweinehund, und der lag gerade schlafend auf seiner Ottomane, was er immer tat, wenn Eva sich mit
Mark amüsierte.

Leo stand mit hochgeschlagenem Mantelkragen draußen und
rüttelte am fest verschlossenen Knauf. So wird ein Ehemann normalerweise nur empfangen, wenn er nach Jahren aus dem Krieg
heimkommt, sich vorher nicht telefonisch angemeldet hat und
längst ein neuer Kerl in seinem Bett liegt. Aber in diesem Fall
befand sich der neue Kerl nur in Leos Computer, was in Evas Fall
nicht weniger brisant war.

Leo sprang die Stufen wieder hinunter und ging um das Haus
herum. Seine Schuhe knirschten auf den schneebedeckten Kieselsteinen.

Eva saß da, unbeweglich, mit eben jenen feuchten Händen, mit
denen sie gerade Mark das Du hatte anbieten wollen.

Leo! Wollte er sie wiederhaben? Aber sie war noch nicht schlank genug! Was sollte sie sagen, was sollte sie tun?

Leo versuchte, die Haustür aufzuschließen, aber Eva hatte ihren Schlüssel von innen stecken lassen.

Endlich geruhte Leo, wie ein ganz normaler Besucher an der Haustür zu klingeln.

Mit bleiernen Schritten schleppte sich Eva in ihren Filzpantoffeln durch die Halle und drehte mit zitternden Fingern den schweren Schlüssel herum.

Da stand er vor ihr, keuchend vor Kälte und mit roten Flecken im Gesicht.

»Du hast dich ja richtig verschanzt«, sagte er anstelle einer Begrüßung.

»Hallo, Leo«, sagte Eva schwach. Sie wusste nicht, wie sie ihn begrüßen sollte. Die Hand geben? Umarmen? Angedeutetes Küsschen auf die Wange? Doch Leo nahm ihr die Entscheidung ab, indem er jede Begrüßungszeremonie überging.

»Wobei störe ich dich?« Leo durchschritt die Halle so wie früher und warf seine Jacke über das Treppengeländer. Normalerweise hatte Eva immer gleich danach gegriffen und sie in die begehbare Garderobe gehängt. Eva haderte mit sich, ob sie sich der Jacke annehmen sollte. Einerseits würde dies Leos Aufenthalt vielleicht verlängern, andererseits wollte sie ihm diese vertraute Geste nicht mehr so ohne weiteres zukommen lassen.

»Ich ... arbeite am Computer«, antwortete Eva und verstellte ihm den Weg zum Arbeitszimmer. Darin stand die geöffnete Champagnerflasche.

»Ich dachte schon, du hättest einen Liebhaber bei dir«, grinste Leo und steuerte stattdessen das Wohnzimmer an, wo er sich auf das schwarze Biedermeiersofa fallen ließ. Er zog die Nase hoch und suchte nach einem Taschentuch. Eva beeilte sich, ihm ein frisch gebügeltes aus der Garderobenschublade zu bringen.

»Spinnst du?«, grollte Fährmann, der auf seiner Ottomane träge ein Augenlid hob. »Lass den Alten doch in seinen Ärmel rotzen!« Fährmann konnte wirklich ordinär sein.

»Kusch«, bedeutete ihm Eva. »Er ist immer noch mein Mann.«

»Schöner Mann, der dich mit dem schwedischen Kindermädchen betrügt. Echt toll!«, bellte der Schweinehund sich fast um den Verstand. »Los, mach ihm eine Szene!«

»Ach nein«, flüsterte Eva ihm zu. »Das liegt mir nicht.«

»Ich liebe dich ja, wenn du faul bist, aber dass du sogar zu faul bist, deinem Alten eine Szene zu machen, das kränkt mich in meiner Schweinehundehre!«

»Ruhe, verdammt noch mal! Er muss ja einen Grund haben, warum er gekommen ist.«

Eva beobachtete Leo dabei, wie er sich erst die Nase putzte und dann seine Brille. Anschließend sah er sich suchend im Raum um.

»Kein Kuchen, keine Sahne, kein Likör? Noch nicht mal Tee?«

»Nein. Ich wusste nicht, dass du kommst.«

»Aber du versüßt dir deine Wartezeiten doch sonst auch immer auf diese Weise?«

»Ich warte ja nicht mehr«, sagte Eva schlicht.

»Dafür trinkst du jetzt allein Champagner!«

»Wie kommst du denn darauf?«

»Na, da vorne steht doch die Flasche. In meinem Arbeitszimmer.«

»Ach so, die trinke ich zusammen mit ...«

»... einem Liebhaber?«

»Einem Freund. Einem sehr guten Freund.«

»Und wo ist dieser Herr? Kann ich den mal kennen lernen?«

»Nein, nein, er ist ... gerade nicht da.«

»Du scheinst dich mit deinem neuen Leben zu arrangieren.«

»Mir bleibt nichts anderes übrig.«

Leo sprang auf, ging mit großen Schritten im Raum auf und ab.

»So, jetzt mündet das Ganze wohl doch noch in Vorwürfen! Ich lasse dir das komplette Haus und überweise dir monatlich Geld, damit du weiterhin ein bequemes Leben führen kannst, und dann trinkst du hier mit einem fremden Kerl Champagner!«

»Nein, so ist das nicht.«

»Wir hatten besprochen, dass du irgendwann anfängst zu arbeiten. Besuchst du einen Computerkurs, wie ich es dir geraten habe?«

»Ich besuche einen Kurs«, sagte Eva. »Regelmäßig. In Köln.«

»Das hört sich vernünftig an. Irgendwann musst du für dich selbst Verantwortung übernehmen.«

»Willst du die Scheidung?«, hakte Eva zaghaft nach.

»Du etwa nicht?«, brüllte Fährmann sie an. »Der Kerl hat dich nie geliebt!«

»Ich denke, das wäre das Beste. Wir haben uns auseinander gelebt. Das hast du ja selbst zu Leonie gesagt.«

Eva nickte. »Anscheinend habe ich jahrelang in einer Traumwelt gelebt ...«

Leo schaute trübe aus dem Fenster. »Schade um die leer stehenden Gebäude. Man könnte ein Hotel daraus machen, aber wer will schon in Quadrath-Ichendorf Urlaub machen? Ich bin jedenfalls froh, dass ich von hier weg bin. Hamburg ist doch was ganz anderes.«

Ja, dachte Eva. Da sagst du was. Ich bin auch viel lieber in Hamburg in meiner schicken Dachwohnung mit Blick auf die Elbe.

»Danke, dass du uns das Haus lässt und ich mir im Moment noch keine finanziellen Sorgen machen muss.« Eva war selbst erstaunt, wie sachlich sie bleiben konnte. Irgendwo da draußen war Mark, und der glaubte an sie. Sie würde ihm von diesem Gespräch schreiben, natürlich in verschlüsselter Form, und er würde sie unterstützen.

»Sieh zu, dass du spätestens im Sommer selbst Geld verdienst«, sagte Leo. »Und dir dann eine neue Bleibe suchst. Wenn ich hier die Firma schließen muss, kann ich die Villa nicht mehr von der Steuer absetzen.«

Leo griff nach seiner Post auf der Kommode und wandte sich zum Gehen. »Wo ist Leonie?«

»Sie schläft bei ihrer neuen Freundin Franzi.«

»Ich hole sie am Freitag von der Schule ab und nehme sie mit zum Skifahren nach Garmisch. Das Wetter soll superschön werden. Am Sonntagabend setze ich sie in München in den Flieger. Kannst du sie in Köln abholen?«

»Ja. Natürlich.«

»Also, dann.« Er berührte sie leicht am Oberarm. »Ich soll dich übrigens von Svenja grüßen.«

Eva reichte ihm seine Jacke, die noch über dem Geländer hing.

»Danke gleichfalls«, sagte Eva und schloss die Haustür wieder hinter ihm ab. Sie lehnte sich wie betäubt von innen dagegen. Ihr war ganz übel.

»Das war heftig«, röchelte Fährmann. Er war ganz grün im Gesicht, und seine Augen waren hervorgequollen. »Jetzt gehst du in die Küche und schiebst dir 'ne Pizza in den Ofen.«

»Ja«, schniefte Eva schwach. »Mach ich.«

»Aber mit extra viel Käse und doppelt fetter Salami!«

»O.ᴋ. Ja.«

»Und dazu ziehst du dir 'ne Flasche Rotwein rein.«

»Ganz wie du willst.« Eva wischte sich die Tränen von den Wangen.

»Hast du den Idioten eigentlich je geliebt?«, fragte Fährmann, der sich auf einen Küchenstuhl breit gemacht hatte.

»Ich weiß nicht ...«, schluchzte Eva, während sie sich heißhungrig und wütend auf sich selbst die von Fett triefenden Pizzastücke in den Mund stopfte. »Ischglaubeischwarfroh, dassermischüberhauptgeheiratethat. Er häddeajauchganzandereFrauenhabenkönnen, hatmeineMudda immergesschagt! Vielschlangerehübschere Frauenalsmich!«

Sie heulte hemmungslos.

»Genau«, brummte Fährmann. »Deine Mutter hat Recht behalten. Und deswegen gönnen wir uns jetzt einen Karamellpudding mit Sahne.«

»Gestern hatte ich einen schlimmen Rückfall.« Eva trainierte an einem Crosstrainer in der Sportinsel, um ihren Schweinehund zu züchtigen. Sie trat auf das Ding mit einer Wut und einem Hass ein, wie sie am liebsten Leo getreten hätte.

»Na endlich«, sagte Brigitte. »Ich dachte schon, du bist die Einzige, die ganz ohne Rückfall auskommt.«

»Zwei Pizza Quattro Stagioni, eine Flasche Rotwein, vier Portionen Karamellpudding von Dr. Oetker und den verstaubten Inhalt einer vor mir selbst versteckten Großpackung Mon Chérie.«

»Du hast dich also prima selbst bestraft.«

»Ja. Dabei wollte ich mir eigentlich was Gutes tun, um mich zu trösten. Genauso gut hätte ich meinen Benzintank leer trinken können. Es hat nicht geschmeckt, und ich habe mich einfach nur sinnlos voll gestopft.«

Eva schämte sich schrecklich. Sie hatte die ganze Nacht geheult, vor Wut, vor Scham, vor Ärger über sich selbst.

Selbst an Mark Schubert hatte sie nicht mehr schreiben können, so elend und wertlos hatte sie sich gefühlt.

»Sieh das Positive«, munterte Brigitte sie auf. »Immerhin hast du schon sechs Wochen durchgehalten und keinen Tag geschwänzt. Belohne dich mit etwas Sinnvollem!«

»Womit soll ich mich denn belohnen?«

»Vorschläge von den anderen!«, rief Brigitte in den Fitnesstempel hinein. »Eva hat einen Durchhänger.«

»Spaziergang«, rief Sabine, »ich lauf mit dir am Rheinufer entlang. Bis zur Mühlheimer Brücke und zurück.«

»Da liegen viele schöne dreckige hart gefrorene Schneereste, und es ist zugig und grau«, raunte ihr Fährmann ins Ohr.

»Kino«, schlug Cordula vor. »Eine Liebesschnulze mit George Clooney. Ich lade dich ein.«

»Winterschlussverkauf!«, bot Elisabeth an. »Bei Trulla Poepken sind die Zweimannzelte runtergesetzt!«

»Zur Not geh ich auch mit dir essen«, stichelte Joachim. »Und leiste dir bei deinem nächsten Rückfall Gesellschaft.« Cordula schlug mit ihrem Handtuch nach ihm. »Lass sie in Ruhe! Sie kriegt keinen nächsten Rückfall!«

»Konzert«, kam es von Dagmar, die gelassen auf dem Laufband drauflosmarschierte. »Udo Jürgens! Ich habe eine Karte übrig.«

So ging das noch eine ganze Weile weiter, und Eva musste schon fast wieder lachen über die Bemühungen ihrer Sport- und Speckkameraden, sie aus ihrem tiefen Loch zu ziehen.

»Danke, ihr seid alle so gut zu mir ...«

»Wir könnten auch bei mir zu Hause die Walküre hören!« Dieser Vorschlag kam vom triefäugigen Siegwulf. »Ich hab sie ungekürzt auf CD.«

»O.K.«, rief Eva schnell. »Ich hab's mir überlegt. Ich geh mit Dagmar ins Konzert!«

»Der schwarze Rollkragenpullover oder die grüne Bluse?«

Eva stand vor dem Badezimmerspiegel und konnte sich nicht entscheiden.

»Sieht beides scheiße aus, Eva, so kannst du dich doch nicht in die Öffentlichkeit wagen!« Fährmann lümmelte auf dem Klovorleger herum und musterte sie spöttisch. »Und die Strickjacke über der grünen Bluse macht dich noch fetter, als du schon bist!«

»Aber ich will Udo Jürgens doch nur aus der Ferne anhimmeln! Er wird mich unter den zweitausend jubelnden Fans sowieso nicht bemerken!«

»Udo Jürgens wird schweißgebadet in sein Mikrofon röcheln: ›Entfernt mir diese optische Beleidigung aus der vorletzten Reihe, sonst singe ich keine zwölfte Zugabe mehr!‹«

»Bist du blöd! Udo Jürgens hat keinerlei Vorurteile, dazu hat er einen viel zu guten Charakter! Er ist gebildet und klug und zu allen Menschen nett, auch zu Dicken. So!«

»Der singt zwar für die alten Dicken, aber mit nach Hause nimmt er die jungen Schlanken«, grölte Fährmann gehässig. »Die alten Dicken lässt er ordentlich Eintritt bezahlen, und die jungen Schlanken dürfen gratis in sein ehrenwertes Haus.«

Eva gab nichts mehr auf die Beleidigungen ihres inneren Schweinehundes. Sie zog den schwarzen Rollkragenpullover an, schminkte sich sorgfältig und eilte unternehmungslustig aus dem Haus. War das Einbildung, oder roch es an diesem Abend schon ganz entfernt nach Frühling?

In der Pause drängelten sich die zwei dicken Freundinnen ins Foyer. »Für sein Alter ist der Knabe aber wirklich noch gut in Schuss! Trinken wir ein Glas Champagner!«

»Danke für die Einladung«, sagte Eva. »Du hast mich echt aus dem Sumpf gezogen! Ja, Udo Jürgens ist echt toll.«

»Irgendwann werde ich einen Durchhänger haben, und dann kommst du mit 'ner Flasche griechischem Wein vorbei«, unkte Dagmar. »Auf Udo, den Traummann aller Frauen, die über vierzig sind und keinen Sex mehr haben.«

Eva lachte und nahm den Champagner entgegen, den ihr einer der Pausenknechte über den Tresen reichte. Er nannte einen völlig überteuerten Preis für das alkoholische Erfrischungsgetränk.

»Hast du noch welchen?«, fragte Eva ihre neue Freundin.

»Vielleicht bald ...« Dagmar lachte. »Es gibt da jemanden ... Es bahnt sich gerade was an. Ein Wahnsinnsmann. Gebildet, gut aussehend, fantastischer Job, gute Manieren, süßer Humor. Und du? Gibt es bei dir wieder jemanden?«

Eva wurde ein bisschen rot. »Ich würde mal sagen, dito!«

Die beiden hoben ihre Gläser. Der Champagner schmeckte nach Mark. »Schön, dich zu haben, Eva. Du bist ein Pfundskerl!«

»Ja. Du auch, Dagmar. Aber bitte sag keinem was davon.«

»Wovon?«

»Dass wir fast vierzig sind und noch Sex haben.« Die beiden prosteten sich zu. Und auf einmal begann Eva, sich zwischen den vielen Udo-Jürgens-Fans, die sich im Foyer drängten, richtig jung und hübsch zu fühlen.

Meine liebe Claudia,
jetzt habe ich schon drei Tage nichts mehr von Ihnen gehört! Was ist passiert? Hoffe, Sie sind nicht diesem schrecklichen Februarsturm zum Opfer gefallen? Vielleicht sind Sie ja wieder unterwegs mit Ihrer Modekollektion?

Dann haben Sie natürlich keine Zeit, an mich zu denken. Muss ich eifersüchtig sein, Claudia? Gibt es noch einen anderen Mann in Ihrem Computer? ☺ Sie sind für mich die Einzige, der ich mich auf diese Weise mitteile, und ganz sicher die Einzige, für die mein Herz schlägt. Das müssen Sie mir glauben, Claudia!

Ich freue mich jeden Morgen darauf, in mein kleines Büro auf dem Achterdeck zu schleichen, noch bevor die Sekretärin oder andere Streifenhörnchen (so wird unsere Gattung gern genannt) ihre Nasen in mein Büro stecken können. So fängt der Tag immer gut an. Ja, Sie sind meine Morgensonne und mein Abendstern, Claudia. Ich freue mich morgens beim Aufwachen schon auf Ihre Nachricht, und abends möchte ich nur noch mit Ihnen am Computer allein sein. Dann male ich mir Sie in tausend Farben aus. Alles, was Sie schreiben, klingt so lebensecht, so fröhlich, so ... taff! Dass Sie Udo Jürgens getroffen haben ... Wow! Wie ist er denn so ... als Mann? Muss ich eifersüchtig sein? Aber da Sie schon Mitte dreißig sind, muss ich mir ja keine Sorgen machen ... ☺ Ich fühle mich Ihnen trotz der vielen tausend Meilen, die uns trennen, so nahe, als dürfte ich neben Ihnen sitzen, Sie ansehen, betrachten, Ihren Duft atmen ...

Schicken Sie mir bald wieder ein Rezept mit Hausmannskost aus der Heimat? Seit drei Tagen sitze ich mit leerem Magen da und verzehre mich nach Ihnen ... Kennen Sie »Königsberger Klopse mit Kapern im Reisbett«?
Darauf hätte ich einen Riesenappetit! (Mann, bin ich heute spießig ... das ging früher in deutschen Gaststätten als »Senioren-Teller« durch, also doch eher was für Udo ... ☺)
Ihr Mark Schubert

Rezept für Litschizipfel in Mangospalten auf Langschwanzlangusten im Dattelmantel an Linsengerstenmusschaum im Anhang! ☺

»Wisst ihr eigentlich, was der Dickmacher Nummer eins ist?«, fragte Brigitte, als ihre Moppel-Gruppe gerade den ersten Dauerlauf in der Halle versuchte. Die vierzehn verbliebenen Frust-Moppel balancierten ihre Speckmassen im Kreis herum wie Eisbären in der Zirkusarena. Alles schwabbelte. Brigitte hatte in einem Anflug von Menschlichkeit die Spiegel verhängen lassen.

»Chips und Bier?«

»Fett in Verbindung mit Zucker?«

»Der Fernseher!«, keuchte Eva. Sie musste stehen bleiben, weil sich Seitenstiche in ihre Milz bohrten wie sie früher ihre Zähne in ein krosses Schinken-Käse-Sandwich. Gut, dass Mark sie so nicht sehen konnte.

»Genau«, sagte Brigitte. »Die Glotze bringt uns langsam, aber sicher um. Sie nimmt uns alles, wofür wir Menschen geschaffen sind: Fantasie, Lebensfreude, Bewegungsbedürfnis, frische Luft, soziale Kontakte, Pläne, das Erlernen von Fertigkeiten, Spielfreude, Musikalität und Kreativität.«

»Und trotzdem sitzen wir seit dreißig Jahren jeden Abend davor«, meinte Siegwulf mit erfrischender Selbsterkenntnis. »Aber was soll ich denn abends sonst machen, wenn ich noch nicht müde bin?«

»Kleiner Geheimtipp: Ihr könnt fernsehen, so viel ihr wollt.«

»Nee, echt? Aber Fernsehen macht dick!«

»Nicht, wenn ihr euch beim Fernsehen bewegt.«

»Hä? Und wenn man in 'ner Vierzimmerwohnung zur Miete wohnt? Da kann ich nicht rumjoggen!«

»Dann stellt euch einen verdammten Crosstrainer vor die Glotze! Statt eine Super-Stereoanlage mit DVD-Player und all dem Schnickschnack.«

»Das meinst du jetzt nicht ernst ...?« Siegwulf ließ sich frustriert auf seinen Hintern fallen.

»Wir Deutschen«, sagte Brigitte, »sitzen täglich vier Stunden vor der Kiste. Dabei bewegen wir uns nicht nur nicht, sondern stopfen auch noch wahllos fette und überflüssige Schadstoffe in uns hinein, ohne es überhaupt zu bemerken! Wenn wir uns in diesen vier Stunden bewegen würden, statt überflüssiges Zeug zu essen, wären wir die schlanksten und gesündesten Bewohner dieses Planeten! Und damit die bestaussehenden, erfolgreichsten, intelligentesten und beliebtesten. Kurzum: die glücklichsten Kreaturen der Welt!«

»Aber wenn wir uns doch nicht AUFRAFFEN können!«

»Das werdet ihr. Haltet durch. Erzieht euren Körper, sich bewegen zu WOLLEN. Der bewegte Körper schüttet Glückshormone aus, der faule Körper produziert Langeweile, Unzufriedenheit und Depression.«

»Aber das ist so schwer!« Das übliche Gejammer hielt im Raum Einzug. Eva konnte es kaum mit ansehen, dass sich ihre Moppel-Freunde immer noch so gehen ließen. Wie kleine Kinder. Wenn Mark wüsste, auf welchem Niveau sie sich befand!

»Jetzt reißt euch doch mal zusammen! Ihr WOLLT doch abnehmen! Also MACHT es! Brigitte hilft uns doch nur!«

»Du bist ja wohl voll der Streber.« Joachim sah Eva verächtlich an.

»Hau doch ab und setz dich auf dein Sofa«, giftete Eva zurück.

Dass dieser Mann sie aber auch dermaßen aus der Reserve locken konnte! »Du findest dich wohl witzig, aber du bist nur peinlich!«

»Er sitzt nur noch vor dem Computer«, erklärte Cordula. »Davon ist er völlig beigeistert. Ich darf überhaupt nicht mehr in sein Zimmer.«

»Nein. Und du weißt auch, warum!«, zischte Joachim sie an.

»O bitte nicht schon wieder Szenen einer Ehe!«, rief Brigitte, indem sie in die Hände klatschte. »Los, Moppel! Wir sind jetzt sechs Wochen dabei und haben heute einen Dauerlauf von dreißig Minuten auf dem Plan! Ihr schafft es!«

»Nee, also mir reicht's«, meinte der triefäugige Siegwulf und krabbelte umständlich von seiner Matte. »Ich bin doch nicht beim Militär! Ich lass mich doch hier nicht anschreien!«

Wütend schwankte er aus dem Raum.

»Wetten, der haut sich jetzt so richtig den Bauch voll?«, stichelte Joachim. »Guten Appetit, Alter!«, schrie er dem entschwindenden Drei-Zentner-Mann hinterher.

»Du bist so ein Blödmann!«, fauchte Cordula ihn an. »Gerade Siegwulf hätte es so nötig gehabt! Der schafft das nicht ohne uns!«

Eva hielt den Moment für gekommen, hinter dem triefäugigen Siegwulf herzueilen, um ihn vor einem fulminanten Rückfall zu bewahren. Depression – Fressattacke – Fressattacke – Depression. Diesen Teufelskreis hatte sie gerade hinter sich. Die anderen hatten ihr geholfen. Jetzt war sie an der Reihe, das spürte sie genau.

»Mensch, Siegwulf! Bleib doch mal stehen!«

Aber Siegwulf war in der Umkleidekabine längst auf einer der Holzbänke zusammengesunken. »Ich halt das nicht mehr aus«, schnaufte er in seine Handflächen, die sein fleckiges Gesicht bedecken sollten. »Ich will ja abnehmen, aber so nicht!«

Eva nahm seine Hände vorsichtig weg. Was zum Vorschein

kam, war ein geradezu kindlich trotziges Altmännergesicht. Aus seinen kleinen Elefantenäuglein kullerte gerade eine völlig unmännliche Träne.

»Was ist denn los mit dir?« Eva setzte sich neben ihn.

»Ich hab vor kurzem eine ganz tolle Frau kennen gelernt«, brach es aus Siegwulf hervor. »Für die will ich ja auch abnehmen. Aber Brigitte behandelt uns wie Sträflinge, und ich bin ein erwachsener Mann!«

Eva legte ihre Hand auf seinen nass geschwitzten Arm.

»Wir sind zwar erwachsen, Siegwulf! Aber wir haben uns wie Kinder benommen! Sonst hätten wir doch Verantwortung für uns selbst übernommen und unseren Körper nicht so verkommen lassen!«

Siegwulf sah sie aus seinen verweinten Augen erstaunt an.

»So siehst du das?«

»Ja klar! Mir ist so viel klar geworden in den letzten anderthalb Monaten. Wir haben nur diesen einen Körper. Und an dem müssen wir arbeiten. Dann macht das Leben auch wieder Spaß.«

»Aber diese Quälerei von Brigitte ist unmenschlich!«

»Sie meint es gut! Einer muss uns ja in den Hintern treten!«

»Aber nicht so brutal!« Siegwulf heulte schon wieder.

»Doch, mein Lieber. Ich fürchte, anders kapieren so alte Dickhäuter wie du und ich das nicht.«

»Aber ich bin ein sensibler Mensch! Ich kann Klavier spielen, und ich liebe Wagner! Da geht mir das Herz auf! Und dann muss ich mich hier mit solchen Proleten wie diesem Joachim abgeben.«

»Alle Dicken sind sensibel. Joachim auch. Er macht hier einen auf Kotzbrocken, aber das ist Cordulas Problem. Guck mich nicht so an, Siegwulf. Nicht schon wieder heulen, bitte!«

Siegwulf friemelte mit seinen fleischigen Fingern ungeschickt an seiner hinteren Trainingsanzugtasche herum und zog ein völlig durchgeweichtes Taschentuch hervor. »Ich geb auf«, meinte er trotzig.

»O nein, mein Lieber, das tust du nicht. Erstens brauchen wir dich in der Gruppe, und zweitens würde dein innerer Schweinehund für den Rest eures Lebens über dich triumphieren. Lass das nicht zu!«

Siegwulf starrte sie aus seinen kleinen verheulten Augen an.

»Du musst Kontakt zu ihm aufnehmen und ihm alles in Ruhe erklären«, sagte Eva. »Meiner heißt Fährmann.«

»Meiner heißt Schmitz«, vertraute ihr Siegwulf an.

»Dann sag doch einfach: Schmitz, sitz!«

Siegwulf verzog das Gesicht zu einem weinerlichen Grinsen.

»Aber er hört nicht auf mich! Er macht, was er will!«

»Weil du ihn noch nicht richtig visualisiert hast. Schau ihm in die Augen, und zwar so ...« Eva beugte sich ganz nahe zu Siegwulf hin.

Just in diesem Moment ging die Tür auf, und die dicke Cordula stand in der Umkleide.

»Sie sind noch da! Krisensitzung!«

»Unser neues Traumpaar«, spöttelte Joachim hämisch, als die beiden wieder hereinkamen. »Da haben sich zwei gefunden!«

Brigitte lachte. »Dicker Siegwulf, komm an mein Herz. Dich werde ich mit Samthandschuhen anfassen und jedes Gramm, das du durch gutes Zureden verlierst, bei mir zu Hause auf die Briefwaage legen. Danke Eva, dass du das Krisenmanagement übernommen hast. Und jetzt Moppel: halbe Stunde Dauerlauf!«

Meine liebe Traumfrau,
heute bin ich durch die Straßen von Kuala Lumpur geschlendert und habe die zauberhaften Asiatinnen beobachtet, die mir doch sehr fremd sind. Wie gern hätte ich eine Frau wie Sie an meiner Seite, mit der ich all diese Eindrücke teilen kann. Und die ich dann mit nach Hause nehmen darf! Mein Leben war bis jetzt sehr spannend und vielschichtig, aber eine Familie habe ich nicht. Ich war immer unterwegs und habe mir meine »Familie« immer kurzzeitig

unter Kollegen, Freunden, der Mannschaft gesucht. Auf so einem Schiff lebt man auf sehr begrenztem Raum, man kann sich nicht wirklich aus dem Weg gehen, jeder kennt jeden besser, als ihm lieb ist. Da flüchte ich mich gern in die virtuellen Arme meiner Claudia ... und ich lasse meinen Träumen freien Lauf. Was gibt es Schöneres als eine Familie mit der eigenen Traumfrau? Jeden Abend nach Hause kommen, zusammen kochen und essen, zusammen plaudern und lachen, bei Kerzenschein und Musik ... Ja, ich bin ein ziemlich hoffnungsloser Romantiker, aber das weiß hier in der Truppe keiner ... das weiß jetzt nur Claudia in Hamburg, und ich stelle sie mir vor, diese wunderschöne Frau, wie sie mit einem Glas Champagner auf ihrer Dachterrasse mit Blick auf die Elbe sitzt und den Schiffen nachschaut, weil sie an mich denkt ... ihr Haar weht im Wind ... und ihr Kleid weht ihr um die schlanken Beine ...

Antworten Sie mir bald, Claudia. Ich muss wissen, wie weit ich bei Ihnen denken darf.

Mark

8 Es war Valentinstag. Eva stand am Fenster und starrte hinaus. Heute Abend fühlte sie sich verdammt allein. Leo hätte doch wenigstens mal anrufen können ... Sie war doch nicht tot!

»Ja, du Arme«, weinte der Schweinehund bitterlich, und dicke Tränen troffen ihm von den Hängebäckchen auf sein borstiges Schweinebauchfell.

»Komm, wir trösten uns jetzt mit einem fein belegten Wurstbrot. Das muss auch mal wieder sein.«

»Keine Entschuldigung«, hörte Eva Brigitte sagen. »Tut euch bloß nicht selbst Leid. Ändert endlich euer Scheißleben!«

»Aber doch nicht heute, am Valentinstag! Wenn dir keiner sonst was Gutes tut, dann tu ich es, Schätzchen. Heute machen wir mal 'ne Ausnahme. Halb Wurst, halb Käse. Mit Gurken und Tomaten.«

»KEIN Selbstmitleid. KEINE Ausnahme! Wir raspeln uns 'ne Möhre!«

»Vergiss die Möhre! Ich fühle mich allein gelassen, verraten und verkauft. Ich brauche einen Milchreispudding.« Fährmann war heute wieder besonders penetrant. Diese Feiertage!!

Leonie saß oben in ihrem Zimmer und spielte an ihrem Computer herum. Na ja, sie war jetzt auch in dem Alter, wo man kleine Geheimnisse vor seiner Mutter hat.

Eva warf sich aufs Sofa und starrte an die Wand. Immerhin gab es weit und breit keine Pralinenschachtel mehr, in der sie hätte herumwühlen können. Ihr Magen knurrte unwillig. Fährmann legte seinen Kopf auf ihren Schoß. »Halb Wurst, halb Käse?«

Draußen war es schon dunkel, und Schneeregen klatschte an die Scheiben. Sturmböen heulten zornig auf, und das Holz der Dachbalken knarrte. Dass es aber auch gar nicht Frühling werden wollte! Das hätte vieles leichter gemacht!

Weil es so eine Krisensituation war, die sie als Chance nutzen wollte, machte sie den Fernseher an. »Wenigstens eine Tüte Chips. Oder einen Toast mit Schmelzkäse. Das sind kaum Kalorien.«

»Fährmann, ich flehe dich an: Halt dein Maul!«

Im Ersten hackte jemand Zwiebeln, und Eva schaltete schnell um, denn sie konnte schon ahnen, wohin das führen würde. Im Zweiten fuhr jemand eine alte Frau im Rollstuhl spazieren. Im Dritten rauchte ein Schornstein vor einer schäbigen Hochhauskulisse, und im Vierten fuhren Tabletten über ein Förderband und fielen dann in einen Trichter. Im Fünften pries eine dicke Moderatorin die Vorzüge eines Gummikorsetts.

Das alles schlug Eva mehr aufs Gemüt, als sie sich eingestehen wollte. Brigitte würde jetzt sagen, tritt deinen Schweinehund in den Hintern und geh eine Runde stramm spazieren oder turn wenigstens beim Fernsehen, aber Eva konnte sich nicht aufraffen.

Der Schweinehund legte sich beruhigt wieder unter den Wohnzimmertisch und bettete seine Schnauze gemütlich auf seine Vorderpfoten.

»Im Tiefkühlschrank ist noch Kuchen«, bemerkte Fährmann beiläufig.

»Hör auf, Fährmann! Dir verdanke ich mein ganzes Elend!«

»Mir?«, heuchelte der Schweinehund Erstaunen. »Du bist ein freier Mensch. Du kannst tun und lassen, was du willst. Ich berate dich nur.«

»Na danke. Toll. Und ich Trottel habe zwanzig Jahre lang auf dich gehört.«

»Jedenfalls kommst du nicht auf die Idee, dich zu bewegen«, grummelte Fährmann zufrieden. »Da kann deine Brigitte sich den Mund fusselig reden. Ich werde mir diesen Schmitz mal ansehen, und wenn der in Ordnung ist, und den Eindruck macht er mir, dann gründen wir mit den anderen Schweinehunden 'ne Gewerkschaft.«

»Ab morgen. Morgen fang ich an. Wenn das Wetter besser ist.«

»Das sagen sie alle«, freute sich der Schweinehund. »Da wird sowieso nichts draus. Kuchen«, bohrte er nach. »Warmer Kuchen. Warmer, frischer, krosser, nach Vanille schmeckender, im Mund zergehender, am Gaumen klebender, auf der Zunge explodierender, im Magen sich wohlig ausbreitender ... weil Valentinstag ist. Und dich sonst keiner lieb hat.«

»Sitz sachich! Ich sach sitz!« Eva schlug mit der Fernsehzeitung nach ihm, aber Fährmann ließ einfach nicht locker.

»Vanillestreusel. Warm. Tiefkühltruhe. Nur aufstehen und holen. Zehn Minuten. Mikrowelle. Duft. Küche. Sahne. Hm. Lecker.«

»HALT'S MAUL!« Eva stieß den widerlichen Störenfried weg und zappte weiter die Kanäle durch. Beinahe hätte sie sich aufgerafft, um die lästige Sache endlich hinter sich zu bringen, zumal sich ihr Magen bereits in dieses nervtötende Geschrei einmischte und nun plötzlich mit zweihundertachtzigtausend Dezibel nach sofortiger Verklumpung mit dem Kuchen verlangte. Eva schaffte es gerade noch, umzuschalten.

Plötzlich war Leben auf dem Bildschirm, Musik, Menschen, Fröhlichkeit. Unvermittelt befand sich Eva mitten im Wiener Opernball. Ihr Schweinehund hob winselnd den Kopf. Seine matten Augen füllten sich sofort wieder mit Glanz. Ach, war das ein herrliches Gewimmel! Hunderte von schlanken jungen Mädchen drehten sich am Arm ihrer schlanken Jünglinge im Kreis. Man sah immer abwechselnd die weißen Kleider und die schwarzen Fräcke der Debütanten, eine wahre Augenweide! Eva seufzte abgrundtief. Einmal leicht wie eine Feder am Arm eines gut aussehenden Mannes dahinschweben!

»Hähähä«, raunzte der Schweinehund gehässig. »Du tanzt mit NIEMANDEM! Du tanzt nach MEINER PFEIFE!!«

Oder nur in einer Loge sitzen und Champagner schlürfen, dachte sie, das muss toll sein, und von dort oben all die wunderschönen Paare beobachten, die sich dort anmutig auf der Tanzfläche drehen. Was man da für Roben bewundern kann an schlanken schönen Frauen, Kleider und Schmuck an langen schlanken Hälsen, und Krönchen und Diademe in den kunstvollen Hochsteckfrisuren. Und die Herren sind alle im Frack und haben eine weiße Nelke oder ein weiß gestärktes Einstecktüchlein im Revers stecken. Die besten unter ihnen tanzen sogar mühelos linksherum! Ach! Seufz!

Leonie polterte übellaunig zur Tür herein. »Ich schreibe mir 'n Ast und krieg seit Tagen keine Antwort ... Was guckst du denn schon wieder für 'n Müll?«

»Schätzchen, das ist der Wiener Opernball!«

»Na und?«

»Leonie, das ist der berühmteste und schönste Ball der Welt! Die Leute reisen sogar aus China und Amerika an, um einmal dabei zu sein.«

»Die Leute reisen auch aus Quadrath-Ichendorf an«, meinte Leonie unbeeindruckt. »Guck mal, wer da tanzt!«

»Wer wo tanzt?«

»Das ist Papa! Mit Svenja! Wow, sieht die super aus!«

Leonie sprang auf und hielt ihren Zeigefinger auf den Bildschirm.

Eva blieb das Herz stehen. Sie starrte auf das Gewühl. Und richtig!

Leo. Mit Svenja. Er wirbelte sie im Walzertakt über das Parkett. Svenja hatte ein hellblaues Kleid an, schulterfrei, und ihre Schlüsselbeine lugten keck hervor. An ihrem schönen langen Hals funkelte ein Geschmeide, Leo hatte einen Frack an. Sie hielt rote Rosen im Arm, und aus seinem Revers lugte auch eine.

Die beiden lieben sich wirklich, schoss es Eva durch den Kopf. Und sie tanzten linksherum.

Liebste Claudia,

heute ist Valentinstag – bin ich eigentlich schon berechtigt, Ihnen – dir – dazu alles Liebe zu wünschen? Darf ich du sagen, Claudia? Wir schreiben uns so innig und intensiv – ich habe die Mails gezählt, es sind inzwischen genau vierzig! –, und ich bin dir viel zu nahe, als dass ich weiterhin Sie sagen könnte! Du! Claudia. Das klingt so schön ... Du bist heute sicher nicht einsam, und ich bin es auch nicht, denn ich habe ja dich! Längst nehme ich dich in Gedanken überallhin mit. Claudia. Meine Liebste. Ich genieße es sehr, dich begleiten zu dürfen. Und ich spüre, wie gut dir das gefällt. Sicherlich hast du in deiner Firma in Hamburg niemanden, der dich auffängt. Du delegierst Aufträge, du ziehst dir, wie du schreibst, Befehlsempfänger heran, du bist die unangefochtene Autorität. Du kannst dich nicht einfach an jemanden anlehnen und dich fallen lassen. Aber bei mir kannst du es, Claudia. Ich fange und halte dich. Gerade heute, am Valentinstag. Du sehnst dich nach Geborgenheit, Claudia, das lese ich aus all deinen Mails. Und ich will sie dir geben. Gern sogar. Es macht mich glücklich: Die Kraft liegt in der Gegenwart. Lass uns jeden Tag miteinander genießen – wer weiß, wann wir – das Schicksal – der Alltag – dem allen hier ein Ende setzt. Oder vielleicht ist dies ein Anfang ...? Ist es noch zu früh, darüber nachzudenken?

Singapur ist drückend heiß – und mir wird auch jedes Mal heiß, wenn ich an dich denke. Du kannst also davon ausgehen, dass ich pausenlos schwitze!! ☺

Ich wollte dir einen Riesenstrauß roter Rosen schicken, aber ich habe ja noch nicht mal deine Adresse! Du hast ein Haus in Hamburg mit Elbblick, und derer gibt es leider viele, aber eine Anschrift hat die gnädige Frau mir nicht mitgeteilt. So habe ich den halben Tag am Telefon und am Computer verbracht, und das Fräulein von der Auslandsauskunft hier in Singapur ist schon völlig fertig. Rausgefunden hat sie nichts: Natürlich steht eine Frau Claudia Monrepos in Hamburg nicht im Telefonbuch!

Du schriebst mir ja, dass dein Privatleben sehr zurückgezogen vonstatten geht und dass du nicht gern in der Öffentlichkeit stehst, was ich bei deinem anstrengenden Job sehr gut verstehen kann.

Also muss es bei lieben Wünschen und warmen, zärtlichen, liebevollen Gedanken per E-Mail bleiben.

Natürlich gehe ich davon aus, dass meine Traumfrau heute von Rosen, Schmuck und anderen Geschenken überhäuft wird. Andererseits glaube ich, berechtigte Hoffnung darauf zu haben, dass du keinem der männlichen Wesen, mit denen du so täglich zu tun hast, dein Herz derart öffnest wie mir!

Und wenn doch: Wie kann ich bei dem ganzen Strom von Verehrern noch auf mich aufmerksam machen?

Höchstens vielleicht mit einem Gedicht, das meinen Gefühlen für dich schon sehr nahe kommt:

Dein Bildnis wunderselig
Hab ich im Herzensgrund
Das sieht so frisch und fröhlich
Mich an zu jeder Stund.

Mein Herz still in sich singet
Ein altes schönes Lied
Das in die Luft sich schwinget
Und zu dir eilig zieht.

Siehst du, Claudia, spätestens mit Eichendorff hätte ich »DU« gesagt ...?!? Hoffentlich blamier ich mich jetzt nicht total ...

Ich lasse mich einfach fallen – weil ich so unbeschreiblich viel für dich empfinde!

Dein Mark

»Leonie? Erwartest du jemanden? Es hat geklingelt!«

»Ich kann gerade nicht! Bin am Computer!«

»Ich bin auch am Computer«, murmelte Eva.

Ich mach nicht auf, dachte sie. Wie sehe ich denn aus, verheult, verquollen und so was von durch den Wind!

Aber andererseits – heute war Valentinstag ...

In ihren Fellpantoffeln und dem ausgebeulten Morgenrock schleppte sie sich zur Gegensprechanlage: »Ja bitte?«

»Isch happ 'n Päckschen für Frau Eva Fährmann persönlisch!«, sagte jemand, dessen Stimme ihr bekannt vorkam.

Augenblicklich fing ihr Herz an zu klopfen. Mark?

Quatsch. Gerade noch hatte er ihr geschrieben, dass er ihre Adresse nicht wisse, weshalb er ihr keine Blumen hatte schicken können.

Leo? Sicher nicht.

Eva drückte das Tor auf, und nach ein paar Augenblicken hörte sie Schritte auf dem Kiesweg. Vorsichtig öffnete sie die Haustür. Wie dumm, dass ausgerechnet heute schon wieder all ihre bewaffneten Bodyguards freihatten ... Da näherte sich eine vermummte Gestalt.

Eva bekam es mit der Angst zu tun: Dieser Kerl da auf ihrem Grundstück und sie, ganz allein mit der ahnungslosen Leonie!

»Wer sind Sie?«

»Du guckst ja schon wieder so ängstlich«, sagte die vermummte Gestalt.

Es war Thorsten die Sportinsel.

»Hallo, Eva. Hier wohnst du also.« Er sah sich staunend um. »Keine schlechte Hütte!«

»Was willst du hier?«

»Bist du gerade am Heulen?«, fragte Thorsten zurück.

»Nein. Ich bin total fröhlich!«

»So siehst du aber gar nicht aus ...« Thorsten musterte sie unverhohlen. »Du siehst aus, als könntest du etwas Trost gebrauchen ...«

»Sagtest du nicht was von einem Päckchen?«

»Ach so, ja, das hier ...« Er hielt es ihr mit rot gefrorenen Händen hin. »Verdammt kalt heute Abend. Ich bin mit dem Fahrrad hier ...«

Eva fühlte sich fast schon gedrängt, ihn hereinzubitten. Aber ihr war dieser Kerl nicht geheuer.

In dem Moment kam Leonie neugierig die Treppe herunter. »Wer ist es denn? Für mich?«

Thorsten lugte durch den Türspalt, und Leonie lugte zurück.

»Noch so 'ne Sahneschnitte«, meinte Thorsten anerkennend. »Neues Kindermädchen?«

Leonie kicherte backfischhaft: »Ich BIN das Kind!«

»So 'ne hübsche Tochter hat die Eva, sieh mal einer an.«

»Hi«, wand sich Leonie geschmeichelt im Türrahmen. »Ich bin Leonie Fährmann.«

»Und ich bin Thorsten Schubert. Darf ich reinkommen?«

»WIE heißt du?«, fragte Eva entsetzt. »Thorsten WER?«

»Mama? He? Spinnst du?« Leonie hielt nun die Tür weit auf. »Kennt ihr euch?«

»Nein.«

»Ja«, sagte Thorsten leichthin. »Wir sehen uns jeden Tag.«

Was blieb Eva da anderes übrig, als den ungebetenen Gast hereinzulassen. Unschlüssig stand Thorsten in der Halle und bestaunte die Größe der Villa. »Voll krass, eh, echt! Wahnsinn, voll der Platz!«

»Willst du mein Zimmer sehen?«, fragte Leonie kokett. »Ich bin gerade am Computerspielen ...«

»Hast du einen Vater?«, stieß Eva hervor.

»Bitte? Ja! Warum?«

»Und wie heißt der?«

»Schubert.«

»Und mit Vornamen?«

»Karl-Heinz.«

»Mama, du bist voll peinlich!«

»Und einen Bruder?«

»Ja. Zwei. Wieso?«

»Und wie heißen die?«

»MAMAAAA!!!«

»Carsten und Boris«, sagte Thorsten nun doch sehr erstaunt. »Carsten ist mein Zwillingsbruder und Boris der lütte. Sonst noch Fragen?«

»Nein.«

»Also dann, gehen wir«, sagte Leonie und warf Eva einen Dolchblick zu. »Bevor du fragst, was sein Vater von Beruf ist und ob er mich überhaupt ernähren kann!«

Die beiden waren schon auf der Treppe. »Voll durchgeknallt«, hörte sie Leonie noch schimpfen, bevor die Kinderzimmertür ins Schloss fiel.

»Zehn Minuten«, sagte Eva streng.

Nach kurzer Zeit hörte sie Leonie und Thorsten lachen. Dann dröhnte Musik los.

Sie ging in die Küche und öffnete das Päckchen. Eine Saftpresse. Na toll. Sehr romantisch. Eva drehte die Karte, die dem Entsafter beilag, hin und her. Die Schrift kam ihr nicht bekannt vor.

Für den Fall, dass du heute am Valentinstag einen Rückfall kriegst. Schade, dass du Wagner nicht magst.

Siegwulf

»Du, Mama? Was war eigentlich gestern mit dir los?«

»Du meinst die Sache mit Thorsten?«

Eva weihte gerade die Saftpresse ein und jagte ein Dutzend Karotten und Äpfelchen vom Biomarkt durch den Schacht.

»Ja. So spießig kenne ich dich gar nicht! Wieso fragst du den, wie seine Geschwister heißen?«

»War nur so eine spontane Idee ...« Eva stopfte eine besonders dicke Karotte in den Schacht und tat sehr beschäftigt.

»Das ist ja wohl voll daneben! Dem Thorsten war das total peinlich!«

»Mir auch ...«

»Sag schon, Mama. Da steckt doch irgendwas dahinter!«

»Na ja, er sieht ja nicht besonders Vertrauen erweckend aus!«

»Weil er ein Tattoo hat?«

»Eines? Der ist am ganzen Oberkörper tätowiert! Hier oben hat der 'ne grüne Schlange, und weiter unten so 'n fieses Drachengesicht!«

»Mama!« Leonie ließ die Möhre fallen, in die sie gerade beißen wollte. »Hast du den etwa schon NACKT gesehen?«

»Nein, ganz nackt nich', aber der hat ja immer nur so 'n Unterhemd an ...!«

»Also jetzt blick ich überhaupt nicht mehr durch ...«

»Leonie, es ist viel harmloser, als du denkst!«

»So? Was denke ich denn?!«

»Dieser Thorsten, von dem ich bis gestern nicht mal den Nachnamen wusste, steht in der Sportinsel in Köln an der Rezeption. Das ist alles.«

»Und warum taucht er dann am Valentinstag hier auf und bringt dir ein Päckchen?«

»Das ist mir auch ein Rätsel. Ich habe das Gefühl, dass er unbedingt mal unser Haus sehen wollte. Ganz wohl ist mir bei der Sache nicht!«

»Ach Quatsch, Mama! Du hast ja Verfolgungswahn!«

»Und was hast du so mit ihm besprochen?«

»Mama! Ich bin vierzehn! Du kannst mich nicht mehr bewachen wie ein kleines Kind! Und ihn fragen, wie sein Vater heißt! Das ist voll daneben!«

»Dann sag mir bitte, was ihr da oben gemacht habt.«

Leonie setzte sich auf die Anrichte und ließ die langen Beine baumeln. »Es war völlig harmlos. Wir haben Musik gehört, und er hat mich gefragt, ob ich Lust auf einen Tanzkurs habe.«

»Mit ihm?«

»Ja, Mann! Nicht mit Karl-Heinz!«

Ärgerlich sprang Leonie von der Anrichte. »Mama, bist du spießig! Wenn du es mir nicht erlaubst, dann frage ich eben Papa!«

Damit knallte sie wütend die Küchentür hinter sich zu.

Lieber Mark,

du überraschst mich immer wieder! Ja, DU! Dass du Eichendorff zitierst! Wie feinsinnig von dir! Hast du das alles noch im Kopf, oder wälzt du Gedichtbände in deiner Kabine? Das wäre mir unheimlich, ehrlich gesagt ... ☺

Ja, auch ich denke inzwischen bei allem, was ich tue, an dich im fernen Singapur und frage mich, was macht er gerade, mit wem redet er, von wem träumt er ... Und dann hoffe ich, dass ich es bin. Mark, es geht mir richtig gut! Unsere Briefe bringen mir den Frühling näher, ich freue mich jeden Tag darauf, an den Computer zu eilen und mich mit dir austauschen zu können.

Heute Morgen hatte ich eine unerfreuliche Auseinandersetzung mit einer kleinen Praktikantin. Diese jungen Dinger nehmen sich heutzutage eine Menge raus! Respekt ist für die ein Fremdwort. Zugegeben: Manchmal fühle ich mich tatsächlich einsam, aber ich mache dann einfach die Tür hinter mir zu, lasse die hektische Welt draußen und bin sofort bei DIR ... Du verstehst mich nie falsch, und das tut gut. Die harte Arbeit geht mir leichter von der Hand, Mark, seit wir uns kennen. Das Leben hat wieder einen ganz besonderen Leicht-Sinn! Genau das habe ich mir in meiner ersten Mail gewünscht! Kannst du dich noch erinnern? Ich sauge alles auf, was du schreibst. Wie grotesk, dass wir uns noch nie gesehen haben und uns vertrauter sind als viele Paare, die schon lange zusammenleben. Warum kann nicht alles einfach so weitergehen? Du schreibst von einem möglichen Ende oder gar einem neuen Anfang, aber ich genieße es, so wie es ist. Kann man sich in jemanden verlieben, den man nur aus Briefen kennt? Es hat einen unvergleichlichen Reiz, sich nicht zu kennen und sich dennoch so nah zu sein. Was mich irritiert und gleichzeitig beglückt, ist diese unglaublich zeitlose Geborgenheit, die ich mit dir empfinde. Sie ist noch viel tiefer als die Leidenschaft, der wir uns situationsbedingt (noch?) nicht wirklich hingeben. Aber was ist es denn sonst, wenn nicht Leidenschaft, was uns täglich, ja manchmal sogar mehrmals täglich miteinander verbindet?

Es war als hätt' der Himmel
Die Erde still geküsst
Dass sie im Blütenschimmer
Von ihm nur träumen müsst

Die Luft ging durch die Felder
Die Ähren wogten sacht
Es rauschten leis die Wälder
So sternklar war die Nacht

Und meine Seele spannte
Weit ihre Flügel aus
Flog durch die stillen Lande
Als flöge sie nach Haus

Deine Claudia

Eva saß lange am Computer und starrte auf den Bildschirm.

Das war ein richtiger Liebesbrief gewesen!

Sie hatte vom Schreiben mehr Herzklopfen als von ihrem täglichen Fitnesstraining. »Wahnsinn«, murmelte sie vor sich hin.

»Wieso schreibst du einem unbekannten Trottel solche albernen Schmonzetten?«, fragte der innere Schweinehund mitten in ihre romantische Stimmung hinein. »Du bist ja rot geworden!«

»Ich weiß auch nicht«, sagte Eva und nahm schnell noch einen Schluck Champagner, damit die berauschende Wirkung nicht so schnell verflog. »Es kam einfach so über mich.«

»Du weißt, dass du dich damit selbst belügst.«

»Nein, weiß ich nicht. Wieso?

»Weil es diesen Vier-Streifen-Offizier auf diesem Traumschiff nämlich gar nicht gibt.« Der Schweinehund spuckte angelegentlich einen abgenagten Klauennagel auf den Teppich, weil er ja sonst nichts mehr zu beißen hatte. »Da erlaubt sich einer einen Spaß mit dir.«

»Kein Mensch gibt sich dabei solche Mühe«, konterte Eva trotzig. »Da hat einer sein Herz an mich verloren.«

»Und wenn es der triefäugige, verklemmte Siegwulf ist?«

»Der hat überhaupt nicht meine E-Mail-Adresse.«

»Die kann man rausfinden. Über Leos Büro. Nichts einfacher als das.«

»Fährmann, ich bin CLAUDIA! Woher soll Siegwulf das denn wissen?«

»Immerhin schenkt er dir Saftpressen zum Valentinstag.«

»Die er sich selbst nicht zu überreichen traut.«

»Weil er so verknallt ist in dich. Ist ja logisch.«

»Fährmann, Siegwulf INTERESSIERT mich nicht! Mark interessiert mich! Sonst niemand!«

»Aber Mark ist eine Einbildung. Ein Phantom.«

»Nein, Mark Schubert existiert. Wirklich. Ich weiß es.«

»Ts, ts, ts«, machte der Schweinehund. »Das hättest du wohl gern.«

»Er beflügelt mich. Er tröstet mich über Leo hinweg und gibt mir mein Selbstwertgefühl zurück«, verstrickte sich Eva in unnötige Rechtfertigungsversuche. »Er bringt mir den Frühling näher. Er gibt meinem Leben einen Sinn. Er lenkt mich vom Essen ab.«

»Das MACHT mich ja so wütend«, schnauzte Fährmann sie an.

»Aber so wie du aussiehst, hast du doch nicht im Ernst vor, irgendwann mal dein wahres Pfannkuchengesicht zu zeigen? Huhuuu, hier bin ich! Schneefettchen aus Quadrath-Ichendorf!«

»Du bist gemein, Fährmann. Ich treffe ihn nicht. Er ist ja auch ganz weit weg! Vor September ist er gar nicht in Europa!«

»Rate mal, warum! Im besten Fall krabbelt dir dann ein warzennasiger Zwerg entgegen ...«, brabbelte der Schweinehund gehässig vor sich hin. »Ein buckliger, hässlicher, alter Sack!«

»Er sieht gut aus. Ich weiß es. Ich sehe ihn förmlich vor mir.«

»Weil du ihn dir schöntrinkst mit deinem Champagner immer!«

»Das ist meine Entscheidung. Du hast da nichts mitzureden.«

»Ach komm, dicke Eva. Das führt doch zu nichts! Bleib doch so, wie du bist beziehungsweise wie du mal warst! Ich werde ja immer kleiner!«

»Und das ist gut so«, sagte Eva. »Langsam hab ich dich im Griff!«

»Ach biddääää ...« Fährmann legte den Kopf schief. »Sei doch wieder mein liebes bequemes verfressenes Frauchen!«

»Nix! Fährmann, hol die Leine. Wir gehen eine Runde laufen.«

»Verdammt«, brummte Fährmann kleinlaut, als er mit fliegenden Ohren hinter Eva herlief. »Ich fürchte, das Blatt wendet sich. Und das alles wegen dieses Trottels aus dem Computer. Wenn ich den jemals zu Gesicht kriege, dann beiße ich ihm in den Hintern.«

Liebste Claudia,
vielen Dank für deine letzte Mail. Mir wurde richtig warm ums Herz. Ich wusste gar nicht, dass du so flammende Sätze schreiben kannst – du überraschst mich immer wieder. Ich habe mir alle deine Mails noch einmal vorgenommen und quasi darin gebadet! So viel Geborgenheit habe ich noch nie empfunden. Was ist das, Claudia, was uns solche Gefühle füreinander entwickeln lässt?

Ein Tornado? Ein Erdbeben? Eine Riesenwelle? Magie? Liebe? Claudia, für mich ist das ein Naturereignis! Ich hatte bisher viele

»Liebschaften«, aber mit keiner Frau habe ich je so tiefe, innige Gedanken und Gefühle ausgetauscht! Ich habe immer gedacht, dass ich dazu gar nicht in der Lage wäre. Ehrlich gesagt hielt ich diese Art von Austausch mit einer Frau immer für unmännlich. Wir Seemänner sind es gewohnt, andere Dinge als Worte mit den Frauen auszutauschen ... ☺

Aber dann bist du mir »begegnet«, hast dich bis in mein Inneres vorgewagt, hast etwas in mir zum Schwingen gebracht, was ich bisher immer ignoriert habe. Aus Selbstschutz?! Ja!

Und auch das komplizierte Innenleben der Damenwelt hat mich bisher noch nie interessiert. Ganz im Gegenteil. Ich nahm, was sie zu geben bereit war, und dann: Ciao! Aber dir bin ich auf einer völlig anderen Ebene begegnet – klar, in Ermangelung körperlicher Nähe ... ☺

Aber dass aus einer unverbindlichen Flirterei (denn das sollte es für mich am Anfang sein) so etwas Ernstes werden könnte, habe ich nie gedacht. Unsere Seelen sind sich viel näher, als unsere Körper es zu diesem Zeitpunkt sein könnten ... Denn in deine Seele schaue ich, und du in meine. Wenn ich an dich denke, stehe ich sofort unter Strom – dann habe ich das Gefühl, dass jeder Knochen, jeder Muskel in meinem Körper einen neuen Platz gefunden hat. Ein wunderschönes und gleichsam beängstigendes Gefühl. Was tun wir, Claudia? Wo führt das hin?

Sind es Hoffnungen oder Ängste, die sich einstellen, wenn ich an die Zukunft denke? Es sind Hoffnungen!

Ich will dich überallhin begleiten, und ich glaube, das gestattest du mir auch längst. Ich will dich unbedingt schnell wieder bei mir haben ... Schreib mir, heute noch!

Dein Mark

(Traumhaft erotisches Gaumenexplosionsrezept für Mokkasahnetrüffel mit Rum auf Zimteis im Anhang)

9

»Du, Mama, ich hab hier was für dich im Internet gefunden ...« Leonie hatte ganz rote Wangen vor Aufregung, als sie zur Küchentür hereinplatzte. Das war offensichtlich ein Versöhnungsversuch, und Eva ließ ihn gelten. Sie war gerade dabei, sich einen großen Obstsalat mit Haferflocken und Nüssen zuzubereiten, obwohl sie kaum Hunger hatte. Aber Brigitte hatte ihnen immer wieder gepredigt, dass »nichts essen« viel schädlicher sei als »das Richtige essen«.

»Na, Mäuschen? Vertragen wir uns wieder?!«

»Also wenn du die Sache mit Thorsten meinst, die hab ich schon längst vergessen. Aber Mama, schau, da ist was für dich ganz persönlich!«

Sofort klopfte Eva das Herz bis zum Hals.

»Meine Freundin Franzi und ich, wir surfen doch immer, und dann googeln wir uns alles Mögliche. Du kannst ja weltweit Kontakt zu allen Usern aufnehmen ...«

»Ja?« Eva legte das Messer weg und wischte sich die Hände an der Küchenschürze ab.

»Und da haben wir dir was bei Amazon bestellt, das du total gut gebrauchen kannst.«

Leonie riss begeistert das Päckchen auf, das sie bei sich trug. »Hier! Cindy Crawford turnt vor!«

Eva entspannte sich wieder. Wie komisch, dass sie gleich an Mark gedacht hatte! »Aber wir haben doch schon die alte Rückbildungsgymnastik-Kassette, und die turne ich brav jeden Tag!«

»Mami, du musst dich weiterentwickeln! Die Hörkassette hast

116

du jetzt hundertmal abgenudelt, und DVD ist viel cooler! Da kannst du ganz genau zugucken und gleich mitmachen!«

»Das ist wirklich lieb von dir ... und Franzi natürlich!«

»Franzi sagt, das ist voll der Vorteil, dass du dich da gar nicht drücken KANNST! Ihr Vater turnt ›Fitness für faule Säcke‹.«

Sie lachte. »Hat Franzi ihm zum Valentinstag geschenkt.«

»Habt ihr 'ne Wette am Laufen ...?«, fragte Eva argwöhnisch.

»Ach Quatsch! Ihr kennt euch doch überhaupt nicht! Hier, schau mal!« Sie kramte das Begleitheft heraus und zeigte ihrer Mutter die Fotos. »Die geht total auf die Problemzonen, aber ganz sanft!«

»Das hier sieht knochenbrecherisch schwer aus. Und so schlank und schön wie Cindy Crawford werde ich in diesem Leben nicht mehr!«

Eva wollte schon aufgeben, bevor sie der Sache eine Chance gegeben hatte. Fährmann hob bereits erwartungsvoll den Kopf.

»Du warst sowieso gerade am Essenmachen«, erinnerte er sie.

»Mami, weißt du eigentlich, wie toll du schon abgenommen hast?«, nahm Leonie den Kampf mit Evas Schweinehund auf. »Du kannst das! Du hast ja schon überall Muskeln, wo früher Fett war!«

»Meinst du wirklich?« Eva wurde rot. Wie genau ihr Kind doch alles beobachtete! Und wie energisch sie ihr Vorhaben unterstützte!

»Diese Cindy ist voll leicht, Franzi und ich haben das schon nachgeturnt, das macht total Spaß, und da ist auch coole Musik dabei! *So kihiss meee ...«*

»Das hört sich gut an ...«

»Ja! Und später gibt es ›The next challenge‹, das ist für Fitte und nicht für Fette. Die schenke ich dir zum Muttertag.«

Eva umarmte ihre Tochter. »Du bist wirklich ein Schatz. Warum tust du das alles für mich?«

»Weil du die coolste Mami auf der Welt bist. Und weil ... weil der Papa sich noch wundern soll.«

Eva hielt Leonie auf Armeslänge von sich weg: »Ich mache das nicht für Papa.«

»Sondern?«

»Ich mache das für mich!«

Leonie zerrte ihre Mutter ungestüm aus der Küche. »Los, Mama. Wir fangen gleich an!«

Liebster Mark,

es geht mir gut! Und das ist nicht nur der nahende Frühling. Das bist DU! Ich bin regelrecht aufgewacht. Jetzt erlebe ich mich selbst bewusst, bin im wahrsten Sinne des Wortes wieder selbstbewusst!

In den letzten Jahren war ich ganz weit weg von Gefühlen, Vertrauen ... Zu wem auch, in dieser knallharten Branche, wo jeder nur an Äußerlichkeiten und seinen persönlichen Vorteil denkt. Ich steckte in einer Tretmühle von Routine, Arbeit, Funktionieren, aber als Mensch und als Frau bin ich lange nicht mehr wahrgenommen worden.

Natürlich habe ich viele Jahre meines Lebens in den Aufbau und die Instandhaltung meiner Firma gesteckt, in professionelles Marketing, in Öffentlichkeitsarbeit für unsere Branche. Die Markterschließung im Ausland hat mich viel Kraft und Energie gekostet, und so sind meine persönlichen Bedürfnisse lange auf der Strecke geblieben. Du hast sie wieder geweckt, du hast mich wieder zum Leben erweckt! DANKE, Mark. Wie konnte ich mich nur so weit von mir entfernen? Ich will endlich ein Gefühl für das, was ich will, was gut für mich ist. Du schreibst, ich brauche einen Mann. Mark, ich brauche ein ZIEL! Dich?! Mit dir will ich nur noch genießen, sehnsüchtig nach dir sein, nach deinen lieben Worten, deinem Humor, deinem Zuhörenkönnen, deinem Vertrauen, danach, mich dir mitteilen zu dürfen. Dieses Mit-Teilen ist es, was mich glücklich macht. Meine Probleme scheinen gar nicht mehr so schwer zu wiegen wie früher; vielmehr genieße ich die neue Leichtigkeit des

Seins. Ich lese deine Zeilen immer wieder, und ich kann deine nächste Mail gar nicht erwarten.

Schlaf gut!

Ich bin dir nahe ... Deine Claudia

PS: Arbeite übrigens neuerdings mit Cindy Crawford zusammen, sie ist ein sehr sympathischer Mensch und hochprofessionell!

Draußen tobten die Märzwinde, und letzte trotzige Schneeflocken tanzten schwer vor Nässe vor dem Fenster.

Aber Eva freute sich auf den Frühling, und sie hatte allen Grund dazu. Bald würde sie wieder in Größe zweiundvierzig passen, vielleicht sogar in Größe vierzig. Ihre Oberschenkel würden sich nicht mehr wund reiben, wenn sie lief, und ihre Arme würden nicht mehr schwabbeln. Sie würde wieder kurzärmlige Sachen anziehen können, und das Laufen würde ihr keine Mühe mehr bereiten. Der Muskelkater, den sie von ihrer täglichen Schwangerschaftsrückbildungsgymnastik gehabt hatte, ließ nach, und der tägliche Workout mit ihrer neuen Freundin Cindy Crawford machte sie stolz. Eva spürte, dass sie tatsächlich so etwas wie Bauchmuskeln entwickelte. Selbst im Po verwandelte sich das böse Fett langsam wieder in Muskeln. Eva konnte schon mit den Arschbacken einzeln wackeln, ein Kunststück, das sie abends heimlich vor dem Badezimmerspiegel übte, wobei sich der Schweinehund auf dem Klovorleger wälzte vor Lachen.

In der Moppel-Gruppe waren sie jetzt nur noch ein Dutzend Aufrechte, die jetzt seit neun Wochen tapfer dabei waren. Eva mochte Dagmar sehr, mit der sie stets lachte und lästerte. Sie sprachen auch noch über andere Dinge als das Abnehmen, und das fand Eva erfrischend. Dagmar war offensichtlich bis über beide Ohren verliebt, und Eva sah ihre Theorie bestätigt, dass Verliebtsein sowieso die beste Diät ist. Ihr Mark-Geheimnis behielt sie wohlweislich für sich. Joachim und Cordula waren allen ein

Rätsel: Sie stritten wie die Kesselflicker, beleidigten einander und schienen sich regelrecht zu hassen. Trotzdem lebten sie weiter gemeinsam in ihrer kleinen Wohnung, um die sie tatsächlich gewettet hatten. Warum sie sich das antaten, wusste niemand. Sabine, Elisabeth, Cordula und Michaela waren auch nett, aber ihr ständiges Gerede über Kalorien beziehungsweise ob sie ab- oder wieder zugenommen hatten, langweilte Eva. Dann waren da noch die Männer. Einer war noch ganz jung und hieß Daniel. Er war bei der Bundeswehr ausgemustert und in die Moppel-Gruppe abkommandiert worden. Ziemlich widerwillig und überwiegend stumm zog er hier sein Programm durch. Joachim hänselte den armen Jungen immer und sagte, wenn er endlich sein Zielgewicht erreicht hätte, müsse er zur Strafe zur Bundeswehr. Oliver, der Rothaarige, mit dem Eva am Anfang gemeinsam zu spät gekommen war, verhielt sich nett und freundlich zu allen, ging aber nach dem Kurs immer seiner Wege. Dann gab es noch einen Geistlichen in der Gruppe: Pater Stefan. Der hatte wohl in seiner Klosterzelle einfach zu oft dem selbst gebrauten Bier zugesprochen; seine Brüder im Herrn hatten ihn hierher geschickt, damit er wieder auf den rechten Weg zurückfand. Und dann war da noch der triefäugige Siegwulf. Er war ein totaler Eigenbrötler, und immer wenn ihm etwas nicht passte, verließ er beleidigt den Raum. Eva war froh, dass er keine weiteren Annäherungsversuche mehr gemacht hatte, und war ihm auch nie wieder nachgelaufen.

Betreff: Ein paar Zeilen in Ruhe
Liebste Claudia,
wie habe ich deine letzte Mail wieder genossen. Habe hier gerade mal dreißig Minuten Luft und nutze die Chance, mit DIR allein zu sein. Es ist einfach unbeschreiblich, wie nah wir uns in den vergangenen neun Wochen gekommen sind, in jeder Hinsicht. Sag nicht, dass wir in körperlicher Hinsicht noch nicht zusammenge-

kommen sind – von meiner Seite aus sind wir das, und zwar nicht nur einmal! Hoffentlich bist du mir jetzt nicht böse, Claudia, aber du bist es, die ich streichle, wenn ich meine Hand unter die Decke wandern lasse ... Ich maße mir an, das als einzigartig, kostbar und ganz wertvoll zu bezeichnen, und keineswegs als unanständig oder schamlos. Ich kann mir auch nicht vorstellen, dass das, was da im wahrsten Sinne des Wortes zwischen uns »abgeht«, bei anderen auch funktionieren könnte. Mein Herz zerspringt vor Liebe und Sehnsucht nach dir.

Anders kann ich es einfach nicht beschreiben. Du machst mich so glücklich. Ja, das ist Liebe, da bin ich sicher.

Wenn ich mich vor aller Welt verschließen und nur noch mit dir allein sein möchte, dann weiß ich, dass ich das Richtige tue. Auch mein Leben hat endlich wieder einen Sinn! Ach, was haben wir in neun Wochen für eine neue Lebensqualität erreicht!

Wie schade, dass ich den Frühling bei dir in Deutschland nicht miterleben kann. Hier in Saigon, wo unser Schiff seit gestern im Hafen liegt, ist es gleich bleibend schwül und stickig. Die Familien fahren zu dritt, zu viert, ja sogar mit Kleinkindern auf einem Moped herum; Autos gibt es hier so gut wie nicht, dafür überfüllte Busse. Die Passagiere unseres Schiffs lassen sich in Rikschas durchs Gewühl ziehen.

Es ist schon beschämend, wenn so ein fetter Tourist wie eine Qualle in der Rikscha sitzt und sich von einem mageren Vietnamesen, der nichts besitzt als das Hemd, das er am Leib trägt, im Laufschritt durch die Stadt ziehen lässt. Nicht ohne das Ganze mit seiner protzigen Videokamera zu filmen ...

Muss aufhören, die mexikanische Hausdame klopft an die Bürotür, und ich muss mein Herzklopfen erst wieder unter Kontrolle kriegen.

Ich küsse dich, Claudia – habe Sehnsucht nach dir –, schreib schnell,

dein Mark

121

»Du, dicke Eva? Bist du etwa ein Kameradenschwein und turnst heimlich zu Hause?«, fragte Cordula eines Tages, als sie zusammen in der Umkleide standen. »Du nimmst hier echt am meisten ab. Das geht doch nicht mit rechten Dingen zu!«

Eva wurde rot. Sie freute sich wahnsinnig, dass ihre Fortschritte nun auch von den anderen bemerkt wurden.

»Niemand hindert dich, das auch zu tun«, sagte sie lächelnd. »Ich leihe dir gern meine abgenudelte Hörkassette mit der Rückbildungsgymnastik, oder bestell dir doch auch Cindy im Internet! Das wirkt Wunder und macht auch noch Spaß!«

»Wenn Joachim nicht ständig stänkern würde«, seufzte Cordula. »Egal, was ich tue oder esse oder nicht esse, er greift mich immerfort an. Wenn ich zu Hause Gymnastik mache, lacht er sich tot.«

»Ein typisches Zeichen dafür, dass er dich noch sehr liebt«, sagte Eva freundschaftlich.

»Hast du 'ne Ahnung. Zu Hause schließt er sich ständig in sein Zimmer ein. Seit er arbeitslos ist, macht er ständig an seinem Computer rum. Ich glaube, er lädt sich dauernd Pornos runter oder so.«

Eva zuckte mit den Schultern: »Das würde zu ihm passen, aber irgendwas stimmt nicht mit ihm ... Warum ist er so gehässig zu allen und besonders zu dir?«

»Das kann ich dir genau sagen.« Und dann ließ Cordula die Bombe platzen. »Er war früher in einer gehobenen Offiziersposition auf einem Kreuzfahrtschiff.«

Eva fiel die Kinnlade herunter.

»Da bleibt dir die Luft weg, was? Mein lieber Joachim hatte nur mit stinkreichen Passagieren und vor allem PassagierINNEN zu tun. Da musste er jeden Abend neben einer anderen allein reisenden Dame am Kapitänstisch sitzen. Und da hat er sich übrigens auch seinen Wohlstandsspeck angefressen. Jeden Abend vier

Stunden essen und trinken, und kein Sport auf dem Schiff. Stattdessen nur Stress und Alkohol und Weiber ... Die allein reisenden Damen musste er betanzen, das gehörte zum Job.«

Eva starrte Cordula an, alle Farbe war aus ihrem Gesicht gewichen.

»Und ich, zu Hause, war einsam«, plauderte Cordula weiter, während sie sich die Beine eincremte, »und hab meine Langeweile und meinen Frust mit Essen unterdrückt. So bin ich auf meine Weise fett geworden. Ich hatte natürlich auch dauernd Schiss, dass er mich mit den reichen Weibern betrügt.«

»Das liegt ja nahe ...« Eva fühlte, wie das Blut in ihren Schläfen pochte.

»Ja, denn er hatte als Hoteldirektor den Generalschlüssel zu sämtlichen Kabinen und Suiten, und wenn ihm eine allein reisende Frau gefiel, dann bekam sie eine Luxussuite, und dann ging er hin und erkundigte sich, ob alles in Ordnung sei. So nahmen die Dinge ihren Lauf.«

Eva war zur Salzsäule erstarrt.

»Ja, da staunst du, was? Er sah mal richtig gut aus, und manche Damen haben sich eingebildet, das wäre was Ernstes ...«

Eva starrte Cordula an, als sei ihr ein Frosch aus dem Mund gekrochen.

»Ich sag dir, dicke Eva. Ich bin vor Eifersucht fast verrückt geworden. Und habe alles in mich reingestopft, was essbar war.«

Eva nickte mechanisch. Sie war nicht in der Lage, ein Wort zu sagen.

»Dann kam auf dem Luxusdampfer wohl immer öfter wertvoller Schmuck weg, Geld fehlte, jedenfalls wurde bei der Reederei mehrfach Anzeige gegen Joachim erstattet, allerdings anonym, denn die reichen Weiber konnten sich ja schlecht selbst outen, und schließlich wurde Joachim entlassen. Er saß sogar eine Zeit lang im Untersuchungsgefängnis. Irgendwann wurde er mangels Beweisen freigelassen. Seitdem wohnen wir zusammen in

Hülchrath in unserer kleinen Wohnung und sind wie Hund und Katze.«

Eva wurde ganz wacklig in den Knien. Sie musste sich setzen, spürte ihren Körper nicht mehr.

»Was ist los mit dir, dicke Eva? Du bist ja ganz blass.«

»Wo ... war denn dein Joachim immer so unterwegs?«, rang sie sich von den blutleeren Lippen.

»Na, auf allen Weltmeeren. Wo solche Luxusliner halt so rumschippern.«

»Auch in ... Hongkong? Kuala Lumpur? Singapur? Saigon?«

»Na klar. Aber warum willst du das wissen, dicke Eva? Planst du auch eine Kreuzfahrt? Stimmt, du hast ja das Geld dafür. Also Saigon würde ich dir nicht empfehlen, da sind nur arme Leute. Die Karibik wär eher was für dich ...«

»Nein«, stammelte Eva wirren Gemütes. »Ich glaube, ich geh noch 'ne Runde laufen. Sag Brigitte, ich komme heute nicht mehr.«

Claudia,
warum antwortest du nicht? Weißt du, wie sehr du mich quälst?

Fünf Mails hast du unbeantwortet gelassen! Ich kann mir einfach nicht vorstellen, dass eine so geradlinige Frau wie du mich einfach so schmachten lässt ... Jetzt warte ich schon drei Tage auf ein Lebenszeichen von dir! Bin ich dir zu nahe getreten? Das wollte ich nicht! Ich könnte mir die Zunge abbeißen oder besser die Finger abhacken! Nie im Leben wollte ich aufdringlich sein, dir Dinge schildern, die sich unter meiner Bettdecke abspielen! Bitte rede wieder mit mir, ich will dich auf keinen Fall verlieren! Ab sofort werde ich mich wieder harmloseren Themen zuwenden, so lange, bis du mir verziehen hast. Versprochen. Sex ist kein Thema mehr. Reden wir wieder übers Essen! Ja?

Ich gebe die Hoffnung nicht auf, dass du mir erneut schreiben wirst. Nach allem, was zwischen uns gewesen ist, schuldest du mir wenigstens eine Erklärung für dein Schweigen! Oder bist du

krank? Ich mache mir schreckliche Sorgen, kann gar nicht mehr arbeiten! Es gibt doch nur dich in meinem Leben. Wenn meine größte Angst wahr geworden ist, dann musst du mir das ehrlich sagen, Claudia: Hast du einen anderen Mann kennen gelernt? Wäre ich es nicht wert, dass du mir das sagst?
In stetiger Liebe
Dein Mark

Eva führte einen schrecklichen Kampf mit sich selbst. Diesmal nicht mit dem inneren Schweinehund, sondern mit ihrem Stolz. Sie schaffte es einfach nicht, in die Sportinsel zu fahren und dort Joachim zu begegnen. Sie hatte Brigitte angerufen und sich krankgemeldet. Dann saß sie da und starrte auf den Computer.

Bei jeder flehentlichen Mail von Mark war sie kurz davor, wieder schwach zu werden. Doch sie konnte sich nicht dazu aufraffen, zu antworten. Dafür rannte sie stundenlang durch die Gegend und grübelte. Fährmann trottete mit fliegenden Ohren neben ihr her. Auch ihm war die Sache total auf den Magen geschlagen. Er war auf die Hälfte seiner ursprünglichen Größe zusammengeschrumpft und machte gar keine Anstalten mehr, sie zum Frustessen zu überreden. Eva hätte sowieso nichts runterbekommen.

»Wie kann ein Mann zwei so verschiedene Gesichter haben, zwei so verschiedene Sprachen sprechen? Hier ein grobschlächtiger Prolet, dort ein gebildeter, feiner, geistreicher Frauenversteher?«

Eva war völlig verzweifelt. »Dieser lieblose, widerliche Egoist Joachim, den ich auf den Tod nicht ausstehen kann, DER soll mein heiß geliebter Mark sein? Ich kann es nicht glauben, Fährmann, das kann doch einfach nicht wahr sein!«

»Ja«, pflichtete Fährmann ihr kleinlaut bei. »Das trau ich dem gar nicht zu. Joachim, der seine Frau wie Dreck behandelt und nur unflätige Bemerkungen macht, die unter die Gürtellinie gehen?«

Der kann doch nicht so dermaßen die Tonart wechseln!«

»Meinst du, Fährmann, dass ein Mann zwei Gesichter haben kann?«, fragte Eva ihren treuen Kameraden.

»Keine Ahnung. Das ist ja wie Dr. Jekyll und Mr. Hyde.«

»Glaubst du, dass Joachim psychisch krank ist?«

»So wie er Cordula behandelt, liegt das praktisch auf der Hand!«

»Habe ich mir zehn Wochen lang mit einem Psychopaten Liebesbriefe geschrieben? O Fährmann, ich schäme mich so!«

»Also Eva, jetzt mach mal halblang. Du hast ja gar keine Beweise dafür, dass es Joachim ist. Weißt du, wie viele Seemänner es auf der Welt gibt?«

Am dritten Tag rief Dagmar an. »Bist du krank? Kann ich was für dich tun? Soll ich vorbeikommen?«

»Nee, lass mal, ist alles O.K. Ich fühl mich nur ein bisschen schwach.«

»Es scheint ein Virus zu grassieren. In der Moppel-Gruppe fehlen mehrere. Brigitte hat Angst, ihr springt alle ab und kommt nicht wieder.«

»So? Wer fehlt denn?«

»Sabine, Oliver und unsere Streithähne. Beide. Klar, die haben sich gegenseitig angesteckt. Oder totgeschlagen.« Dagmar lachte. »Jedenfalls ist es richtig langweilig ohne euch ...«

»Joachim fehlt auch ...?«

»Ja. Nur den vermisst hier keiner. Aber dich vermissen wir. Besonders Siegwulf.« Sie kicherte. »Der fragt mich immer nach dir. Aber was hast du denn eigentlich?«

»Nur ein bisschen Bauchschmerzen.«

»Mist. Also ein Rückfall?«

»Ganz sicher nicht.«

»Was dann?«

»Wenn ich ehrlich sein soll ...«

»Ja! Sollst du! Sag bloß, du springst ab!«

»Nein! Ihr fehlt mir alle schrecklich!«

»Also ...?«

»Ich hab ... Ach, du wirst mich bloß auslachen.«

»Also doch ein Rückfall. Gib's zu. Was hast du alles in dich reingestopft?«

»Nichts. Noch nicht mal Champagner ...«

»Aber?«

»Ich hab Liebeskummer!« So, nun war es heraus.

Am anderen Ende der Leitung war es lange still. Dann prustete Dagmar los. »Und deswegen kommst du nicht mehr in die Moppel-Gruppe? Wir bauen dich doch wieder auf!«

»Ich weiß«, sagte Eva zerknirscht. »Wenn du sagst, dass so viele Leute fehlen ... dann komme ich morgen wieder.«

Meine(?) liebste(!) Claudia,

dies ist mein sechster Versuch. Ich gebe nicht auf. Werde dich aber nicht mehr drängen. Gehen wir auf neutrales Gebiet zurück?

Die »MS Champagner« ist inzwischen nach Hongkong zurückgekehrt und hat für die nächste Kreuzfahrt ausschließlich Deutsche an Bord. Leider bist du nicht dabei ... obwohl ich mir nichts sehnlicher wünsche!

Komme gerade von einem ausgiebigen Bummel über den »Central Market« zurück, der mitten im Bankenviertel liegt. Meine Küchenbrigade und ich taxierten erst mal die fast unübersehbaren Mengen von Blattgemüse, exotischen Früchten, Fischen, Hummer, Scampi. Nach langen Verhandlungen mit den Chinesen haben wir schließlich hundert Säcke voller Riesenkraken erstanden. Für dich, Claudia, hat ein solcher Markt wahrscheinlich Magenumdreher-Qualitäten: Da hängen Rinderherzen neben Hühnerbeinen, da winden sich Aale, Kröten und Hummer in kleinen Plastikbadewannen. Daneben dümpeln eingelegte Schlangen, Seepferdchen und Echsen. Delikatessen à la Hongkong, beleuchtet von schummrigen roten Lampions. Heute Abend ist Begrüßungsdinner für die neuen Passagiere, und da muss alles bis ins kleinste Detail stimmen. Der Appetitanreger werden Cajun-Shrimps sein, in Erdnussöl eingelegte Schalentierchen mit einer typisch thailändischen Gewürzmischung, sodass bei unseren Passagieren schon mal Vorfreude auf kommende Gaumenfreuden aufkommt. Als Vorspeise ist »Currysuppe mit knuspriger Banane im Reisblatt« neu im Programm, die Gäste wollen diesen Hauch Exotik, den sie in Dortmund oder Nürnberg nicht auf dem Speiseplan finden. Die Kraken für den Hauptgang werden von unseren Filipinos in so winzige Einzelteile zerlegt, dass heute Abend selbst die alte Dame aus Wattenscheid ihr Oktopus-Risotto köstlich finden wird.

Als Dessert bieten wir gebackene Banane mit Ingwer-Eiscreme und Mango-Confit.

Habe ich dich jetzt ein bisschen versöhnt und gleichzeitig verwöhnt? Sämtliche Rezepte findest du im Anhang.

Tja, meine liebe Claudia, so sieht mein Alltag aus, und ich sehne mich mal wieder nach einer richtigen Currywurst am Ku'damm in Berlin oder nach einer Weißwurst in München auf dem Viktualienmarkt, gemeinsam genossen mit einer weiblichen Person aus Hamburg, die immer in meinen Gedanken ist ...

Jetzt muss ich schnellstens in die Küche, um meine Mannschaft zu überwachen. Mir unterstehen immerhin zweiundfünfzig Männlein und Weiblein aus fünfunddreißig Nationen, die alle schon schwitzen und fluchen, weil sich der Chef ausgeklinkt hat.

Nur für dich, Claudia. Glaub mir. Was auch immer passiert ist: Gib mir noch eine Chance!

Mark

Eva starrte auf den Bildschirm. Das KONNTE nicht Joachim sein!

»Ein bisschen Menschenkenntnis habe ich doch auch!«, sagte sie zu Fährmann, der müde vom Laufen unter ihrem Schreibtisch lag.

»Dann schreib ihm doch endlich«, brummte dieser. »So langsam kann ich dein Elend nicht mehr mit ansehen! Du magerst mir ja förmlich ab! Nachher bin ich tot, und daran ist dann dieser ominöse Mark schuld!«

»Meinst du, ich sollte ihm einfach ganz unverbindlich wieder mailen, als ob nichts gewesen wär'?«

»Ja natürlich! Du kannst nämlich nicht fragen: Sag mal, heißt du eigentlich in Wirklichkeit Joachim und sitzt in Köln in einer Frust-Moppel-Gruppe? Dann outest du dich nämlich selbst!«

»Nee«, meinte Eva zerknirscht. »Das kann ich wohl nicht machen.«

»Also, bleib Claudia. Stolz, unkompliziert und vor allen Dingen nicht beleidigt! Nur Leute wie Siegwulf sind beleidigt, und der ist alles andere als attraktiv!«

Fährmann bettete sein Haupt auf seine Vorderpfoten und schloss die Augen. »Los, mach hin, damit ich irgendwann wieder was zu essen bekomme ...«

Lieber Mark,
entschuldige, dass ich fünf Tage nicht geschrieben habe.
Ich bin doch nicht beleidigt, mein Lieber! Im Gegenteil!
War ein paar Tage in New York auf der Dessousmesse, das ist alles. So viel Wäsche und Strümpfe habe ich noch nie gesehen ☺.
Unsere Beziehung hängt durch den Umstand, eine rein virtuelle Beziehung zu sein, sowieso an einem seidenen Faden, und den hätte ich durch fünf Tage Schweigen nicht überspannen sollen. Deine Hartnäckigkeit zeigt mir aber: Dieser seidene Faden ist längst ein Seil! Ein Tau! Offensichtlich mit vielen sicheren Seemannsknoten ☺! Vertrauen ist unsere Basis, und so bin ich fest davon überzeugt, dass wir uns gegenseitig nichts vormachen! Wie gesagt: Es hat einen großen Reiz, sich nicht zu kennen und sich doch so nahe zu sein! Da hat so etwas wie »Beleidigtsein« keinen Platz! Das ist weit unter unserem Niveau, Geliebter.

Hatte noch fünfzig geschäftliche Mails auf dem Compi und wollte die erst mal abarbeiten, bevor ich mich mit dem üblichen Glas Champagner wieder mit dir entspanne.

In New York war es aufregend. Trotzdem hast du mir gefehlt! Ich bin mir selbst böse, dass ich mir nicht die Zeit genommen habe, wenigstens eine Viertelstunde am Tag bei dir zu sein! Du schenkst mir Geborgenheit und Sinnlichkeit, und die Sinnlichkeit lässt meinen Körper vibrieren ... Du und der Champagner, ihr seid das Beste in meinem Leben.

Endlich bin ich den Stress der letzten Tage wieder los – wäre fast krank geworden ohne dich!

Ach Mark, du machst einen ganz neuen Menschen aus mir, eine ganz neue Frau! Welche Gefühle begleiten dich beim Lesen dieser Mail? Ich nehme all deine liebevollen und klugen Worte, deine einfühlsamen Zeilen, die du mir täglich schreibst, mit in meinen Alltag, sie sind die Streicheleinheiten, die mich bis zu deiner nächsten Nachricht tragen.

Ich bin dankbar und glücklich, dass du mir gehörst, Mark!

Für heute mit lieben, zärtlichen Grüßen

Claudia

Eva saß keine zehn Minuten atemlos vor dem Computer, als das vertraute Geräusch kam: »Sie haben eine neue Nachricht!«

Ach mein geliebtes, wunderbares Geschöpf,
da fällt mir aber ein Stein vom Herzen! Nein, Beleidigtsein darf in unserem gemeinsamen Leben keinen Platz haben. Du bist so reif, so fraulich! Und DICH darf ich kennen? Wie habe ich das verdient? Wie dumm von mir, zu vergessen, dass du in deinem Beruf ja auch reisen musst. Du hast es gar nicht nötig, Claudia, so schön und erfolgreich, wie du bist, ein Schweigespiel mit mir zu treiben ...☺ Schwamm drüber, ich war ein Idiot.

Meine liebe Traumfrau, ich muss für heute schließen, die Arbeit ruft. Melde dich schnell, ich brauche dich zum Leben und zum Atmen! Schlaf gut, Claudia, ich träume von dir!

Dein Mark

Am nächsten Tag fasste sich Eva ein Herz. Claudia würde das auch tun.

»Joachim, kann ich dich mal kurz sprechen?«

»Nur zu. Was gibt's denn?«

»Du hast ja jetzt ein paar Tage gefehlt.«

»Ja. Du wohl auch.«

»Ich war krank, mir geht es wieder gut.«

»Schön für dich. Siehst ja richtig abgewrackt aus, gar nicht mehr gut im Futter ...« Er lachte dreckig. »Haste Ärger mit deinem Kerl?«

»Joachim, ich wollte dich was fragen.«

»Ob ich mit dir essen gehe? Nur wenn du zahlst!«

»Cordula hat mir erzählt, dass du mal auf einem Kreuzfahrtschiff gearbeitet hast.«

»Die blöde Kuh! Kann die denn nicht die Schnauze halten?!« Joachim wurde ganz plötzlich wütend. »Das geht doch hier keine Sau was an!« Seine Augen wurden schmal. »Die kriegt Ärger!«

»Warum eigentlich, Joachim? Warum darf hier keiner wissen ...«

»Dein Scheißleben interessiert mich ja auch nicht! Oder was Siegwulf tut! Oder Sabine! Mann, wir sind hier, um abzuspecken, und dieser ganze Weibertratsch geht mir am Arsch vorbei!«

»Aber warum bist du so böse auf Cordula?«

»Das ist doch meine verdammte Privatsache!«, brüllte Joachim sie an. »Ich frag dich ja auch nicht, warum dein Mann dich verlassen hat!«

»Hee, mach mal halblang«, sagte Oliver, der gerade von der Pause hereinkam. »Schrei hier nicht so rum, ja?«

»Halt du dich da raus«, ließ Joachim ihn abfahren. Oliver zuckte die Achseln und setzte sich auf seinen Platz.

»Schreibst du E-Mails an eine Frau?«, fragte Eva plötzlich ganz direkt. Sie wunderte sich selbst über ihren Mut.

Joachim kam ihrem Gesicht ganz nahe. »Ich weiß nicht, was diese Fragerei soll«, zischte er schließlich. »Willst du jetzt noch wissen, ob ich mir Pornos runterlade?«

Eva atmete tief ein und aus. »Nein. Entschuldige.«

»Bis jetzt hab ich immer gedacht, dass du nicht so wie die anderen Weiber bist«, schnaufte Joachim im Weggehen. »Aber du bist ja schlimmer als alle zusammen!«

Eva zuckte die Achseln und lächelte Oliver freundlich zu, während sie auf ihren Platz zurückging.

»Wollte nur gucken, ob ich dir helfen kann«, meinte der beiläufig, während er seinen Bleistift anspitzte.

»Danke. Ist gerade noch mal gut gegangen.«

Oliver wunderte sich bestimmt, warum Eva für den Rest der Stunde unaufhörlich lächelte.

10

»Du bist so langweilig geworden!«, schmollte Fährmann. »Ich habe schon zwölf Kilo runter, und der Frühling naht! Morgen gehe ich mir neue Klamotten kaufen!«

»Ach, du bist gemein! Mit dir rede ich ja gar nicht mehr!«

»Denk mal, was ich alles gewonnen habe, seit ich nicht mehr auf dich höre! Meine Selbstachtung! Neue Freunde! Ein Ziel! Und Leo weine ich auch nicht mehr nach. Ist dir das schon aufgefallen?«

»Das ist ja das Schlimme! Beim Nachheulen hast du früher immer ganz tolle Sachen gekocht! Da gab's wenigstens noch was zu fressen!«

»Jetzt stille ich meinen Appetit durch das Versenden und Empfangen von Kalorienbomben via Computer.«

»Voll pervers«, sagte Fährmann sauer.

»Wir sind das erste kulinarische virtuelle Liebespaar der Welt!«, grinste Eva. »Mit garantiertem Abnehmeffekt.«

»Du wirst schon sehen«, schmollte der Schweinehund. »Das dicke Ende kommt noch. Du wirst schon sehen.«

Und damit ringelte er sich auf den knarrenden Holzdielen vor dem Schlafzimmer ein und war für Eva nicht mehr zu sprechen.

Claudia, meine Liebste!
Du trägst nicht gerade dazu bei, dass ich hier in Singapur ruhig schlafen kann! Ich sehne mich nach deinen lieben Worten und nach den sinnlichen Genüssen, die du mir regelmäßig schickst!
Und weil du für mich ein Engel bist:

ENGELKUCHEN (BAISER)
Zutaten
8 Eiweiß, 100 g Zucker, 100 g Mehl, 1/2 Päckchen Backpulver,
Vanillezucker

Das Eiweiß steif schlagen und den Zucker beifügen. Das Mehl
mit dem Backpulver sieben und zusammen mit dem Vanillezucker zu dem gezuckerten Eischnee geben.
Das Baiser in einer eingefetteten Springform (ø 28 cm) etwa
30 Minuten bei 170 Grad backen. Nach dem Erkalten mit
Zuckerguss überziehen.

Muss wieder runter, die Pflicht ruft. Heute sind dreihundertachtzig
neue Gäste an Bord, die hier in Singapur eingecheckt haben!
Ich umarme dich und liebkose dich, Claudia. Der Gedanke daran bringt mein Blut in Wallung. Lass mich nicht verhungern und
schicke mir schnell wieder eine weitere süße – gern auch pikante
(Gaumen-)Freude!!

»Du bist so naiv«, stichelte Fährmann. »Welcher halbwegs geistig
und seelisch intakte Mann tauscht denn heutzutage noch ernsthaft Kuchenrezepte mit seiner Brieffreundin aus?«
»Wenigstens sind wir uns jetzt sicher, dass es nicht Joachim
ist.«
»Vielleicht ist er über achtzig und sitzt zahnlos-glucksend über
seinem Großbuchstaben-Computer im Seniorenheim? Und macht
sich in die Windel vor Lachen?«
»Ach, halt doch die Schnauze, du Blödmann«, sagte Eva ärgerlich.

Lieber Mark,
danke für den »Engelkuchen«! Werde ihn in einer ruhigen Stunde
ausprobieren und ihn mir – genau wie all deine verführerischen
Worte – auf der Zunge zergehen lassen. Während ich an dich

schreibe und denke, dich fühle und vermisse, trinke ich ein Glas Champagner. Eisgekühlt – ganz im Gegensatz zu meinen Gefühlen für dich!

»So, bäh!« *Eva streckte ihrem Schweinehund die Zunge heraus.* »Er findet dich langweilig«, *stichelte der Schweinehund hinterhältig.* »Das Gesülze reißt ihn nicht mehr aus dem Rollstuhl!« »Meinetwegen, ich kann auch anders.«

War gestern beim Modezar Pierre Cardin zum Essen eingeladen, in Paris. Er besitzt das »Maxim's« in Paris, ein Restaurant, das fast so etwas wie eine Legende der gehobenen Gastronomie und des guten Geschmacks geworden ist, der wohl weltweit bekannteste Fresstempel überhaupt, du kennst ihn mit Sicherheit! Und dort haben wir köstlich gespeist: »Poule au pot à la Escoffier«. Der Patron servierte sogar Innereien, die ich normalerweise nie essen würde. Nach den ganzen großartigen französischen Gerichte war mir nach etwas Einfachem. Linsensuppe mit Speck und Räucherwurst, gut abgehangen. Dazu passt ein guter Schnaps. Das Rezept ist wie immer im Anhang.

Und zum Nachtisch

Besoffener Kapuziner

Zutaten für den Teig

4 Eigelb, 100 g Zucker, 80 g Bitterschokolade, Zimt, Nelken, Zitronenschale, 4 Eiweiß, 100 g Semmelbrösel, Butter und Mehl für die Form

Schokolade im Wasserbad auflösen. Zucker, Eigelbe und Gewürze mit dem Schneebesen aufschlagen. Eischnee, Semmelbrösel und die geschmolzene Schokolade unterziehen. In einer eingefetteten, bemehlten Kasserolle alles im Backofen bei 180 °C 30 Minuten lang backen.

Zutaten für den Guss
1/2 l Weißwein, 100 g Zucker, Zimt, Zitronenschale
Den Wein mit Zucker, Zimt und Zitronenschale aufkochen
und über den fertigen Kuchen gießen. Vor dem
Servieren den Kuchen noch mal fünf Minuten warm stellen.
»Du bist so herzlos und gemein ... ich hasse dich, ich hasse dich, ich
hasse dich!« Der Schweinehund wälzte sich in einer Pfütze aus Tränen,
pawlowschem Sabber und Trotzphasenrotz. Eva lachte, als sie ihn so
die Fassung verlieren sah.
Muss zum Flughafen, heute Abend ist der Filmball in München,
und meine Firma gehört zu den Sponsoren der Veranstaltung.
Überlege noch, ob ich das hautenge schwarze Paillettenkleid anziehen soll oder die rote Robe mit dem Pelzbesatz und dem sündhaft tiefen Rückenausschnitt.
Guten Appetitt, mein Liebster!
Deine Claudia

»Also ich hab das Laufen für mich entdeckt«, schwärmte Pater
Stefan, als sie mit der Moppel-Gruppe beim Joggen waren. »Man
kann seinen Gedanken dabei so schön freien Lauf lassen!« Er
hatte sich kurzzeitig von seiner braunen Kutte getrennt und trug
einen altmodischen Trainingsanzug. Immerhin. Er war nicht wiederzuerkennen. »Allerdings muss ich zugeben: Ich denke dabei
immerzu ans Essen ...«
»Ich turne zu Hause vor dem Fernseher«, sagte Dagmar. »Hab
mir so'n Monstergerät ins Wohnzimmer gestellt. Sieht zwar
scheiße aus, aber vorher sah ICH scheiße aus!« Sie lachte. »Und
dabei gucke ich immer ›Sex and the City‹, hab mir sämtliche Folgen auf DVD bestellt. Entschuldigen Sie, Eminenz.«
»O, ich bin diesen Dingen gegenüber sehr aufgeschlossen«, sagte
der Pater. »Ich bin ein sehr moderner Mensch.«
»Ich mach Pilates, das ist so was von toll«, schwärmte Sabine.
»Kann ich jedem nur empfehlen, der seine Gelenke schonen will.

Nach zehn Mal fühlt man sich deutlich besser, nach zwanzig Mal sehen es die anderen, und nach dreißig Mal ist man ein neuer Mensch.«

»Und warum hast du bei neunzehn aufgehört?«, fragte Joachim gemein.

»Du bist widerlich«, schimpfte Cordula. »Leute, die im Glashaus sitzen, sollen nicht mit Steinen werfen.«

»Das musst du gerade sagen!« Joachim versuchte, die anderen zu überholen, was ihm aber nicht gelang.

Eva spürte seinen Atem in ihrem Nacken und fühlte sich unwohl.

»Ich muss dauernd Gartenarbeit machen«, nahm Oliver den Faden wieder auf, »bei meinen Vermietern. Das sind schlimme Leute!«

Brigitte lachte. »Dann such dir doch 'ne andere Bleibe!«

»Ja, versuch's doch mal als Hoteldirektor auf einem Luxusschiff!«, machte Joachim ihn von hinten an. »Das wär doch was für dich!«

»Du bist echt ein Mistkerl«, brauste Oliver plötzlich auf. Er drehte sich abrupt um, und Eva fürchtete schon, es würde hier am Rheinufer am helllichten Tag zu einer Schlägerei kommen.

»Ich kann es einfach nicht mehr mit ansehen, wie du deine Frau behandelst.«

»Misch dich bloß nicht in unsere Angelegenheiten!«, schnauzte Joachim ihn an. »Gerade du nicht!«

Die ganze Gruppe blieb nun stehen. Keuchend und aggressiv standen sie da, während die Lastkähne an ihnen vorbeizogen.

»Cordula, warum lässt du dir das alles gefallen?«, fragte Eva fassungslos.

»Ja, das frage ich mich auch die ganze Zeit«, schnaubte Dagmar.

»Das weiß sie selbst am besten«, gab Joachim kalt zurück. »Oder soll ich hier mal ein bisschen aus dem Nähkästchen plaudern? Was, Cordula? Von E-Mails unter falschem Namen?«

Eva fühlte ihr Herz plötzlich bis zum Hals schlagen.

»Also eure Zänkereien gehen mir schon lange auf den Geist«, sagte Dagmar energisch. »Eva? Ist dir nicht gut?«

»Doch, danke. Geht schon.« Eva fächelte sich Luft zu, und Brigitte nahm sie besorgt am Arm. »Was sagt die Pulsuhr? Hundertfünfundsiebzig! Lieber Himmel, so schnell sind wir doch gar nicht gerannt!«

»Nein, es ist nichts ... Hab mich nur gerade erschrocken ...« Cordula wurde rot. »Lass gut sein«, renkte sie zu Evas Überraschung ein. »Das geht hier keinen was an.«

Pater Stefan kam in seinen Bollerhosen herbeigeeilt. »Aber, meine Lieben, wir wollen doch friedlich miteinander umgehen! Im Vierten Brief an die Korinther steht bei Paulus ...«

»Kommt, wir laufen weiter«, forderte Dagmar Eva auf.

Zu dritt trabten sie nebeneinander her, Dagmar, Brigitte und Eva.

»Wisst ihr, dass Siegwulf Eichendorff-Gedichte liest?«, fragte Brigitte, die offensichtlich das Thema wechseln wollte.

»Woher weißt du das?«, fragte Eva überrascht.

»Er hat einen alten Gedichtband unter seinem Tisch im Kursraum liegen. Es geht mich ja nichts an, aber der Siegwulf ist ein merkwürdiger Mensch.«

»Ja«, meinte Dagmar, »der lebt irgendwie in einer Traumwelt. Ich könnte mir vorstellen, dass der sich selbst Briefe schreibt.«

»Oder Liebesgedichte verfasst.« Meinte Brigitte. »Aber unser Pater ist gut drauf.«

»Ja, der will sich meine ›Sex and the City‹-DVD-Sammlung ausleihen«, kicherte Dagmar. »Hammermäßig!«

»Wir sind schon 'ne lustige Truppe diesmal«, sagte Brigitte. »Der kleine Soldat macht sich auch prächtig ... Eva, du bist so still! Ist dir schlecht?«

»Ich denke an Siegwulf. Er hat mir mal einen Entsafter geschenkt, aber seitdem nie wieder das Wort an mich gerichtet.«

»Ein bisschen merkwürdig ist er schon«, gab Brigitte zu. »Wer weiß, was in seinem Inneren vorgeht ...«

»Viel mehr ärgere ich mich über Joachim. Der ist ja so ein Arsch«, wechselte Dagmar das Thema. »Arme Cordula!«

»Wieso gibt Cordula eigentlich immer klein bei?«, fragte Eva.

»Cordula hat, soviel ich weiß, mal richtig Scheiße gebaut«, meinte Brigitte. »Wegen ihr musste Joachim unschuldig in den Knast.«

»Wegen Cordula??« Eva blieb schon wieder stehen. »Das hat sie mir aber ganz anders erzählt!«

»Leute, ich tratsche ungern über meine Moppel. Mehr kann ich euch wirklich nicht sagen. Langsam laufen«, schlug Brigitte vor. »Aber bewegt euch. Sonst wird das hier 'ne Stehparty.«

»Cordula tut mir Leid«, sagte Dagmar plötzlich. »Ich würde diesen Mann umbringen, wenn es meiner wäre.«

11

Guten Morgen, mein geliebtes Weib!

Auf den Tag genau kennen wir uns jetzt zehn Wochen, und alles, was du mir bis jetzt geschrieben hast, hat bei mir großen Eindruck hinterlassen. Ich würde dir so gern Rosen schicken, aber du verrätst mir ja deine Adresse nicht ... ☺ Danke jedenfalls!

Ich fühle mich so verstanden, geborgen ... und trotzdem frei.

»Ich bin der Welt abhanden gekommen« ... Auch so ein wunderschönes Gedicht, das meinen Gemütszustand exakt widergibt. Es stammt von Friedrich Rückert, kennst du das? Gustav Mahler hat es wunderschön vertont. Es beflügelt mich! Wenn ich in meiner Kabine allein bin, höre ich mir oft diese Lieder an und bin dir dann ganz nahe. Mir fehlte jemand, der so viel Tiefgang hat wie du. Jemand, der sich mir so bedingungslos öffnet wie du. Zuhören, reden und träumen. Alles mit dir ...

Komm doch nach Singapur! Das ist ein Ort für verliebte, verrückte Menschen. Ich zeige dir die Boogey Street, und nachher gehen wir ins »Pacifica«, das ist eine Ansammlung von Restaurants unter einem Zeltdach, wo man die frischen Meerestiere direkt vor seinen Augen zubereitet bekommt. Du würdest das genießen, da du ja eine Feinschmeckerin bist. Ich sehne mich schon lange nach einem Menschen, dem ich das alles zeigen darf und der dann nicht sofort wieder aus meinem Leben verschwindet.

Ach, genug geweint. Das machen der Champagner und der besoffene Kapuziner. Ist bei euch in Deutschland nicht gerade Karneval? Einmal am Rhein, und dann zu zweit allein sein ... Ich stelle mir vor, wie du verkleidet bist. Als Vamp? Als Schmetterling? Als Engel? Im Karneval darf man küssen. Oder feierst du nicht Karneval? Vielleicht hast du dazu keine Zeit.

Oder gehörst du zur Kategorie der Genussmenschen, die die Feste feiern, wie sie fallen? Nachdem wir uns ziemlich viel vom Essen schreiben, denkst du wahrscheinlich, dass ich verfressen bin. Aber eigentlich bin ich nur hungrig auf dich ...

Muss aufhören, sonst wird es zu viel für diesmal.

Antworte bald!

Mark

»Na siehst du, Fährmann. Der ist nie und nimmer achtzig. Was er schreibt, klingt doch sehr modern!« Eva lehnte sich entspannt zurück. »Von wegen Rollstuhl und Seniorenheim.«

»Modern? Gustav? Mahler? Entrückt? Welt abhanden gekommen?«

»Er ist eben gebildet. Feinsinnig. Kulturell interessiert.«

»Klingt mir schwer nach Volkshochschule«, ätzte Fährmann. »Und vor allen Dingen ist er nicht in Singapur! Der sitzt in der Lutherstadt Wittenberg in der städtischen Bibliothek! Oder in Brackwede.«

»Natürlich ist er in Singapur, oder woher kennt er sich sonst so gut aus?«

»Reiseführer«, krächzte der Schweinehund matt. Er war schon ziemlich schlapp und konnte kaum noch den Kopf heben. »Irgendso ein bebrillter Volkshochschulheini ist das, so mit oberstem Hemdknopf zu und Strickpullunder von seiner Mutter. Ich sag dir, Eva, der Oberklemmi in Person! Der stottert und hat feuchte Hände, und in der Tanzstunde hat er nie eine abgekriegt, weil er einen Buckel hat und schielt! Und Pickel hat er auch und fiese Zähne und 'ne Hakennase!«

»NEIN! Mark Schubert ist ein Mann von Welt! Er sieht gut aus und er KANN TANZEN!«

»Eva, Eva! Ich muss mir große Sorgen um dich machen!«

»Du bist ja nur eifersüchtig, Fährmann!«

»Der Idiot geht mir am Arsch vorbei! Aber du könntest dich wirklich mal wieder um mich kümmern! Ich werde immer kleiner, die Haut hängt mir am Körper runter, und mein leerer Bauch streift den Boden, wenn ich hinter dir herrenne ...«

»Nix Mitleid! Du hattest auch keines mit mir, als ich dir willenlos ausgeliefert war! Du willst nur wieder die Oberhand über mich gewinnen! Aber der Zug ist abgefahren!«

»Ich will dich nur vor einer herben Enttäuschung bewahren«, krächzte der Schweinehund beleidigt. »Eines Tages stellt sich heraus, dass es Mark Schubert gar nicht gibt. Und dann schämst du dich, musst heulen und futterst dir aus lauter Frust gleich wieder zwanzig Kilo drauf.« Er rieb sich die Pfoten. »Dann werden wir ja sehen, wer Herr im Haus ist!«

Lieber Mark,
Vertrauen. Höchstes zu erringendes Gut zwischen zwei Menschen! Das Vertrauen zu dir, mein Freund und Kamerad und geliebter Mensch, öffnet mir die Welt abseits aller Widrigkeiten des Alltags. Es war ein anstrengender Tag, ich hatte Auseinandersetzungen an verschiedenen Fronten. Zu Hause ist es ein Nachbar, der dauernd Ärger macht. Ich glaube, er ist ein bisschen eifersüchtig auf dich ... ☺ Früher habe ich mich öfter um ihn gekümmert, und jetzt verbringe ich meine Zeit lieber mit dir ... Auch im Büro ist so ein Typ. Ein schrecklicher Kerl, halbseidene Vergangenheit, große Klappe und nichts dahinter. Durch berufliche Umstände habe ich den schon seit drei Monaten in meinem unmittelbaren Umfeld, und wie es aussieht, muss ich ihn auch noch eine Weile ertragen. Das gelingt mir besser, wenn ich an DICH denke! Genug Energie an den Kerl verschwendet! DU bist wichtig, DU!

Ob ich Karneval feiere? Nein, das liegt nicht in meiner Natur.

»Von wegen Natur. Du warst bisher einfach zu fett für ein Kostüm!«

Aber ich war vor kurzem auf dem Wiener Opernball! Das entspricht mir schon eher ... das internationale Flair ...

»Was soll denn der Scheiß jetzt wieder? Hast du dir schon mal überlegt, dass es Leos Computer ist, auf dem du dich hier neu erfindest? Vielleicht mailst du dir die ganze Zeit mit deinem eigenen Ex – ich würde mich totlachen!«

»Schnauze! Für wie blöd hältst du mich, Fährmann?«

»Nachdem du dich wie eine zweite Svenja beschreibst, fährt Leo natürlich auch auf dich ab!« Fährmann wieherte vor Lachen.

»Ich hör gar nicht auf dich, ich hör gar nicht auf dich ...«

Mit fliegenden Fingern tippte Eva eine neue Ode an Mark. Kess, munter, selbstbewusst. Sie tanzte, gertenschlank, wie sie war, am Arm eines befrackten Kavaliers, eines Unternehmers aus der Schweiz, den sie beruflich kannte. Wiener Walzer. Links rum, versteht sich. In einer Robe, die sie selbst entworfen hatte. In Hellblau. Mit tausenden von daumennagelgroßen Perlmuttperlen darauf, in denen sich die Lichter der Kronleuchter spiegelten. Sie war die Schönste im Saal, und alle rissen sich um sie. Außer dem Unternehmer aus der Schweiz gab es auch noch einen Banker aus Liechtenstein, einen Dirigenten aus New York und einen Architekten aus Wanne-Eickel. Eva war da ganz flexibel. Währenddessen trank sie zwei Gläser Champagner und vergaß ganz, dass sie in Quadrath-Ichendorf in einer leeren Villa saß, mit Blick auf noch kahle Stoppelfelder und bräunlich verputzte Klinkerhäuser, und dass es draußen Bindfäden regnete, der Fönsturm an den Fensterläden rüttelte und die Nebelschwaden so tief hingen, dass man hindurchwaten konnte.

Ach, wie ich dich vermisst habe, Mark! Was wäre das für ein Traum, in deinen Armen den Wiener Walzer zu tanzen! Wie du schreibst, bist du ein wunderbarer Tänzer. Und ich bin ja leicht wie eine Feder, ich würde in deinen Armen schweben!

»Mir wird schlecht«, stöhnte Fährmann.

»Hört sich alles ein bisschen nach Aschenputtel an«, musste Eva zugeben. »Fehlt nur noch die Nummer mit dem Schuh.«

»Also wenn er auf den Schwachsinn noch antwortet, dann ist er eine Frau«, meinte Fährmann spöttisch.

»Er ist ein Mann!«, beharrte Eva.

»Dann ist er schwul.«

»Quatsch.«

»Ein Klosterbruder.«

»Fährmann!«

»Oder er sitzt im Knast!«

»Sitz!«

»Ein verklemmter Eigenbrötler, der nicht von dieser Welt ist.«

»Fährmann, Mark Schubert ist echt! Ich will, dass es ihn gibt!«

»Es GIBT keinen richtigen Mann, der sich so einen Sermon freiwillig reinzieht«, behauptete Fährmann. Dann fügte er listig hinzu: »Falls es nicht Leo selbst ist, der sich mit dir ein Späßken erlaubt ...«

»Leo hat weder Sinn noch Zeit für solche Eskapaden!«

»... dann ist es jemand, der an Leos Knete will.«

Mein liebstes Wesen in der Ferne,
lass dich bloß nicht von fremden Kerlen belästigen, weder von diesem Nachbarn noch von den Kollegen im Büro! Du bist die Chefin! Sag ihnen, dass ich groß und stark bin und dass ich sie alle verhaue, wenn ich an Land komme! ... ☺ Ich werde dich beschützen, wie jeder Mann die Frau beschützt, die er liebt.

Mein fernes Sternenwesen, wie gern hätte ich mit dir auf dem Wiener Opernball Walzer getanzt! Ohne angeben zu wollen, kann ich mit Fug und Recht behaupten, ein ganz annehmbarer Tänzer zu sein. Schließlich muss ich hier mit den reichen Witwen und Strohwitwen, die alle gleich geliftet sind – jede ist offensichtlich dem gleichen Metzger zum Opfer gefallen! ☺ –, jeden Abend meine Runden im Ballsaal drehen. Ab und zu, wenn der Meeresgott gnädig gestimmt ist, ist auch mal ein schlankes junges Wesen dabei, meist eine »höhere Tochter« oder eine junge Schönheit, die einen alten reichen Knacker geheiratet hat, der nicht tanzen kann oder will. Wenn mir dann so eine biegsame Feder im Arm liegt, dann denke ich an dich, meine wunderschöne Claudia, und bete darum, dich in den Armen halten zu dürfen, eines Tages, oder besser: eines Nachts ...! Vielen Dank für die Schilderung deines Abendkleids. Ich musste nur die Augen schließen, um dich ganz deutlich vor mir zu sehen. Die Vorstellung war sehr erregend. Ich wäre so gern bei dir gewesen, als du in der Loge gesessen hast. Ich hätte meine Hand ganz heimlich auf dein Bein gelegt und dein Kleid nur ein winziges bisschen hochgeschoben, um deine nackte Haut zu berühren. Ich hätte meine Hand ganz langsam und zärtlich gespreizt und meine Finger über dein Knie gleiten lassen. Ich habe mir alle Details über dich gemerkt und kann vor meinem inneren Auge an deinem Körper auf- und abgleiten.

»Aufhören«, kläffte der Schweinehund übellaunig. »Bah! Der ist ja nicht ganz dicht!«

»Er macht mir wunderschöne warme Gefühle«, sagte Eva glasigen Blickes.

»Mach dir lieber 'nen Speckpfannkuchen! Das macht auch wunderschöne warme Gefühle!«

»Aber diese sind schöner ...«

Ich stelle mir immer vor, dich in meinen Armen zu halten, neben dir zu liegen und dich ganz und gar zu erforschen. Jedes Haar, jede Falte, jeden Millimeter an dir will ich mit meinen Fingern ertasten, deinen Geruch kennen lernen und ihn aufsaugen ...

»Mir wird schlecht! Roaaahhh!«

Es macht mich so glücklich, mich mit deinen gesammelten E-Mails, die ich ausgedruckt immer bei mir trage, zurückzuziehen und an dich zu denken. In der Öffentlichkeit darf ich mir nichts anmerken lassen, da muss ich immer cool sein, zu meinen Untergebenen korrekt, zu den Passagieren zuvorkommend, zu den Damen charmant. Aber wie es in meinem Inneren aussieht, geht keinen was an. Ich schwebe hier nur noch über die Planken! Alle

Arbeiten gehen mir leicht von der Hand. Meine mexikanische Hausdame meint sogar, ich sei viel netter geworden ...

»Meinetwegen! Aber warum muss ich mir das anhören? Ich will was zu fressen! Du bist schuld, dass ich hier an den Teppichfransen nagen muss!«

Du hast mich verändert, Geliebte. Ich bilde mir ein, dass ich alle Farben intensiver sehe, alle Düfte deutlicher rieche, alles Essen intensiver schmecke, alle Geräusche lauter höre, und ich glaube, dass es dir auch so geht. Ich weiß nicht mehr, was ich objektiv sehe, wenn ich so durch die Welt gehe oder wenn ich verträumt aufs Meer schaue. Denn dann erstehst du wie eine Meerjungfrau aus jeder Welle. Ich muss ununterbrochen an dich denken! Ich versuche mir dein Gesicht, deinen Körper und deine Stimme einzuprägen, wenn ich abends in meine Kabine gehe, damit ich von dir träume ...

»So, jetzt reicht's. Soll ich dir was sagen, Alter? Sie ist fast vierzig, dick, hat 'ne Brille und eiert wie 'ne Tonne durch den Kölner Stadtwald! Abends sitzt sie in ihrer Küche in Quadrath-Ichendorf und schält sich 'ne Möhre! Gib endlich auf, Mann!«

»Du miese Ratte, wie gemein du bist!«

»Und wenn sie nicht gerade mit ihrer pubertären Göre herumstreitet, wälzt sie sich in ihrem Schlafzimmer auf der Wolldecke herum, das nennt sie ›Workout‹. Genauso gut kannst du einer Sumpfkuh beim Grasen zusehen, da hast du mehr Spaß! Denk mal dran, wenn du wieder auf 'ne Welle glotzt, du Idiot!«

»Fährmann, jetzt reicht's. Du wirst mir meine romantische Stimmung nicht verderben, DU NICHT. Raus!«

Eva trank den Champagner aus, bekam wieder diesen glasigen Mark-Blick und hackte ohne Punkt und Komma in die Tasten:

Betrifft: Herzrasen und nicht schlafen können!
Mein wunderbarer Geliebter!
Eigentlich wollte ich längst ins Bett hüpfen, denn ich hatte einen anstrengenden Tag und muss auch morgen ganz früh raus, aber

die Mail, die gerade reingekommen ist, haut mich schon wieder um. Nun sitze ich hier im kurzen Seidenpyjama in meiner Kuschelecke am Kamin, mit Blick auf die nächtliche Kulisse Hamburgs, neben mir das Flugticket und mein gepacktes Köfferchen für morgen, und kann mal wieder nicht anders, als meine überbordenden Gefühle zu bündeln, in Worte zu fassen und sie dir in den Indischen Ozean zu schicken, per Knopfdruck, jetzt sofort ... Ich bin bei dir! Spürst du mich?

Was für ein Wunder! Da läuft mir ein gut aussehender, erfolgreicher Mann von Welt über den Weg, schaut mich an mit seinen ausdrucksvollen, warmen Augen, schenkt mir sein ganzes Vertrauen und fordert meines heraus, erforscht jeden Zentimeter von mir und hat den Mut, eine Liebesbeziehung mit mir einzugehen – per Computer. Eine Frau, die in seinen Augen eine weltgewandte Karrierefrau ist – und was passiert? Ich schmelze dahin und fließe auf einmal über vor Leidenschaft. Ich werde fast ohnmächtig vor Herzklopfen, wenn wieder eine Mail von dir da ist, eine leidenschaftlicher und wunderbarer als die andere. Du bist so mutig, Mark, dich mir so zu öffnen, aber mir geht es genauso, ich habe auch Mut, Lebensmut, und fühle mich immer stärker und besser. Ich verliere zwar komplett die Kontrolle, wenn es um meine Gefühle geht, weiß aber ganz genau, dass DU der Richtige bist.

Ich LEBE wieder, Mark, ich LEBE vielleicht zum ersten Mal!

Danke! Noch nie hatte ich den Mut, mich treiben zu lassen auf den Wellen der Fantasie, auf den Wellen des Ozeans, über den du mich jeden Tag ziehst, in deine Arme. Und ungeachtet der zwanzigtausend Meilen zwischen uns bin ich dir so nahe, dass keine Briefmarke mehr zwischen uns passt. Ich begehre dich trotz der unterschiedlichen Welten, in denen wir uns befinden, und bin ungeachtet dieser virtuellen »Einschränkung« glücklich wie kaum eine andere Liebende.

Deine Schilderungen der schlanken schönen jungen reichen Damen, die du abends über das Parkett führst – sie machen mich nicht eifersüchtig, denn ich bin mir DEINER SICHER! Ich weiß, dass du ihnen nicht annähernd so nahe kommst wie mir.

Mehr kann ich heute nicht mehr sagen – außer dass ich wieder mal nicht schlafen werde heute Nacht, weil ich immer auf den Computer starren muss ... in Erwartung DEINER Antwort ...

In Liebe, deine Claudia

12

Frühling! Endlich Frühling! Vogelgezwitscher ohne Ende weckte Eva aus süßen Träumen, in denen sie Mark begegnet war, Mark, und er hatte sie über eine Brücke zu sich über das Wasser gezogen und geküsst! An dieser Stelle war sie dummerweise aufgewacht, aber die unbändige Lust auf einen Morgenlauf veranlasste sie, sofort aus dem Bett zu springen. Fährmann, der ein echt schlechtes Gewissen wegen seiner Frechheiten hatte, brachte ihr kleinlaut die Turnschuhe ans Bett.

»So ist's brav, Fährmann.«

Die Turnschuhe waren zwar angenagt, und Fährmann hatte nachts aus lauter Frust die Schnürsenkel verknotet, aber Eva hatte Tatsachen geschaffen: Sie konnte inzwischen joggen, ohne stehen zu bleiben. Sie schaffte fünf Kilometer, ohne schlapp zu machen! Der Frühling belohnte sie wie ein himmlischer Bote. Er war die Antwort auf Evas Durchhaltevermögen, ihre Zähigkeit, ihren Glauben an ihr schlankes Ich. Die Vögel jubelten, die Bäume schlugen aus, die spießigen Vorgärten vor den geklinkerten Häusern waren übersät von Krokussen und Narzissen! Die Natur erwachte aus ihrem langen Winterschlaf. Und sie, Eva, tat das auch. Sie erwachte aus einem Winterschlaf, der Leo geheißen hatte. Die lange, bequeme, ereignislose Ehe mit einem viel beschäftigten Unternehmer, der sie wie eine seiner vielen Angestellten behandelt und sie schon lange nicht mehr als Frau gesehen hatte. All das war Eva inzwischen klar. Und sie hatte sich auch gar nicht mehr als Frau GEFÜHLT!

Aber Mark war ihre Droge, die ihr immer wieder neue Kräfte verlieh.

Der Schweinehund kränkelte vor sich hin, seine Augen waren glanzlos und sein Fell struppig, wenn er morgens unausgeschlafen hinter ihr hertrottete. Er hatte noch nicht mal mehr die Kraft, ihr irgendetwas Hämisches hinterherzukläffen.

Als Eva innerlich singend nach Hause zurückkkam, sprang sie erstmal unter die kalte Dusche. Ihr innerer Schweinehund stand zitternd im Türrahmen und starrte sie fassungslos an.

Danach fühlte sich Eva wie neu geboren. Fährmann brabbelte zwar was von Weißbrot, Butter, Marmelade und Nutella und fantasierte auch zwischendurch von Spiegelei und Speck, aber Eva behandelte ihn, als wäre er Luft. Da konnte er schwanzwedelnd vor dem Kühlschrank stehen und sie aus blutunterlaufenen Augen flehentlich ansehen, so viel er wollte. Er war ein Fall für den Tierschutzverein geworden. Armer Fährmann.

Nach einem Frühstück, das nun aus einem erfrischenden Eiweißdrink oder einem großen Teller mit frischem Obst oder aus einem Früchtequark bestand, fuhr Eva gut gelaunt in die Sportinsel nach Köln. Bei offenem Verdeck sang sie laut mit, was im Radio kam.

»Ich werde immer leichter, Fährmann«, sang Eva, »sechzehn Kilo haben sich in Luft aufgelöst! Ich fühle mich schön in meiner neuen Frühlingsgarderobe und bin bereit für die Liebe!«

Die Leute sahen ihr kopfschüttelnd hinterher. War DAS die dicke Frau Fährmann, deren Mann vor drei Monaten mit dem Kindermädchen durchgebrannt war ...?

Doch dann blieben Marks E-Mails auf einmal aus. Seit drei Tagen kein Lebenszeichen.

Eva litt wie ein Hund. Alle halbe Stunde lief sie zum Computer und starrte hinein. Nichts.

Sie wagte nicht nachzuhaken.

»Ich laufe keinem Kerl hinterher«, sagte sie trotzig zu Fährmann.

»Zeit für ein Schinken-Käse-Omelett«, antwortete der innere Schweinehund, »und solange er sich nicht meldet, schonen wir uns mal und setzen uns mit einem Roman aufs Sofa. Das lenkt ab.«

Doch Eva konnte sich nicht ablenken, sie musste ununterbrochen an Mark denken.

»Ist er krank?«

»Wahrscheinlich tot«, mutmaßte Fährmann grausam. »Der war ja meiner Meinung nach schon über achtzig!«

»Mark lebt, das fühle ich! Aber es geht ihm schlecht!«

»Vielleicht ist er taubstumm ...!«

»Fährmann! Warum kann er nicht ein ganz normaler Mann sein?«

»Weil ganz normale Männer keine solchen E-Mails schreiben! Die gehen mit ihren Kumpels jagen oder angeln und danach in die Kneipe!«

»Aber wenn Mark doch im Indischen Ozean ist!«

»Dann hat er was anderes zu tun, als einer dicken Eva aus Quadrath-Ichendorf heiße Liebesbriefe zu schreiben. Vielleicht zieht er sich deshalb so von der Welt zurück, weil er alkoholkrank ist.«

»... und ich schreibe ihm dauernd von Champagner!?«

»Oder lichtscheu. Vielleicht leidet er an einer schrecklichen Allergie, hat Pusteln und nässenden Ausschlag und traut sich nicht unter Leute. Vielleicht hat er gerade einen fürchterlichen Rückfall, weil seine Pestbeulen eitern.«

»Fährmann! Du bist widerlich!«

»Oder er ist blind!«

»Hä? Wie soll denn das gehen!«

»Nun, es gibt viele Blinde, die das Zehn-Finger-System perfekt beherrschen!«

»Und wie will er meine Briefe lesen?«

»Vielleicht liest sie ihm sein Zivildienstleistender vor, oder ...«, hier lachte der Schweinehund dreckig ..., »sein Blindenhund!«

»Fährmann, du hast sie ja nicht alle.«

»Jedenfalls ist er bestimmt ein armes, behindertes Wesen, das du nicht länger anlügen solltest.«

»Ich lüge nicht, ich ... beschönige nur etwas.«

»Und du gehst davon aus, dass ER NICHTS beschönigt? Wenn DU dick bist, ist ER mindestens hässlich oder behindert. Du solltest Mitleid mit ihm haben und ihm die Wahrheit schreiben!«

»Echt? Jetzt?« Eva starrte auf den leeren Bildschirm.

»Ja. Ihr schreibt euch dauernd was von grenzenlosem Vertrauen – da ist es mehr als recht und billig, jetzt mal mit dem Gesülze aufzuhören.«

»Fährmann, das ist kein Gesülze, das ist wahre Liebe!«

»Dann schreib, wer du wirklich bist! Wenn er dich wirklich liebt, antwortet er. Wenn nicht, dann weißt du, woran du bist.«

»Ich kann nicht ...«

»Dann diktiere ich es dir!«

Hallo Mark, oder wie auch immer du heißt ... Karl Heinz, Hedwig oder Paul-Gerda harharhar...

Der Schweinehund musste sich freihusten ...

Muss dir jetzt mal bitteren Wein einschenken: Wiege gar nicht sechsundfünfzig Kilo, bin auch nicht blond und habe keine Modeagentur. Wiege in Wirklichkeit so um die fünfundsiebzig Kilo, was für mich schon ein Spitzenwert ist, habe braune langweilige Haare und eine Tochter in der Pubertät. Statt eines Flitzers fahre ich den Firmenwagen meines Mannes, der mich wegen unseres Kindermädchens verlassen hat, was ich naive dicke dumme Pute jahrelang nicht gemerkt hab. Modisch habe ich keine Ahnung, an besonders guten Tagen sehe ich annähernd so sexy aus wie Angela Merkel, aber selbst in solch modischen Ensembles komme ich mir bescheuert vor. Ich turne jeden Tag verbissen im Schlafzimmer auf der Wolldecke herum oder renne durch den Wald und mache mich vor der Quadrath-Ichendorfer Nachbarschaft mit schöner Regelmäßigkeit lächerlich. Mein einziger Freund ist Fährmann, mein innerer Schweinehund, der bald wieder die Oberhand über mich gewinnen wird, weil du mir jetzt bestimmt nicht mehr schreiben wirst.

Statt unter internationalen Models tummle ich mich mit anderen übergewichtigen Moppeln in einer Selbsthilfegruppe in Köln. Bitte verzichte darauf, dir auszumalen, wie wir alle aussehen und was für einen Quatsch wir von uns geben. Außerdem heiße ich nicht Claudia Monrepos, sondern Eva Fährmann. Genauso wenig wie du Mark Schubert heißt. Erspare mir bitte die Einzelheiten aus deinem verkorksten Leben – die will ich gar nicht wissen. Mit freundlichen Grüßen blablabla – und tschüs.

»Los! Senden!« *Fährmann versuchte, mit seiner hageren, behaarten Pfote am Computer herumzufummeln.* »*Mach der Schmierentragödie ein Ende!*«

Zum Glück war es um seine Feinmotorik nicht besonders gut bestellt, und Eva konnte ihn abwehren.

»*Nein. Das geht nicht, ich kann ihm seine Fantasie nicht zerstören! Er liebt mich, und ich liebe ihn. Ohne ihn kann und will ich nicht sein!*«

»*Dann lüg weiter und lass dich weiter belügen. Falls er überhaupt noch lebt, der alte Trottel. Vielleicht hat er Parkinson und trifft die Tasten nicht mehr ...*« *Fährmann ließ keine Gemeinheit aus.*

Genau in diesem Moment erklang das ersehnte Geräusch: Sie haben eine neue Nachricht!

Mein liebster Schatz,

entschuldige, dass ich mich drei Tage nicht gemeldet habe! An Bord war die Hölle los, wir hatten Einschiffung und Ausschiffung, der Hoteldirektor fiel wegen einer Tropenkrankheit plötzlich aus, und ich musste ihn vertreten. Du glaubst nicht, was das für ein Stress ist: Kaum sind die tausend Passagiere an Bord, wollen fünfhundert von ihnen eine andere Kabine! Die rannten mir die Bude ein für ein Upgrade; manche versuchten es sogar mit Bestechung, andere mit Drohungen und Beschwerden. Ich habe, glaube ich, einen kühlen Kopf behalten, und vorgestern hat mir die Reederei aus New York angekündigt, dass ich für weitere sieben Jahre verpflichtet werden soll. Man hat mir einen höheren Posten angeboten, den des Vize-Hotelchefs, aber nur, wenn ich weitgehend auf ein Privatleben verzichte. Tja, mein Schatz. Ich war so hin und her gerissen, dass ich dir nicht schreiben konnte, und musste über die ganze Sache erst mal nachdenken. Bin zu keinem Ergebnis gekommen, außer zu dem: Ich sehne mich nach dir, ich brauche dich, ich kann ohne dich keine Entscheidung treffen! Ach, Liebste! Was wird die Zukunft bringen? Ich bin im Moment völlig überfordert.

Reden wir vom Essen.

Hier in Singapur gibt es Restaurants, die in einem Bottich mit lauwarmer Brühe lebende Shrimps servieren. Wenn man sie in den Mund stecken will, dann bewegen sie sich noch. Doch viel lieber hätte ich jetzt ein deftiges Rindsgulasch nach einem Rezept von DIR!

Noch viel schöner ist der Gedanke, du wärst jetzt hier, und ich dürfte dich ins »Raffles« zum Essen ausführen, eines der schönsten Fünf-Sterne-Hotels der Welt. Zuerst würden wir an der Bar einen Singapur Sling trinken. Anschließend würden wir im beleuchteten Innenhof im lauwarmen Abendwind sitzen und frischen Lobster mit frischer Knoblauchsauce essen. Dazu serviert man hier einen knackigen Caesar-Salat mit frisch geraspeltem Parmesan und einer sehr salzigen Sardelle.

Immer wenn ich esse, denke ich an dich, Claudia. Wir haben vieles gemeinsam, weißt du das? Kochen ist nämlich wie Modemachen! Mit zu unseren vergnüglichsten Tätigkeiten gehört der Materialeinkauf. In den Salons der Stoffmanufakturen, in denen du zu Hause bist, Claudia, geschieht dies bei Champagner und Kanapees. Bei uns Food-Managern geschieht das im Paradies eines eben erwachenden Marktes, wenn der Mond noch scheint. Wir tummeln uns zwischen Fässern mit edelsten Fischen, zwischen Säcken betörendster Gewürze und zwischen Kisten mit exotischen Früchten. Wir scheuen beide keine Mühen und Kosten, wir besorgen uns die besten Materialien der Welt, wir denken uns eine raffinierte Verarbeitung aus, wir überraschen unser Publikum mit eigenwilligen Kombinationen und Kreationen. Du und ich, Claudia, wir haben so viel gemeinsam ...

Ich hoffe, dieses besonders lange Schreiben beweist dir, dass ich dich nach wie vor innig liebe. Trotzdem muss ich zum Ende kommen. Obwohl es mir schwer fällt, mich von der Vorstellung zu trennen, du wärst jetzt hier bei mir. Immer wenn ich dir schreibe, bin ich dir so nah, als hielte ich dich im Arm.

Der Vollmond würde scheinen, und tausend Sterne würden über uns funkeln. Wir hätten einen trockenen Weißwein, eiskalt serviert, in schimmernden Gläsern, die leise aneinander klirren ...

Nein, stopp. Ich muss um vier Uhr früh auf dem Markt sein.

Aber auch wenn ich nicht schreibe, bin ich immer bei dir. Gibt es einen Moment, an dem ich nicht an dich denke?

Dein Mark

Eva jubelte. »So, Fährmann. Jetzt biste platt. Er liebt mich innig! Er ist real! Er hatte nur eine Sinnkrise!«

»Nicht doch, Eva. Fall bloß nicht darauf rein!«

»Er ist ein ... liebevoller ... im Leben stehender ... sensibler ... gefühlvoller ...«

»... Angeber? Spinner? Kochbuch-Abschreiber? Kitschroman-auf-dem-Klo-Leser?«

»Mann.«

»Also die Geschichte mit den lebenden Shrimps war echt daneben«, meinte Fährmann. »Das hätte er sich sparen können.«

»Siehst du, so was liest man nämlich nicht im Reiseführer. So was muss man selbst erleben! Er ist wirklich in Singapur, Fährmann!«

Eva raufte sich die Haare.

»Ich KANN ihm nicht schreiben, dass ich Eva Fährmann aus Quadrath-Ichendorf bin! Jetzt, wo er sich so viel Mühe gegeben hat, muss ich ihm schon eine neue tolle Claudia-Story servieren!« Fährmann seufzte. »Wie lange soll diese Lügerei denn noch weitergehen?«

»Er soll nicht glauben, dass ich mich hier nach seinen Mails verzehre ...«

»Sondern?«

Aber Eva tippte bereits.

Mein lieber Mark,
du brauchst dich nicht zu entschuldigen, dass du drei Tage nicht geschrieben hast. Das ist mir gar nicht aufgefallen, so viel war ich unterwegs! Heute war wieder so ein Mörder-Hammer-Tag.
Zuerst habe ich fast die Maschine nach London verpasst, weil auf der Autobahn Starnberg – München mal wieder alles verstopft war! Glücklicherweise konnte ich über die Standspur brettern, das mache ich oft, ich kann es mir wirklich nicht leisten, im Stau zu stehen. Hab zwar schon eine Menge Punkte in Flensburg deswegen, aber anders könnte ich meinen Terminplan nicht bewältigen.
»O.k.«, meinte Fährmann. »Das reicht jetzt.«
Zum Glück kennen die mich schon bei der Lufthansa, ich bin Senator-Fliegerin und bekomme immer noch einen Platz, und wenn es im Cockpit ist! Zum Glück konnte ich schon telefonisch einchecken, und die Flugmanagerin drückte mir dann noch im Rennen die Bordkarte in die Hand.
»Eva! Es ra-haicht!«
In der Morgenmaschine kippte mir der Steward während einer Turbulenz dann auch noch Tomatensaft über mein helles Jil-Sander-Kostüm, das ein Vermögen gekostet hat! Leider waren auch die nagelneuen Gucci-Schuhe und die kleine weiße Louis-Vuitton-Handtasche hin. Der Steward entschuldigte sich tausendmal und brachte mir sofort ein Glas Champagner, aber ich

brauchte natürlich Ersatz für die Designerklamotten, denn in unserer Branche ist das die Visitenkarte! Ich musste ein bisschen Dampf machen und sagen, dass ich in London einen Fernsehauftritt habe und die internationale Presse anwesend sein wird. Da kann ich unmöglich daherkommen wie Else Schmitz aus Gelsenkirchen!

»Warum schreibst du nicht gleich Eva Fährmann aus Quadrath-Ichendorf?!...«

Das Team der Lufthansa war sehr bemüht, für den Schaden aufzukommen. Ich erhielt einen Gutschein über siebentausend Euro – das ist der höchste Betrag, den diese Fluggesellschaft jemals innerhalb von fünf Minuten zur Verfügung gestellt hat! –, um mich in London bei Harrod's erst mal neu einzukleiden. Sie stellten mir sogar noch einen Stylisten und einen Visagisten für meinen Auftritt zur Verfügung und ließen mir ihre beste Limousine vorfahren ...«

»So dicke musst du auch wieder nicht auftragen! Der kriegt ja Angst vor dir!«

Du siehst, mein Geliebter, auch bei mir geht es hoch her, und es kommt vor, dass ich keine Zeit habe, dir zu schreiben. Aber jetzt sitze ich wieder in meinem Apartment mit Elbblick, schaue den Schiffen nach und denke in Liebe an dich ...

Und hier ist dein heiß ersehntes Rezept:

RINDSGULASCH

Zutaten

1 kg Rindfleisch, Salz, 80 g Bratfett, 1 kg Zwiebeln, Paprikapulver, Essig, 200 g Tomatenmark, Kümmel, Majoran, Knoblauch, 2 l Gemüsebrühe

Die in Ringe geschnittenen Zwiebeln im Fett goldgelb anbraten. Das in Würfel geschnittene, gesalzene Fleisch und die oben genannten Gewürze mit dem Tomatenmark dazugeben und anrösten. Nun mit der Gemüsebrühe ablöschen und einkochen lassen, bis das Fleisch weich ist. Dazu passen Kartoffeln oder Nudeln.

»So. Das wird ihn in Liebe an mich binden.« Eva trank zufrieden ihren Champagner aus.

»Mama?! Wo steckst du?«

Gerade noch rechtzeitig konnte Eva die Mail wegschicken und Fährmann unter den Schreibtisch schieben, da stürmte Leonie auch schon ins Arbeitszimmer. Sie hatte rote Wangen, und ihre Augen leuchteten.

»Schreibst du etwa wieder an deinen virtuellen Lover ...?«

Eva klickte den Bildschirmschoner an. Es war die Homepage der Sportinsel Köln.

»An meinen ... was?«

»Freund im Internet?«

»Woher weißt du das?«

»Ach Mama, das war doch nur ein Spaß! Das hab ich nur so dahingesagt ... oder stimmt es etwa?« Leonie schaute ihre Mutter durchdringend an. »Mami! Du wirst ja rot!«

»Ich hab was im Internet recherchiert. Bin aber schon fertig. Was gibt's denn so Aufregendes?«

»Hab dir was mitgebracht.« Leonie knallte ihre Schultasche neben den Computer und kramte ein geheimnisvolles Päckchen heraus: »Hier. Für dich.«

»Schon wieder? Leonie!«

»Pack es aus!«

Eva befühlte das schmale Päckchen und riss dann neugierig das Geschenkpapier ab.

»Pilates mit Susan Atwell. Der sanfte Weg zur Fitness.«

Eva drehte die DVD ratlos hin und her. »Pilates?! Hört sich anstrengend an. Was sagst du dazu, innerer Schweinehund?«

»Ja!«, raunzte Fährmann, »... nach neureichem Firlefanz, wieder mal so 'n moderner Fitnesswahn aus Amerika ...«

»Pilates ist derzeit die vielleicht angesagteste Trendsportart und vereint fernöstliche Trainingsmethoden mit westlichen Workout-Formen. Die sanfte Fitnessmethode ist für jeden geeignet«, las Leonie eifrig vor, »also auch für dich, Mama!«

»Nix«, sagte Fährmann. »Bloß kein fernöstlicher Quatsch.«

»Sie bekommen einen flachen, festen Bauch, einen starken Rücken und schlanke Beine.«

»Leonie«, sagte Eva. »Das ist genau das, wovon alle Dicken dieser Welt träumen.«

»Weiß ich«, rief Leonie begeistert. »Und du packst das, Mama!«

Susan Atwell lächelte ihr vom Cover aufmunternd zu. »Na los, dicke Eva! Du und ich, wir pilateln ab jetzt jeden Morgen miteinander! Wie wär's? Das macht Spaß, schau mal rein!«

»Reinschauen gern, aber wie ich euch kenne, soll ich gleich mitmachen ... Ihr wollt ja nicht den kleinen Finger, ihr wollt die ganze Hand ...« Eva schaute schuldbewusst zu Fährmann herüber. »Nein, ich verbiete das! Die bringt das echt fertig und versucht auf ihrer Wolldecke eure schönen anmutigen Bewegungen nachzumachen, sieht aber dabei aus wie ein umgefallener Sack Reis. Das ist das Einzige, was sie mit dem Fernen Osten gemeinsam hat. Sie entweiht eure schönen Übungen!«

»Apropos entweihen ...«, lächelte Susan Atwell vom Cover herunter, »wir haben in einem alten Kloster gedreht, ein paar knackige Mädels und ich, und ein echt süßer Kerl mit nacktem Oberkörper ist auch dabei! Ist auch was fürs Auge, meine Liebe!«

»Mittelalterliche Folter! In einem alten Kloster! Da waren bestimmt Peitsche und Streckbank im Spiel!«

»Wer redet da eigentlich immer dazwischen?«, fragte Susan. »Diskutierst du etwa mit deinem inneren Schweinehund?«

»Ja, ich bin's, und meine dicke Eva wird NICHT mit diesem Pilates anfangen! Irgendwann ist Schluss!«

»Aber Leonie, das ist doch zehn Nummern zu schwer für mich!«, ging Eva jetzt auf ihn ein. »Das ist was für junge Hüpfer, die kein Gramm Fett auf dem Leib haben!«

»Gerade für Dicke ist Pilates toll! Es ist total gelenkschonend!«

»Papperlapapp! Gelenke! Dicke HABEN keine Gelenke!«

»Leonie«, sagte Eva gerührt. »Warum tust du das alles für mich?«

»Mama, du bist so eisern und du hast schon so viel geschafft. Du wirkst in letzter Zeit so glücklich ...«

»Du scheinst mich ja sehr genau zu beobachten ...«

»Weißt du, was die Stars in Hollywood für einen Personal Trainer bezahlen? Pro Stunde? Mehrere hundert Dollar! Das hier kostet fünfzig Cent pro Stunde! Und die schenk ich dir!« Leonie gab Eva einen Kuss auf die Wange. »Weil ich dein größter Fan bin, Mama! Du schaffst es, und ich bin stolz auf dich!«

Was muss dieses Mädchen für ein schlechtes Gewissen haben, dachte Eva gerührt.

»Die einfachen und effektiven Übungen können so miteinander kombiniert und zusammengestellt werden, dass Sie selbst nach und nach ihren persönlichen Fitnessgrad erhöhen können«, las Leonie weiter eifrig vor. »Fordern Sie sich selbst heraus und haben Sie dabei jede Menge Spaß.«

»Spaß? Beim Quälen?! Ja SPINNEN die?«, heulte Fährmann, der seine Felle davonschwimmen sah. »Davon bekommt man womöglich BAUCHMUSKELN!! Und einen strammen Hintern! Und eine gerade, aufrechte Haltung! Am Ende hat Eva sogar wirklich Spaß daran und wird süchtig und hört gar nicht mehr auf mit dem Quatsch ... Und was wird dann aus mir?«

»Mama! Los! Wir probieren es!«

»Morgen! Sag ihr, morgen!«, versuchte Fährmann seinen altbewährten Trick. »Du fühlst dich nicht wohl! Draußen ist Fön, und die Wechseljahre sind auch nicht weit!«

»Für Dicke gibt es kein Morgen! Sagt der Vater von Franzi

immer.« Leonie schob Eva ins Wohnzimmer, räumte die zwei Sessel und den kleinen Glastisch zur Seite und legte die DVD ein. Sanfte Musik erklang. Eva begann vorsichtig mit der ersten Übung, die Susan und die anderen hübschen Mädels ihr vorturnten. Es war gar nicht so schwer.

Im Gegenteil: Die Übungen waren sanft und entspannend, zwischendurch anstrengend, aber sehr wohltuend.

Eva wunderte sich, dass sie sich überhaupt auf Diskussionen mit ihrem inneren Schweinehund eingelassen hatte. Sie WOLLTE doch aus ihrem dicken Körper in einen schlanken zurückkehren!

Und dazu gab es so unendlich viele intelligente Hilfestellungen!

Aus dem Augenwinkel sah Eva ihren Schweinehund, der quer über den beiden Sesseln lümmelte und ihr einen Vogel zeigte.

Sie lächelte ihn triumphierend an.

Leonie öffnete die Terrassentür. Es roch nach Frühling.

Meine einzige Liebe,

es ist passiert. Das, was ich immer glaubte im Griff zu haben, entgleitet mir ...

Dein Eindringen in mein reales Leben wird mir zum Verhängnis. Oder zur Seligkeit?

Ich schwanke zwischen Himmel und Hölle! Bin ich noch dieselbe, die du am Anfang kennen gelernt hast? Nun bist du überall um mich herum, in meinen Gefühlen, meinen Träumen, meinen Sehnsüchten – nach ... was? Nach was sehne ich mich, außer dass es immer so bleibt mit uns, Mark? Einerseits bin ich glücklich und beflügelt und fühle mich so leicht und frei wie noch nie in meinem Leben, andererseits habe ich solche Angst, dass du – dass das alles hier – nur ein Traum sein könnte, eine Seifenblase, die eines Tages zerplatzt. Ich träume davon, dich ins reale Leben zu holen, ich sehe dich im Bad beim Rasieren, du sitzt mit mir am Frühstückstisch, du stehst abends auf meiner Dachterrasse und schaust mit mir die Sterne an, du sitzt an meinem Computer und arbeitest, wenn ich zur Tür reinkomme, ich rede mit dir, Tag und Nacht, jede Sekunde, ich fühle, schmecke, rieche dich ... Mark, bin ich drauf und dran, wahnsinnig zu werden? Manchmal ertappe ich mich dabei, dass ich nach einem gemeinsamen Lebensweg suche, der uns beiden gefällt und auf unser so unterschiedliches Dasein abgestimmt ist. Dabei gibt es keinen, es KANN keinen geben, denn du bist auf See und wirst dort für weitere sieben Jahre bleiben, und ich habe hier meine Verpflichtungen, Mark ...

Moment, Mark. Warte. Geh nicht weg.

Ein vertrautes Motorengeräusch riss Eva aus ihren überschäumenden Fantasien. Sie meinte, das leise Quietschen des Tores zu hören, das sich – für Uneingeweihte vermeintlich geräuschlos – zu öffnen schien.

Leonie war es nicht, sie übernachtete mal wieder bei ihrer Freundin Franzi.

Leo! Warum gerade jetzt?

Eva stand auf, ihr Herz raste, ihre Knie zitterten. Sie stellte sich hinter den Vorhang der Terrassentür und spähte in den Garten hinaus. Dort, wo sie immer gestanden und auf ihn gewartet hatte. Auf Leo, den sie jetzt nicht mehr vermisste.

Auf einmal war alles wieder da: der Alltag, die Gewohnheiten, die Schritte, Geräusche, sein Geruch. Leo. Nein, sie wartete nicht auf ihn. Sie hatte zu tun.

Automatisch hackte sie in die Tasten: Äpfel im Schlafrock ...

Aber Leo zeigte Präsenz. Wie früher. Die vier einsamen Monate waren wie weggefegt. Gleich würde er leichtfüßig die Treppen heraufspringen, ihr einen Kuss auf die Stirn drücken und schnuppern: »Hm, das riecht ja schon wieder köstlich! Was hat meine geniale Superköchin denn heute wieder gezaubert?«

Sie hatte NICHTS gezaubert. Nur Träume, Hirngespinste, romantische Fantasien. Seit Monaten. Es roch nach gar nichts.

»Jemand zu Hause?«, machte Leo sich an der Wintergartentür bemerkbar.

»Leo!«, tat Eva überrascht. Sie rang sich ein schiefes Lächeln ab. Er soll bloß nicht glauben, dass ich ihn vermisse. Er soll den Eindruck gewinnen, dass es mir bestens geht. Und dass ich sehr beschäftigt bin.

»Hallo, Eva. Du siehst ... verändert aus. Neue Frisur?«

Eva fuhr sich mit den Fingern durch die Haare. »Nicht dass ich wüsste ...«

»Neue Brille?«

»Äm ... nein ...«

»Tut mir Leid, dass ich so spät noch störe. Ich wollte nur noch mal ein paar Sachen holen.«

»Natürlich.«

Eva trat beiseite, ließ ihn eintreten. Ihr Blick fiel auf den Wagen, der unter der blühenden Kastanie stand. Es war noch nicht ganz dunkel, eine milde Frühlingsnacht. Irgendwo sang unermüdlich eine Amsel. Sie sah nur, dass es nicht der Chauffeur war, der da wartend am Steuer saß.

Es war eine blonde junge Frau. Viele wilde Locken um ein schmales, sorgfältig geschminktes Gesicht. Ein Feuerzeug blitzte auf, eine Zigarette wurde angesteckt. Das Fenster fuhr herunter, Rauch wurde ausgeblasen. Eva meinte, neben dem Nikotin noch ein Parfüm riechen zu können. Aber der Duft stammte bestimmt nur von den schweren Blüten der Kastanie.

Svenja.

Aus dem blonden Mädchen war eine erwachsene Frau geworden.

Leo hatte sie dazu gemacht.

Eva traf der Schmerz wie ein Messerstich zwischen Herz und Magen.

»Du hast sie mitgebracht?«

»Keine Sorge, sie kommt nicht rein.«

»Wie taktvoll von euch ...!«

»Eva, was soll dieser ironische Unterton? In ihrem Zimmer müssten auch noch ein paar Klamotten sein, sie vermisst ihre Lieblingsjeans ... und ein paar Wolford-Schachteln.«

»Was bitte?«

»Luxuriöse hautenge Dessous, Strümpfe, ein paar Bodys, Stringtangas, Eva, nichts, womit du etwas anfangen könntest.«

Leo taxierte sie mit einem spöttischen Blick. »Die Fetzen müssen alle noch originalverpackt in ihrem Zimmer liegen.«

»Svenjas Zimmer habe ich längst ausgeräumt.«

»Und was hast du mit ihren Klamotten gemacht?«

Eva zuckte mit den Achseln: »Verbrannt ...?«

»WAS? Das Zeug kostet ein Vermögen!«

Eva tat völlig unwissend. »Wo gehobelt wird, fallen Späne ...«

»Das waren meine ersten Geschenke an sie«, schnaubte Leo. »Das waren sehr persönliche, private ... Angelegenheiten.«

»So 'n Pech«, sagte Eva.

Leo schob Eva beiseite, raste ins Arbeitszimmer und packte in fliegender Eile seinen Kram zusammen. Akten, Notizblöcke, Memo-Kasten. Den Inhalt zweier Schubladen kippte er in eine Pappschachtel und raffte alle persönlichen Dinge aus seinem Büro an sich, als habe er Angst, Eva könne noch etwas Intimes finden und einfach verbrennen.

Eva schluckte ihre aufsteigenden Tränen herunter. Es gelang ihr nicht im Geringsten, so gelassen zu bleiben, wie sie es sich vorgenommen hatte. Kein bisschen von der coolen Claudia Monrepos war in ihr übrig geblieben. Auf einmal war Mark weit weg.

Leo sprang wütend die Treppe hinauf, und Eva trippelte unsicher hinter ihm her.

Er riss ein paar Anzüge und Hemden aus dem Schrank. Ohne nachzudenken reichte ihm Eva den Koffer, der immer griffbereit im begehbaren Kleiderschrank stand. Als er begann, seine teuren Klamotten wahllos in den Koffer zu stopfen, nahm sie ihm die Hemden automatisch aus der Hand und legte sie mit geübtem Griff zusammen. Sie packte ihm den Koffer, wie sie ihm jahrelang den Koffer gepackt hatte. Schnell, routiniert, sauber, perfekt. Leo stand mit hängenden Armen hilflos daneben.

Eva packte die vier neuen Sommeranzüge von Leo in eine Kleiderschutzhülle. Sie sank auf die Bettkante und sah Leo fragend an. »Ist es denn so ... endgültig?«

Leo griff nach seinem Koffer und den Anzügen in der Schutzhülle und stiefelte schwer bepackt die Treppe hinunter.

»Ach, das Wichtigste hab ich ja fast vergessen ...« Leo ließ sein Gepäck neben die Chippendale-Anrichte sinken. »Mein Computer!« Mit energischen Schritten hastete er noch einmal ins Arbeitszimmer, machte sich an den Schnüren und Kabeln zu schaffen. Er klickte auf eine beliebige Taste, und sofort war der Bildschirm voll mit Buchstaben. »Äpfel im Schlafrock ...«

Leo grinste spöttisch. »Das Kochrezept hier, brauchst du das noch ...?«

»Halt! Das geht dich nichts an!«

Eva ließ den Computer mit gezieltem Knopfdruck runterfahren und verschränkte die Arme über der Brust.

Kopfschüttelnd setzte sich Leo auf den Ledersessel, auf dem Eva sonst die heißesten Dialoge mit Mark führte. Er versuchte vergeblich, den Computer wieder hochzufahren.

»Hast du etwa das Passwort geändert?«

»Die sechs blonden Buchstaben herauszufinden war nicht so schwer.«

»O.k. Dann sag mir jetzt das neue Passwort.«

Eva zuckte bedauernd mit den Schultern.

Wütend hackte Leo einige Worte in die Tastatur. Leonie. Nichts tat sich.

Fährmann.

Eva fing an zu kichern. »Kalt, ganz kalt!«

Leo wurde richtig wütend.

»Das kannst du nicht machen!«, schrie er ungeduldig.

»Wie du siehst, kann ich das.« Claudia, dachte Eva. Endlich bist du da. Wo warst du denn so lange! Im Flieger oder im Stau oder was! Zieh dir wenigstens die hochhackigen Manolos aus! Sie grinste.

»Du hast gesagt, du lässt alles im Haus, und es soll uns an nichts fehlen. Und den Computer brauche ich.«

»Da sind sehr persönliche Daten drauf ...«

»Jetzt nicht mehr.«

»Du kannst doch nicht einfach meine persönlichen Daten löschen!«

»Persönliche Daten – ob auf dem Computer oder im Herzen einer Frau – lassen sich sehr leicht löschen, oder etwa nicht, Leo?«

Leo sah sie an mit einem Ausdruck in den Augen, den sie noch nie an ihm gesehen hatte.

»Wir sehen uns!«

»Immer gern. Jederzeit. Ruf nur nächstes Mal vorher an.«

Leo nahm sein Gepäck und stürmte die Wintergartentreppe hinunter.

Während er seine Sachen in den Kofferraum warf, schnippte Svenja ihren Zigarettenstummel aus dem Auto. Er verglomm zwischen den abgefallenen Kastanienblütenblättern.

Eva stand noch eine ganze Weile hinter dem Vorhang und spürte, wie ihre Finger zitterten. Erst als sich das Tor hinter den Wiesen und Hecken mit leisem Surren geschlossen hatte, kam sie wieder zu sich.

»Komm, Liebes, hol dir den Eierlikör. Und die Schokoladenkekse. Jetzt gönn dir mal was. Auf den Schreck.«

»Fährmann? Sitz! Ich geh 'ne Runde laufen«, murmelte Eva entschlossen.

Der Schweinehund winselte leise: »Jetzt? Nicht dein Ernst?!«

»O doch!«

»Muss ich mit?«, fragte der Schweinehund und legte seine Schnauze auf seine Vorderpfoten. Er wollte sich unter die Bank verkriechen, aber Eva zerrte ihn an seinem borstigen Fell hervor.

»O ja. Gerade jetzt. Du läufst.«

»Aber wir fühlen uns scheiße, du und ich! Wir wurden gedemütigt und verlassen, und mit irgendwas müssen wir uns doch jetzt trösten ...«

»Genau. Wir trösten uns mit einem Befreiungslauf.«

Eva zog sich ihre Joggingklamotten an, und obwohl es schon fast dunkel war, trabte sie noch einmal um das Anwesen, das Leo ihr bis zum Sommer überlassen wollte. Der Schweinehund trottete ergeben hinter ihr her. Mit jedem Meter, den Eva zurücklegte, ging es ihr besser. Die Dämmerung war so tröstlich, die Abendluft so erfrischend, und das unermüdliche Gezwitscher der Frühlingsamsel so aufbauend. Es war fast, als jubele sie über das soeben gewonnene und verteidigte Terrain. Ich habe es Leo gegeben, dachte sie, ganz cool, ich bin nicht ausgerastet, habe nicht geheult. Ich bin über mich selbst hinausgewachsen.

Das musst du zugeben, du Schweinehund, du elendiger!

»Jaja«, schnaufte der Schweinehund, hob sein Bein und pinkelte auf Svenjas Zigarettenstummel. »Du hast gewonnen!«

Lieber Mark,
musste meine Mail an dich unterbreche, hatte Ärger mit meinem ehemaligen Vorgesetzten. Dabei bin ich schon lange selbstständig! Es gab Probleme wegen einiger Artikel aus der Frühlingskollektion, die noch in meinen Besitz übergegangen sind. Dessous und so weiter. Jetzt, wo frau endlich wieder Figur zeigen kann, rasten die Modefritzen alle aus, wenn es um kurze Röcke, hauchfeine Strümpfe an langen Beinen und knapp sitzende Oberteile geht. Aber die Firma gehört mir, und alles, was dazugehört. Das war ver-

traglich so vereinbart. Er ist abgereist mit den knappen Worten:
»Wir sehen uns!«

Da bin ich erst mal eine Runde laufen gegangen mit meinem Personal Trainer. Nach zwei Runden um die Alster geht es mir jetzt wieder bestens, und ich bin ganz bei dir. Der Mond scheint über der Elbe, ich trinke Champagner und schmecke deine Küsse ... Mein Herz, mein Mann, ich denke pausenlos an dich! Aber welchen Weg ich gedanklich auch einschlage, immer wieder stehe ich vor der Wand deiner Karriere, deiner Arbeitswelt. Du schreibst, du musst dich für weitere sieben Jahre verpflichten. Wir sind wie die zwei Königskinder, ›die hatten einander so lieb, sie konnten zusammen nicht kommen, das Wasser, es war so tief‹ ... Aber schön ist es mit dir, Mark. So schön. Ich bin so dankbar für dich und die Kraft, die du mir gibst, auch wenn du am anderen Ende der Welt bist ...

Sende dir noch schnell als kleinen Gutenachtkuss:

ÄPFEL IM SCHLAFROCK

Zutaten

Blätterteig aus der Tiefkühltruhe, 1 kg kleine Äpfel, 50 g Marmelade, 1 Ei zum Bestreichen, Gewürznelken oder Mandeln

Die geschälten Äpfel 5 Minuten dünsten, auskühlen lassen, entkernen und mit Marmelade füllen. Den gut messerrückendick ausgerollten Teig in 10 cm große Quadrate teilen. In die Mitte jedes Quadrats einen Apfel legen. Die Ecken der Quadrate über die Äpfel schlagen und mit einer Nelke oder einer Mandel zusammenstecken. Die Stücke auf ein ungefettetes Blech legen, den Teig mit Ei bestreichen und bei 230 °C 10 Minuten backen.

Es ist spät, ich muss morgen ganz früh raus und in die Stoffmanufaktur nach Mailand ... Ich umarm dich und lass dich die ganze Nacht nicht los,
Claudia

13

»Also«, sagte Brigitte. »Ihr braucht neue Klamotten. Aber ihr bestellt nichts mehr aus dem Katalog. Ihr müsst wieder lernen, erhobenen Hauptes ein Geschäft zu betreten!«

»Ich bin traumatisiert«, stöhnte Sabine. »Nie wieder!«

»O.K. Der letzte Klamotteneinkauf. In allen Grausamkeiten. Wer fängt an?«

»Meiner ist zwanzig Jahre her«, sagte Oliver. »Diesen Pullover hat noch meine Mutter für mich gekauft.«

»So sieht der auch aus«, meinte Joachim verächtlich.

»Der kommt heute noch in den Müll«, sagte Brigitte streng. »Das hast du nicht mehr nötig, Oliver.«

»Also, Frauen. Wer gibt uns die erste arrogante Verkäuferin, die nichts über Größe achtunddreißig rausrücken will?«

»Ich«, schrie Sabine begeistert. »Also ich betrete todesmutig eine Wolford-Boutique, die ziehen mich magisch an, obwohl ich genau weiß, dass das für mich verbotenes Terrain ist. Aber ich sehe diesen edlen schwarzen Body an einer superschlanken Puppe. Der sieht auch nicht wie zu klein gewaschen aus, und ich denke, das Material dehnt sich ja, den muss ich haben, jetzt oder nie! Die Verkäuferin telefoniert gerade, guckt mich an, als hätte ich Hausfriedensbruch begangen, und fragt streng: ›Sie wünschen?‹

Ich will schon wieder schüchtern in die alte Masche zurückfallen, dass ich für meine kleine Schwester das sexy Teil da aus dem Fenster sehen möchte, da denke ich: Nur Mut, ich zahle schließlich, und was ich sehen möchte und warum und für wen, entscheide immer noch ich. Ich hol also tief Luft und sage: Der schwarze Body da im Fenster, der würde mich interessieren.«

Alle hielten die Luft an.

»Und weiter?«

»Sie schaut mich freundlich, aber mitleidig an«, fuhr Sabine fort. »Wir führen keine Übergrößen, leider!«

»Das macht nichts, sage ich, ich will genau den, der im Fenster ist.«

»Für wen soll er denn sein?«

»Für meinen Opa«, sage ich tapfer. »Der friert immer so schnell.

Sie wirft mir einen erstaunten Blick zu und macht sich daran, der Schaufensterpuppe das Teil von den Schultern zu streifen. Sie kommt zurück und mustert mich von oben bis unten, aber ich halte diesem Blick stand. Wenn wir Dicken was gelernt haben, dann, Blicken standzuhalten.«

Die anderen klatschten Beifall. »Und? Hast du ihn gekauft?«

»Er liegt in meinem Schlafzimmer auf dem Bett und wartet auf mich«, vervollständigte Sabine ihre Geschichte. »Originalverpackt.«

»Diesen Sommer ziehst du ihn an«, lächelte Eva. »Ich hab übrigens auch noch so ein paar Wolford-Teile zu Hause ...«

»Wer noch?« Brigitte schaute aufmunternd in die Runde.

»Also ich hatte da mal so ein Erlebnis mit einem Hosenanzug«, sagte Cordula. »Bügelfalte, ganz schick, ich brauchte den für ein Bewerbungsgespräch. Bekam aber den Reißverschluss nicht zu. Das mit der Bügelfalte hatte sich auch erledigt, als ich halbwegs drin war. Und in dem gemeingefährlichen Neonlicht da in der Umkleide konnte ich meine Orangenhaut durch den Stoff der Hose sehen. Ich hätte am liebsten Selbstmord begangen!«

»Und warum hast du es nicht getan?«, fragte Joachim. Eva schüttelte den Kopf. Oliver warf ihr einen fassungslosen Blick zu, aber Cordula ließ sich nicht irritieren.

»Die Verkäuferin stand draußen und rief immer: ›Und wie ist es? Passt er?‹«

»Warum hast du ihn nicht einfach geklaut?«, fragte Joachim. Cordula warf ihm einen vernichtenden Blick zu. »Ich quälte den Reißverschluss millimeterweise aufwärts, quetschte den Speck, der sich immer wieder neugierig an meiner Hand vorbeimogeln wollte, in das Innere der Hose, lief rot an, der Schweiß perlte mir von den Schläfen ...«

»Das kenne ich«, schrie Dagmar. Die anderen fingen an zu lachen.

»Der Reißverschluss verheddert sich in meinem Schlüpfer, ich quetsche und schiebe und ziehe, und die Verkäuferin ruft: ›Soll ich helfen?‹ Ich reiße fast den Vorhang von der Stange bei dem Versuch, ihn festzuhalten, damit sie nicht reinkommt.«

»Und dann?«

»Und dann ... macht es ratsch.«

»Der Vorhang?«

»Der Reißverschluss. Ich hab das Designerteil zerrissen.«

»Nein.«

»Ja. – Zum Glück kam gerade eine andere Kundin herein, ich hörte die Türglocke und dann Stimmen, und die Verkäuferin ließ von mir ab. Ich habe den Hosenanzug einfach in der Kabine liegen lassen und bin rausgestürmt, aber das Stadtviertel mit der besagten Boutique habe ich seitdem nicht mehr betreten.«

»Und das Bewerbungsgespräch?«

»In Sack und Asche. Ich hab den Job nicht bekommen.«

»Mit Recht«, sagte Joachim kalt.

»Guck dich doch selbst mal an, du Wurst!«, keifte Sabine zurück. »Warum hackst du immer auf deiner Frau rum?«

»Exfrau«, sagte Joachim. »Wir wetten nur noch um die Wohnung.«

»Leider kommt es bei fast allen Jobs auch auf das äußere Erscheinungsbild an«, sagte Oliver plötzlich. Er warf Joachim einen

171

bedeutungsvollen Blick zu. »Ich hab meinen letzten Job verloren, weil mein Bauch über die Hose hing.«

Oh, das hätte ich nicht gedacht, ging es Eva durch den Kopf. Der Mann sagt ja auch mal was.

»Was hast du denn beruflich gemacht?«

»Dienstleistungsbereich. Da kommt es auf die Optik an, sonst tauschen sie dich aus. Ohne diese Gruppe wäre es mir miserabel gegangen ... kein Job, keine Wohnung, keine Familie ...«

Joachim stieß einen kurzen verächtlichen Lacher aus.

»Aber du warst wenigstens nicht unschuldig im Knast, durch Falschaussage und Verrat!«

»Jetzt halt mal den Ball flach«, sagte Oliver gelassen. »Du warst zwei Wochen in U-Haft. Davon stirbt man nicht.«

Eva fröstelte plötzlich. Irgendwas lief hier ab, von dem sie nichts wusste. Dass Joachim und Oliver sich nicht leiden konnten, war ihr klar, aber wer konnte schon Joachim leiden?

»Oliver, dir geht es doch jetzt gut«, nahm Brigitte die Sache wieder in die Hand. »Du hast eine neue Freundin, eine Wohnung und auch wieder eine Familie. Und du, Joachim, solltest endlich aufhören, Cordula für alles die Schuld zu geben.«

»Ja«, sagte Cordula leise, und ihre Augen füllten sich mit Tränen.

Liebster Mark,

mir raucht der Kopf von den vielen Klamotten, die ich gesichtet habe! Habe einen Großeinkauf gemacht! Ein paar nette Fummel aus dem Sommer-Outlet habe ich mir auch selbst gegönnt. Ich habe mich dabei ertappt, dass ich beim Anprobieren an dich gedacht habe. Würde ich dir gefallen, wenn du mich so sehen könntest? Ich werde in solchen Momenten fast wieder ein kleines Mädchen, und das Verrückte daran ist, dass ich es genieße, mich dir gedanklich so auszuliefern ☺!

Was hast du nur für einen Einfluss auf mich, auf meine Werte, meine Vorstellungen, meinen Geschmack, mein ganzes Leben!

172

Nichts tue ich mehr, ohne mich zu fragen: Wie würde Mark das finden, würde ihm das gefallen? Bin ich fraulich in diesem Kleid, kommen meine weiblichen Reize genügend zur Geltung? Und dann finde ich mich schön, Mark, weil DU mich schön finden würdest! Ich weiß nicht, ob mich das ängstigen soll oder ob ich einfach hoffe, dass du mich an die Hand nimmst und mir die Richtung zeigst, in die mein Leben weitergehen soll! Eine Zukunft, auf die ich mich freue, Mark! Nach allem, was wir uns inzwischen anvertraut haben, bin ich überzeugt, dass wir beide zusammenpassen wie eine Hand zur anderen. Wenn ich hier so meine Mails an dich tippe, fällt mir auf, dass meine beiden Hände so perfekt miteinander arbeiten, aufeinander warten, aufeinander Rücksicht nehmen, einander ergänzen, wie wir beide es tun. Was wäre die eine Hand ohne die andere? Hände können sich ineinander verschränken, sie können sich gegenseitig helfen, wärmen, halten, stützen und ergänzen, aber jede Hand kann auch ihre ganz eigenen Bewegungen machen. Hände können sich auch voneinander entfernen, und doch gehören sie zusammen – wie du und ich.

Mit diesem schönen Gedanken schlafe ich ein ... Deine Claudia

Die übrig gebliebenen Moppel joggten heute zum ersten Mal die Zehn-Kilometer-Strecke. Siegwulf, der Trauerkloß, hatte sich endgültig ausgeklinkt, auch der Pater war nicht mehr dabei, und der junge Soldat war verlegt worden.

Sie waren nur noch zu acht, und Eva hatte das Gefühl, wirklich zum harten Kern zu gehören. Sie hatte es geschafft!

Es war tatsächlich nicht schwer gewesen, und sie war immer leichter geworden!

Das Laufen war eine Freude an diesem herrlichen Frühlingstag, und Eva war so beschwingt, dass sie mühelos an der Spitze der kleinen Gruppe lief. Sie wollte allein sein.

Mark, Mark, Mark, ging ihr Pulsschlag. Wo bist du, was tust du, was denkst du?

»Du bist ja ein richtiges Kameradenschwein«, sagte plötzlich dicht hinter ihr Joachim, der sich fast lautlos genähert hatte. Eva fühlte sich irgendwie ertappt. Sie kam aus dem Rhythmus. »Das musst DU gerade sagen! Du läufst doch selbst ganz vorne.«

»ICH trainiere nicht heimlich mit Cindy Crawford in meinem Schlafzimmer und turne die Pilates – DVDS rauf und runter!«

»Woher WEISST du das?«

»Informantenschutz.«

»Du bist ein Arsch, weißt du das?«

»Weil ich im Knast gesessen habe?«

»Nein. Darüber kann ich mir kein Urteil erlauben. Aber dass du niemals ein nettes Wort für andere übrig hast ...«

»Hab ich doch«, sagte Joachim dicht an ihrem Ohr. »Aber nur für die Richtigen.«

Eva drehte sich nicht nach ihm um. Hau ab, dachte sie.

»Zu tollen Frauen bin ich schon nett.«

»Aha.« Eva fröstelte, obwohl sie vom Laufen schwitzte.

»Sehr nett sogar. Ich finde«, ließ Joachim nicht locker, »du könntest richtig süß aussehen, wenn du die Haare ein bisschen witziger machen würdest.«

»Was verstehst du denn unter witzig?«, gab Eva zurück.

»Na, witzig eben. Nicht so spießig.«

»Wenn das, was du so den lieben langen Tag von dir gibst, witzig sein soll, dann sind meine Haare der Brüller.«

»Und dieses Nasenfahrrad«, bohrte Joachim weiter. »Du bist doch eine ganz Sportliche. Warum lässt du dir keine Kontaktlinsen verpassen?«

»Was geht denn dich das an?«, schnaubte Eva ärgerlich.

»Du solltest dich von einem Mann, der dich sehr mag, ruhig ein bisschen beraten lassen.«

»Kein Bedarf. Außerdem habe ich bis jetzt noch nicht gemerkt, dass du mich sehr magst.«

»Na ja, ich schmachte dich vielleicht nicht so an, wie der Sieg-wulf das getan hat, aber unter meiner rauen Schale verbirgt sich ein weicher Kern.«

»Lass das doch mal Cordula spüren!«

»Cordula hat unsere Ehe zerstört, nicht ich.«

»Das interessiert mich nicht, Joachim. Ich beschwere mich bei dir auch nicht über meinen Exmann.«

»Kannst du aber ruhig. Dass er mit dem schwedischen Kinder-mädchen nach Hamburg abgehauen ist, weiß hier sowieso jeder. Und dass du mit deiner Tochter ganz allein in einer abgelegenen Villa wohnst.«

»Wieso eigentlich?«, ärgerte sich Eva. »Ich rede doch gar nicht darüber!«

Gerade als Joachim antworten wollte, wurden die beiden von hinten eingeholt. »Na, ihr zwei Sportskanonen?«

»Oh, hallo, Oliver!«, rief Eva erleichtert.

»Dass ihr noch Spucke zum Diskutieren übrig habt ...«

»Haben wir gar nicht«, lachte Eva. »Joachim will schon wieder streiten!«

»Aber nicht mit dem Kollegen hier!« Joachim schüttelte verär-gert den Kopf und blieb zurück. Wahrscheinlich suchte er sich jetzt sein nächstes Opfer.

»Du hast echt ein Mördertempo drauf«, keuchte Oliver. »Ich hab gekämpft wie ein Tier, damit ich mal zu dir vorstoße.«

»Danke, dass du mich von dem da befreit hast«, lachte Eva.

»Das war Ehrensache«, meinte Oliver. »Aber dieses Tempo halte ich nicht durch.«

»Lauf deinen Stiefel«, lachte Eva. »Ich bin gern allein!«

Damit hängte sie alle anderen ab. Sie ... schwebte!

Ihr Körper war dankbar, laufen zu dürfen. Sie hatte es ge-schafft: Sie hatte sich ein Bewegungsbedürfnis antrainiert.

Sie hatte tatsächlich so etwas wie KONDITION!! Vier Monate sanftes Training hatten sich ausgezahlt! Sie mochte ein Streber sein, ein Kameradenschwein, ein kaltblütiger Schweinehundmörder, aber es war IHR Leben, das sie lebte, IHR Körper, den sie langsam, aber sicher wieder in normale Formen brachte. IHR Frühling. Und plötzlich spürte Eva jene Glücksgefühle in sich aufsteigen, die sie sonst nur hatte, wenn sie Post von Mark bekam. Noch am selben Abend ging Eva zum Friseur.

Liebster Mark,

komme gerade aus Paris zurück, wo ich in einem Luxushotel meine neuen Couture-Cocktailkleider und die neuen Sommerfrisuren vorgestellt habe. Romantik pur ist diese Saison angesagt. Da ist die kollegiale Modewelt doch sehr erstaunt, wie weit ich mich diesmal vorgewagt habe. Aber man kann seinen Frühlingsfantasien freien Lauf lassen ... verspielte Röcke, Lachs und Champagner – das sind Modefarben, keine Zwischengerichte, mein Lieber! Wahrscheinlich inspirieren mich deine Briefe – wie sonst wäre ich auf ein so raffiniertes Dekolletee gekommen, wo ich sonst eher puristisch denke und für meine klare, schlanke Linie bekannt bin? Die Überraschung war gelungen – das schönste Stück aus meiner Kollektion hat auch den ersten Preis bekommen. Es ist ein hinreißendes Empire-Kleid aus champagnerfarbener Seide, gefüttert in Koralle, die bei jedem Schritt über dem Knie des Models hervorblitzt – ich bin richtig stolz auf diese Kreation. Ein wunderschönes, romantisches Kleid, auf dem sich bei näherem Hinsehen Tausende von winzigen Blüten tummeln. Petits fleurs, wie man hier in Paris entzückt ausrief – jede einzelne ein Gedanke an dich, Mark!

Es gab viel Beifall gestern auf dem Laufsteg – und auch ich habe mich dabei ertappt, dass ich mir wünschte, du wärst dabei gewesen. Wir hätten den Eiffelturm bestiegen – natürlich zu Fuß! – und wären an der Seine spazieren gegangen – wo inzwischen auch der Frühling mit Macht Einzug gehalten hat. Ich habe dich vermisst, mein Du! Bist du glücklich? Geht es dir gut? Ich bin glücklich, nicht, dich zu HABEN, sondern, dass du bei mir bist und mich begleitest, dass ich mit und neben dir erleben und genießen darf, den Frühling, das Erwachen, die Wärme, den Duft.

Vielleicht bist du in Fashion-Fragen ein Spätblüher, liebster Mark, so wie ich in kulinarischen Fragen einer bin. Aber mit deinen Briefen und exquisiten Rezepten hast du mich zum Blühen gebracht.

Dafür bedanke ich mich wie folgt:

MOUSSE AU CHOCOLAT AUS DEM »MAXIM'S«
(Das Rezept habe ich eigens vom Chefkoch für dich bekommen, mit kollegialen Grüßen:)

Zutaten

65 g Kristallzucker, 4 Eigelb, 125 und 250 g Sahne,
200 g Bitterschokolade mit 55 % Kakaoanteil

Den Zucker und das Eigelb schaumig schlagen. 125 g Sahne zum Kochen bringen, die Hälfte über die geschlagene Eigelb-Zucker-Mischung geben. Vermischen und mit der zweiten Hälfte Sahne auffüllen. Im Wasserbad eindicken. Die Mischung über die zuvor klein gebrochene Bitterschokolade gießen. Die 250 g Sahne schlagen und nach und nach in die Mischung einarbeiten. Die Mousse 1 Stunde in den Kühlschrank stellen.

Mit einem »gros bis«, einem großen Kuss, wie man hier in Frankreich sagt, soll es dir noch besser schmecken.
Claudia

Wo war das langweilige müde Muttchen geblieben, das ihr sonst aus dem Spiegel entgegengeblickt hatte? War SIE das, Eva Fährmann, die so jung, so frech, so frisch und fröhlich aussah und immer nur strahlte? Oder war es Claudia?

In der letzten Nacht waren die Uhren umgestellt worden: Eine Stunde blieb es länger hell! Dieser sanfte, laue Wind, der ihre blond gestufte Frisur durcheinander wirbelte! Dieser herrliche Duft eines blühenden milden Frühlingsabends! Dieser ununterbrochene Gesang der Amseln! Vor den entsetzten Augen ihres inneren Schweinehundes, der den ganzen Tag gelangweilt auf der Haustürmatte gelegen und auf sie gewartet hatte, holte Eva ihr Rad aus dem Keller und fuhr einfach so vor sich hin. Der völlig überrumpelte Fährmann rannte ihr mit fliegenden Ohren hinterher:»Halt! Was machst du da! Wo willst du denn hin?«

»Ich radle!«, jauchzte Eva. »Ich fliege! Ich bringe frischen Wind in meine Gedanken, in meine Frisur, in mein neues Leben!«

»Du hast ja 'ne Meise unterm Pony! Komm zurück! Gleich kommt die »Tagesschau«! Mit Jan Hofer, dem Sportsfreund! Du wirst was Wichtiges verpassen!«

Aber Eva drehte sich nur lachend nach ihm um.

»Was werde ich wohl verpassen«, schrie sie mit fliegenden Haaren nach hinten. »MEIN Leben!!«

Mit Schwung trat sie in die Pedale und fühlte den sanften Wind auf ihrer Haut, das Prickeln im Gesicht und das Blut in ihrem wild verliebten Herzen pulsieren. Mark, Mark, Mark, ging es ihr im Rhythmus ihrer Bewegungen durch den Kopf. Wenn du mich jetzt sehen könntest. Ich BIN Claudia!

»GEIL!«, schrie sie aus voller Kraft, und einige Quadrath-Ichendorfer Bauern, die gerade vom Feld kamen, schüttelten erstaunt ihre Köpfe.

War das nicht die arme, dicke Frau Fährmann, deren Mann mit dem Kindermädchen durchgebrannt war? Die war sicher wahnsinnig geworden ... Oder nein, das war ihre Tochter ...

»Nein, es ist die Alte selbst, und ja, die ist voll durchgeknallt«, schämte sich der Schweinehund, »aber wartet nur, Bauernburschen, die bring ich schon wieder zur Räson! Eines Tages sitzt die wieder auf ihrem fetten Hintern und damit basta!«

»So gönn dir doch mal einen Restaurantbesuch«, bellte ihr der schon völlig ausgemergelte Schweinehund hinterher. Da seine

Beine immer kürzer wurden, schleiften seine Ohren schon über den Asphalt. »Oder halt wenigstens an der nächsten Eisdiele an! Du hast doch was zu feiern! Eine neue Frisur! Deinen ersten Zehn-Kilometer-Lauf! Willst du dich denn gar nicht belohnen?«

»Aber ich belohne mich doch«, jauchzte Eva. »Indem ich mich bewege!«

»Nein, nein, du quälst und marterst dich! Belohnen, sag ich, Herrgott noch mal! Fressen! Saufen!«

»Ich belohne mich! Indem ich innerlich warm werde! Mich in einen Glücksrausch versetze! Meinen Muskeln was zu fressen gebe!«

»Du sollst MIR was zu fressen geben«, jammerte der Schweinehund, und seine Stimme wurde immer leiser, weil er das Tempo nicht mehr halten konnte. »MIR! Was Süßes, Fettes, Schweres!«

Aber Eva hörte nicht auf ihn. Sie fuhr, so schnell sie konnte, und schließlich musste der Schweinehund zurückbleiben. Platt wie eine Briefmarke lag er mitten auf der Straße und wäre fast von einem Traktor überfahren worden.

Eva kratzte ihn vom Boden ab und setzte das lädierte Tier auf den Gepäckträger. Ganz so, wie es die Cornwall-Heldin in ihrer Fantasie gehandhabt hatte, damals vor vier Monaten, als sich Eva nicht zur Rezeption der Sportinsel getraut hatte.

Er hatte tatsächlich nur noch die Größe eines Rauhaardackels.

»Du wirst lachen, Fährmann. Aber nach so viel Bewegung habe ich keinen Hunger«, sagte Eva, als sie wieder zu Hause waren.

»Du hast keinen HUNGER?«, kreischte die kleine Ratte. »Ich lache kein bisschen!«

»Tut mir Leid. Sport verhindert Hunger. Ich hab nur Durst.«

»Der Appetit kommt beim Essen!«

»Fährmann?! Sitz!«

»Och MANN, EH!« Der kleine Schweinehund trat wütend gegen Evas Schienbein. Die Super-Nanny hätte ihn gleich auf die stille

Treppe gesetzt. »Was bist du nur für eine blöde Spielverderberin geworden! Und mit einer Beharrlichkeit, Mensch, die ist für dicke Moppel so was von untypisch!« Er heulte Rotz und Wasser und biss sich vor lauter Wut in den struppigen Schwanz.

Inzwischen war es draußen dunkel geworden, und die Sterne funkelten. Eva presste sich ein paar Zitronen aus und mischte kaltes, frisches Mineralwasser dazu. Sie wusste inzwischen, dass eine Vitamin-C-Bombe der reinste Fettverbrenner war. Und dass Mineralwasser mit Zitrone jeden Heißhunger im Keim erstickte. Es schmeckte erfrischend. Ihre Geschmacksnerven waren wieder empfänglicher geworden, sie musste sich nicht mehr zukleistern, bis sie überhaupt so etwas wie Genuss am Gaumen empfand. Eva stand am Fenster und schaute hinaus. Ob Mark diese Sterne auch sieht? Dieselben Sterne?

»Fährmann, ich passe wieder in Größe zweiundvierzig!«

»Na und ...?«

»Ich bin so glücklich wie schon seit vielen Jahren nicht mehr!«

»Aber ich bin unglücklich, doch das interessiert dich nicht«, schmollte Fährmann und kroch unter die Küchenbank.

Meine süße Powerfrau!
Das liest sich ja super, Paris im Frühling!! Habe den ganzen Tag an dich gedacht! Ach Claudia, seufz ... ☺ Hauptsache, du bleibst mir treu ... Ich vermisse dich und bin gleichzeitig froh, dass es dich gibt! Habe ich eigentlich einen Anspruch auf dich? Oder ist mein Verstand längst über Bord gegangen? Wo ist er geblieben? Wo ist meine Seele? Ich kann sie beide nicht mehr fühlen ... ich glaube, ich habe sie zu dir nach Hamburg geschickt! Ich kann dir gar nicht sagen, wie sehr ich mich jeden Morgen und jeden Abend auf eine Nachricht von dir freue! Endlich habe ich einen Menschen, dem ich alles erzählen kann, dem ich total vertraue! Vertrauensseligkeit wird oft mit Naivität gleichgesetzt. Trotzdem enthält es das Wort »selig«. Bin ich verrückt? Sag's mir, Claudia! Woher will ich wissen,

dass es dich wirklich gibt, dass du es ernst meinst, dass du nicht mit mir spielst? Ich bin mir einfach sicher, dass du echt bist! Du gibst mir so viel Kraft, Claudia, das Leben macht wieder richtig Spaß! Danke, dass du in mein Leben getreten bist!

Ich denke so intensiv an dich, dass es dich über den Tag und die Nacht tragen muss! Claudia! Und ich fühle mich auch getragen von dem Bewusstsein, dass es dich gibt.

Bin seit gestern wieder in Vietnam, renne den ganzen Tag auf dem Markt herum und feilsche um die köstlichsten Dinge. Das Abendmenü ist das Highlight: sechs Gänge!

Die Amis sind großzügig: Allein heute waren es mehr als ein Dutzend Hundert-Dollar-Scheine, die man mir zugesteckt hat: »Good job, man, good job! Excellent food!« Das ist natürlich eine tolle Bestätigung, und ich denke mehr und mehr an die Zukunft.

Eine super Position, hervorragend bezahlt!

Du weißt ja, dass mir die Reederei einen neuen Sieben-Jahres-Vertrag angeboten hat. Als Hotelmanager.

Die Bedingung dafür ist völlige Unabhängigkeit, kein Anhang.

Soll ich, Claudia? Mich zieht es aber so zu dir! Ich habe dich gefunden und ich will dich irgendwann sehen, spüren, fühlen, riechen ... Bin ich wahnsinnig, dass ich mir solche aberwitzigen Hoffnungen mache?

Ach, könnte ich dich doch mit diesem Geld mal schnell erster Klasse einfliegen lassen! Hättest du denn Zeit für mich, Claudia? Würdest du für mich in den Flieger steigen, alles stehen und liegen lassen? Oder wird es dir jetzt zu eng ... gehe ich zu weit?

Immer öfter muss ich daran denken, dass ich für fremde Leute koche und mit ihnen Zeit verbringe, statt all das für DICH zu tun. Wann sehen und verwöhnen wir uns – nicht nur kulinarisch und nicht nur auf dem Computer – ...? Ich muss aufpassen, dass ich nicht zum Dieb werde und dir dein Leben stehlen will, nur um dich zu besitzen ... Denn dann wärst du nicht mehr du – was ich an dir schätze und liebe und bewundere ist ja gerade deine berufliche

Unabhängigkeit, deine Selbstständigkeit, dein zielstrebiges Leben, das du führst.

Was sollen wir tun, Claudia?

Ich lasse dich jetzt gehen und träume von dir.

Immer dein Mark

Dies hier koche ich für dich, damit du dich nicht davonstiehlst ...

THAILÄNDISCHE FRÜHLINGSRÖLLCHEN

Zutaten

16 TK-Teigplatten für Frühlingsrollen (Asienladen),
1 rote Chilischote, 1 Stück Ingwerwurzel (6–7 cm),
2 Knoblauchzehen, 1 Möhre, 2 Frühlingszwiebeln, 200 g frische
Bohnenkeime, 3 EL Öl, 3 EL Fischfond, Öl zum Frittieren

Chilischote, Ingwer, Knoblauch und das geputzte Gemüse fein würfeln. Das Öl in einem Topf oder Wok erhitzen, Chiliwürfel, Ingwer und Knoblauch mit dem Gemüse kurz anbraten. Mit Fischfond würzen und etwas abkühlen lassen.

In die Mitte jeder aufgetauten Teigplatte etwas Gemüse geben, aufrollen, dabei die Seiten nach innen einschlagen. Die Kanten leicht mit Wasser befeuchten und andrücken.

Das Öl auf 180 Grad erhitzen. Die Frühlingsrollen darin portionsweise in etwa 3 Minuten goldbraun frittieren, dann auf Küchenpapier entfetten.

Das Moppel-Seminar wurde immer spannender. Eva lernte eine ganze Menge über richtige Ernährung, die Mechanismen im Körper, die mit der Nahrungsverwertung zu tun haben, und über ein noch immer viel zu fehlerhaftes Ess- und Kaufverhalten. Dass Fährmann ihr noch nicht mal mehr in den Supermarkt folgte, wo er ihr früher immer ungefragt die fettesten Leckereien in den Einkaufswagen gelegt hatte, fiel ihr kaum auf. Was HATTE der Bursche ihr für peinliche Szenen gemacht! Vor der Metzgerabteilung hatte er angefangen zu brüllen und mit den Pfoten zu scharren, bis sie endlich die fette Wurst gekauft hatte. Vor dem duftenden Bäckertresen hatte er geheult und sie angesprungen, bis sie endlich den Hefezopf und den Butterkuchen im Wagen hatte. Jetzt fühlte sie sich leicht und befreit ohne ihn, und er sagte nichts mehr, wenn sie frisches Obst, Salat, Gemüse und Vollkornprodukte in den Wagen legte. Schweigend trug er die Butter ins Regal zurück, und den Thunfisch in Öl ersetzte er durch Thunfisch im eigenen Saft. Am Schokoladenregal trabte er gehorsam vorbei, und beim Brathähnchenstand draußen auf dem Parkplatz schnüffelte er höchstens teilnahmslos herum. Er war ein braver kleiner Köter geworden, dank konsequenter Erziehung.

Besonders kurz vor der Kasse hatte Fährmann ihr immer solche Szenen gemacht! Trotzig hatte er ihr noch Kalorienbomben auf das Fließband geknallt, die sie gar nicht kaufen WOLLTE, nur weil sie zufällig auf seiner Augenhöhe lagen oder im Angebot waren! Aber inzwischen war Fährmann so klein, dass er nur noch Dinge sah, die in den untersten Regalen lagen: WC-Enten, Kalkreiniger und Klopapier. Armer Fährmann.

Brigitte übte mit ihren verbliebenen Moppeln das Einkaufen im Supermarkt ebenso wie das Frühstücken an einem Hotelbüfett.

Sie erklärte ihren Schützlingen den Unterschied von »Summen« und »Winken«. Wenn einem etwas »summt«, dann hat man schon lange Appetit darauf, und dann braucht der Körper das irgendwann. Dann darf und soll man sich diese bestimmte Nahrung auch gönnen. Schlimme Dickmacher dagegen sind Dinge, die einem »winken«, nämlich erst in dem Moment, in dem man sie sieht oder riecht, wie beispielsweise das frische Brathähnchen vor dem Supermarkt oder der Lachs auf dem Frühstücksbüfett. Wenn man diesem »Winken« nachgibt, verstummt das »Summen« des anderen Lebensmittels trotzdem nicht, sodass man beides essen wird.

Auch lernten die Moppel, mit Essensresten gnadenlos umzugehen. Das meiste von dem, was Brigitte ihnen als negatives Beispiel vor Augen führte, kam Eva bekannt vor. Sie hatte sich zum lebenden Abfalleimer degradiert. Was die anderen übrig gelassen hatten, war ihr zu schade zum Wegwerfen gewesen, und sie hatte es in sich hineingestopft, ohne zu bedenken, dass sie selbst zu schade dafür war.

Sie lernten in Rollenspielen, auf Essenseinladungen oder Partys wirklich nur das zu essen, was ihnen »summte«, und auf vermeintlich wohlmeinende Aufforderungen des Gastgebers freundlich, aber bestimmt mit Nein zu antworten, ohne sich rechtfertigen oder entschuldigen zu müssen. Sie lernten, ihr neues Essverhalten auch vor Freunden und Familienmitgliedern durchzuhalten, ohne sich als »Spielverderber« oder »Diätapostel« verspotten zu lassen.

Die ganze Gruppe wuchs immer mehr zusammen; sie lachten viel miteinander und wurden eine richtig eingeschworene Clique.

Dass schlanke Menschen auch im Alter gesund und unternehmungslustig, fit und attraktiv sein würden, während Dicke schon mit vierzig auf dem Abstellgleis standen, wurde Eva erst jetzt richtig bewusst. Das hatte sie Mark damals geschrieben! »Abstellgleis!« Endlich schwamm sie wieder mit!!

Sie war wieder ganz vorn dabei! Sie lachte den ganzen Tag, sie war übermütig und lebensfroh, und sie war mit sich selbst im Reinen. Der Kurs, der sich »nicht schwer, aber immer leichter« nannte, bewirkte nichts anderes als eine regelrechte Gehirnwäsche. Das hatte ihr Fährmann damals prophezeit. Und er hatte Recht behalten.

14

Meine geliebte Herzensdame,
heute Abend habe ich lange an der Bar gesessen
und dem Bordpianisten zugehört, der von schönen Damen umringt war. Man müsste Klavier spielen können,
dachte ich zuerst ganz neidisch, aber dann kam mir der Gedanke:
Was würde es mir jetzt nützen, Klavier spielen zu können? Ich
könnte dir nichts vorspielen! Aber um meine geliebte Claudia zu
verwöhnen, stehen mir andere Möglichkeiten zur Verfügung: Ich
kann kochen!
Das ist die Waffe, die direkt ins Herz trifft. Ein Mann, der Klavier
spielen kann ... O.k. Ein Mann, der KOCHEN kann: Wow! So ein
Mann ist nämlich alltagstauglich!
Kannst du dir den Alltag mit mir vorstellen, Liebste? ☺ Ich mir
mit dir auf jeden Fall. Du bist so praktisch! Danke für deine Anre-
gungen bezüglich Passagiere und Entertainment!
Bei den Amerikanerinnen bin ich so gefragt wie nie zuvor, seit
ich deine Idee, die Herrschaften an Regentagen mit in die Küche
zu nehmen, in die Tat umgesetzt habe. Da kommt selbst bei alten
Ehepaaren wieder Leidenschaft auf, o ja! Der kochende Mann hat
Sexappeal, egal wie er aussieht, das nehme ich hier überrascht zur
Kenntnis. Ich lasse die Männer kochen und die Frauen assistieren
– und es knistert wieder im morschen Gebälk!
Der Bordpianist mag zwar Glück bei den Frauen haben, in Wahrheit nimmt er es jedoch nur mit einem einzigen Sinnesorgan der
Dame auf – dem zugegeben sehr sensiblen, aber auch leicht zu
ermüdenden Gehör. Das Geklimper eines liebestollen Pianisten
beginnt auch die härteste Bajadere irgendwann zu nerven, und sie

erinnert sich an ihre wirklichen Gelüste. Die kommen von ganz unten – aus dem Bauch – und wollen gestillt sein: mit dem ersten Sinnesorgan, das ein Mensch kurz nach der Geburt zum Einsatz bringt: dem Mund! Nicht dem Ohr!

Und ist es nicht so, dass auch unsere Liebe auf diesem Prinzip beruht? Ein guter Liebhaber, eine gute Liebhaberin ist, wer gut kocht. Die erotisch-kulinarischen Stimulationen, die ich dir per E-Mail schicke, hast du alle lustvoll stöhnend erwidert ... ☺

Ach, könnte ich mich dir zum Dessert servieren – nicht nur virtuell! Du würdest mich mit Haut und Haar verschlingen, ganz wie ich es mir immer gewünscht habe ...

Ich glaube, heute Abend geht die Sehnsucht mit mir durch.

Kann nicht in die Klaviertasten hauen, aber in die Computertasten – sollte jetzt lieber schlafen gehen.

Ich träume von dir, Claudia

»Wer von euch hat sich noch nicht hoch und heilig geschworen, sein Essverhalten ab sofort zu ändern, und ist bei der ersten Gelegenheit wieder rückfällig geworden?«

Alle meldeten sich. Großer Schwur, meist ab dem ersten Januar oder dem Aschermittwoch, dem ersten Tag nach den Ferien oder dem Tag nach dem Geburtstag.

»Diese halbherzigen Vorsätze könnt ihr in der Pfeife rauchen! Das erste große Fressen, die erste so genannte Ausnahme, die dann zum absoluten Rückfall führt, ist vorprogrammiert«, sagte Brigitte. »Ihr dürft euch keinen Stichtag setzen. Euer Plan heißt nicht: ab morgen. Er heißt: ab heute, und zwar für immer.«

Es wurde ziemlich still in der Klasse, jeder kaute innerlich seinen letzten Rückfall noch mal durch. Eva hatte gerade wieder einen erlebt: an Leonies fünfzehntem Geburtstag. Als keines von den »Kindern« ihre Köstlichkeiten zu schätzen gewusst hatte, die sie mit so viel Liebe und Sorgfalt zubereitet hatte. Kuchen und Frikadellen, Kartoffelsalat und hart gekochte Eier, Eis und Torte,

Schnitzel und bunte Häppchen. Die Kinder verdrehten die Augen über so viel Spießigkeit, und Leonie schämte sich fürchterlich. »Danke, wir gehen zu McDonald's«, hatte Leonie gesagt.

Ärgerlicherweise war dieser Thorsten Schubert auch dabei gewesen, was Eva sehr beunruhigte. Leonie hatte ihr doch versprochen, dass sie nichts mehr mit Thorsten zu tun haben würde! Aber jetzt war sie fünfzehn, da galt das wohl nicht mehr. Eva hatte völlig verunsichert im Wintergarten gestanden und den »Kindern« nachgeschaut. Leonie saß hinter Thorsten auf seinem Motorroller, und Eva zog sich der Magen zusammen. Da hatte Fährmann gemeint, Eva solle wenigstens ein bisschen von dem Kuchen probieren.

»Der Käsestreuselkuchen ist jetzt genau richtig, außen kross und knusprig und innen noch warm.«

Eva hatte gehorsam ein Stückchen abgebrochen; er schmeckte köstlich; ihre entwöhnten Geschmacksnerven explodierten beim ersten Bissen! Es schmeckte nach früher, nach Zeiten, in denen die Welt noch in Ordnung war.

Fährmann hatte kaum seinen Augen getraut! Prompt war er ein Stückchen gewachsen, hatte militärische Haltung eingenommen und gebrüllt: »Was man angebissen hat, muss man auch aufessen!«

Eva hatte das Stück Kuchen gehorsam aufgegessen, wobei sie immerfort an Leonie und Thorsten Schubert dachte.

»Und schau jetzt besser nicht aus dem Fenster, aber draußen steht Leos Auto.«

Da hatte Eva noch ein zweites Stück Kuchen in sich hineingestopft, aber ohne Wonne oder Genuss. Fährmann hatte am Fenster gestanden und gemutmaßt: »Wahrscheinlich sind Leo und Svenja mitgegangen zu McDonald's. Sie laden jetzt die ganze Meute ein, und du sitzt hier auf deinen kalten Schnitzeln und Frikadellen!«

Eva waren die Tränen gekommen, sie hatte sich miserabel gefühlt.

»DICH haben sie nicht eingeladen, dicke Eva! Wahrscheinlich aus purer Rücksicht, damit du nicht in Versuchung gerätst! Aber Svenja, die haut sich jetzt die Hamburger und Big Macs rein, die kann sich das ja leisten, harharhar!« Fährmann hatte auf einmal wieder Oberwasser gehabt. »Still-ge-stan-den!! Und: den dritten Kuchen: Mund: Marsch! Kau-en! Schlucken! Hinunterwürgen!«

Nachdem Eva auch noch ein kaltes Schnitzel mit Kartoffelsalat in sich hineingestopft hatte, war ihr schlecht geworden. Sie hatte sich miserabel gefühlt. Einerseits, weil sie Leonie schon wieder nicht trauen konnte. Zweitens, weil Leo und Svenja aufgetaucht waren. Aber am miserabelsten fühlte sie sich, weil sie wieder mal auf Fährmann reingefallen war.

Claudia, mein heiß geliebtes Wunderwesen,
bin seit gestern früh in Bangkok. Wie soll ich dir diesen Hexenkessel von Stadt beschreiben? Der einzige Platz der Welt, an den man seine Schwiegermutter nicht mitnehmen möchte! Früher wäre ich die ganze Nacht durch die Bars gestreunt ... Wir Seemänner sind schließlich immer auf der Suche ... und verwechseln eine aufregende Nummer oder schnellen Sex oft mit Liebe, Geborgenheit und Vertrauen. Seit es dich gibt, Claudia, bedeutet mir das alles nichts mehr. Das sind oberflächliche Vergnügungen, die mir nichts mehr geben. Es käme mir wie Verrat an dir vor, wenn ich mich noch einmal in diesem Rotlichtviertel herumtreiben würde. Viele meiner Kollegen suchen immer noch nach dem vermeintlichen Glück, obwohl sie es da ganz bestimmt nicht finden werden. Am nächsten Morgen wachen sie auf und sind verkatert, körperlich wie seelisch, und ihre Augen sind leer und hoffnungslos. Ich fühle mich so gut, seit ich dich kenne! Auch wenn wir uns noch nie gesehen haben. Aber ich weiß, wie du aussiehst, ich weiß, wie du bist, was du denkst und was du fühlst. Ich kann es im Moment nicht erzwingen, dass du bei mir bist, aber ich weiß, dass es irgendwann so

sein wird. Stattdessen nehme ich dich ständig in Gedanken mit, wenn ich in der Stadt herumlaufe. Ich werde dir alles zeigen, die Schönheit dieses Landes und dieser Stadt, Dinge, von denen du nur träumen kannst. Meine Gedankenprotokolle gehen einfach nicht aus, wie sollen sie auch, wenn ich wie wahnsinnig alles um mich herum aufsauge, damit ich dir dann berichten, dich teilhaben lassen kann. Jetzt mache ich mir erstmals die Mühe, alles haarklein zu erfassen und mich DIR mitzuteilen, mit DIR zu teilen, was das Leben MIR schenkt.

Jetzt fühle ich mich in Bangkok längst nicht mehr so elend wie früher, weil ich dich in meinem Leben habe. Ich lasse dich nicht wieder los, Claudia. Möchtest du in meine Welt eintauchen? Real, meine ich. Ich dränge dich nicht, denn das bist du längst. Du bist in meinem Leben so präsent, als stündest du ständig neben mir. Du gehst mit mir durch die Straßen, du sitzt bei mir im Büro, du isst an meinem Tisch, du liegst abends bei mir in der Koje ...

Was habe ich nur gemacht, als es dich noch nicht gab? Wie arm und einsam muss ich gewesen sein, wie leer und sinnlos war mein Leben? Es ist ein Himmelsgeschenk, den einen – DIE EINE – gefunden zu haben. Du bist mir so wertvoll, Claudia, das kann ich nicht in Worte fassen. Du, meine zweite Hälfte im fernen Hamburg – schreib mir, ich vermisse dich. Was tust du, mit wem redest du, was denkst du, wie fühlst du ...

Ich liebe dich.

Mark

Die E-Mail war die Rettung. Eva kam wieder aus dem Quark. Sie kaufte sich ein paar neue attraktive Fitnessklamotten und stand ziemlich lange verwundert vor dem Spiegel: So unmöglich und schrecklich sah sie ja gar nicht mehr aus! Fährmann saß schuldbewusst in der Umkleidekabine und schämte sich wegen des Rückfalls. »Das muss der Neid dir lassen«, gab er kleinlaut zu: »Du kannst dich in diesem Outfit schon öffentlich sehen lassen!«

Das bemerkte auch Joachim, als sie am Nachmittag in der Sportinsel nebeneinander auf dem Crosstrainer locker in der Öffentlichkeit schwitzten. Joachim hatte Schwierigkeitsgrad zehn eingestellt, Eva immerhin sieben.

»Alle Achtung, dicke Eva, du machst dich!«

»Du dich auch, dicker Joachim!«

»Ist wohl reiner Zufall, dass du beim Friseur warst?«

»Natürlich. Bilde dir bloß nichts ein.«

»Und dass du die olle Brille nicht mehr trägst?«

»Ich habe jetzt Kontaktlinsen.«

»Braves Mädchen«, sagte Joachim selbstzufrieden. »Ich hab ja mal gesagt, dass du richtig süß aussehen könntest ...«

Eva lachte. »So, hast du das? Da gebe ich aber viel drum!«

»Ich verstehe was von Frauen ...«

»Danke, Joachim, danke. Seit der Pater nicht mehr da ist, bist du hier der Frauenversteher, ja?«

»Ich hab jetzt zweiundzwanzig Kilo runter«, sagte Joachim stolz. »Und du?«

»Achtzehn.«

»Was wirst du machen, wenn du das hier hinter dir hast?«, fragte Joachim plötzlich.

»Seit wann interessierst du dich für andere Menschen?«

»Ach leck mich doch«, sagte Joachim beleidigt. »Kaum sind die Pfunde runter, gibt's Zickenalarm.«

»Ich glaube, man hat so was wie das hier nie hinter sich«, lenkte Eva ein. »Ich werde mich mein Leben lang bewusst ernähren und bewegen.«

»Das meinte ich nicht.«

»Was denn dann?«

»Was willst du mit deinem neuen schlanken Leben anfangen, so ganz allein? Wär ja schade um so eine schöne Frau.«

Eva zuckte die Achseln: »Ich weiß nicht ...« Plötzlich überzog ein Lächeln ihr Gesicht. »Und ich bin auch gar nicht allein.«

»Oh«, meinte Joachim verwirrt, und Ärger schwang in seiner Stimme mit. »Hat sich schon ein Tröster eingefunden bei der gnädigen Frau?«

»Joachim«, sagte Eva sachlich, »das geht dich gar nichts an.«

Die beiden ruderten eine Weile schweigend nebeneinander her, und Eva fürchtete schon, Joachim würde wieder einen seiner Ausfälle bekommen und im wahrsten Sinne des Wortes das Handtuch werfen. Er schaffte es aber, sich zu beherrschen.

»Und du?«, sagte Eva schließlich. »Was willst du machen, wenn du hier raus bist?« Im gleichen Moment bereute sie die Frage. Das klang ja nun wirklich ein bisschen nach Knast.

»Es gibt ein Jobangebot«, sagte Joachim. »Aber Cordula ist dagegen.«

»Was für ein Job?«

»Eine Führungsposition im gehobenen gastronomischen Bereich.«

Evas Beine stockten, sie versagten ihren Dienst.

»Auf einem Kreuzfahrtschiff?«

»Exakt. Spezialitäten aus aller Welt«, sagte Joachim. »Und Hotelmanagement auf Fünf-Sterne-Niveau. Aber man sollte keinen Anhang haben.« Er lachte bitter. »Da hatte es unser Pater leicht ... obwohl der mit Sicherheit was am Laufen hat mit einer Frau! Aber offiziell sind solche Brüder völlig vogelfrei!«

Eva starrte ihn an. Sie überlegte die ganze Zeit, was sie eigentlich so an Joachim störte. Da waren Dinge zwischen ihnen, die brachten innere Glocken zum Schwingen.

Alarmglocken?

So wie er da schwitzend ruderte, sah er wirklich ganz passabel aus. Irgendwie hatte er so was wie Respekt oder Achtung vor ihr entwickelt, und sie spürte, dass er sie irgendwie mochte.

Aber war ER MARK????

»Was glotzt du mich so an, dicke Eva? So schön bin ich nun auch wieder nicht.«

Er war nicht Mark. Er KONNTE es nicht sein.

Eva riss sich zusammen und trat wieder in die Pedale. »Nichts.«

»Wieso fragst du eigentlich nicht, warum ich im Knast gesessen habe?«, fragte Joachim gereizt.

Eva wanderte ruhig weiter auf ihrem Crosstrainer herum. »Wieso sollte ich dich das fragen?«

»Na, weil alle neugierigen Weiber mich das als Erstes fragen.«

»Ich bin nicht alle.«

Joachim schwieg, kurzzeitig beeindruckt. »Willst du das denn gar nicht wissen?«

»Nö«, tat Eva gleichgültig. Dabei versagten ihr beinahe die Knie.

»Ich sag's dir trotzdem.« Joachim nahm sein Handtuch und wischte sich damit über das Gesicht. Er baute sich vor ihr auf und schaute ihr direkt ins Gesicht.

Eva trat stoisch auf ihrer Maschine auf und ab. Ihr Puls war rapide gestiegen.

»Da bist du die erste Frau, die nicht vor Neugier platzt!«

»Eine muss die erste sein ...« Eva zuckte mit den Schultern. Mist. Ihr Puls war bei hundertfünfzig. Sie stellte den Crosstrainer auf eine leichtere Stufe. Das entging Joachim nicht. Er grinste zufrieden.

»Ich bin wegen Schmuckdiebstahls an Bord angezeigt worden. Von unbekannt. Ohne Beweise, nur aufgrund einer anonymen E-Mail, wurde ich sofort vom Dienst suspendiert«, sagte Joachim.

Evas Puls war bei hundertsiebzig angelangt.

»Das ist so üblich in der Branche. Die Reederei kann sich böse Gerüchte nicht leisten.« Jetzt hörte Eva auf zu treten, so sehr raste ihr Herz. Joachim nahm sie am Arm und half ihr vom Gerät. Ihre Beine zitterten, und sie starrte Joachim unsicher an.

Joachim strich ihr mit dem Handrücken eine Schweißperle von der Wange. »Bis meine Unschuld bewiesen werden konnte, saß ich wochenlang in der JVA. Weißt du, was einem durch den Kopf geht, wenn man die Wände anstarrt? Man wird wahnsinnig!«

»Das ist schlimm«, sagte Eva, um Fassung bemüht. »Das tut mir wirklich Leid für dich.«

»Für MICH?«

»Ja. Denn die Person, die dich fälschlich angezeigt hat, kenne ich ja nicht.«

»Bist du sicher?«, fragte Joachim. »Bist du da ganz sicher?« Eva riss ihr Handtuch von der Halterung. Ohne noch ein Wort zu sagen, rannte sie davon.

Claudia, geliebtes Herz,
in zwei Tagen sind wir wieder in Hongkong. Ach wie wäre das traumhaft, wenn du am Hafen stündest und auf mich warten würdest! Ich habe mir in meinem ganzen Leben noch nie etwas so intensiv gewünscht! Aber das sind die Träume eines Seemanns, die Landratten nicht verstehen können. Das Gefühl, dass einen die Allerliebste in einem Hafen erwartet, ist unbeschreiblich. Irgendwann, so hoffe ich, wird es Wirklichkeit. Irgendwann stehst du, Claudia, für mich im Hafen. Dann werde ich im siebten Himmel sein. Irgendwann werde ich anfangen, die Stunden zu zählen, die Minuten, die Sekunden.

Kannst du schlafen? Ich kann nicht mehr schlafen und nicht mehr essen. Du hast mein Leben auf den Kopf gestellt. Ich wusste nicht, dass Verliebtsein so wehtut, so krank macht, so selig macht. Man wird verrückt, ja wahnsinnig, aber das Schönste ist, dass dieses Gefühl dich schweben lässt. Weißt du noch, was du am ersten Tag geschrieben hast? Du suchst jemanden, der deinem schweren Leben einen neuen Leicht-Sinn gibt?

Ja! Du hast mich gefunden! Und ich dich! Mein Leben hat einen neuen Leicht-Sinn. Man könnte sogar schon sagen: »Wahnsinn«.

Ich arbeite viel, das hilft mir, nicht ins Meer zu springen und zu dir zu schwimmen. Ich bin wie in Trance. Manchmal sitze ich einfach nur da und schaue stundenlang aufs Meer – hinterm Horizont gehts weiter – denn da bist irgendwo DU!!

Das Gefühl, dich zu haben, ist so groß und lässt sich nicht beschreiben. Irgendwann bist du bei mir ... ich fühle, dass diese Zeit bald kommt.

Vielleicht muss ich bald eine Entscheidung treffen, Claudia. Und das kann ich nicht allein. Ich muss wissen, wie es um deine Gefühle für mich steht. Bist du bereit, eine Zukunft an meiner Seite in Erwägung zu ziehen? Habe ich einen Platz in deinem Leben? Manchmal überkommt mich Wut, wenn ich an unsere Situation denke. Wir sind für einander geschaffen, aber uns trennen Tausende von Meilen. Das müssen wir doch nicht dauerhaft hinnehmen, Claudia! Wir sind doch erwachsen und haben nur ein Leben!

Du bist eine starke Frau, die sich nicht einfach treiben lässt auf den Wellen des Schicksals. Man muss auch irgendwann Weichen stellen. Handeln. Entscheidungen treffen. Vielleicht auch Bequemlichkeiten aufgeben. Bist du bereit dazu, Claudia?

Man muss auch kämpfen, wenn es nötig ist. Jeder ist seines Glückes Schmied. Ich werde um dich kämpfen, und wenn es sein muss, auch mit allen Mitteln. Ich gebe dich nicht wieder her.

Heute sehr kampfesmutig,

Mark

»Richtige Ernährung und richtige Bewegung«, das sind die einzigen beiden Mittel, die aus einem Frust-Moppel einen neuen schlanken und gesunden Menschen machen. Ihr habt es fast geschafft, meine Lieben. Bleibt dran und geht ins Finale!«

Brigitte redete, und Eva starrte ins Leere. Sie saß da, aber sie war nur noch eine Hülle. War Mark etwa der Nachfolger von Joachim? Hatte Mark sich auf Joachims Kosten dessen Job unter den Nagel gerissen? Kämpfen, wenn es sein muss, mit allen Mitteln. Weichen stellen. Handeln. Jeder ist seines Glückes Schmied. Ihr Kopf hämmerte, sie hörte Brigitte wie durch einen Schleier sprechen.

»Wenn wir das konsequent durchziehen, lernt unser Körper wieder dauerhaft, das heißt, Leute: für IMMER!!, den natürlichen Sättigungsmechanismus zu aktivieren. Das war es doch, wovon ihr geträumt habt, als ihr hier vor vier Monaten angekommen seid.«

Eva nickte mechanisch, obwohl sie kein Wort von dem wahrnahm, was Brigitte sagte. Oliver stupste sie von der Seite an.

»Hallo, sie meint uns!«

»Ihr zwei tatet mir so Leid! Ihr habt euch die Treppe raufgeschleppt, ihr habt gestöhnt und geschwitzt und habt euch auf die Stühle geworfen wie nasse Säcke«, lachte Brigitte. »Euch habe ich ehrlich gesagt keine Chance gegeben. Aber ihr habt mich am meisten überrascht.«

Eva nickte mechanisch, während Oliver fröhlich grinste.

»Mann, war ich ein armes Schwein!«

»Das bist du jetzt auch noch«, sagte Joachim.

Eva starrte ihn fragend an.

»Lass ihn in Ruhe«, zischte Cordula.

»Machen wir also weiter?«, fragte Brigitte aufmunternd.

Stürmisches Beifallklatschen war die Antwort.

Brigitte war die gute Fee, die die schlimmen Verwünschungen der schlechten Fee an der Moppel-Wiege unwirksam gemacht hatte.

»Soll ich euch was sagen?«, Brigitte grinste. »Im dritten Stock sitzen jetzt wieder fünfunddreißig Anfänger. Wie sie dahin gekommen sind, ist mir schleierhaft.«

»Thorsten Schubert hatte seine helle Freude an den fetten Säcken«, lachte Cordula. »Manche musste er hochschieben!«

»Warum gibt es hier keinen Flaschenzug?«, fragte Joachim.

»Warum steckt ihr die armen Frust-Moppel eigentlich in den dritten Stock?«, fragte Dagmar. »Im Erdgeschoss wäre es doch humaner!«

»Ganz bewusst«, lachte Brigitte. »Damit sie sich ihres maroden Zustands bewusst werden. Sozusagen als heilsamer Schock.«

»Gemein!«, befand Sabine. »Ich erinnere mich noch gut an meinen ersten Tag hier und wie ich mich vor Thorsten geschämt habe.«

»Die Neuen haben dieses Verzweifelte im Gesicht, das ihr damals auch hattet«, sagte Brigitte. »Sie sehen einen riesigen Berg vor sich aufragen, dessen Gipfel sie nicht sehen. – Eva! Du siehst so aus, als stündest du immer noch vor einem riesigen Berg!«

»Das tue ich auch«, entfuhr es Eva. »Jetzt habe ich zwar achtzehn Kilo runter, aber das eigentliche Gebirge, das steht noch vor mir ...«

»Ach komm«, lachte Brigitte. »Du musst höchstens noch fünf bis acht Kilo abnehmen, dann bist du Claudia!«

Eva zuckte zusammen und sprang auf. »Wie? Was sagst du da?«

»Schiffer!«, lachte Brigitte. »Dann hast du die Idealmaße erreicht!«

Errötend sank Eva wieder auf ihren Platz. Oliver sah sie von der Seite an: »Alles gut?«

»Wir können doch für die Neuen eine Patenschaft übernehmen!«, schlug Sabine vor. »Jeder kümmert sich um einen armen Moppel!«

»Ich nehme die Blonde, die im Cabrio gekommen ist«, sagte Joachim und grinste Eva an.

»Und ich nehme den Truckfahrer mit dem Flanellhemd«, trumpfte Cordula auf. »Der hat so was Heimatloses an sich.«

»Übrigens ist Siegwulf auch wieder dabei«, meldete Dagmar. »Habt ihr gesehen, wie fett der wieder geworden ist? Eva, um den musst du dich kümmern. Du weißt doch, wie sehr er dich mag.«

Eva schüttelte mechanisch den Kopf. Ihr war jetzt nicht nach harmlosen Späßen.

Lieber Mark,

entschuldige, dass ich ein paar Tage nicht geschrieben habe. Ich war einfach verwirrt von deiner letzten Mail – es klang so bestimmend, so endgültig. Ich bin noch nicht so weit, Mark. Lass mir noch Zeit. Hier in Hamburg geht es drunter und drüber. In der Firma gibt es viele neue Gesichter – und die meisten haben überhaupt keine Ahnung von unserem harten Business. Sie glauben, der Erfolg fliegt ihnen einfach so zu. Da ist noch so viel Naivität und Gutgläubigkeit bei den Neueinsteigern! Ein paar hübsche Gesichter machen noch keine Profimodels! Das ist harte, ja knochenharte Arbeit, die mit vielen Entbehrungen einhergeht. Es gibt auch viele Intrigen im Kampf um die guten Jobs, und sicherlich gehen einige auch über Leichen. In meiner Position als Chefin der Firma ist da eine Menge Basisarbeit zu erledigen! Trotzdem – deine Mails nicht zu beantworten wäre seelische Grausamkeit, an deiner wie an meiner Seele!

Danke, du lieber Mensch, für die zärtlichen, aufregenden und ehrlichen Worte deiner letzten Mails, die ich aus Zeitmangel unbeantwortet ließ. Ja, ich vertraue dir immer noch, und ich denke Tag und Nacht an dich, mehr denn je, mehr als mir lieb ist. Wie bist du eigentlich an diesen Traumjob gekommen? Welche Voraussetzungen muss man mitbringen, um auf einem Traumschiff eine Traumposition innezuhaben? Und wie verteidigt man sich gegen die Konkurrenz? Geht es in eurem Business genau so hart zu wie in der Modebranche?

In meinem Business darf man zum Beispiel nie privat werden. Deshalb hüte ich mein Geheimnis, dich zu kennen und zu lieben, wie meinen Augapfel. Es herrscht so viel Missgunst, dass ich dich niemandem preisgeben möchte.

Sie würden alle platzen vor Neid: ein Traummann im Internet, der mich täglich bekocht, ohne dass ich davon dick werde!

Ich habe Essen nie für etwas Erotisches gehalten – sondern oft in Eile gedankenlos irgendetwas in mich hineingefuttert –, aber seit du mich so verwöhnst, ist das etwas ganz anderes.

Wenn man nämlich mit so viel Einfallsreichtum und Einfühlungsvermögen wie du, Mark, das komponiert und zubereitet, was zu sinnlichen Gaumenfreuden werden soll, dann kann auch das Kochen zu einer Art erotischem Vorspiel werden. Du streichelst meine Seele, Mark.

Warum fühle ich mich in letzter Zeit nur so unsicher mit dir? Gibt es da irgendwas, das ich wissen sollte? Wir reden so viel von Vertrauen.

Bitte sei nicht traurig oder gar wütend, dass wir nicht zusammen sein können. Das befremdet mich. Wir haben es schon sehr weit gebracht, Mark.

Vergiss das nicht. Viel weiter als Millionen von Paaren, die sich täglich sehen und sich täglich auf den Geist gehen ...

Trotzdem möchte ich alles über dich wissen. Du bist zwar mein Geheimnis, aber hast du Geheimnisse vor mir? Ich arbeite auch noch daran, keine Geheimnisse mehr vor dir zu haben.

Solange das der Fall ist, können wir uns nicht begegnen.

Gute Nacht! Ich glaube immer noch an uns.

Deine Claudia

»Nordic Walking ist so ein dämlicher Weibersport, und den mache ich nicht mit«, maulte Joachim. »Joggen ist ja O.K., aber dieses alberne Spazierengehen mit Stöcken, das ist unter meiner Würde.«

»Nordic Walking ist perfekt für euch«, antwortete Brigitte. »Wusstet ihr, dass ihr durch kontinuierliches Training nahezu hundert Prozent eurer verloren gegangenen Muskelmasse zurückgewinnen könnt?«

»Durch diese läppische Latscherei durch die Prärie?«, fragte Joachim abfällig.

»Das habt ihr ja schon bewiesen! Ich bin stolz auf euch.«

»Nordic Walking macht doch Spaß«, wunderte sich Sabine. »Da kannst du dich mit Freunden zum Plaudern verabreden.«

»Ja, aber du musst es schon volle Kanne durchziehen«, meinte Oliver. »Einfach nur spazieren gehen reicht nicht.«

»Von Nordic Walking muss man richtig Muskelkater bekommen«, bestätigte auch Brigitte. »In den Armen, im Rücken, in der Brust und in den Beinen. Ihr ahnt ja nicht, wo ihr überall Muskeln habt.«

»Doch, inzwischen schon«, meinte Eva. »Ich bin jedenfalls völlig überrascht von deren Existenz!«

»Aber wie lange werden wir das durchhalten?«, fragte Cordula. »Jetzt sind wir alle so begeistert, aber was ist, wenn diese Gruppe hier auseinander geht? Wird alles wieder beim Alten sein?«

»Irgendwann werdet ihr allein die Verantwortung für euch übernehmen«, sagte Brigitte. »Bewegung ist nichts, was man eine Weile ausübt und dann wieder aufgibt. Bewegung bedeutet ein Leben lang, täglich. Und ich benutze absichtlich das Wort Bewegung und nicht das Wort Sport. Bewegung muss etwas Selbstverständliches sein ...«

»Ja, wie Zähneputzen, Waschen und Duschen.«

»Bewegung ist eine Lebenseinstellung! Keine Phase oder Laune.«

»Aber irgendwann haben wir einfach keine Zeit mehr dazu«, wandte Elisabeth ein. »Jetzt haben wir ein halbes Jahr investiert, um schlank zu werden, aber danach gehen doch viele von uns wieder ihrem Alltag nach.«

»Das ist ein Fehler.« Brigitte ließ sich nicht aus dem Konzept bringen. »Wer in einem Jahr wieder dick ist, wird sich wieder in den dritten Stock schleppen. Und hat wieder ein Jahr seines Lebens verloren. Lasst es nie mehr so weit kommen.«

»Es sind ja nicht alle so reich wie Eva, die den ganzen Tag spazieren gehen kann«, sagte Joachim. »Manche müssen ihr Geld auch durch harte Arbeit verdienen!«

Eva war sprachlos. Was war mit diesem Mann nur los?

Brigitte sprang ihr bei: »In der einen Hälfte unseres Lebens opfern wir unsere Gesundheit, um Geld zu erwerben. In der anderen opfern wir unser Geld, um die Gesundheit wiederzuerlangen.«

»Ja, der Boom auf diese Fitnesseinrichtungen ist enorm«, pflichtet Oliver ihr bei. »Die Leute zahlen ein irres Geld, um sich wieder im eigenen Körper wohl zu fühlen. Sie buchen drei Wochen Luxushotel mit Wellness und Personal Trainer, um die einfachsten Dinge zu lernen. Dabei könnten sie das ganz umsonst haben.«

»Stimmt«, meinte Brigitte. »Das Verlangen nach Vitalität, Lebensfreude und einem gesunden, schönen und funktionierenden Körper steht bei uns an erster Stelle.«

»Also bei mir steht das Verlangen nach einer tollen Frau an erster Stelle«, wechselte Joachim das Thema. Er schaute Eva an.

»Du bist so gemein«, rief Cordula mit Tränen in den Augen.

»Warum bist du so in Gegenwart deiner Frau?«, fragte Eva ärgerlich.

»Was ist eigentlich mit eurer Wette?«, fragte Dagmar, um den Ball flach zu halten. »Wer bekommt die Wohnung?«

»Ich natürlich«, sagte Joachim. »Aber vielleicht habe ich es gar nicht mehr nötig, in einer solchen Spelunke zu wohnen. Andere Frauen haben auch schöne Häuser!« Er hörte nicht auf, Eva anzustarren. »Was ich so von Thorsten Schubert erfahren habe ...«

Eva wurde heiß und kalt. Joachim wurde ihr immer unheimlicher.

»Ist ja schon gut, Mann«, kanzelte Oliver ihn ab. »Behalt deinen Kram für dich!«

Eva schaute verwirrt von einem zum anderen. Da lief etwas ab, das sie nicht durchschaute. Mark, dachte sie, Mark. Was hast du mit dieser ganzen Sache zu tun?

Claudia, Liebste,

komme gerade vom Wein-Testing und wollte mich zwei Stündchen aufs Ohr legen, da finde ich deine Mail.

Du fragst mich, wie ich zu meinem Traumjob gekommen bin. Ganz einfach: Ich habe mich hochgearbeitet. Vom kleinen Matrosen bis zum Barkeeper, vom Maître bis zum Manager. Warum fragst du das, Liebste? Warum zweifelst du? Warum sollte ich Geheimnisse vor dir haben? Ich für meinen Teil habe keine, jedenfalls nichts, was ein normaler Seemann nicht auf dem Kerbholz hätte ... ☺ Und dass ich ein Seemann bin, habe ich dir von Anfang an gesagt. Ich habe keine Frau, keine Schulden beim Finanzamt, ich habe keine Leiche im Keller und meines Wissens auch kein uneheliches Kind. Oder sollten dir andere Informationen über mich zugetragen worden sein ...? Liebste, du beunruhigst mich.

Was ist mit DEINEN Geheimnissen? Du wirst mir doch nicht unheimlich werden, jetzt, wo wir uns schon so nahe sind ...? Du stellst doch unsere Beziehung jetzt nicht infrage??? Weil ich an die Zukunft denke? An eine GEMEINSAME Zukunft vielleicht??

Weißt du, was es bedeutet, als erwachsener Mann allein auf einem Kreuzfahrtschiff zu leben und zu arbeiten? Und die Liebste schickt einem solch wunderbare Lebenszeichen, die mir klar machen, was mir in meinem Leben alles entgangen ist?

Mach mir eine Flasche Champagner auf, die Mittagspause ist sowieso angebrochen, und sie gehört DIR und MIR, Geliebte!!

Das Rumzigeunern hat ein Ende. Zwanzig Jahre ohne ein Zuhause. Ich will in den Hafen einlaufen. Ich bin ein Mann im so genannten besten Alter, habe eine Vorbildfunktion, werde ständig beobachtet, muss mich perfekt benehmen und verhalten, und das fällt mir immer schwerer. Ich sehne mich nach einem Frauenar... Scherz, ich meine Herz. Aber ich bin auch nur ein Mann, Schatz!

Auf dein Wohl, mein Herz. Wollte in die Koje sinken für zwei Stündchen, aber das schrieb ich wohl schon.

201

Bitte entschuldige, wenn ich dich mit meinen forschen Plänen verwirrt haben sollte. Was für eine Herausforderung muss das für dich sein, die du mit beiden Beinen mitten in einem voll durchorganisierten Berufsleben stehst? Unabhängig und frei?

Ach Claudia, warum konnte ich dich nicht früher treffen? Bitte führe mich aus meiner Einsamkeit.

Trinke schon mein drittes Glas Champagner, wie immer, wenn ich dir nahe bin. Warum fragst du so plötzlich, wie ich an diesen Job gekommen bin? Natürlich indem ich meinen Vorgänger umgebracht habe ... ☺ hicks! Du fragst nach Geheimnissen ...

Es gab da mal eine Frauengeschichte, die mir mehr bedeutet hat als alle anderen. Sie endete mit Enttäuschung, Vertrauensverlust.

Die Frau ist aus meinem Leben gegangen, und der Job war alles, was ich noch hatte. Für mehr reichte es nicht mehr, bis ich deine erste Mail erhielt. Bis das Schicksal uns zusammenbrachte. Meine Lebensflamme brennt wieder ... zuerst nur zaghaft, und jetzt immer heftiger! Das Feuer in mir brennt wieder, Claudia, wegen dir! Jetzt ist mir der Job nicht mehr so wichtig ... Es gibt noch andere zu erklimmende Gipfel im Leben eines Mannes! Hotelmanager können gern auch andere werden. Ich will ein Zuhause – eine Familie?? Mit DIR!

Liebe, Leidenschaft und Glück
Kehrten durch dich zu mir zurück

(O.K., ich gebe zu, nüchtern war ich besser, da fiel mir sogar noch Eichendorff ein oder mein alter Freund Goethe ...)

Sind jetzt alle Unklarheiten beseitigt? Was hast DU für Geheimnisse, Claudia? Ich habe meine Karten auf den Tisch gelegt. Ich brauche dich.

Ciao

M.

Und wieder eine Streicheleinheit für meinen fernen Schatz:

GELATO CON FRUTTA
Zutaten
4 Eier, 1 Vanilleschote, 150 g Zucker, 1,5 l Sahne, frische Früchte
Die Eier trennen, das Eiweiß in den Kühlschrank stellen.
Die Eigelbe zusammen mit dem Zucker und der ausgekratzten
Vanilleschote cremig schlagen. Dann das Eiweiß steif schlagen
und beiseite stellen. Die Sahne steif schlagen und unter die
Eigelbmasse ziehen. Am Schluss den Eischnee dazugeben.
Alles in eine gekühlt Form geben und für 4–6 Stunden ins
Tiefkühlfach stellen. Das selbst gemachte Vanilleeis mit
Früchten der Saison garnieren und sofort servieren.

Mark. Joachim. Joachim. Mark. Seid ihr identisch? Kennt ihr
euch? Was habt ihr miteinander zu tun? Ist es reiner Zufall, dass
ihr »Kollegen« seid? Wenn ich Mark frage, fliegt die Bombe auf.
Ist er doch Joachim, dann kann ich mir nur noch das Leben nehmen, das schöne neue schlanke, hart erarbeitete. Dann verliere ich
ihn, Mark. Dann ist er weg. Außerdem lachen dann alle.

Wenn ich Joachim frage, stoße ich auf Granit. Er baggert mich
sowieso schon an, aber auf eine abstoßende, unromantische und
plumpe Weise. Ich bete darum, dass Mark nicht Joachim ist. Ich
könnte mit Dagmar darüber reden oder mit Brigitte. Den beiden
vertraue ich. Aber sie halten mich für eine realistische, kluge Frau.

Nie und nimmer möchte ich zugeben, dass ich mir seit fünf
Monaten mit einem Phantom Liebesbriefe schreibe.

Es könnte auch alles ein Zufall sein.

An diesen Strohhalm klammere ich mich.

Kreuzfahrtschiffe gibt es wie Sand am Meer. Die vielen ameri-
kanischen Reedereien sind doch hierzulande völlig unbekannt.

Na gut, musste Eva vor sich selbst und ihrem inneren Schweinehund zugeben. Sie hatte die »MS Champagner« gegoogelt und war
nicht fündig geworden. Aber vielleicht hieß sie in Amerika ganz
anders!

»Ich will mir meine Illusion nicht zerstören«, beharrte Eva.

»Aber du bist ein kleines Dummerchen«, kicherte Fährmann mit heller Sopranstimme. »Das sich nur zu gern verarschen lässt.«

»Meine Illusion, die aus mir einen neuen Menschen gemacht hat, verdanke ich Mark«, verteidigte sich Eva. »Und Mark schreibt so liebevoll, so treu, so beharrlich. So heiter, so munter. Jeden Tag.«

»Der Krug geht so lange zum Brunnen, bis er bricht«, orakelte Fährmann. Er musste immer noch das letzte Wort haben.

15

Seit das Wetter so herrlich war, kam Eva morgens mit dem Fahrrad zum Unterricht nach Köln: dreißig Kilometer, die sie in gut anderthalb Stunden schaffte. Sie flog nur so dahin, sie trat in die Pedale und hätte am liebsten dabei gesungen. Hunger oder auch nur Appetit stellten sich dabei gar nicht erst ein. Wenn sie im Unterricht ankam, strahlte sie jeden an – sie hatte Ausstrahlung! Ihre männlichen Kollegen nahmen das mit Wohlwollen zur Kenntnis.

Sie flirtete sogar ein bisschen mit dem frechen Joachim, dem stillen Oliver und dem triefäugigen Siegwulf, den sie ab und zu unten im Gymnastikraum traf und der sie umso heftiger anschmachtete. Leider war der Pater nicht mehr unter ihnen, sonst hätte sie mit dem auch noch geflirtet. Und selbst Thorsten Schubert, der Typ von der Rezeption, schaute ihr anerkennend hinterher, wenn sie neuerdings zwei Stufen auf einmal nahm.

»Du hast doch nichts dagegen, wenn ich mit deiner Tochter einen Tanzkurs in Düren mache?«, rief er hinter ihr her.

»Nein«, rief Eva zurück. »Solange es beim Tanzkurs bleibt!«

Thorsten lehnte sich ans Treppengeländer: »Sie ist fünfzehn! Viel zu jung für mich!«

Eva beugte sich über die Brüstung: »Du musst MIR nicht sagen, wie alt meine Tochter ist!«

»Außerdem habe ich eine ganz andere Freundin«, schrie Thorsten durchs Treppenhaus. »Die ist Mitte dreißig!«

»Na dann ist's ja gut«, brüllte Eva zurück. Angeber, blöder tätowierter.

Brigitte wartete schon auf sie. »Klasse, dass du so konsequent mit dem Fahrrad kommst«, lobte sie. »Du bist die Fitteste von allen!« Eva strahlte. Was sie am meisten verblüffte, war, dass der Fettabbau durch Bewegung so genial funktionierte. Sie war keineswegs schlapp und fertig, wenn sie sich eine Stunde lang bewegt hatte. Im Gegenteil. Sie hatte ihre Batterien wieder aufgeladen und wollte Bäume ausreißen.

Diät halten, das war ein völlig sinnloses Wort, weil das mit erwiesenermaßen nutzlosen und irrwitzigen Regeln und Verboten zu tun hatte, wie ihr Brigitte bewiesen hatte.

»Ich bin gerade auf Diät« war also ein genauso blödsinniger Spruch wie: »Ich darf mich zur Zeit nicht waschen« oder »Ich darf zur Zeit nicht sprechen« oder »Ich darf zur Zeit nicht schlafen« oder »Ich darf zur Zeit nicht Zähne putzen«.

Das Zaubermittel hieß: »Das Richtige essen, und zwar ständig und für immer, und sich richtig bewegen! Und das ständig und für immer, basta.«

»Na, Eva, biste frisch verliebt?«, fragte Oliver grinsend, als sie sich wie ein Wirbelwind neben ihn setzte. »Ich rieche ein neues Parfum!«

»Ja«, meinte Eva und knuffte ihn in die Seite. »Aber nicht weitersagen.«

»Ich freu mich für dich«, meinte Oliver. »Haste echt verdient.«

»Und?«, fragte Eva, nur um irgendetwas zu dem stillen netten Kameraden zu sagen, der sicher nur aus Höflichkeit gefragt hatte. »Geht's dir auch gut?«

»Ja«, meinte Oliver. »Hab schon schlechtere Zeiten erlebt.«

Damit war das Gespräch zwischen ihnen beendet.

Liebster Mark,
war ein paar Tage in New York. Ich war auf unzähligen Partys und habe fast gar nicht geschlafen. Bei jedem Glas Champagner habe ich an dich gedacht, mein Seemann. Besonders, weil wir über diese

äußerlichen Situationen ganz ähnlich denken: Man muss nur ein bisschen an der schönen Oberfläche kratzen, um unter dem ganzen Partygetümmel eine schwarze Leere zu entdecken. Da überfällt einen schon manchmal Panik vor der Einsamkeit. Ich verstehe dich so sehr, Mark! Wem kann man denn noch vertrauen in dieser Welt? Wem sich offenbaren, wem seine wahren Gefühle und Sehnsüchte mitteilen? Wem seine Schwächen eingestehen? Wer liebt einen denn, wie man WIRKLICH ist? Da geht es mir wie dir, Mark. Bist du noch gar nicht desillusioniert?

Ich war es, bis du in mein Leben getreten bist. Na ja, du hast dich ganz leise reingeschrieben. Ich hätte dir nicht antworten müssen, ich hielt es am Anfang für einen Scherz, aber dann habe ich mich auf dich eingelassen, Mark. Du schreibst so lebendig, so echt, so ungekünstelt. Aber ganz plötzlich höre ich manchmal böse innere Stimmen, die mich vor dir warnen. Ich möchte nicht das Gefühl haben, dass du mir etwas vorspielst, Mark. Ja, ich denke auch jede Sekunde an dich, nehme dich mit in meinen Tag und in meine Nacht. In Manhattan habe ich mich dabei ertappt, wie ich alle Männer angeschaut habe, die mir entgegenkamen, und habe mir überlegt, wie es wäre, wenn du mir plötzlich über den Weg laufen würdest. Wenn einer von ihnen plötzlich stehen bleiben, mich am Arm fassen und sagen würde: »Ich bin's, Mark!« Ich glaube, ich würde in Ohnmacht fallen ...

Manchmal habe ich entsetzliche Angst, dass irgendwann eine fürchterliche Bombe platzen wird. Gibt es dich wirklich? Du schreibst mir seit fünf Monaten täglich. Manchmal stündlich.

Das alles macht man irgendwann nicht mehr zum Scherz. Das alles denkt man sich nicht aus, weil man sich langweilt. Alles, was du geschrieben hast, Mark, kommt aus einer real existierenden, starken und gesunden Seele. Von einem wirklichen Mann, da bin ich mir ganz sicher. Dass ein Mann noch so fühlen kann! Und dass ein Mann dann auch noch den Mut hat, seine Gefühle in Worte zu fassen! Und an eine Frau zu senden, die er noch nie gesehen hat!

Und was für ein Mut, um nicht zu sagen Wahnsinn, von uns beiden! Ich hätte jetzt tatsächlich Angst davor, dir zu begegnen. Sollen wir es nicht einfach dabei belassen, Mark? Es ist schön mit dir, so wie es ist! Ich habe noch nie mit einem Menschen so innig geredet, geträumt, geplaudert und gelacht wie mit dir. Was ist bloß los mit uns, Mark? Sag mir eines, ganz ehrlich und im Vertrauen: Gibt es dich wirklich? Bist du echt?

Ich schwöre dir hoch und heilig: Ich existiere, und ich bin im Grunde die, die ich dir in meinen Mails beschreibe. Na gut. Manchmal habe ich meine Mails ein bisschen ausgeschmückt. Es würde mich erleichtern, wenn du dasselbe von dir sagen würdest. So, die letzte Waffe ist gestreckt. Ich hatte nie vor, mir einen virtuellen Lover anzuschaffen, wirklich nicht. Du bist zufällig in mein Leben geschneit. Und jetzt will ich nicht, dass dieser Schnee jemals wieder schmilzt. So heiß mir auch mit jeder deiner Mails wird ... Ich geh jetzt kalt duschen ☺...

Sei ehrlich mit mir, Mark! Ich habe es verdient!

Deine Claudia

Meine erfolgreiche Traumfrau,
was für eine aufregende Mail! Ja, wir sind süchtig nacheinander. Schreibe mir immer, auch und gerade wenn du Zweifel hast: Öffne dich mir! Nur so können wir unsere Beziehung aufrecht- und aufrichtig erhalten. Wir sind etwas ganz Besonderes, Claudia! Und mich gibt es, so wie es dich gibt! Oder wer sitzt da in dem großen viereckigen Kasten, der sich Computer nennt, und in den ich all meine Liebe, meine Gedanken und Gefühle, mein ganzes Ich packe?? Ein Mensch aus Fleisch und Blut, der sich nach mir sehnt, so wie ich mich nach dir, du Mensch da drinnen ... ☺

In New York gibt es tatsächlich die aufregendsten Frauen der Welt. Aber ich kann mir keine vorstellen, die es mit dir aufnehmen könnte. Ich kann mir lebhaft vorstellen, wie du da durch Manhattan schwebst, auf deinen langen schlanken Beinen, im Business-Kostüm oder in einem von dir selbst entworfenen sexy Kleid, und alle Männer schauen dir nach! Aber keiner von denen bekommt täglich Post von dir! Du hast in letzter Zeit viele Fragen gestellt, und das beunruhigt mich, obwohl ich selbst mit dem Drängeln angefangen habe. Tut mir Leid, damit habe ich die Leichtigkeit unserer Mails zerstört. Warum genießen wir es nicht einfach, wie es ist? Du bist die größte Bereicherung meines Lebens, und ich hoffe, dass ich dich auch weiterhin verbal auf Händen tragen darf! Was nicht heißt, dass ich dich nicht so schnell wie möglich sehen will!

Ich kann unmöglich vor September das Schiff verlassen, aber dann könnten wir uns treffen, wenn wir uns beide trauen. Sollen wir es wagen, uns leibhaftig zu begegnen? Oder wollen wir die Spannung, den Reiz, das Ungewöhnliche an unserer Liebe so belassen, wie es ist? Ich denke immer öfter darüber nach, Claudia. Einerseits drängt es mich mit aller Macht, die in so einem Männerhirn und Männerherz steckt, dich in meine Arme zu nehmen. Und andererseits habe ich Angst, wir könnten damit alles zerstören ... Ich zermartere mir das Hirn, Claudia. Wie denkst du darüber? Sollen wir uns im September treffen? In New York? Im Central Park? Was für ein Traum ...

Dass du mir gefallen wirst, dessen bin ich mir sicher. Ich werde dich unter tausenden von schönen Frauen erkennen. Ich werde dich umarmen und nie wieder loslassen. Und du, Claudia, musst dir auch keine Sorgen machen. Ich sehe nicht aus wie Zwerg Nase und auch nicht wie Quasimodo.

Schreib mir, wenn ich dir ein Foto mailen soll. Ich hätte damit kein Problem, müsste nur erst lange eines suchen ...

Muss jetzt ins Meeting, meine Köche und Kellner briefen. Festliches Galadiner mit sechs Gängen und Eisbüfett am Swimmingpool. Bin sehr milde geworden, das bestätigen mir die Mitarbeiter: Anscheinend trage ich deine Freundlichkeit und Herzlichkeit schon auf der Stirn oder als ständiges Lächeln auf den Lippen ...!

Dein Mark

Eva schrieb sofort zurück:

Mein lieber milder Mann mit dem freundlichen Lächeln auf den Lippen ... Man sagt ja, dass die Frauen in New York die schönsten Frauen der Welt sind. Was übrigens erklärt, warum die Männer in New York den größten Teil ihrer Zeit damit verbringen, diesen Frauen hinterherzuschauen. Das kann ich nur bestätigen. Habe viele modische Inspirationen mit nach Hause gebracht, und jetzt sitze ich hier, aber statt Mode zu entwerfen, schreibe ich dir schon wieder.

Ja, du hast Recht. Erst mal kein Foto. Ich hätte jetzt auch gar kein aktuelles von mir ... Ich habe zwar ständig mit Models und Fotografen zu tun, agiere aber doch immer nur im Hintergrund, und so könntest du mich höchstens unscharf von der Seite sehen. Außerdem ändere ich gerade meinen Stil, es wird ja Sommer, und da bin ich Perfektionistin!

Auch mir merken es die Kollegen schon an, dass ich sehr glücklich bin. Neulich fragte mich ein Moderedakteur ganz direkt, ob ich verliebt sei. Und ich habe nicht verneint ... ☺ Du bist es, mein Schatz, du.

Natürlich stellt sich auch mir die Frage, ob und wie wir uns irgendwann leibhaftig – körperlich – mit allen Sinnen – gegenüberstehen werden. Wenn du sagst, du kannst erst im September das Schiff verlassen, so passt mir das gut. Auch ich bin den ganzen Sommer über in meinen derzeitigen Arbeitsprozess verstrickt, auf den ich mich voll und ganz konzentrieren muss. Dafür geben mir unsere täglichen E-Mails unendlich viel Kraft!

Zum jetzigen Zeitpunkt unserer virtuellen Liebe ist es wahnsinnig wichtig, dass wir weiterhin unsere Fantasie auf Hochtouren bringen! Bei anderen Paaren, die sich seit fünf Monaten täglich sehen, ist dieses aufregende Stadium längst überschritten, und die Glückshormone fallen in sich zusammen wie Hefeteig.

Ich habe vorgestern lange in einem New Yorker Straßencafé auf dem überfüllten Broadway gesessen, mir in Gedanken an dich ein Glas Champagner gegönnt und jeden Typen betrachtet, der vorbeigelaufen kam:

Wie ist Mark? Sieht er so aus wie dieser? Ähnelt er jenem? Ist er ein Typ wie der da? Würden wir uns überhaupt erkennen wollen? Wo wir uns doch schon längst erkannt haben ... Vielleicht ist es so, dass man eine Art Seelenverwandtschaft zu jemandem aufbauen kann, ohne ihn je zu Gesicht zu bekommen. Ist das unser Schicksal? Wir sollten es (noch) nicht auf eine profane Ebene ziehen ...

Irgendwann kommt der Tag, an dem ich weiß, was für Geräusche du im Badezimmer machst, und an dem du weißt, welche Lebensmittel in meinem Kühlschrank sind.

Und dann kommt der Tag, an dem du neben mir beim Fernsehen einschläfst ... ☺ Lass es uns noch eine Weile so genießen, wie es ist. Muss wieder an meine Arbeit.

Sei umarmt, mein Mann, dem sein Glück auf der Stirn geschrieben steht!

Claudia

An einem milden sonnigen Tag Ende Mai feierte Dagmar, Evas Lieblings-Moppel-Freundin, ihren fünfzigsten Geburtstag. Sie hatte die ganze Gruppe zu sich in das Kölner Eigenheim eingeladen. Leider war die neue heiße Liebe, von der Dagmar immer wieder schwärmte, nicht dabei. Da sie noch unter sich waren, fragte Eva schnell nach ihm.

»Er ist geschäftlich in Rio«, gab Dagmar Auskunft. »Aber er hat mir schon eine megalange, süße Mail geschickt.«

»Wie schön für dich«, sagte Eva schmallippig. Sie wollte gerade noch etwas sagen, als Joachim und Cordula mit Sabine und Oliver im Schlepptau ankamen.

Sie alle machten Dagmar ein Gemeinschaftsgeschenk: ein Trampolin! Unter Riesengelächter wurde es im Garten aufgebaut. Jeder sprang erst mal ausführlich darauf herum.

Bei eisgekühltem Champagner gerieten die Moppel auf der Terrasse mit Blick auf den Rhein ins Plaudern. Die Vögel zwitscherten unermüdlich, es duftete so herrlich nach Frühsommer, wie es nur in Evas Jugend geduftet hatte.

»Das ist auch so eine erstaunliche Nebenwirkung des Abnehmens«, sagte Eva zu Dagmar, »dass man plötzlich wieder Gerüche wahrnimmt, die man gar nicht mehr bemerkt hat.«

»Ja«, bestätigte Dagmar. »Und dass sich eine wunderbare Sehnsucht im Magen breit macht, die jeden Appetit auf was anderes verdrängt. Eine Sehnsucht und ein Begehren, das man nicht in Worte fassen kann ...«

Sie schaute versonnen auf den zähen grauen Strom, auf dessen kleinen Wellen sich die Sonnenstrahlen brachen. »Ich habe so ein Kribbeln im Bauch, dass ich jedem Kahn hier Grüße für ihn mitgebe, obwohl die nicht bis nach Rio fahren.«

Eva lachte. »Das hört sich aufregend an für eine Fünfzigjährige!«

»Tja«, Dagmar zog kokett die Schultern hoch, »ich bin verliebt wie ein Backfisch ...« Sie kicherte und drehte sich im Kreis, sodass ihr Rock flog. Es kamen richtig schlanke Beine zum Vorschein. »Ich vertrau dir was an, aber das bleibt unter uns, ja?«

»Ist er halb so alt wie du und könnte dein Sohn sein?«

Dagmar kicherte. »Nein, das ist es nicht.«

»Verheiratet und stadtbekannt? Steinreich mit eigenem Hubschrauber?«

»Kalt, ganz kalt!«

»Ein ... Priester?«

Dagmar kicherte begeistert. »Ich habe den Mann noch nie gesehen!«, ließ sie die Bombe platzen.

Eva taumelte zwei Schritte nach hinten und griff Halt suchend nach der Gartenmauer.

»Wie kannst du ihn dann lieben?«, entfuhr es ihr. »Ich meine, woher kennst du ihn dann?«

Dagmar setzte sich neben sie auf die Mauer, voller Mitteilungsdrang.»Meine zwei großen Töchter haben mich drauf gebracht. Mama, haben sie gesagt, du bist zwar alt und dick, aber du bist doch ein wunderbarer Mensch. Ein Computer ist blind und glaubt alles, was man da reintippt.« Sie lachte schelmisch.

Eva schluckte. So ähnlich hatte sich Leonie auch ausgedrückt! Dagmar war ganz in ihrem Element.»Es ist alles so abgehoben, aber es funkt wie verrückt zwischen uns ... Und es hilft mir auch wahnsinnig beim Abnehmen. Ich fühle mich wie neu geboren, und auf einmal kann ich wieder in den Spiegel schauen.«

Eva starrte Dagmar an. Erst jetzt fiel ihr auf, wie jugendlich und hübsch ihre alte dicke Freundin plötzlich aussah. Auch sie hatte eine neue Frisur und neue Klamotten.»Wie lange geht das schon?«

»Ein paar Monate ...« Dagmar lachte glücklich.»Erst dachte ich, das muss ein Irrtum sein, der kann mich doch gar nicht meinen ...«

Eva fühlte plötzlich einen Stich in der Herzgegend.»Hast du ihm denn deine wahre Identität verraten?«

»Natürlich nicht!« Dagmar fiel Eva übermütig um den Hals. Eva stand stocksteif da. Sie fühlte das Nasse unter der Zunge nicht mehr.»Ich hab mich als eine ganz andere ausgegeben ... oh, entschuldige, die Gäste brauchen noch Champagner ...« Sie eilte davon. Eva starrte wie betäubt vor sich hin. War Mark ein Serientäter? Ihr wurde trotz der frühsommerlichen Hitze plötzlich kalt.

Konnte er tatsächlich dieselben zärtlichen, innigen, aufregenden Worte auch noch mit einer anderen tauschen? Mit Dagmar? Ausgerechnet? Konnte das möglich sein? Nein. Alles Zufall.

Es gibt viele Menschen, die sich Mails schreiben, rief sie sich zur Ordnung. Immer wieder führte sie sich die erste Mail vor Augen. Die sie an Brigitte Brandt geschickt hatte. Unter dem Stichwort »Champagner«.

Sie betrachtete Dagmar, die gerade mit einer Flasche Champagner von Gast zu Gast ging.

»Na, dicke Eva, alles klar bei dir?«

»O hallo, dicker Oliver!« Eva drehte sich halbherzig um, aber Oliver stand vor der Abendsonne, die sie blendete.

»Soll ich dir ein Glas Champagner holen?«, fragte Oliver unsicher.

»Nee, lass mal«, sagte Eva matt. »Mir wäre am liebsten, du ließest mich einfach in Ruhe.«

»O.ᴋ., o.ᴋ.«, Oliver zuckte mit den Schultern. »Ich wollte mich nicht aufdrängen!« Damit zog er ab.

»Leonie! Wo warst du denn die ganze Nacht?«

»Hab ich dir doch gestern gesagt! Ich war bei Franzi!«

»Aber du bist fünfzehn! Du darfst nicht einfach unter der Woche woanders schlafen! Ich hab mir furchtbare Sorgen gemacht!«

»Wieso, du warst doch den ganzen Abend nicht da!« Leonie knallte ihren Rucksack auf den Tisch und baute sich herausfordernd vor Eva auf. »Du gehst doch neuerdings auf Partys und so was!«

»Das ist noch lange kein Grund, einfach nicht nach Hause zu kommen. Erst recht nicht, wenn du morgen Schule hast!«

»Schon gut, Mama. Du bist hässlich, wenn du dich so aufregst.«

»Was?«

»Dabei wirst du in letzter Zeit immer hübscher«, schmeichelte ihr Leonie. »Du darfst nur nicht so böse gucken!«

Eva musste grinsen, ob sie wollte oder nicht. »Und du darfst nicht einfach bei Franzi übernachten. Ich kenne ja ihre Eltern nicht mal.«

»Sie wohnt bei ihrer Tante und ihrem Vater, aber die waren gestern Abend im Kino oder so, und da hatten wir sturmfreie Bude!« Leonie strahlte. »Das war geil!«

Eva wusste nicht, ob sie lachen oder weinen sollte.

»Ihr hattet sturmfreie Bude? Was habt ihr denn gemacht?«

»Och, wir hängen immer am Computer rum und laden uns Spiele runter. Und dann haben wir ein paar DVDs bestellt, im Internet, mit der Kundennummer von Franzis Vater ...« Sie kicherte.

»Leonie, das ist Diebstahl! Was denn für DVDs?«

»Also ich hab nur eine einzige bestellt ... Franzi gleich mehrere. Schau mal hier, Mama ...« Leonie kramte mit kindlichem Eifer in ihrem überfüllten Rucksack herum ... »Das ist was für dich!«

Sie hielt Eva eine DVD unter die Nase: »Pilates mit Barbara Becker. Das echte Profitraining. Du bist jetzt so weit, Mama! Die ist hammerhart, aber die schaffst du jetzt!«

»Leonie! Die ist ja originalverpackt!«

»Ja. Klar. Haben wir nicht gebrannt oder so.«

»Das wär ja noch schlimmer! Kriminell!«

»Kriminell? Mama, das sind Peanuts!«

»Du musst das Franzis Vater sagen! Wenn Franzi die mit seiner Kreditkarte bezahlt hat, ist das Betrug.«

»Also Mama, sei nicht so spießig! Der merkt das gar nicht, der ist sowieso nur noch bei seiner neuen Freundin. Zu Franzi hat er schon gesagt, dass er zu ihr ziehen will, aber Franzi will das nicht, Franzi sagt, das ist so 'ne affektierte Tussi, voll die neureiche Zicke, aber Franzis Vater ist voll blind ...«

»Das geht uns gar nichts an, Leonie. Wir müssen ihm das Geld ersetzen.«

»Das geht nicht, Mama. Dann merkt er es. Und der merkt sonst gar nichts, das kannst du mir glauben.« Leonie lächelte so entwaffnend, dass Eva ihr nicht böse sein konnte.

»Mama, ich dachte, du FREUST dich! Das ist voll die optimale Art zum Abnehmen und Muskelstärken und so! Ausstrahlung gewinnen! Und Lebensfreude erlangen! Das ist doch genau das, was du brauchst!«

Eigentlich wollte Eva schimpfen, aber sie fand es so rührend, dass Leonie sich ständig um sie Gedanken machte.

»Ich nehme das Geschenk an. Aber nur unter zwei Bedingungen ...«

»Sag nicht, dass ich Franzis Vater das Geld dafür geben muss ...«

»Nein. Dann würde ich auch deiner Freundin in den Rücken fallen. Aber du musst Franzi das Geld dafür geben. Dann muss sie selbst entscheiden, ob sie es ihrem Vater gibt.«

»Sie behält es. – Und zweitens?«

»Du musst mir versprechen, dass du nie wieder für mich klaust.«

Leonie fiel Eva erleichtert um den Hals. »Danke, du bist die beste Mama der Welt!«

Meine liebste Claudia,
auch ich bin ab und zu schrecklich unsicher, ob das alles richtig und gut ist, was wir machen, und natürlich frage ich mich ständig und überall, wer du wirklich bist. Aber wir sind wie die zwei Zirkusartisten, die sich mit geschlossenen Augen hoch oben auf dem Drahtseil begegnen und einander die Hände reichen: Entweder sie fallen beide, oder sie ergänzen sich und bringen eben das fertig, was sonst niemand schafft: ein Kunststück, das auf grenzenlosem, blindem Vertrauen basiert. Und das macht mich unsagbar reich.

Ganz sicher vergesse ich nicht, was du mir jeden Tag wieder für Denkanstöße gibst! Ich lerne so viel von dir, und dafür bin ich dankbar. Alles, was du sagst, zeugt von großer Warmherzigkeit und Menschenkenntnis, und oft denke ich, wow, DIE Frau darf ich kennen! Früher waren es meistens oberflächliche Tussis (excuse my French), mit denen ich mich notgedrungen abgegeben habe.

Meinst du denn, ich hätte jemals mit einer Frau solche Gespräche führen können? Ich habe nicht gewagt, daran zu glauben, mal mit einer Frau ernsthaft darüber diskutieren zu können, was man im Leben für WERTE, für ZIELE, für TRÄUME hat!

Ich gebe ganz ehrlich zu, dass ich bei Frauen früher immer ohne großes Federlesen zur Sache gekommen bin. Aber richtig kennen gelernt habe ich keine. Wollte ich auch nicht. Mit dir ist das was völlig anderes. Aber glaub nicht, ich wäre nicht mehr an »dem einen« interessiert. Sicher. Mit dir. Aber an dir gibt es eben noch so viel anderes, was ich spannend und faszinierend finde!

Eines Tages muss ich von diesem Leben hier Abschied nehmen, und damit sollte ein Seemann nicht zu lange warten. Denn die alten, verknitterten Kollegen, die hier zum Alkoholiker werden, sind abschreckendes Beispiel genug.

Claudia, meine Vertraute, meine Freundin, meine Geliebte: Es ist mein größtes Ziel und mein innigster Wunsch, einmal an einem schönen Fleckchen in Europa oder Amerika eine richtige Familie zu haben, mit einer liebenvollen Frau, Kindern, einem Häuschen, einem Garten, einem Hund, einer Katze und einem hässlichen alten Briefträger, der nur kommt, wenn ich nicht zu Hause bin. Jeder Mensch träumt von so einem Idealzustand, Frauen öffentlicher, Männer heimlicher. Jedes Wesen will sich ein Nest bauen, irgendwann, mit dem richtigen Partner.

Die Karriere ist immer etwas, hinter dem man sich auch gut verstecken kann. Die Erfolgserlebnisse und das Geld geben einem Sicherheit, aber füllen den Menschen nie wirklich aus. Wirklich Wurzeln schlagen kann man nicht mit Geld und Erfolg.

Nur mit Menschen, die man liebt. Wenn man vorher Geld verdient hat, umso besser. Ich habe das Gefühl, dass es uns da sehr ähnlich geht und wir in unserem bisherigen Leben an ein und demselben Punkt angelangt sind. Unsere Wege kreuzen sich.

Es gibt wenige Menschen, die so viel Zeit haben, über ihre Zukunft nachzudenken, wie wir Seemänner. Ich spare jeden Cent, damit ich mir den Wunsch nach einem Heimathafen erfüllen kann.

Das ist und war immer mein Ziel, und ich meine manchmal, es fast erreicht zu haben. Die Sparbüchse in meinem Herzen läuft über. Ich bin stark und werde meine Frau führen und unterstützen, auf einem sicheren Weg, der nur ein moralisches Ziel hat: der Liebe dieser Frau würdig zu sein, für immer.

Ich will wachen, wenn sie müde ist
Ich will erinnern, wenn sie vergisst
Ich will schweigen, wenn sie Recht hat
Ich will sprechen, wenn sie irrt
Ich will vorangehen, wenn sie zögert
Ich will stark sein, wenn sie verzagt
Ich will gehen, wenn sie allein sein will
Ich werde aber immer da sein, wenn sie mich braucht
Das ist ein Versprechen.
Mark

16

Nicht schwer, aber immer leichter. Was ihr Körpergewicht anging, traf das Motto voll und ganz auf Eva zu. Was ihre Herzensangelegenheiten anging, eher das Gegenteil.

Eva wusste, dass sie mit niemandem über Mark reden konnte. Keiner würde sie ernst nehmen, niemand würde sie verstehen. Alle würden sich köstlich amüsieren über sie, die dumme, naive Eva, die an Liebe im Internet glaubte, und ihre Geschichte würde die Runde machen. Den beißenden Spott von Joachim fürchtete sie ebenso wie den triefäugigen Blick von Siegwulf, die Lästereien von Sabine und Cordula ebenso wie die Neugier von Elisabeth. Brigitte würde an ihrem Verstand zweifeln, Thorsten würde ihr blöde Bemerkungen hinterherrufen. Mit Dagmar konnte sie auch nicht über Mark sprechen, seit sie erfahren hatte, dass sie selbst einen Flirt im Internet hatte. Oliver würde einfach nur peinlich berührt weggehen, wenn er von ihrem albernen Doppelleben erfahren würde. Leo würde sie wahrscheinlich in eine geschlossene Anstalt einweisen lassen und ihr das Sorgerecht für Leonie entziehen.

Es war wie bei Dr. Jekyll und Mr. Hyde: Eva brauchte immer ein bisschen länger, um sich von Claudia wieder in Eva zu verwandeln.

Es gab Tage, da fühlte sich Eva herrlich jung, verliebt, leicht und glücklich. Aber immer öfter hatte sie schlaflose Nächte, in denen sie sich hin und her wälzte, ununterbrochen Zwiegespräche mit Mark führte, ihm zu erklären versuchte, dass es keine gemeinsame Zukunft geben konnte.

Ach Mark! Mein Leben spielt sich in Quadrath-Ichendorf ab, und ich bin nichts weiter als eine verlassene Hausfrau und allein erziehende Mutter. Ich lebe von der Gunst meines Exmannes und weiß nicht, wie es weitergehen soll. Ich bin schon viel zu lange aus meinem Beruf raus, als dass ich als Fremdsprachenkorrespondentin wieder einsteigen könnte.

Wenn meine Moppel-Gruppen-Zeit zuende ist, werde ich vor einer neuen Leere stehen. Du hast mein Leben scheinbar ausgefüllt, mir über meine erste schlimme Zeit hinweggeholfen, aber so kann es nicht weitergehen. Du schreibst, dass sich unsere Wege kreuzen.

Das bedeutet, dass jeder in eine andere Richtung weitergehen wird. Es tut mir Leid, dass du so viele Hoffnungen in ein gemeinsames Leben mit Claudia setzt. Aber Claudia gibt es nicht, Mark. Ich habe aber den Zeitpunkt verpasst, dir die Wahrheit zu sagen. Jetzt kann ich es nicht mehr.

Meine Süße,

jetzt muss ich dir ganz schnell schreiben, was mir heute passiert ist! Ich habe heute Abend tatsächlich mit dem reichsten Mann der Welt zu Abend gegessen. Mit dem Sultan von Brunei! Er ließ den Kapitän, den Schiffsarzt und mich in seinen Palast einfliegen. Der Kapitän ist ein langjähriger Freund von Scheich Abdul al Achat, der wiederum der Schwiegervater des Sultans ist. Der Schiffsarzt hatte die zweifelhafte Aufgabe, die sechs Ehefrauen des Sultans zu untersuchen. Er stellte gleich bei vier eine Schwangerschaft fest! Der Sultan ist offensichtlich sexuell sehr rege ☺. Er freute sich wie verrückt, der alte Knabe, dass er jetzt achtundzwanzig- bis zweiunddreißigfacher Vater wird! Daraufhin fiel das Festmahl im Palast umso üppiger aus. Na Wahnsinn! Wenn du das hättest sehen können!

Die Rezepte der dort aufgetischten Gerichte kann ich dir nicht schicken. Das würde die Kapazität deines Computers sprengen ...!

Aufgrund meiner Empfehlungen hat der Sultan dann den teuersten Champagner gekauft. Durch den eingängigen Namen unseres Schiffes hat er sich eingebildet, dass es auf unserem Schiff den besten Champagner der Welt gibt. Kistenweise, sage ich dir, Claudia, da gingen innerhalb weniger Minuten 500 000 Dollar über den Tisch wie nichts! Das hättest du sehen müssen, da hättest selbst DU Augen gemacht wie ein kleines Mädchen ... (und die hätte ich nun wieder so gern gesehen ...)

Nachdem ich dem Sultan auch noch unseren Kaviar zentnerweise und andere kulinarische Spitzenartikel empfohlen hatte, wollte er mich gleich mit kaufen. Als Food-and-Beverage-Manager seines Palastes, Mundschenk oder Vorkoster, ich weiß es nicht genau. Solche Leute kaufen Menschen wie andere Leute Socken oder Kartoffeln.

Ich fragte so spaßeshalber, was ihm meine Dienste denn wert seien, denn ich verdiene bei meiner Reederei sehr gut und habe nicht vor, in Brunei Wurzeln zu schlagen. Ich möchte woanders Wurzeln schlagen, das weißt aber nur du, mein Schatz ... ☺

Da bot er mir ohne mit der Wimper zu zucken eine seiner Töchter an, kannst du dir das vorstellen? Ich könnte sie haben. Sofort. Er ließ sie in den Speisesaal bringen. Sie war allerdings mit goldenen Schleiern verhüllt und ließ mich nur ganz kurz in ihr Gesicht blicken. Der Traum vieler Männer, schätze ich mal. Aber nicht meiner. Denn wenn ich daran denke, dass ich mit so einem verhüllten schönen Lärvchen niemals so tiefe Gespräche haben kann wie mit dir, Claudia, dann fällt es mir nicht schwer, mich zu entscheiden.

Ich bin also leichten Herzens wieder auf die »MS Champagner« zurückgekehrt, wie der Kapitän und der Arzt übrigens auch, und zähle die Tage, bis meine Asientournee zu Ende geht und ich dich in Europa oder Amerika endlich in die Arme schließen kann ... Anfang September, Claudia, bis dahin sind es noch acht Wochen ...

Immer dein Mark

»Mama, du musst mir nichts mehr kochen. Wir waren schon bei McDonald's.«

Leonie stand in der Küchentür und raschelte mit einer braunen Papiertüte, der sie einen mehrstöckigen Burger entnahm. Sie biss mit Genuss in das fette Teil und schmatzte:

»Ich kann mich auch selbst ernähren. Du musst nur mein Taschengeld erhöhen!«

»Kommt nicht infrage, Leonie.« Eva wischte sich die Finger an den Jeans ab und drehte sich um. »Du wirst dich nicht mit wertlosem Zeug voll stopfen!«

»Mama! Was redest du denn da für Müll!«

Aha, dachte Eva. Wir sind heute wieder in der pubertären Zickenphase. Nix mehr mit »Mami, du bist die beste Mutter der Welt, und ich hab dich so lieb, und du bist so hübsch.«

Erst jetzt bemerkte Eva, dass Leonie nicht allein war. »Oh, du hast Besuch mitgebracht.«

Ein rötlich gelocktes Mädchen tauchte etwas verschüchtert hinter Leonie auf. Auch sie knabberte gerade etwas köstlich Riechendes aus einer McDonald's-Tüte und stopfte Pommes in sich hinein. Früher hätte Eva sofort hineingegriffen, aber heute wusste sie, was da drin war.

»Franzi – Mama ... Mama – Franzi«, sagte Leonie cool.

»Tag, Frau Fährmann ...«

»Hallo, Franzi. Hab schon viel von dir gehört!«

»Mama!« Leonie machte eine warnende Geste: Sei still!

Eva räumte schnell die Küchenbank frei, auf der sich die Rezeptbücher türmten. Sie hatte Gulasch gekocht.

»Boh, das riecht ja total köstlich.« Franzi schob ihren schmalen Popo auf die Küchenbank und strich sich eine Locke aus dem sommersprossigen Gesicht.

»Wenn ihr noch nicht zu satt seid, könnt ihr es aufessen«, sagte Eva erfreut. »Ich hab nur mal probiert, ob die Zutaten stimmen.«

»Meine Mutter stopft mich jeden Tag mit so 'nem Hausfrauenfraß voll«, stöhnte Leonie. »Und dann gibt sie die Rezepte ins Internet. Aber selbst knabbert sie nur noch Möhren und Salat!«

»Mein Vater ist auch voll auf dem Ökotrip«, meinte Franzi kauend. »Aber das hier würde er auch nicht stehen lassen.«

Sie griff erfreut zu dem Besteck, das Eva ihr hingelegt hatte.

»Also mich kannst du jagen mit dem Omaessen«, giftete Leonie und schob ihren Teller weg.

»Leonie hat immer Angst, dass sie so dick wird wie ich ...«

»Aber Sie sind doch gar nicht dick«, sagte Franzi erstaunt.

»Nein?«

»Nein! Sie sehen doch total normal aus ...«

Eva blieb überrascht mitten in der Küche stehen. »Das hat mir noch niemand gesagt ... Also Leonie lobt mich immer und stachelt mich an, aber normal – das höre ich zum ersten Mal!«

»Können wir bitte das Thema wechseln?« Leonie verdrehte genervt die Augen. »Ich kann das echt nicht mehr hören!«

»Natürlich, Schatz. Tut mir Leid. – Woher kennt ihr euch eigentlich?«, wechselte Eva das Thema.

»Aus der Schule«, sagte Franzi beiläufig. »Und aus der Tanzstunde.«

»Ihr geht zusammen in die Tanzstunde?«

»Ja. Aber wir tanzen nicht miteinander, falls du das meinst«, gab Leonie schnippisch zurück.

»Aber das meine ich doch gar nicht!« Eva füllte den Teller von Franzi erneut mit Gulasch. Die Augen des Mädchens leuchteten.

»Hau rein«, sagte Leonie gönnerhaft.

Das ließ Franzi sich nicht zweimal sagen.

Sie wirkt so ausgehungert, als hätte sie seit Tagen nichts Vernünftiges gegessen, dachte Eva. Wieso werde ich das Gefühl nicht los, dieses Mädchen zu kennen?

»Seit wann geht ihr denn in die Tanzstunde? Ich dachte, du wolltest mit Thorsten Schubert gehen?«

»Mama, ich bin jetzt in dem Alter, wo ich auch mal ein paar Dinge selbst entscheide«, gab Leonie schnippisch zurück. Franzi sah nur kurz von ihrem Teller auf, mischte sich aber nicht ein.

Eva wagte noch einen Vorstoß. »Und von welchem Geld ... bezahlst du den Kurs?«

»Von welchem Geld, von welchem Geld ...« Leonie stützte sich provokant mit den Ellbogen auf dem Tisch auf. »Ich habe es nicht geklaut, falls du das meinst! Sie glaubt nämlich, du und ich, wir klauen DVDs und bestellen uns Sachen im Internet!«

Franzi sah erstaunt von ihrem Teller auf. »Hä?«

»Leonie, reiß dich zusammen. Das haben wir bereits besprochen. Also, wer bezahlt den Tanzkurs, von dem ich nichts weiß?«

»Wenn du es unbedingt wissen willst: Papa.«

Das versetzte Eva einen Stich. Manchmal vergaß sie, dass es Leo noch in Leonies Leben gab. Sie sprach nur nie darüber. Wahrscheinlich, weil sie ihre Mutter schonen wollte.

»In welche Tanzschule geht ihr denn?«, versuchte Eva wieder neutralen Boden zu gewinnen.

»Habermann. Da gehen alle von unserer Schule hin.«

»Habermann«, sagte Eva versonnen, »da war ich auch. Vor fast fünfundzwanzig Jahren.«

Die beiden Mädchen blickten sie schweigend an.

»Ich hab nie einen abgekriegt«, begann Eva in ihren Erinnerungen zu kramen, »kein einziger Junge hat mich aufgefordert. Ich war ein Mauerblümchen, wie es im Buche stand ...«

»Ist ja gut, Mama!«

»Und da hat der Habermann senior mit mir getanzt. Blieb ihm ja auch nichts anderes übrig ...«

»Aber warum hat Sie denn niemand aufgefordert?«, fragte Franzi. »So hässlich können Sie doch nicht gewesen sein.«

»Ich war zu dick!«

»Mama. Es ist gut jetzt!«

»Aber ihr werdet lachen: Der alte Habermann war natürlich der perfekte Partner ...« Eva plauderte weiter, während sie sich wieder dem Gulaschtopf auf dem Herd zuwandte und die restlichen Knödel aus dem Kochwasser nahm, »ich habe alle Schritte perfekt gelernt, und die Sache hatte noch ein Gutes: Der alte Habermann hatte wenigstens keine feuchten Hände und keine Pickel im Gesicht! Er war eben ein erwachsener Mann, und er wusste meine Kurven durchaus zu schätzen! Er hatte so einen ganz festen Griff, der konnte wenigstens führen und blieb exakt im Takt. Der alte Tanzlehrer roch immer so vornehm nach Rasierwasser oder was das war, irgendein Altherrenparfum, und er konnte ganz wunderbar führen, Cha-Cha-Cha und Rumba und Samba und so ...« Eva wiegte sich, den Kochlöffel noch in der Hand, in den Hüften, sie tanzte ein paar Schritte und fühlte sich so leicht und jung wie damals, als ihr der alte Herr Habermann persönlich das Tanzen beigebracht hatte ...»Was ist denn euer Lieblingstanz?«

Mit Schwung drehte sie sich zum Küchentisch.

Ihr Blick fiel auf einen leer gegessenen Teller und zwei zerknüllte McDonald's-Tüten.

Die beiden Mädchen waren weg.

Liebster Mark,

gerade bin ich böse versetzt worden, und so hocke ich hier mit dem Laptop am Flughafen und warte auf meine Maschine nach München. Immerhin kann ich dir schnell zwischendurch schreiben!

Es ist immer ärgerlich, wenn einem ein beruflicher Termin platzt, man fühlt sich dann plötzlich so klein und ... unsichtbar! Es gibt ein paar Störungen im Betriebsklima meiner Firma. Du weißt ja, ich bin wie eine Mutter für meine Models, aber diese jungen Dinger haben natürlich ihre Launen ... und eines von ihnen arbeitet ganz offensichtlich zwischendurch für die Konkurrenz. Da fühlt man sich schon verraten, auch wenn das Mädchen bei mir natürlich nicht unter Exklusivvertrag steht. Es tut nur einfach weh. Umso wertvoller ist es für mich, dich zu haben, Mark. Die Tür zu deiner Seele ist für mich immer offen, du lässt mich nicht plötzlich einfach stehen. Auch wenn wir manchmal ein oder zwei Tage nichts voneinander hören: Es gibt doch nie ernsthafte Spannungen zwischen uns, und diese Verlässlichkeit ist es, die mich auch in solch stressigen Situationen wie der jetzigen aufrecht hält.

In München habe ich gleich noch ein Treffen mit Barbara Becker. Sie hat eine Fitness-DVD herausgebracht und möchte sie mir vorstellen. Wie du weißt, arbeite ich ja auch im Styling-Bereich, und Barbara Becker hat einen anspruchsvollen Geschmack. Ich rate ihr zu Pinktönen, das sieht an ihrem makellosen Körper wirklich total sexy aus und macht ihre Bewegungen noch eleganter und graziöser.

Meine Maschine wird aufgerufen. Ganz schnell noch ein Rezept aus der Heimat für den armen Feinschmecker in Brunei, der dankenswerterweise nicht die kleine Tochter des Sultans geheiratet hat:

GRIESSNOCKERL-SUPPE
Zutaten für die Suppe
1 kg Rinderknochen, 100 g Sellerie, 100 g Möhren, 100 g Lauch, 150 g Zwiebeln, 2 Knoblauchzehen, 2 Lorbeerblätter, 1 Wacholderbeere, 10 schwarze Pfefferkörner; Salz und Muskat zum Abschmecken
Alle Zutaten in 1,5 l Wasser aufkochen lassen und ca. 3 Stunden auf kleiner Flamme köcheln. Anschließend die Suppe durch ein Sieb gießen und mit Salz und Muskat abschmecken.

Zutaten für die Grießnockerln:
2 Eier, 2 EL weiche Butter, 2 EL Grieß, Salz, 2 EL Wasser
Die Butter schaumig rühren, dann die Eier, Salz, Grieß und Wasser hinzugeben und den Teig 20 Minuten lang ziehen lassen. Mit einem Löffel Nockerln formen und in die kochende Suppe legen, die man 5 Minuten weiterkochen und dann noch 20 Minuten am Herdrand ziehen lässt.

»Marathon? Ich? Ich bin froh, wenn ich meine zehn oder zwölf Kilometer schaffe!«

»Du kannst das, Eva. Du bist genau die Kandidatin dafür. Du hast den Biss und den Ehrgeiz und das Durchhaltevermögen.«

»Nee danke, Brigitte. Wirklich. Man kann auch alles übertreiben.«

Der völlig abgemagerte und verwahrloste Fährmann kam auf dürren struppigen Beinen aus seiner Grabkammer geklettert und ätzte mit heiserer Stimme: »Niemals. Vergiss es.«

»In meiner Gruppe gibt es nicht viele, denen ich den Marathon zutraue. Du bist eine davon.«

»Danke für die Blumen, Brigitte. Aber ...«

»Du kannst es dir ja noch überlegen. Es zwingt dich ja keiner. Aber angemeldet habe ich dich schon mal. Oliver übrigens auch. Er ruft dich am Nachmittag wegen des Trainingsplans an.« Brigitte ließ Eva mit dieser abwegigen Idee einfach stehen.

»Marathonläufer sind extreme Spinner«, raunte der Schweinehund. »Ganz gefährliche Sektierer! Fall ihnen bloß nicht in die Hände! Nachher setzt du dich noch mit dem nackten Arsch auf ein Nagelbrett!«

»Fährmann, ich hab's ja gar nicht vor! Ich sehe das als nettes Kompliment von Brigitte, sonst nichts!«

»Siehst du, sie hat dir einen Floh ins Ohr gesetzt, das spüre ich genau«, winselte der Schweinehund ängstlich.

»So blöd ist die Idee von Brigitte gar nicht ...«, quälte Eva das arme Tier. »Einmal seine Grenzen ausprobieren und dabei sein in dieser unglaublichen Stimmung, dazugehören, angefeuert werden ...«

»Doch«, quiekte der Schweinehund panisch. »Saublöd! Du wirst wochenlang trainieren, nur noch Hagebuttenteebeutel auswringen und Eiweißpulver in uns reinkippen! Dann werde ich eines Tages ganz verschwunden sein!«

»Nein, nein«, tätschelte Eva dem wimmernden Schweinehündchen tröstend das struppige Borstenfell. »Wir gehören doch schon so lange zusammen ...« Sie nahm das zitternde Etwas auf den Schoß.

»Dann kümmere dich gefälligst wieder um mich!«

»Schau mal, Fährmann«, versuchte es Eva mit pädagogischem Geschick. »Wir könnten doch nur mal so zum Spaß am Training teilnehmen, du und ich?«

»Das halte ich für ein Gerücht«, quäkte der Schweinehund. »Training und Spaß, das schließt sich gegenseitig aus!«

Eva gab ihm einen Klaps auf den Popo: »Du weißt, dass du jetzt lügst! Bewegung macht sogar süchtig!«

»Das ist ja das Widerliche!«, kläffte Fährmann sich fast um den Verstand. »Du bist ein Suchtpatient, du gehörst in die Klapse!«

Eva griff den Schweinehund am Nackenfell und schüttelte ihn, dass ihm die Gesichtszüge entgleisten: »Was außer der Trägheit, der Unbeweglichkeit, der Lustlosigkeit und der Müdigkeit des eigenen schweren Körpers macht Dicke eigentlich so unglücklich? Die Verachtung der Schlanken?«

»Kein Schlanker verachtet Dicke!«, röchelte der Schweinehund in akuter Atemnot. Ihm quollen schon die Augen aus dem Kopf.

»Die Selbstverachtung!«, schrie Eva das arme Tier an. »Die Hoffnungslosigkeit. Die Selbstaufgabe. Das ist es, was Dicke fertig macht! Und daran bist du schuld!«

»Stimm ja gar nicht«, heulte das kleine Vieh beleidigt los. »Jeder Dicke hat einen Willen!«

»An dem du ständig nagst wie die Ratte am Telefonkabel!«

»Aber wenn ich doch Hunger habe«, trotzte die Schweinehundratte. »Von irgendwas muss ich doch leben!«

»Du musst überhaupt nicht leben«, stellte Eva in aller Grausamkeit klar. »Der Mensch kommt zwar mit einem angeborenen Schweinehund auf die Welt, aber eigentlich gehört er operativ entfernt.«

»Das übernimmt die Krankenkasse aber nicht«, beckmesserte der Schweinehund, der immer das letzte Wort haben musste.

»Und deswegen muss man euch bekämpfen. Und wenn du mir jetzt weiter blöd kommst, dann trainiere ich SEHR WOHL für den Marathon!«

»Früher hast du mir besser gefallen«, fuhr der Schweinehund jetzt ganz neue Geschütze auf. »Du warst ein gemütlicher, fröhlicher Moppel, und ich hatte dich lieb.«

»Glaub ja nicht, dass mich das rührt! Ihr Schweinehunde, ihr seid ein ganz falsches Pack! ›Je dicker du wirst, desto lieber haben wir dich. Mäste dich nur.‹ Damit IHR die Oberhand über uns gewinnt.«

»Eine Rubens-Figur hast du gehabt, und Leo fand dich schön!«, warf der Schweinehund eine weitere faustdicke Lüge in die Diskussion. »Und du WARST schön! Für mich warst du schön!«

»Ich kam keine zwei Treppen rauf und musste mich in widerliche, enge Korsetts quetschen, damit ich meine Hose zubekam!«, schimpfte Eva. »Kein Mensch kann mir erzählen, er liebe seine Speckwülste, seine Staatsreserve Wellfleisch am Mastbauch, seinen cellulitären Oberschenkelverfall, seine Knubbelknie, seine Orangenhaut am Hintern oder sein Doppelkinn. Das sind doch ihre Schweinehunde, die ihnen das ins Ohr flüstern. Weil sie keinen Bock auf Bewegung haben. Ihr steckt doch alle unter einer Decke!«

»Ja, und wir werden uns zusammentun und euch ZWINGEN, uns wieder zu füttern und lieb zu haben!«

Eva packte den verdammten Schweinehund am Schwanz und schleuderte ihn so lange im Kreis herum, bis er bewusstlos liegen blieb.

Dann hob sie den schlappen Gesellen vom Boden auf und sagte. »Wir laufen jetzt, und du kommst mit! Dann stelle ich dir auch einen Kollegen namens Olli vor, mit dem kannst du dich gern zusammentun.«

»Heißt das, dass du jetzt wirklich für den Marathon trainierst?«
Fährmann war leichenblass. Blutleer starrte er Eva an.
»Nicht ich, mein lieber Fährmann. WIR. WIR trainieren für den
Marathon. Und weil du so hartnäckig dagegen bist, fangen wir
gleich damit an.«

Mark, mein Schatz!
Bin seit gestern in der Toskana. Was für eine wundervolle Gegend!
Na, ich könnte immer nur schwärmen. Nix gegen deinen Besuch
beim Scheich, aber das hier ist das reinste Paradies. Gute Freunde
von mir haben hier ein altes Weingut, das hätte dich bestimmt
begeistert, lieber Beverage-Manager! Wir haben eine ausführliche
Weinprobe gemacht, und es war wunderbar. Die schweren alten
Rotweine in den staubigen Flaschen haben es ganz schön in sich.
Ich wünschte, du wärest dabei gewesen! Am Nachmittag habe ich
mich für zwei Stunden selbstständig gemacht – während die anderen im Schatten ihre Siesta hielten – und bin mit dem Mountain-
bike ganz allein durch die hügelige Landschaft geradelt. Das war
ein unvergesslicher Genuss! Diese Farben! Dieser süße Duft von
schweren Blüten und Olivenbäumen! Das MÜSSEN wir mal
zusammen machen, Mark, das ist wunderschön! Vor allem in der
Dämmerung, wenn die Farben ganz langsam verblassen – das ist
atemberaubend! Die laue Luft, die untergehende Sonne, die alles
in unwirkliche Rottöne taucht ... So etwas genießt man viel intensiver, wenn man sich auch noch dabei bewegt! Ach was verpassen
die Leute, die das nicht kennen!!
Abends gab's eine romantische Weinprobe auf der Terrazza des
mit wildem Wein bewachsenen Hauses unter einem sternklaren
Himmel. Die Terrakottafliesen waren noch ganz warm von der
Sonne, wir saßen in gemütlicher Runde zusammen und unterhiel-
ten uns. Meine Freunde, ein schwules Pärchen, haben diesen
Landsitz vor Jahren einem Grafen abgekauft, als Ruhepol in ihrer
hektischen Berufswelt. Pedro ist Tänzer an der Mailänder Scala

und Diego ein angesehener Mode-Zar. Er war an der Universität von Mailand mein Professor für Kostümbildnerei. Ich hatte damals die Ehre, den gefeierten Solotänzer Pedro Scotteggo für »La cenerentola« einkleiden zu dürfen. Auch für die Festspiele in Verona habe ich damals ganze Kostümproduktionen geleitet. Es war eine unvergessliche Zeit.

Eva formulierte das gedanklich wie in Trance, während in Wahrheit über der kleinbürgerlichen Arbeiterwohnsiedlung die Sonne aufging und sich das Rosa über den Fabrikschornsteinen mit dem Blau des Himmels mischte. Die ersten Arbeiter radelten zur Fabrik und wunderten sich, dass die ehemals dicke Chefin, die ihnen da früh um sechs entgegentrabte, so glücklich vor sich hin strahlte.

Der kleine Fährmann machte sich ernsthafte Sorgen um sie. Seit seine Herrin beim Laufen fantasierte, war er Luft für sie geworden.

Meine Liebste,
ich werde nie wieder einen Sonnenuntergang anschauen können, ohne dabei an dich zu denken. Sitze im Internetcafé im Hafen von Muscat. Muss zurück – das Schiff legt sonst ohne mich ab. Das würde ich am liebsten riskieren, und mich so wie ich bin, in meiner Uniform, in den nächsten Flieger nach Frankfurt setzen und dann weiter nach Hamburg. Und dann, Claudia? Und dann ...?

Kann nicht mehr schreiben, die Angestellte hier schaut mich schon so böse an, sie will schließen, es ist Mitternacht, das Schiff läuft aus ... es tutet schon zum dritten Mal ...

Dass die Sehnsucht nach einem Menschen so groß sein kann! Du fehlst mir, wie einem Menschen ein Arm oder Bein fehlen kann. Ich fühle mich unvollständig ohne dich. Ich bin süchtig nach dir und dir mit Haut und Haaren verfallen. Rette mich, wenn du kannst.

Triff mich in New York. Ich fiebere dem September entgegen ...
Muss rennen,
Mark

Und dann passierte eines Tages, was nicht passieren durfte.

Evas Computer gab den Geist auf, der Bildschirm wurde plötzlich ganz schwarz. Mitten in einer schwärmerischen Mail an Mark stürzte der Computer ab.

17

»Das darf doch nicht wahr sein! Mark! Bleib hier, geh nicht weg!«

Eva schaute den schwarzen Bildschirm lange an. Es war, als wäre sie aus einem wunderschönen Traum erwacht und es wäre plötzlich tiefschwarze Nacht. Sie wollte den Traum zurück!

»Leonie!«, schrie sie unten an der Treppe nach oben.

»Was ist los, Mama? Du siehst ja ganz fertig aus!«

»Bitte hilf mir! Das Ding hier reagiert nicht mehr!«

Leonie beugte sich fachmännisch über den Computer.

»Mama, was hast du denn gemacht?«

»Ich weiß nicht, geschrieben, einfach nur geschrieben!«

»Du musst irgendwas gemacht haben, Mama, das ist ein Virus!«

»Ich habe keine Ahnung! Bitte mach irgendwas!«

Leonie fummelte einige Zeit lang an der Maus herum und drückte hilflos auf die Tastatur, schließlich schlug sie ungeduldig gegen den Computer, so als könne sie ihn durch ein paar Schläge auf den Hinterkopf dazu bringen, den Bildschirm wieder freizugeben. Aber der Computer stellte sich tot. Vielleicht hatte Fährmann die Kabel durchgebissen? Aus Rache?

»Papa kann das bestimmt reparieren.«

»Wenn Papa nicht in Hamburg wäre!«

»Nein! Papa ist drüben in der Firma.«

»Papa ist drüben in der Firma?«

»Ja! Klar! Gestern war er sogar hier, als du mal wieder laufen warst.«

»Er war HIER?«

»Ja, er hat auch am Computer rumgefummelt, ich glaube, er hat was gesucht ...«

»Und das sagst du mir erst jetzt?«

»Mama, immer wenn wir über Papa reden, wirst du sauer. Da lass ich es doch lieber.«

»Also, ich bin sprachlos ...«

»Soll ich ihn jetzt holen, damit er sich den Computer anschaut. Ja oder nein?«

»Nur über meine Leiche.«

»Aber wieso denn nicht?«

»PAPA WOHNT HIER NICHT MEHR!!« Eva hörte sich selbst hysterisch keifen.

»Ist ja schon gut! Raste nicht gleich aus!«

»Ich soll nicht ausrasten? Du machst lauter Dinge hinter meinem Rücken, die mich kränken, du lässt Papa rein, der an meinem Computer rumfummelt, du lässt dir von Papa die Tanzstunde bezahlen, du gehst an deinem Geburtstag mit Papa und Svenja ins Kino und lässt mich hier allein ... Und da soll ich nicht AUSRASTEN? Ist das das Vertrauen, von dem wir sprachen?«

»Guck mal in den Spiegel, wie hässlich du bist, wenn du so rumschreist. Tut mir Leid, Mama, aber ich muss jetzt weg!«

»Wohin ...?«

»Es ist Samstag, und ich gehe mit Papa weg!«

Bums, knallte Leonie die Tür hinter sich zu.

Fassungslos und niedergeschlagen saß Eva eine Weile da. Das war wieder so ein Tiefschlag, dass Fährmann aus seinem hintersten Winkel gekrochen kam: »Na, Liebes, sind alle gemein zu dir? Fühlst du dich verlassen und betrogen und hintergangen? Jaaa?«, sülzte er ihr mit feuchtem Schnäuzchen um die Ohren. »Dann weiß ich was ganz Feines: Ein Töpfchen Moccacreme steht noch im Kühlschrank, das fühlt sich da genauso einsam und verlassen wie du ... Hör nur, wie es nach der Mama schreit!«

»Fährmann, sitz!«

»Und jetzt kannst du noch nicht mal an Mark schreiben, hähähä, jetzt sitzt du in der Falle, was?«

»Ich brauch jetzt einen, der mir den Computer repariert«, antwortete Eva. »Kein Töpfchen mit Moccacreme.«

Der einzige Mann, bei dem sie sich vorstellen konnte, dass er Samstagabend nichts Besseres zu tun hatte, als »Sportschau« zu gucken, war Oliver. Vielleicht saß der jetzt bei seinen Vermietern und war froh, mal wegzukommen? Ob der was von Computern verstand? Nachher würde er ihren Anruf falsch verstehen? Sie waren jetzt ein paarmal ganz nett zusammen gelaufen, hatten aber nicht die Puste gehabt, sich groß zu unterhalten.

Aber andererseits war ihr jedes Mittel recht, wenn es darum ging, ihren Mark zurück auf den Bildschirm zu bekommen.

Sie fasste sich ein Herz und rief Oliver an.

»Oh«, sagte Oliver staunend, als er eine halbe Stunde später in der Halle stand. »Hübsch hast du's hier.«

»Na ja«, wehrte Eva verlegen ab. »Ich muss hier auch irgendwann raus. Mein Mann will die Firma verkaufen.«

»Ah, o.k. Mir geht's ähnlich. Bin auch gerade auf der Suche nach einer neuen Bleibe.«

Er stand verlegen in der Halle und schwitzte.

»Wo brennt's denn?«

Eva führte ihn in Leos ehemaliges Arbeitszimmer und schilderte ihm das Problem.

Oliver krempelte sich die Ärmel hoch: »Tja, dann wollen wir mal. Hast du zufällig einen Teebeutel im Haus?«

»Auch zwei«, sagte Eva erleichtert.

Während sie in der Küche herumwerkelte, das gute Geschirr hervorholte und alles liebevoll auf einem Silbertablett dekorierte, stellte sie fest, dass es das erste Mal war, dass sie hier wieder für einen Mann Tee kochte. Sie fühlte sich ein bisschen wie früher, schaute sogar unbewusst aus dem Fenster, wann denn der Mercedes mit Chauffeur die Einfahrt herauffahren würde. Aber draußen vor dem Küchenfenster stand nur Olivers dunkelblauer alter Golf.

»Hey, das duftet aber nach allen Gewürzen des Vorderen Orients!«

»Das ist bloß Vanilletee mit Zimt!«

»Her damit«, sagte Oliver und kippte sich das duftende Gebräu ohne langes Federlesen aus der dünnwandigen japanischen Teetasse hinter die Binde.

»Hmm«, meinte er nur, ohne den Kopf vom Bildschirm abzuwenden, dem er immerhin schon wieder ein erstes Lebenszeichen entlockt hatte, »mehr davon!«

Eva sah gleich, dass es keinen Zweck hatte, das ganze umständliche Zeremoniell mit Kerzen, Servietten und feinem Damast auf dem Glastisch im Wintergarten zu begehen. Oliver schien keinerlei Sinn für solche Kinkerlitzchen zu haben. Er konzentrierte sich ausschließlich auf den Computer, tippte, durchsuchte, löschte, fluchte, schüttelte den Kopf und fuhr mit der Maus auf Leos Schreibtisch hin und her. »Daran ist auf jeden Fall manipuliert worden«, ließ er vernehmen. »Ein übler Virus.«

Eva stand mit der Teekanne hinter ihm. »Was bedeutet das?«

»Da ist er ja, der Übeltäter«, murmelte er schließlich, »ich lege den Trojaner in Quarantäne.«

»Wen?«

»Den Virus.«

»Warum heißt der Trojaner?«

»Der heißt eben einfach so. Warum heißt du Eva?« Oliver arbeitete konzentriert, auf dem Bildschirm erschienen für Eva unerklärliche Zeichen und Schriften, und plötzlich hatte er ihre Mail an Mark vor Augen.

»Hier. War das dein letzter Text?« Oliver beugte sich vor und begann zu lesen:

»Die Zutaten für einen mittelfeinen Mürbeteig ...«

Wie von der Tarantel gestochen beugte sich Eva über den ahnungslosen Oliver und drückte auf »Beenden«. Die dünne Teetasse rutschte vom Schreibtisch und ging mitsamt dem letzten lauwarmen Schluck Tee zu Boden. Die Tasse zersprang in viele kleine Scherben. Oliver bekam auch noch was ab – unschöne Spritzer, die an etwas anderes denken ließen, zierten seine Hose.

»Hallo? Spinnst du?«

»Das war privat.« Evas Finger zitterten.

Sofort erschien der Bildschirmschoner, der Text war weg.

»Hey, was machst du? Du hättest das speichern müssen!«

»War nicht so wichtig!«

»Natürlich war das wichtig! Ein mittelfeiner Mürbeteig IST wichtig!« Oliver grinste. »Schreibst du Kochrezepte auf? Um dich vom Essen abzulenken? Geniale Idee ...«

Eva warf ihm einen strafenden Blick zu. »Verarschen kann ich mich allein.«

Oliver fasste sie versöhnlich am Arm.

»Schau her, ich installiere dir ein automatisches Speicherprogramm.« Oliver tippte wieder herum, und ehe sie sich's versah, war der Brief an Mark wieder in voller Länge zu sehen.

»So, den speichern wir jetzt unter ... Mürbeteig, mittelfein ...?« Er begann schon, in ihrem Brief herumzutippen.

»Halt!«, schrie Eva, der die Sache langsam unheimlich wurde. Sie drängte Oliver so heftig vom Stuhl, dass er mit dem Hintern auf die Scherben fiel, und hielt den Bildschirm mit beiden Händen verdeckt.

»Danke, ich komm schon allein zurecht.«

»Du tust ja gerade so, als wären das Geheimakten fürs FBI«, spöttelte Oliver gutmütig. »Dabei geht es um einen mittelfeinen Mürbeteig ...« Er wischte sich die Scherben vom Hintern, und Eva blieb nichts anderes übrig, als ihm die restlichen spitzen Dinger vom Allerwertesten zu zupfen.

»Au«, sagte Oliver. »Sind das die Waffen einer Frau?«

»Tut mir Leid, Oliver. Du bist aber auch wahnsinnig unge-schickt ...« Sie musste kichern.

»Ich bin ungeschickt? Na, lassen wir das.« Oliver wischte sich die Hände an einem nicht mehr ganz astreinen Stofftaschentuch ab, das er seiner ausgeleierten Hosentasche entnahm. Ein Kaugummi klebte darin, und Eva wendete sich ab.

»Nee. Im Ernst, du musst lernen, wie man Texte speichert. Du brauchst der Datei nur einen Namen zu geben ...«

»Danke, Oliver, du kannst jetzt gehen!«

»Wie bitte?«

»Mehr wollte ich nicht von dir.«

»Sag mal, spinnst du? Ich will dir helfen, deinen Scheißcomputer mal richtig aufzuräumen, und du schüttest mir Tee über die Hose, jagst mir Scherben in den Hintern und wirst hier handgreiflich?«

»Tut mir Leid«, ächzte Eva, der inzwischen zum Weinen zumute war, »du hast mir echt toll geholfen, danke, aber ich möchte jetzt gern allein sein.«

Oliver erhob sich schwerfällig. »O.k.«, schnaufte er, und Eva konnte sehen, dass er schwer beleidigt war. »Der Mohr hat seine Schuldigkeit getan, der Mohr kann gehen.« Er zupfte den Kaugummi aus seinem Taschentuch und hielt ihn Eva hin: »Wo kann ich den entsorgen?«

»Gib mir das ganze Taschentuch. Ich wasch es für dich.«

»Nee, nee. Ich verlange keinerlei Gegenleistungen für meinen kleinen Freundschaftsdienst.«

»So war das nicht gemeint.«

»So? Wie war das denn gemeint, hä? Ein Anruf am Samstagabend zur besten »Sportschau«-Zeit, Oliver, Hilfe, mein Computer ist abgestürzt, und was tut Oliver, der gutmütige Trottel? Springt ins Auto, fährt zur gnädigen Frau, repariert ihr den Schaden, und dafür bietet sie ihm großzügig an, das Taschentuch zu waschen?«

»Deine Hose wasche ich auch gleich, du kannst sie hier lassen.«

»Soll ich in Unterhosen wieder abhauen?!«

»Es tut mir Leid, ehrlich, du hast das missverstanden!«

»Gar nichts hab ich missverstanden. Du gehörst auch zu den Frauen, die sich für emanzipiert halten, aber wenn sie nicht weiterkommen, rufen sie den erstbesten Idioten an, den sie finden können. Und ich bin anscheinend so ein Idiot.«

»Aber, Oliver, was hast du denn erwartet?!«

»Nichts, natürlich. Ich bin schon bei meinen Vermietern der Rasenmäher und Müllentsorger, da erwarte ich gar nichts anderes mehr.«

Oliver polterte durch die Halle, schnappte sich seine Jacke vom Garderobenständer und riss eine Tür auf.

Es war die Tür zum Gästeklo.

Da stand er, zornig und aufgebracht, in dem fein gekachelten Etablissement mit den vielen liebevoll gefalteten Gästehandtüchern und Parfumfläschchen und sah sich verwirrt um.

»Das ist wohl kaum der Lieferantenausgang.«

»Jetzt bauschst du die Sache aber unnötig auf«, erregte sich Eva.

»Ich weiß, wovon ich rede«, beharrte Oliver. »Ich bin der dicke Dienstleistungsdödel im Dauerdienst.«

Ein Stabreim der feinsten Sorte, direkt aus dem Stegreif, dachte Eva erbaut.

Wie er da im Gästeklo stand, mit der feuchten Hose, den Scherben am Hintern, schwitzend und ganz von der Rolle, machte er einen richtig rührenden Eindruck.

Eva begann hilflos zu lachen.

»Das ist überhaupt nicht lustig«, brummte Oliver sauer, schob sie zur Seite, stiefelte zur Haustür und riss sie auf.

»Glaub ja nicht, du kannst mich hier zum Affen machen!«

»Aber, Oliver, ich mache dich nicht zum Affen, ehrlich, ich wollte dir gerade noch einen Tee anbieten ...« Eva musste schon wieder lachen.

Aber Oliver rannte schon über den Kiesweg zu seinem verbeulten alten Golf.

»Deinen Tee kannst du allein trinken«, schmollte er, warf sich in das alte Auto, sprang wieder heraus und fummelte entnervt an seinem Hintern rum.

»Scheißscherben!«

»Das ist feinstes englisches Porzellan«, gluckste Eva unter Lachtränen.

Oliver machte kurzen Prozess. Er riss sich die ausgebeulten Beinkleider vom Leib und warf sie auf den Rücksitz.

»Gib schon her«, lachte Eva und streckte die Hand danach aus.

»Danke, kein Bedarf.«

Oliver ließ sich mit seinen gemusterten Unterhosen erneut in die Schrottkarre fallen und setzte mit Volldampf zurück in die Rosenrabatten.

Kopfschüttelnd drückte Eva auf den Öffner für das große Tor und sah ihm dabei zu, wie er wütend über den Rasen fuhr, bis er sich und sein Auto wieder unter Kontrolle hatte.

Claudia,

bin in Japan, aber interessiert dich das? Was ist eigentlich los mit dir? Heute geht's mir nicht gut. Es gibt Tage, da brauche ich dich so dringend ... und wenn du dich ausgerechnet dann nicht meldest, bilde ich mir ein, dass irgendwas passiert ist. Dass du einen anderen kennen gelernt hast. Dass du nicht mehr ehrlich mit mir bist. Dass du mit mir spielst. Und dann könnte ich wahnsinnig werden.

Vielleicht war es ein Fehler, meiner mexikanischen Hausdame von dir zu erzählen, aber ich konnte es einfach nicht mehr für mich behalten, nachdem sie mich fragte, warum ich so den Kopf hängen lasse. Sie hat sich kaputtgelacht, die alte Hexe. Sie ist sicher, dass du mit mir spielst, dass du dir einen Spaß daraus machst, mich als Zweitmann zu halten. Will dir nicht wehtun, aber: Willst du mir wirklich weismachen, dass du in keiner Beziehung lebst?

Ich habe der Mexikanerin erzählt, dass du reich bist. Da war für sie alles sonnenklar: Ich bin dein Hobby für langweilige Stunden, so wie andere Bridge spielen oder zur Kosmetikerin gehen.

Ich hab mich noch nie so geschämt wie heute, als sie mich einfach ausgelacht hat. Ach hätte ich doch die Klappe gehalten! Jetzt kann ich ihr gar nicht mehr unter die Augen treten.

Habe mir daraufhin alle deine Mails noch mal durchgelesen, obwohl ich sie sowieso schon auswendig kenne. Du hast irgendwann im Februar geschrieben, dass es keinen Mann gibt, der es aushält, eine so starke Frau zu haben, die eine eigene Firma leitet und viel unterwegs ist. Im März schreibst du, dass du Schutz brauchst, Geborgenheit, eine Insel zum Abtauchen. Bin ich deine heimliche Insel, die du zwischendurch auch wieder überfluten lässt, damit sie keiner sieht? Willst du in Wirklichkeit gar nicht öffentlich zu mir stehen? Hast du zwei Gesichter, Claudia?

Verschwende ich meine Gefühle?

Du musst ehrlich mit mir sein. Ich bin ganz verwirrt, und ich kann jetzt nicht weiterschreiben. Es ist schön, nach dir süchtig zu sein, aber diese Sucht richtet mich auch zugrunde. Ciao, M.

»Mama, du kommst doch zu meinem Abschlussball?«

Leonie stand plötzlich atemlos in der Tür. Sie drehte sich, vor Glück strahlend, in einem taubenblauen, schimmernden Abendkleid hin und her.

Die Wintergartentür stand offen, und die kühle Abendluft strömte herein. Eva brauchte eine Sekunde, um sich wieder in Quadrath-Ichendorf einzuleben und das Gelesene zu verarbeiten.

»Du siehst ... wunderschön aus!«

»Danke!«

»Wo hast du das Kleid her?«

Leonie sah so rührend aus in ihrer Grande-Dame-Verkleidung, dass Eva ihr zu Hilfe kam: »... hat Papa es dir gekauft?«

»Hm ... ja, nein ... Nicht so direkt ...«

Eva betrachtete Leonie wohlwollend und befühlte die glänzende Seide des raschelnden Abendkleids, das für ein so junges Mädchen fast zu bombastisch war.

»Es sieht fantastisch aus! Du wirst die Schönste auf dem ganzen Ball sein! Dreh dich mal!«

Leonie machte ein paar unbeholfene, staksige Walzerschritte. Linksherum.

Plötzlich fiel es Eva wie Schuppen von den Augen:

»Das Kleid hat Svenja auf dem Wiener Opernball angehabt!«

»Na und? Ist das ein Problem für dich?«

Eva sank kraftlos gegen die Lehne des Bürosessels, auf dem sie gerade dem verzweifelten Mark hatte antworten wollen.

»Was glotzt du denn so?«, fragte Leonie bissig.

Eva wusste nicht, was ihr mehr wehtat. Dass Leonie so gehässig mit ihr sprach, oder dass sie es fertig brachte, mit Svenjas Kleid zum Abschlussball zu gehen. Dass sie es überhaupt in Erwägung gezogen hatte! Und dass sie den Mut hatte, ihr das Kleid jetzt auch noch vorzuführen. Ausgerechnet jetzt, dachte Eva, wo ich so furchtbar aus den Angeln gehoben bin. Wo alles ins Wanken geraten ist. Wo ich nicht weiß, was ich mit Mark machen soll.

Das kann Leonie nicht wissen, sie ist gerade mal fünfzehn, riss sie sich gedanklich am Riemen, die Pubertät tobt in ihr, und sie ist hin und her gerissen zwischen der Bewunderung für Svenja und ihren Vater und der Solidarität mit mir.

Sie wollte mich nicht demütigen, versuchte sie sich in ihre Tochter hineinzuversetzen, sie hat das Kleid gerade anprobiert und ist von ihrer eigenen Schönheit überwältigt. Sie will, dass ich mich mit ihr freue und dass ich ihr die Schuldgefühle nehme. Ich bin ihre Freundin! Nicht ihre Konkurrentin. Ich kann nicht von ihr erwarten, dass sie es auszieht und dem Roten Kreuz spendet.

»Ich glotze nicht, ich schaue dich nur bewundernd an ...«, sagte Eva schließlich leise. »Und verwundert.«

Um nicht zu sagen: verwundet, dachte Eva. Ja, ich bin verwundet. Und muss doch Haltung bewahren und stark sein.

»Aber du wirst die Schönste auf dem ganzen Ball sein! Da werde ich ja neben dir total verblassen! Ich weiß gar nicht, was ich anziehen soll ... ich hab doch gar nichts Passendes ...«

»Heul doch«, sagte Leonie, der Tränen in die Augen schossen, und knallte wütend die Tür hinter sich zu. Von der Treppe her rief sie: »Dann kommst du eben *nicht* auf meinen Abschlussball!«, bevor sie mit polternden Schritten auf ihr Zimmer lief.

Mein liebster Mark,
anscheinend habe ich deine Trauer so sehr gespürt, dass ich heute selbst traurig bin. Es tut mir Leid für dich, wenn du einen schlechten Tag hattest. Denk nicht zu viel nach. Und gib bloß nichts auf das Gerede deiner mexikanischen Hausdame! Es wäre sicher besser gewesen, du hättest mit niemandem über mich gesprochen.

Ich habe bisher eisern über dich geschwiegen, was mir aber immer schwerer fällt. Meiner Sekretärin gegenüber musste ich vor kurzem sogar zu einer Notlüge greifen; sie hatte ein paar Zeilen an dich entdeckt, und ich fürchtete, sie würde in der ganzen Firma darüber reden. Mein Liebster, mache dich bitte nicht abhängig von mir. Vielleicht schenkst du mir viel zu viel Energie – vielleicht sind wir schon viel zu abhängig voneinander ...? Ich spiele nicht mit dir. Du bist nicht mein Zweitmann auf einer Insel. Das tut mir weh, Mark, dass du so von mir denkst. Es verletzt mich. Du warst so zynisch! Ich bin ja schon längst abhängig von dir, Mark.

Sonst würde mich das alles nicht so aus der Bahn werfen.

Glaub mir, mein Tag war auch nicht besser. Was dem einen seine mexikanische Hausdame ist, sind dem anderen seine Models! Heute Vormittag habe ich noch mit Cindy Crawford gearbeitet – wir haben in letzter Zeit fast täglich miteinander zu tun und verstehen und prächtig –, da platzte eines dieser launischen Jungmodels herein mit dem völlig falschen Kleid! Das Mädel wollte ein Abendkleid präsentieren, das für ein ganz anderes Event bestimmt war. Ich habe es überhaupt nicht für sie entworfen; so ein Modell ist erst kürzlich auf dem Wiener Opernball getragen worden, und bei so was raste ich aus. Unprofessionalität kann ich nicht ertragen. Sie wird jetzt wohl ohne meine seelische Unterstützung auf den Laufsteg gehen müssen, und das schmerzt mich sehr. Ich hatte sehr viel Hoffnung in das Mädchen gesetzt – man entwickelt ja so was wie Muttergefühle für so ein junges Ding ... Na ja, sie ist dann beleidigt abgezogen, und ich konnte mich wieder Cindy zuwenden. Aber Cindy ist gleich bleibend freundlich und reagiert gar nicht auf solche Zwischenfälle. Genau wie Barbara Becker. Das sind wahre Profis. Es ist eine Freude, mit ihnen zu arbeiten.

Genug von meinem Alltagskram. Sag deiner dicken mexikanischen Hausdame, einen »Erstmann« gibt es in meinem Leben nicht. Außer dir, Mark!! Du bist das! Sag ihr das!

Das ist so eine Sache mit dem Vertrauen – wir sollten nicht ständig aneinander zweifeln, das wertet unsere Beziehung nur ab.

Wenn deine Seele genauso verletzlich ist wie meine, wie könnte ich dann mit dir spielen?

Muss jetzt aufhören, die Mädchen warten draußen und zicken wieder rum mit dem Essen. Die ziehen noch nicht mal ihre Abendkleider aus, bevor sie in die Pommestüte greifen!

Mach's gut und glaube an uns – ich tu es auch!

Deine(!) Claudia

Ach, lass sie doch warten ... ich muss dich versöhnen und verwöhnen, also schnell noch einen kulinarischen Kuss für Japan-Reisende, damit sie sich besser fühlen:

THUNFISCH-SUSHI »FRISCH GEPRESST«
Zutaten

250 g Sushi-Reis, 300 ml Wasser, 4 EL Reisessig, 2 EL Zucker, etwas Salz, 250 g frischer Thunfisch, einige Algenblätter, etwas japanische Meerrettichpaste (Wasabi). Dazu: Sojasauce, eingelegter Ingwer, Rettichstifte und in Salzwasser blanchierter grüner Spargel.

Reis waschen, 15 Minuten köcheln lassen und 10 Minuten ziehen lassen. Essig mit Zucker und Salz verrühren. Den Reis in eine Schüssel geben, mit der Essigmischung begießen und diese vorsichtig unterrühren. Den Reis ausdampfen und kalt werden lassen. Eine Kastenform mit Klarsichtfolie und Algen auslegen. Eine Schicht Reis einfüllen und etwas Wasabi darauf streichen. Dünn geschnittenen Thunfisch und wieder Reis einlegen. Mit Wasabi und Thunfisch abschließen und alles mit Klarsichtfolie abdecken. Den Block fest pressen, kühlen und nach drei Stunden aus der Form heben und aufschneiden. Sushi mit den übrigen Zutaten servieren.

Guten Appetit!

Hoffentlich heißt das nicht Eulen nach Athen tragen, dachte Eva, während sie mit Leonie und Franzi das Thunfisch-Sushi zubereitete. Er ist gerade in Japan und muss sowieso dauernd so ein Zeug essen. Und während Eva den grünen Spargel aus dem Salzwasser nahm und liebevoll unter dem Sushi dekorierte, dachte sie: Ich habe keine Ahnung, ob ich bis September den Mut aufbringen werde, meinen Hintern nach New York zu schaffen.

18

»Kind, du siehst ja entsetzlich aus!« »Oh, Mutter. Das ist ja eine Überraschung ... komm doch rein!«

Das war ja zu erwarten, dachte Eva, dass meine Mutter hier unangemeldet auf der Matte steht.

»Ich war gerade in der Nähe, habe mit Leo über den Verkauf der Firma gesprochen, und da dachte ich, ich schau mal nach dir.«

Eva hatte sich gerade zwei Folgen von »Sex and the City« auf ihrem Crosstrainer gegönnt und war eigentlich bester Laune.

»Das ist nett von dir, dass du mal vorbeikommst.« Eva hatte ein ausgesprochen schwieriges Verhältnis zu ihrer Mutter, um nicht zu sagen, gar keins. Mutter war immer neidisch auf ihre »gute Partie« gewesen und war nie müde geworden, ihr unter die Nase zu reiben, dass er sie nur »aus Anstand« geheiratet hatte, weil »was unterwegs« war. In der Kleinstadt war das so üblich, dass sich ein Mann »anständig« zeigte, nachdem eine Frau unanständig gewesen war.

»Wieso hast du mit Leo über den Verkauf der Firma gesprochen?«

»Schließlich geht es doch auch um mein Enkelkind«, blähte sich Evas Mutter auf, »und was in Zukunft aus ihr wird!«

Du kümmerst dich doch sonst einen Dreck um dein Enkelkind, dachte Eva, aber sie hatte keine Lust auf Streit.

»Deine Haare kleben dir am Kopf! Es regnet doch gar nicht! Du bist ja klatschnass!«

»Das ist nur Schweiß.«

»Schweiß? Ja wovon denn, Kind!«

»Vom Trainieren«, sagte Eva. »Das mache ich jetzt öfter.«

Die Mutter folgte ihr durch die Halle in Richtung Wohnzimmer, wo Evas geliebter Crosstrainer mitten auf dem feinen Parkett stand.

»Ja aber wozu denn!! Glaubst du etwa, du kannst Leo auf diese Weise zurückgewinnen?«

Eva war schon wieder vollkommen genervt. Sie hat aberwitzige Vorstellungen, dachte sie, und das Schlimme ist: Sie spricht sie auch noch aus. Man muss sie nehmen, wie sie ist, sie ändert sich nicht mehr.

»Das hat doch nichts damit zu tun«, widersprach Eva. »Was für eine absurde Idee!«

»Das ist ja ein grauenvolles, sperriges Ding«, stellte Evas Mutter unbeeindruckt fest. »Wie kann man sich denn mit so was das schöne Wohnzimmer verschandeln.«

»Immer noch besser das Wohnzimmer verschandeln als den eigenen Körper!«

Eva strahlte ihre Mutter triumphierend an. »Der Crosstrainer ist zu einem meiner wichtigsten Einrichtungsgegenstände geworden, Mutter.«

Die Mutter taxierte Eva herablassend. »Das ist kein Möbelstück, das ist ein neumodisches ... Foltergerät.«

»Zum Glück muss ich ja hier wohnen, und nicht du, nicht wahr? Und außerdem«, fügte Eva lächelnd hinzu, »bist du doch immer dafür gewesen, dass ich schlanker werde.«

»Aber warum stellst du das hässliche Monster nicht in den Keller wie andere Leute auch?«

»Weil ich nicht die schönste Zeit des Tages im Keller verbringen möchte. Schau, Mutter, ich hab mir angewöhnt, täglich ein bis zwei Stunden zu trainieren. Das haben sich andere Leute auch vorgenommen, aber weil ihr Fitnessgerät im Keller steht, bleibt es bei dem Vorsatz.«

»Ja aber wenn Gäste kommen ...«

»Es kommen keine Gäste.«

»Doch. Ich. Ich bin gerade gekommen. Und mich stört dieser Anblick ungeheuerlich.«

»Bis jetzt hat dich immer der Anblick deiner Tochter gestört.«

»Das stimmt doch gar nicht. Ich habe zwar öfter mal gesagt, dass du aus dem Leim gegangen bist, aber gestört hat mich das eigentlich nie.«

»Und jetzt stört dich, dass ich abgenommen habe?!«

»Deshalb kommt Leo sicher nicht zurück«, wiederholte sich Evas Mutter. »Er hat ja jetzt dieses schwedische Mädchen.«

Ich muss dem ein Ende machen, dachte Eva, sonst geht die ganze Leier gleich wieder von vorne los. Sie hat mir tausendmal gesagt, dass Leo an jedem Finger zehn haben kann und dass er in Hamburg bestimmt was junges schlankes Blondes hat, während ich hier in Quadrath-Ichendorf immer quadratischer werde. Aber ich lasse mich jetzt nicht mit negativer Energie zuschütten, wo ich gerade so gut drauf bin.

»Mach es dir gemütlich, ich geh schnell unter die Dusche.«

Eva sprang die Treppe hinauf, nahm immer zwei Stufen auf einmal.

»Du isst wohl gar nichts mehr«, rief ihre Mutter tadelnd hinter ihr her.

»Doch«, wollte Eva unbedingt das letzte Wort haben, wie sonst immer Fährmann. »Ich esse! Aber das Richtige!«

Als Eva nach zehn Minuten wieder herunterkam, beugte sich die Mutter gerade interessiert über den Computer, der nach wie vor in Leos Arbeitszimmer stand. Zum Glück war nur der Bildschirmschoner drauf.

»Kannst du jetzt mit dem Ding umgehen?«

»Na ja, fürs Gröbste reicht's.«

»Was machst du denn mit dem Apparat?«

»Ich schreibe mir mit jemandem Mails«, sagte Eva und bereute es sofort, ihr bestgehütetes Geheimnis preisgegeben zu haben – ausgerechnet an ihre Mutter, die sich niemals mit ihr freuen würde und der sie noch nie mit irgendetwas hatte imponieren können. Denn jetzt ging der Ärger erst richtig los.

»Wer ist ›jemand‹?«

»Ein Mann.«

Eva sagte das nicht ohne Stolz, aber sie ärgerte sich darüber, dass sie es nicht für sich behalten hatte.

»Ein fremder Mann?«

»Ja.«

»Du kennst ihn gar nicht?«

»Nein.«

Natürlich kenne ich ihn, dachte Eva, ich kenne ihn besser, als ich Leo je gekannt habe. Aber das würde Mutter nie verstehen.

»Wo wohnt er denn?«

»Auf einem Schiff. Zurzeit ist er in Malaysia.«

»Was tut er denn da, in Malaysia auf einem Schiff?«

»Er arbeitet als Food-and-Beverage-Manager. Im Fünf-Sterne-Bereich.«

»Als was?«

»Er ist für die Verpflegung an Bord zuständig.«

»Du reimst dir was vom Essen und Trinken zusammen, weil du Halluzinationen hast vor lauter Hunger!«

»Mutter, ich ...«

»Kind, bist du wirklich so naiv? Womöglich lässt er dich glauben, er sei der Kapitän?«

»Er ist der Restaurantchef.«

»Behauptet er.«

»Ja. Sagt er. Besser: schreibt er.«

»Er ist wahrscheinlich Kellner. Oder wie heißen diese Leute? Steward.« Sie spuckte das Wort in betont gekünsteltem Englisch aus. »Wie man das beim »Traumschiff« sieht. Die mit der brennenden Torte. Na, Kind, wie geschmacklos.«

»Na und? Ist doch egal. Ob Kapitän oder Leichtmatrose: Er schreibt wunderbare Briefe.«

Die Mutter verdrehte die Augen. »Wunderbare Briefe! Kind! Du lässt dich an der Nase herumführen!«

»Und wenn schon! Begreifst du nicht, dass mir das hilft?«

»Wobei? Beim Alleinsein? Kind, du bist eine reiche Strohwitwe und lässt dir den Kopf verdrehen. Wie in einem typischen Konsalitzki-Roman!«

Die Mutter wollte mit dem Augenverdrehen gar nicht mehr aufhören. Eva ärgerte sich fürchterlich, dass sie ihre Mutter schon wieder in ihre Karten hatte blicken lassen.

»Du wirst dir doch nicht einbilden, dass jetzt ein neuer Prinz vom Himmel fällt?«, spielte die Mutter dann auch gleich einen ihrer Trümpfe aus.

»Das ist es doch gar nicht! Er tröstet mich, er lenkt mich ab, ich freue mich auf seine Briefe, wir sind uns nahe, ich habe jeden Tag Herzklopfen wie ein Teenager, wir denken uns immer neue Rezepte aus ...«

»Hast du das nötig? Du bist nicht mehr sechzehn!«

»Was heißt denn hier nötig haben ...?«

»Dass du so tief gesunken bist ...«

Eva schossen die Tränen in die Augen. Sie hatte gehofft, dass ihre Mutter sie loben würde, dass sie so toll abgenommen hatte. Aber wie lange muss ich meine Mutter eigentlich noch kennen, dachte Eva, bis ich endlich aufhöre, mir so absurde Hoffnungen zu machen?

»Du fällst auf einen Dünnbrettbohrer herein!«

»Was heißt denn hier Dünnbrettbohrer?«

»Heiratsschwindler! Witwentröster! Betrüger ... Hochstapler!« Evas Mutter ging aufgebracht im Wohnzimmer auf und ab, zupfte an den Vorhängen, strich über die antike Truhe, riss die Wintergartentür auf und zeigte auf den prächtigen Rosengarten: »Auf das hier! Darauf hat es der Mann abgesehen!«

»Ach Quatsch«, sagte Eva ärgerlich. »Er kennt das doch alles gar nicht ...«

»Was weißt du denn, wer er in Wirklichkeit ist? Kind, was bist du bloß naiv! Einer der entlassenen Arbeiter vielleicht? Er beobachtet dich und verdreht dir den Kopf, um reich einzuheiraten. Und du fällst drauf rein wie ein pubertierendes Gör.«

Sie reizt mich schon wieder bis aufs Blut, dachte Eva, ich kann machen, was ich will, wir haben uns ein halbes Jahr lang nicht gesehen, sie ist noch nicht ganz zur Tür rein, da macht sie mich auch schon fertig ...

»Von Heiraten kann doch überhaupt keine Rede sein.«

»So, was will er dann von dir?«

»Ich weiß es nicht, Mutter, es ist eine Brieffreundschaft, weiter nichts!«

Evas Mutter stieß einen ihrer kurzen, spöttischen Lacher aus. »Eine Brieffreundschaft! Kind, du bist knapp vierzig! Andere haben mit vierzig Karriere gemacht und sind in einer gesicherten Position. Oder sie führen eine gute Ehe, aber du ... du schreibst E-Mails an einen Unbekannten und hältst das für die große Liebe!«

Mit einem spöttischen Zischen, das ein Lachen werden sollte, ging die Mutter in die Küche.

Das hat schon wieder gesessen, dachte Eva, sie schafft es immer wieder, mir wehzutun.

Jahrelang hat sie mir vorgeworfen, ich sei zu dick und ich ließe mich gehen. Und heute, wo sie mich zum ersten Mal seit Monaten wieder sieht, sagt sie nicht etwa, Hut ab, Mädchen, du hast es geschafft, du siehst klasse aus, sondern macht mir mein kleines bisschen Selbstbewusstsein sofort wieder kaputt. Das kann sie, dachte Eva, das ist ihre Spezialität. Hoffentlich geht sie bald wieder.

Von einer unbestimmten Sehnsucht getrieben, verdrückte sich Eva in Leos ehemaliges Arbeitszimmer und warf einen Blick auf den Computer.

Und richtig.

»Sie haben eine neue Nachricht!«

Während der letzten fünf Minuten hatte Mark Schubert ihr geschrieben. So als ob er spürte, dass sie ihn brauchte.

Eva warf einen Blick über die Schulter und hörte ihre Mutter in der Küche rumoren.

Sie öffnete die Mail.

Claudia, Liebes,

bin gerade nach einem anstrengenden Kapitänstisch (die allein reisende übergewichtige Frau neben mir erzählte in allen Einzelheiten, wie ihr Mann sie in einer Luxusvilla allein hat sitzen lassen und mit einer Jüngeren durchgebrannt ist, die übliche Leier ...) in meine Kabine gekommen und finde schon wieder keine Mail von dir. Seit zweihundertfünfundsiebzig Minuten kein Lebenszeichen von meiner Liebsten! Was ist los mit dir, warum schreibst du nicht? Bedrängt dich jemand? Hast du Sorgen? Geht es dir nicht gut, Liebling? Ich hatte gerade das komische Gefühl, dass du mich brauchst.

Liebste! Zweifelst du etwa immer noch? Vertraust du mir nicht? Du musst vertrauen, du musst! Lass dir von niemandem etwas anderes einreden! Rede mit niemandem über uns, hörst du!!

Wir sind gerade unterwegs nach Australien, was mich einerseits freut, weil ich Australien liebe, andererseits bringt es mich noch viele tausend Meilen mehr von dir weg. Ich glaube, es gibt keinen Punkt auf dieser Erde, der weiter von dir entfernt ist – aber ich fühle mich dir so nahe wie nie einem Menschen zuvor.

Immer wieder überfällt mich die Vorfreude darauf, dass wir uns im September sehen werden! Freust du dich? Fürchtest du dich? Ich bin hin und her gerissen zwischen beidem, bin aufgeregt wie ein kleiner Junge! Von wegen cooler Seemann!

Hoffen und Bangen ... Es zehrt an mir, aber gibt meinem Leben auch einen Inhalt. Diese Sehnsucht, die sich mehr und mehr in mir breit macht, ist ein nie gefühlter, bittersüßer Schmerz.

Ist es denn zu viel verlangt, die Frau, die man liebt, umarmen zu wollen? Ich will dich spüren, Claudia, dich riechen, schmecken, fühlen, deine Stimme hören, dich festhalten, wenn du in meinen Armen ... nein, ich kann es nicht sagen. Noch nicht.

Als Gentleman weiß ich, dass ich dir die Wahl von Ort und Zeitpunkt unseres ersten Treffens überlassen muss. Und trotzdem muss ich nachhaken, weil ich es nicht mehr aushalte, dass du mir noch keine Antwort auf diese eine Frage gegeben hast.

Komm im September nach New York, Claudia!

Nicht vielleicht, nicht mal sehen, der Terminkalender ist so voll, wer weiß, ob bis dahin die Modelinie stimmt.

DU BIST MEINE LINIE!! Ihr werde ich vielleicht für den Rest meines Lebens folgen! Es wird Zeit für eine Entscheidung! Du bist doch sonst eine Frau der Tat!

Wir treffen uns auf der Freiheitsstatue! Ich organisiere das. Man kann zu besonderen Gelegenheiten ganz oben rauf – in die Flamme! Ich besteche den Wächter. Es IST ein besonderer Anlass. Nenn mir ein Datum und die Uhrzeit. Ich werde da sein.

Ich habe heute Nacht dein Gesicht vor mir gesehen. Ich habe deinen Mund gesehen, deine Augen, deine Haut. Ich habe dich gespürt, deine Leidenschaft, deine Zärtlichkeit, deine liebevolle, warmherzige Art. Ich habe deine Stimme gehört, dein Lachen, dein Singen. Wir haben getanzt. Ich habe dich geküsst.

Es war der schönste Traum meines Lebens. Warte nicht zu lange mit deiner Antwort.

Ich hoffe, du schwebst. Ich schwebe. Australien entgegen, aber dann zu dir.

Dein Mark, dessen Glück von dir abhängt

»Bist du schon wieder bei deinem Computerfreund?«, hörte sie die Stimme ihrer Mutter dicht hinter sich.

Wie ertappt fuhr sie herum. »Es ist nur ein netter Zeitvertreib«, versuchte Eva die Sache herunterzuspielen.

»Zum netten Zeitvertreib gibst du dich mit so halbseidenen Sachen ab? Hast du denn gar keine Selbstachtung mehr?«

Das ist zu viel, dachte Eva, Mark ist nicht halbseiden, das lasse ich mir nicht gefallen. Sie wertet mich wieder mal ab, das tut sie immer, egal ob ich dick oder dünn bin, verheiratet oder verlassen. Sie steht nie zu mir, und sie muss wissen, wie weh mir das tut.

Ich werde niemals so zu Leonie sein, das schwöre ich.

»Er ist ein seriöser Mann, er meint es ernst, er will mich kennen lernen!«

»So? Wozu denn?«

Ja, wozu, dachte Eva. Wozu lernen Mann und Frau sich wohl kennen?

»Keine Ahnung«, zuckte sie ratlos mit den Schultern. Ich freue mich seit sechs Monaten jeden Tag auf seine Mails, ich fiebere ihnen entgegen, sie geben mir so viel Kraft, dass ich die ganze Abnehmerei durchstehe, dachte Eva.

New York. Freiheitsstatue. In der Flamme. Wie im Film.

Ob es sich lohnte, ihr das zu erklären?

Aber Evas Mutter setzte noch einen drauf: »Hast du ihm geschrieben, dass du dreißig Kilo Übergewicht hast?«

Das tut richtig weh, dachte Eva, sie schafft es immer wieder, mich zum Weinen zu bringen, sie trifft immer noch mitten ins Schwarze.

»Erstens habe ich keine dreißig Kilo Übergewicht mehr, und zweitens ist das ja gerade der Reiz einer Brieffreundschaft, dass man ...« Eva merkte, dass ihre Stimme brüchig wurde.

»Aber zehn«, unterbrach Evas Mutter sie, »zehn sind es mindestens noch. Glaub ja nicht, dass dich dieser Matrose attraktiv finden wird. Da kannst du hungern, so viel du willst. Wer einmal dick war, wird immer dick sein. Du hast die Kilos ganz schnell wieder drauf.«

»Nicht, wenn ich mich dauerhaft an die neuen Ernährungs- und Bewegungsregeln ...«

»Der will nur dein Geld, das ist alles – außerdem gehst du schon auf die vierzig zu«, trat sie noch nach. »In deinem Alter hatte ich schon vergessen, wie ein Mann aussieht. Jedenfalls nackt.«

Evas Mutter war losgeworden, was sie zu sagen hatte. Noch ehe Eva mit dem letzten Schlag in die Magengrube fertig werden konnte, hatte sich die Mutter bereits triumphierend zum Gehen gewandt.

»Da musst du nicht gleich beleidigt losheulen«, sagte sie zufrieden, als sie bemerkte, dass Eva die Tränen über das Gesicht liefen. »Ich bin deine Mutter, und wer sonst, wenn nicht ich, soll dir die Wahrheit sagen?«

Dann drückte sie der sprachlosen Eva zu allem Überfluss noch einen Judaskuss auf die Wange:

»Ich will nur dein Bestes. Ich will dir die Enttäuschung ersparen, die andere mit sechzehn erleben. Also komm zur Vernunft und lass den Blödsinn mit diesem zweifelhaften Kerl. Mit vierzig braucht man als gut situierte Frau überhaupt keinen Mann mehr. Sei froh, dass dir Leo die Villa überlassen hat. Davon konnte ich nur träumen.«

Damit ließ sie die fassungslose Eva auf der Schwelle zur Wintergartentür stehen.

Meine Liebste,
du antwortest seit eintausendvierhundertsiebenundsechzig Minuten nicht mehr. Was habe ich nur falsch gemacht? Langsam nagen ganz fürchterliche Zweifel an mir! Willst du im Verborgenen bleiben? Hast du einen Grund, dich zu verstecken? Bist du nicht mehr bei mir?

Wenn ich dich in Ruhe lassen soll, werde ich es tun. Dann wird mein Herz aufhören zu schlagen, aber ich werde weiterleben.

Es gibt, wie du weißt, von der Reederei ein Angebot für weitere sieben Jahre auf hoher See. Das bedeutet, kein Privatleben an Land mit der Frau meines Lebens. Soll es so sein?

Ich habe um Bedenkzeit gebeten, weil ich dich vorher treffen muss. Die Zeit läuft ...

Ich gehe automatisch meiner Arbeit nach und mache mir Gedanken. Ich muss wissen, ob du mich treffen willst. Ich muss dich sehen. Was ist passiert, dass du mich plötzlich ignorierst? Ist das Spiel für dich vorbei?

Habe ich es nicht verdient, wenigstens zu erfahren, warum?

Ich habe Angst vor einer Zukunft ohne dich!

Bitte spiel nicht mit mir. Sag mir die Wahrheit. Oder habe ich sie nicht verdient? – Wer beeinflusst dich?

Gibt es etwas, das ich nicht weiß? Hast du Angst bekommen? Bin ich zu weit vorgeprescht? Aber die Claudia, die ich kenne, hat keine Angst. Nicht vor dem Treffen mit einem Seemann. Nicht vor New York.

Bin ich dir zu langweilig geworden? Ist der Saft raus? Können wir uns nicht mehr steigern?

Oder gibt es etwas anderes, das ich wissen sollte?

Bitte vertrau mir.

Vertrau DICH MIR AN.

Ich wünsche mir sehnsüchtig, dich zu treffen, und ich glaube, der aufregendste Platz auf der Welt für ein erstes Date ist New York. Wir werden nach dieser Reise für einige Wochen dort auf dem Trockendock sein, und ich werde einige Zeit dort bleiben. Das wäre unsere Chance! Wir könnten uns in Ruhe kennen lernen! Wir könnten viel Zeit miteinander verbringen! Du bist doch häufig beruflich in New York!

Warum wagen wir es nicht? Was spricht dagegen?

Wollen wir uns auf der Freiheitsstatue treffen? In der Flamme? Bei mir brennt sie noch!

Ich fände das schön. Nehmen wir uns doch einfach die Freiheit!

Ich zittere bei dem Gedanken, dich bald zu sehen.

Schreib mir. Spiel nicht mit mir. Sonst wäre alles zerstört, an das ich je geglaubt habe.

Ciao

M.

PS: Vielleicht kann ich dich mit »Pasta amore« wieder umstimmen?

PAPARDELLE PER CLAUDIA

Zutaten

400 g Papardelle, 3 EL Olivenöl, 1 Zwiebel, 2 Knoblauchzehen, 100 g durchwachsener Speck (in Streifen geschnitten), 1 Chilischote, Tomatenmark, Rotwein, 6 große Tomaten, Oliven, gehackter Majoran, Paprika, eine Prise Kümmel, Salz

Das Öl in einer Pfanne erhitzen, geschnittene Zwiebel und gehackten Knoblauch darin glasig dünsten. Speck und in Ringe geschnittene Chili dazugeben. Tomatenmark kurz mitrösten, dann mit Rotwein aufgießen. Die gewürfelten Tomaten mit den gehackten Oliven unterrühren und die Sauce auf kleiner Flamme mindestens 2 Stunden köcheln lassen. Dabei immer wieder umrühren und etwas Wasser nachgießen. Mit Salz, Majoran, Paprika und Kümmel abschmecken. Papardelle laut Packungsanweisung in Salzwasser al dente kochen, abgießen und mit dem Sugo vermischen. Dazu passt frisch gehobelter Parmesan. Ti amo.

19

Es war der wärmste Tag des bisherigen Jahres, ein geradezu mediterraner Juliabend, und Leonie fieberte ihrem Abschlussball entgegen.

Aufgeregt war sie schon den ganzen Tag hin und her gehüpft und hatte ihre Figuren geübt in den neuen Schuhen mit den Pfennigabsätzen, mit denen sie immer zwischen den Steinplatten des Wintergartens stecken blieb. Bestimmt ein Dutzend Mal hatte sie schon das taubenblaue Seidenkleid anprobiert mit dem schwingenden Petticoat, der bei jeder Bewegung knisterte.

»Mama, ich bin total overdressed, findest du nicht?«

»Nein. Das schönste Mädchen kann auch das schönste Kleid anhaben.«

»Und du bist mir nicht mehr böse, dass es von Svenja ist?«

»Aber nein! Wie sagst du immer so schön: Das ist doch nicht *dein* Problem! Und ich bin alt genug, um damit fertig zu werden. Was hast du denn für einen Tanzpartner?«

»Ach, den magst du sowieso nicht, Mama ...«

»Leonie! Ist es Papa?«

»Ph!« Leonie tippte sich an die Stirn. »Mit Thorsten Schubert, wenn du es unbedingt wissen willst.«

»Aha«, sagte Eva gedehnt. »Der ist allerdings nicht mein Fall.«

»Du musst ja auch nicht mit ihm tanzen«, giftete Leonie.

»Hab ich auch nicht vor«, sagte Eva spitz. »Ich steh nicht auf Tätowierungen und Piercings.«

»Jetzt stell dich doch nicht so an! Du hast ihn doch am Valentinstag selbst ins Haus gelassen!!«

»Ja, aber weil er mir ein Päckchen gebracht hat, nicht weil ich mit ihm tanzen wollte.«

»Komm bloß nicht auf die Idee und frag ihn nach seinem Vater«, ätzte Leonie. »Diesen Karl-Heinz soll er mal schön zu Hause lassen.«

Knall ihr eine, hörte sie ihre Mutter sagen. Das Kind braucht Grenzen.

Das Kind ist fünfzehn und von Hormonschwankungen gebeutelt, antwortete Eva. Du hast mich noch mit über zwanzig ins Gesicht geschlagen. Als du erfuhrst, dass ich schwanger war. Das reicht für Leonie und mich zusammen.

»Und deine Freundin, Franzi?«, versuchte Eva, auf neutralen Boden zu gelangen. »Die kommt doch tatsächlich mit ihrem Vater.«

»Aber wehe, du sprichst das mit den DVDs an, von wegen du willst ihm die bezahlen oder so. Das wär so was von peinlich, Mama. Echt.«

»O.K. Versprochen. Kein Wort darüber.«

»Mit wem gehst du denn zum Ball?«, fragte Leonie beiläufig, während sie cooles Glitzer-Make-up auf ihrem rührend flachen Dekolletee verschmierte.

»Tja«, meinte Eva achselzuckend. »Da habe ich noch gar nicht drüber nachgedacht. Ich dachte, ich bin sowieso nur Zaungast.«

»Willst du schon wieder als Mauerblümchen gehen? Hast du doch gar nicht mehr nötig, so wie du jetzt aussiehst!« Aha. Leonie hisste die weiße Flagge.

Eva musterte sich im Spiegel. Sie hatte jetzt Größe vierzig und sah – verdammt noch mal – gut aus. Für ihr Alter. Und dafür, dass sie schon eine fast erwachsene Tochter hatte.

Ihr goldschimmerndes Abendkleid mit dem passenden Bolero schmeichelte ihrer Figur. Selbst ohne das Oberteil sah es schön aus: Eva verfügte wieder über sichtbare Schlüsselbeine! Das Kleid betonte ihr schönes Dekolletee und umspielte die Taille, die auch schon wieder vorhanden war.

»Mama, hast du keinen in deiner Moppel-Gruppe, der sich bereit erklärt, mit dir zu tanzen?«

Ich könnte Oliver fragen, überlegte Eva. Der ist zwar kein Ausbund an Schönheit, und ich kann ihn mir auch nicht im Smoking vorstellen, aber er hat mal erwähnt, dass er gern tanzt. Besser ein Oliver an der Hand als ein Mark auf dem Dach.

»Oliver ist zurzeit noch beleidigt«, wandte Eva ein.

Leonie hielt ihr wortlos den Hörer hin.

»Diesmal ist kein Computer abgestürzt, aber könntest du dafür sorgen, dass ich als Tänzerin heute Abend nicht stürze?«, versuchte sie es auf die harmlose Art.

»Wenn du mich nicht wieder in einen Scherbenhaufen wirfst«, kam es gutmütig zurück. »Und mir nichts über die Hose kippst ...«

»Danke, Oliver, ich weiß das zu schätzen.«

»Schon gut. Ich tanze gern.«

»Ähm, Oliver ... nur noch eine kurze Frage ...« Eva biss sich auf die Unterlippe, »hast du eventuell einen schwarzen Anzug?«

»Darf es auch ein Smoking sein?«, fragte Oliver und legte auf.

Mein liebster, einziger Mark,

entschuldige, dass ich so lange nichts von mir habe hören lassen, aber mein Beruf hat mich schon wieder so in Anspruch genommen, dass ich einfach keine Zeit hatte.

Ein wichtiges Mode-Event steht heute Abend an: In der Garderobe herrscht schon heillose Aufregung, und auch ich muss heute Abend auf die Bühne, um das Ergebnis monatelanger Arbeit zu präsentieren. Heute Abend werden alle da sein, die Rang und Namen haben, und mich und meine Resultate mit Argusaugen begutachten. Natürlich ist auch die internationale Presse da, das Fernsehen und so weiter. So schreibe ich dir in der Ruhe vor dem Sturm, nicht zuletzt, um meine Nervosität in den Griff zu bekommen.

Du stellst so viele fundamentale Fragen. Natürlich brauche ich Zeit, um darüber nachzudenken. Natürlich habe ich auch Angst vor unserem Treffen, das gebe ich ganz offen zu. Ich frage mich oft, ob wir unsere »Beziehung« noch verbessern können! Wir sind so glücklich miteinander, dass es fast hieße, das Schicksal herauszufordern, dem Ganzen jetzt noch eins draufzusetzen.

MÜSSEN wir uns kennen lernen?

Kennen wir uns nicht schon längst?

Was, wenn wir uns gar nicht gefallen?

Was, wenn wir uns plötzlich nicht mehr verstehen?

Was, wenn uns die Worte fehlen, die wir sonst so überreichlich füreinander haben?

Was, wenn wir uns sehen und vor Schreck tot umfallen?

Bitte gib mir noch Zeit zum Überlegen, Mark. Du existierst in meiner Fantasie, du bist so perfekt, du passt so fantastisch zu mir – es ist so übermütig von uns, diesen Zustand ändern zu wollen! Wer sagt denn, dass wir nach einem Treffen in der Flamme noch genauso lichterloh füreinander brennen, wie wir es jetzt tun?

Mach dir keine Sorgen, Mark. Ich bin noch bei dir.

Es gibt keinen anderen Mann. Ich denke pausenlos an dich.

Es gibt zwar so etwas wie einen Freund. Aber er ist eher mein »Walker«, ich brauche ihn nur ab und zu für gesellschaftliche Ereignisse. In der Öffentlichkeit ist es besser für mich, mit einem Mann zu erscheinen. Aber wie es in meinem Inneren aussieht, geht keinen was an – außer DIR!

Bitte nimm es nicht so schwer, wenn ich mal mit einer Antwort auf mich warten lasse. Ich denke nach. Dir nach, Mark.

Vielleicht fange ich irgendwann an, mich auf unser erstes Treffen zu freuen. Gib mir noch ein wenig Zeit.

Es ist wundervoll, mich an deine Schulter lehnen zu können. Muss mich aber jetzt zusammenreißen, der Fahrer steht schon vor der Tür. Ich trinke hier noch schnell mein Glas Champagner aus ...

Die Mädels warten, sie sind so schrecklich aufgeregt, für manche ist heute Abend Premiere. Sie rufen, sie klopfen an die Tür.
Kuss,
Claudia

Dieses Kribbeln im Bauch! Eva spürte es mit einer Heftigkeit, die ihr fast die Luft zum Atmen nahm, als sie mit Leonie aus dem Taxi stieg. Da war es wieder, dieses Glücksgefühl, diese aufregende Gewissheit, dass das Leben noch lange nicht vorbei war! Dass bald etwas Wunderschönes passieren würde! Dieses Ziehen, dieses Flattern im Magen – genau wie früher, als sie vor fünfundzwanzig Jahren selbst zum Abschlussball ging. Genau in dem Moment, als Eva ihre neuen schwarzen Lacklederschuhe auf den Asphalt stellte, der nach Sommer roch, fühlte sie es mit einer Heftigkeit, dass ihr fast die Tränen kamen. Es roch nach Jugend. Nach Unbeschwertheit. Nach Flirt, Tanz, Leichtsein, Jungsein, Frausein. Es war eine warme Sommernacht, und die Abendsonne beschien die Stadthalle so festlich, als wäre es die Metropolitan Opera Hall. Alles erstrahlte in einem rotgoldenen Schein, sogar die schmucklosen Backsteinhäuser ringsum strahlten, als wären sie aus Lebkuchen. Evas Herz klopfte vor Aufregung und Freude, als sie die vielen festlichen Paare sah, die in freudiger Erwartung die Treppen zur Mehrzweckhalle hinauftrippelten, junge Mädchen in für sie selbst befremdlichen Roben – wie junge Vögelchen in viel zu großen Gefiedern, dachte Eva. Normalerweise hocken sie auf dem Telefonmast, tschilpen und kichern und lassen ab und zu mal einen weißen Klecks runterfallen. Und jetzt versuchen sie, in ihren prächtigen bunten Federkleidern zu fliegen.

Und die rührenden Jungs in ihren Smokings! Die Teile sind sicher alle aus dem städtischen Kostümverleih, dachte Eva. Die kleinen Kerle sind ja zum Teil erst vierzehn und noch nicht mal im Stimmbruch! Sie alle hatten einen kleinen Blumenstrauß in der

Hand, den sie ihrer Tanzpartnerin zu Beginn des Balls überreichen sollten. Eva kamen beinahe die Tränen. Jedes einzelne junge Menschenkind, dachte sie gerührt, hat heute den ganzen Tag lang vor dem Spiegel gestanden. Pickel wurden ausgedrückt, Barthaare gezupft, Vaters Rasierwasser wurde benutzt und Mutters Deodorant versprüht. Jeder Einzelne wird zu Hause abfällig über seinen Tanzpartner gesprochen haben: Der wurde mir halt zugeteilt – aber in Wirklichkeit haben sie alle einen Wahnsinnsschiss vor der ersten Berührung, den ersten Blicken – und erst recht den ersten Worten. In dieser Reihenfolge findet das ja wohl statt, in dem Alter.

Sind wir Erwachsenen eigentlich anders?, fragte sich Eva, während sie mit Leonie die Treppen hinaufeilte, den Saum ihres Kleides hochraffend. Oder haben wir nicht genauso viel Herzklopfen und bängliche Vorfreude, diffuse Hoffnungen und noch diffusere Befürchtungen? Finden wir uns nicht genauso unzulänglich? Werden wir eigentlich sicherer mit den Jahren?

Ach, Mark! Wenn du mich jetzt sehen könntest, wie ich, um Haltung bemüht, in einer Herde pubertärer Kälber am Eingang einer kleinstädtischen Mehrzweckhalle stehe mit meiner kessen Kleinstadtfrisur, die heute Abend alle Mütter hier haben, weil wir alle zum selben Friseur gegangen sind, und vor Herzklopfen kaum sprechen kann! Dabei bin ich nur mit einem ehemals dicken Kumpel aus meiner Abspeckgruppe verabredet! Wie soll das erst auf der Freiheitsstatue in New York werden? Wenn ich DICH treffe? Nein, Mark, das kannst du nicht von mir verlangen, das überlebe ich nicht. Das hat nichts mit den vielen Treppen zu tun, ich keuche nicht, weil ich atemlos bin, ich bin atemlos, weil ich mir nicht vorstellen kann, dir jemals zu begegnen ... deine Stimme zu hören, deine Augen zu sehen, deine erste Berührung, dein Geruch, deine Nähe ... Nein, mir wird schwindelig, ich muss sofort aufhören, an diesen Moment zu denken.

»Hey Franzi!«, schrie Leonie und winkte heftig. »Hier sind wir!«

Eva stand mitten im Gewühl und wurde von allen Seiten angerempelt. Man winkte sich zu, begrüßte sich stürmisch oder zurückhaltend, die Blumensträußchen wechselten von einer feuchten Hand in die andere, während sie versuchte, in Leonies Nähe zu bleiben und nicht mit ihren hohen Schuhen umzuknicken.

Da sah sie Franzi. Sie sah entzückend aus. Ganz in Weiß, mit einem Blumenstrauß.

Und ihr Vater, der gerade noch den Taxifahrer bezahlte, der sah – zumindest von hinten – auch gut aus. Groß und stattlich, im Smoking und blütenweißen Hemd. Jetzt drehte er sich um, kam suchend auf sie zu. Aus seinem Revers lugte eine weiße Nelke. Sie sah ihm ins Gesicht. Er lächelte vertraut. Vertraut wie ein ganz alter Bekannter. Und doch: so fremd.

Es war Oliver.

»Dicker Oliver!«, schrie Eva.

»Dicke Eva!«, schrie Oliver.

»Was machst DU denn hier?«, fragte Eva.

»Ich denke, wir sind verabredet?«

»Ja schon, aber du hast mir nie gesagt, dass du der Vater von Franzi bist!«

»Und du hast mir nie gesagt, dass du die Mutter von Leonie bist!«

Die Leute auf der Treppe drehten sich erstaunt nach ihnen um.

»Boh, voll peinlich, komm, wir gehen«, meinte Leonie und zog Franzi am Arm. »Da ist Thorsten!«

»Und da ist Mark! Eh! Mark!« Die beiden Mädchen trippelten aufgeregt von dannen. Eva sah sich verwirrt um, aber Oliver zog sie mit sich. Kurz darauf fand sie sich mit ihm auf der überfüllten Tanzfläche wieder.

»Dicker Oliver, ich muss mich doch sehr wundern«, schrie Eva in den Krach der städtischen Musikkapelle hinein. »Erst siehst du im Smoking richtig toll aus, und dann kannst du auch noch tanzen!«

»Das Kompliment kann ich nur an dich zurückgeben, dicke Eva! Erst siehst du in deinem Kleid richtig toll aus, und dann tanzt du wie eine Feder!«

»Verarschen kann ich mich auch allein!«

»Nein, im Ernst! Nicht gerade wie eine Hühner- oder Entenfeder ... eher wie eine Vogel-Strauß-Feder ... Au! Nicht treten! So, jetzt schnall dich an!«

Oliver nahm Eva fester um die Taille und schwenkte sie zum Wiener Walzer links herum. Er hielt perfekt den Takt. Sie schwebten! Zwei glückliche ehemalige Frust-Moppel. Eva fühlte sich jung und leicht und frei und hätte am liebsten laut gelacht.

Sie fing einige Blicke auf – von den Spießbürgern ihrer Kleinstadt, die alle wussten, dass Leo sie wegen des Kindermädchens verlassen hatte. Aber es machte ihr nichts mehr aus, sie schämte sich nicht mehr, sie wollte sich nicht mehr verstecken.

Na und?, dachte sie, während die Gesichter der tuschelnden Leute schon wieder vor ihren Augen verschwammen, glotzt doch, ich kann euren Blicken standhalten, und eurem Gerede auch. Ich bin drüber weg, es macht mir nichts mehr aus! Ich kann mich doch sehen lassen mit diesem Mannsbild hier. Wenn ihr wüsstet, was ich sonst noch so am Laufen habe, ich sage nur New York und Blinddate auf der Freiheitsstatue. Davon könnt ihr nur träumen, ihr Kleinbürger aus Kerpen-Horrem!

Das hier ist nur die Generalprobe, dachte Eva, und ich mache meine Sache gut. Was mich nicht u..haut, macht mich stark.

Erschöpft und erhitzt ließ sie sich von Oliver wieder an ihren gemeinsamen Tisch führen, wo der Champagner stand.

»Meine Damen und Herren«, ließ sich der alte Tanzlehrer im rheinischen Dialekt vernehmen, der schon vor fünfundzwanzig Jahren das Mauerblümchen Eva auf dem Parkett herumgeführt hatte.

»Wir blicken auf eine lange Tradition zurück. Seit vierzisch Jahren nun darf isch jedes Jahr hier an dieser Stelle wieder den Einzuch der Debütanten ansagen, und isch tue dies mit Freude und Stolllz! Unsere schöne kleine Stadt bringt jedes Jahr wieder neue Blüten hervor, und die jungen Menschen, die letztes Jahr noch Kinder waren, sind in diesem Jahr schon ein Stück weit erwachsen geworden. Es ist ihr großer Tag, sie haben lange dafür geübt, und ich darf Sie nun bitten, aufzustehen und unseren jungen Leuten die Ehre zu geben!«

Die Musik setzte ein, es war ein festlicher Marsch, und dann kamen sie!

Zu zweit marschierten sie ein, in kleinen gesetzten Schritten, bemüht, im Takt zu bleiben, bemüht, ihre Partner nicht anzusehen, das Sträußchen gemeinsam in vor Aufregung feuchten Händen, tapsten sie durch den Saal, mit betont gelangweilter Miene die einen, grinsend und kichernd die anderen.

Seidenkleider, taubenblaue, weite, pastellfarbene, kurze, knöchellange – und bodenlange, alles war dabei. Sie schienen alle ebenfalls beim gleichen Friseur gewesen zu sein – überall dieselbe Hochsteckfrisur mit Glitter drin. Schmalbrüstige, knochige, lang aufgeschossene Gazellen staksten da Seite an Seite mit verlegenen Knaben, dann wieder plumpe Mädchen, untersetzte, breite, kleine, die mit ihren dicken Beinen schwerfällig dahinlatschten – Eva sah sich selbst mit ihrer unvorteilhaft aufgeplusterten Frisur, damals am Arm des Tanzlehrers, der jetzt am Rande des Treibens stand, gealtert, aber nicht gebückt. Und die Jungs – zum Teil noch kleiner als ihre Partnerinnen, aber alle mit schwarzen Lackschuhen und tadellosem Smoking, kauten Kaugummi oder blieben ganz cool mit ihren kurzen gegelten Haaren. Wieder andere schüttelten lässig ihre Mähne.

Videokameras surrten, Väter drängten sich nach vorn und gingen in die Hocke, um keinem die Aussicht zu nehmen, Mütter stellten sich auf Stühle, entnahmen ihren Abendhandtäschchen

Fotoapparate, Handys und Taschentücher und nahmen so jedem die Sicht. Aber das war ihnen egal, denn das war IHR Kind, das heute in der städtischen Mehrzweckhalle die Schwelle zum Erwachsenwerden überschritt.

»Ach, es ist so wunderschön, ich muss gleich weinen«, schluchzte Eva überwältigt.

»Tu dir keinen Zwang an, dicke Eva.« Oliver reichte ihr das besagte, gebügelte blau-weiß karierte Stofftaschentuch, das er aus seiner Hosentasche friemelte und in dem sich zurzeit kein Kaugummi befand.

Eva schnupfte beherzt hinein und gab es ihm dann zurück. Oliver grinste und steckte es ein.

Als der Einmarsch der Debütanten vorbei war, rief der alte Tanzlehrer in sein Mikrofon:

»Alles Walzer!« – genau wie beim Wiener Opernball! Sogleich zog Eva den dicken Oliver wieder auf die Tanzfläche, so eine Gelegenheit lasse ich mir nicht entgehen, dachte sie, außerdem habe ich eine hervorragende Kondition, das können hier ruhig alle sehen. Jetzt wird wieder ganz vorne mitgemischt, ob Oliver will oder nicht! Das städtische Tanzorchester blies und fiedelte, und alle taumelten durcheinander, Jung und Alt, Dick und Dünn, Klein und Groß, bis sie alle völlig durchgeschwitzt waren.

»Halt«, rief der Tanzlehrer in sein Mikrofon, »so schnell kommen Se mir nisch davon! Ausruhen können Se sisch zu Hause uff de Kautsch, jetzt machen wir ein kläines Spielschen!«

Und er schnappte sich ausgerechnet die schlanke, hübsche, grazile Leonie. Sieh an, sieh an, dachte Eva, der alte Knabe hat auch dazugelernt in den letzten fünfundzwanzig Jahren, der weiß auch, wo der Barthel den Most holt. Mit Evas entzückender Tochter tanzte der Tanzlehrer ein paar Schritte vor, und alle Paare rauften sich zusammen und tanzten sie nach.

»Es ist ganz leicht«, schrie der aufgekratzte Tanzlehrer dazwischen, »vier Schritte vor, dann verbeugen, dann vier zurück, dann nehmen Se Ihre Dame und wirbeln se im Kreis herum, viermal acht Schritte schräg nach links, dann schleudern Se se wech, und wenn Se allet rischtisch machen, stehen Se jetzt vor einer anderen Dame, und die Dame vor einem anderen Herrn!«

Eva und Oliver hatten alles richtig gemacht. Oliver stand jetzt vor einer plustrigen Graugans in einem Fetzen von C & A. Und Eva stand vor dem Bürgermeister. Drunter tu ich es ja nich, dachte sie beschwipst.

»Gnädige Frau, es ist schön, Sie nach so langer Zeit mal wieder zu sehen«, rief der schwitzende Bürgermeister, während sie vier Schritte vor und vier Schritte zurück liefen. Eva schrie eine freundliche Floskel zurück, während sie sich acht Schritte lang im Kreis drehten, und dann schleuderte sie der Bürgermeister kraft seines Amtes schräg nach links weg, obwohl das nicht seine politische Richtung war, woraufhin sie vor dem städtischen Optiker stand.

»Sie sehen fantastisch aus«, schrie dieser gegen den Krach an, den das städtische Unterhaltungsorchester jetzt machte, »ich hätte sie fast nicht erkannt! Und passt alles mit den Kontaktlinsen?« Eva schrie zurück, dass sie sich sehr gut fühle, seit sie die Brille nicht mehr hätte, und dann wurde rückwärts gegangen und im Kreis gedreht, wobei sie überlegte, ob sie dem Optiker noch mitteilen sollte, dass sie vierundzwanzig Kilo abgenommen hatte. Aber der Optiker war kurzsichtig, und da war die Sache mit dem Optiker auch schon wieder abgefrühstückt, denn Eva stand vor dem Metzger. Sie erkannte ihn nicht gleich, aber das machte nichts, denn der Metzger erkannte sie auch nicht, denn sie kaufte ja seit fünf Monaten nicht mehr bei ihm ein, von wegen die dicke Grobe ist in der Berufsschule. Deshalb sprachen sie auch nicht, während sie Hand in Hand vier Schritte vor und vier zurück gingen. Sie grinsten sich nur schief an, der Metzger schwitzte, aber das taten hier alle, und dann wirbelte der Metzger sie mit fleischigen Händen im Kreis herum, schleuderte sie nach links, wonach sie vor einem zwölfjährigen Jungen im Smoking stand, der logischerweise gar nichts sagte. Der Kleine schwitzte als Einziger nicht, er machte eher den Eindruck, als ob er fröstelte. Artig führte er sie vier Schritte vor und vier zurück, während ihm Eva ein mütterliches Lächeln schenkte, das er in keiner Weise erwiderte. Zum Glück stand sie schon bald darauf vor dem Fahrlehrer von Kerpen-Horrem, der heute gar keine Lederjacke anhatte, sondern einen Smoking.

Der schrie ihr zu, dass er sie fast gar nicht erkannt hätte, sie hätte sich ja halbiert, hahaha, kleiner Scherz, nichts für ungut, brüllte er beim Rückwärtseinparken, jetzt ist ja auch bald Ihre Tochter so weit mit Klasse drei, soll sisch rächtzätisch anmelden. Dann nahm er die Linkskurve, schleuderte sie mit achtzig Sachen von sich und bleckte seine Zahnkronen. Eva versuchte nicht zu stolpern und sah sich ihrem Gynäkologen gegenüber. »Sie sehen ganz anders aus«, rief sie ihm freundlich zu, genau wie der Metzger, dachte sie, wenn diese Burschen mal nicht mehr ihre weißen Kittel anhaben, dann kann man sie gar nicht mehr einordnen. Der Gynäkologe antwortete, dass auch sie sich total verändert habe, was er von der medizinischen Warte nur begrüßen könne, und dass er zu einem baldigen Besuch bei ihm rate, denn ein so rapider Gewichtsverlust könne auch Störungen im Zyklus nach sich ziehen. Während Eva lautstark beteuerte, dass bei ihr alles im grünen Bereich sei, wurde sie schon von den nächsten Männerhänden ergriffen und vier Schritte nach vorn geführt.

Die Hände fühlten sich bekannt an – bekannt und fremd zugleich, aber es war nicht ihr dicker alter Kumpel Oliver ... Sie riskierte einen Blick nach links, und da war sein Gesicht auch schon ganz nah an dem ihren. Er schleuderte sie im Kreis herum, sehr zielstrebig, und grinste irritiert. Er sah sich nach einer anderen um, die ihm winkte, sie verschwand gleich wieder in der Menge, er lachte. Er roch vertraut, aber sie hatte ein neues Parfüm, wie alles an ihr neu war, die Frisur, das Kleid, die Figur natürlich, selbst das Make-up, und sie hatte keine Brille mehr. Dann war er auch schon wieder weg und tanzte mit der nächsten.

Erst jetzt wurde Eva klar, dass es Leo gewesen war, mit dem sie getanzt hatte. Ihr eigener Mann hatte sie nicht erkannt.

Zwei Minuten später verließ eine völlig aufgewühlte Eva ohne sich zu verabschieden den Ball.

20

Claudia, mein Stern am Himmel, wie war dein Galaabend gestern? Was hattest du an? Mit wem hast du getanzt? Wer durfte dich anfassen? Ich stelle dich mir in jedem Traumkleid dieser Erde vor und kann dich immer nur wieder in die Fantasiewelt entschwinden lassen. Ich bitte dich, mein Herz nicht zu zerbrechen, sondern für immer festzuhalten. Willst du das, Claudia? Kannst du Verantwortung übernehmen für einen liebeskranken Mann? ☺ Du musst es tun, denn sonst bin ich verloren.

Zum ersten Mal im Leben habe ich Angst. Angst, dich zu verlieren, Claudia. Was ist nur mit mir los? Ich will dich festhalten, nie wieder loslassen. Und dann bist du plötzlich weg – habe ich dich zu fest gehalten? Früher war ich immer irgendwie erleichtert, wenn sich wieder eine Affäre von selbst erledigt hatte. Wenn eine Frau aus meinem Leben verschwand, ohne dass ich groß nachhelfen musste. Dann stand irgendwann die nächste da.

Aber mit dir ist das völlig anders. Bei dir habe ich Angst, zu klammern und dich zu zerdrücken. Angst, dich zu verlieren.

Aber ich flehe dich an, verschwinde nicht so einfach aus meinem Leben! Du bist die Erste, mit der alles so stimmig ist. Gestern Abend fühlte ich mich plötzlich so allein wie noch nie in meinem Leben! Du auf dieser Gala und ich am anderen Ende der Welt. Und dann habe ich mir ganz fest vorgestellt, ich wäre es, den du in den Armen hältst. Von da an ging es mir gleich besser.

Ich liebe dich und sehne mich nach dir, Claudia.

Danke, dass es dich gibt. Danke, dass du in mein Leben getreten bist.

Bitte habe den Mut und triff mich im September in New York. Bitte. Es ist wichtig. Wir dürfen es nicht aufschieben. Bei mir drängt die Zeit.

Immer Dein Mark

Für heute schicke ich dir diesen Kuss:

Ich-liebe-dich-Schoko-Soufflee

Zutaten für das Soufflee

3 Eier, 3 Eigelb, 100 g Kristallzucker, 150 g Butter, 150 g dunkle Kuvertüre, 50 g Mehl, 1 TL Maisstärke

Zutaten für die Sauce

300 g Waldbeeren, 1/8 l Rotwein, 2 EL Zucker

Physalis und Erdbeeren zum Garnieren

Eier, Dotter und Zucker über Wasserdampf schaumig schlagen. Dann die Rührschüssel vom Dampf ziehen und weiter schlagen, bis der Schaum Zimmertemperatur hat. Die Schokolade mit der Butter vorsichtig schmelzen und nicht zu heiß unter den Schaum rühren. Mehl mit Stärke in den Schokoschaum sieben und unterheben. Die Masse in eine gebutterte, gezuckerte Form füllen, ins heiße Wasserbad stellen und bei 200 Grad Heißluft 20 Minuten backen. Den Wein mit dem Zucker erhitzen. Beeren darin durchziehen lassen und auf Tellern anrichten. Das Soufflee aus der Form stürzen, auf die Beeren setzen und mit Staubzucker bestreuen.

Iss dich glücklich, meine Schöne!

»Hallo? Hier ist Eva Fährmann. Ist Oliver zu sprechen?«

»Ja, Moment. – Papaaaaa? Telefon!«

Es rauschte und knackte am Hörer, schließlich die vertraute Stimme des dicken Oliver.

»Hallo?«

»Ich bin's, Eva. Wie geht's dir?«

»Blendend, warum?«

»Ach, ich dachte nur.«

»Was dachtest du schon?«

»Wegen gestern Abend.«

»Was war denn gestern Abend?«

»Wir waren zusammen auf dem Abschlussball.«

»Ach ja?«

»Na ja, dann waren wir irgendwann nicht mehr zusammen auf dem Abschlussball. Ich meine ... Tut mir Leid. Ich musste weg.«

»Das ist mir gar nicht aufgefallen.«

»Ach nein? Du hast nicht gemerkt, dass ich plötzlich weg war?«

»Das war ja eine Bombenstimmung! Wie Karneval! Diese Tanzspiele haben es in sich, was? Selten so geschwitzt! Ich hab gestern sicher drei Kilo abgenommen. War bis zum letzten Tanz dabei!«

»Da hast du dich also bestens amüsiert.«

»Ja, klar. Du etwa nicht?«

»O ... doch. Klar. Natürlich.«

»Dann ist ja alles klar.«

»Ja.«

»Dann mach's mal gut.«

»Ja. Du auch.«

»Was machst du denn heute noch so?«

»Ich verbringe wohl den Tag mit meinem ... Na ja, da gibt es jemanden.«

»Ja, ich weiß.«

»Woher?«

»Joachim hat mir gesagt, dass du schwer verliebt bist.«

»Der blöde Kerl. Kann der nicht einmal seine Klappe halten? Na gut, dann weißt du es jetzt. Und du? Was machst du so heute?«

»Ehrlich gesagt bin ich gerade in sehr angenehmer Weise mit meiner Freundin beschäftigt ...«

»Du bist gar nicht allein?«

»Nicht wirklich, nein.«

»Sag das doch gleich, du blöder Idiot!«

»Ich wollte nicht so unhöflich sein wie du.«

Verärgert legte Eva auf. Er hat mich überhaupt nicht vermisst, dachte sie sauer. Und ich blöder Trampel entschuldige mich auch noch, dass ich einfach so abgehauen bin. Dabei hat er eine Frau da. Und ich störe ihn auch noch bei was weiß denn ich. So was Peinliches wäre Claudia Monrepos nie passiert.

Mein liebster Mark,

sitze wieder mal bei einem Glas Champagner auf meiner Dachterrasse mit Blick auf die Elbe und träume von dir.

Es ist Hochsommer, Mark, und Hamburg ist einfach wunderbar!

Gestern ist die Sonne erst um kurz nach zehn untergegangen. Als die Touristen auf der Reeperbahn aus den Theatern kamen, war noch Abendsonnenschein.

Auf der Elbe ziehen die Schiffe aufs Meer hinaus, und meine Gedanken folgen ihnen. Ja, vielleicht sehen wir uns bald.

Heute glaube ich sogar, dass es was wird mit dem Treffen im September. Solche Hochsommernächte laden zum Träumen ein.

Danke für deine offene Mail. Ich lese viel Verletzlichkeit daraus. Dass du dich so fallen lassen kannst! So viel Mut zur Ehrlichkeit habe ich noch nie bei einem Mann erlebt. Mir ging es bisher genau wie dir: Sobald mir eine Beziehung zu eng wurde, habe ich gehofft, dass der Mann sich in Luft auflöst oder in eine Pizza verwandelt ☺. Nichts fand ich bedrückender als klammernde Männer. Und davon hatte ich leider viele. Abends hat man Spaß mit ihnen, aber am Morgen danach sind sie so schal wie abgestandener, lauwarmer Schampus. Mit dir geht es mir zum ersten Mal im Leben anders. Vielleicht, weil wir uns so viel Zeit füreinander nehmen. Meinst du, ich gäbe dir so viel von meiner kostbaren Zeit, wenn du mir nichts bedeuten würdest? Das Gleiche denke ich von dir. Wir würden doch nicht so viel Zeit, Energie und Sorgfalt füreinander aufbringen, wenn uns die Sache nicht ernst wäre.

Mark, du schriebst schon mehrmals, dass man dich für weitere sieben Jahre verpflichten will. Ist das der Grund, warum du so darauf drängst, dass wir uns im September sehen? In diesem Fall habe ich eine wahnsinnige Verantwortung! Darüber möchte ich gar nicht nachdenken! Ich bin dir wichtig, das weiß ich, aber wichtiger als deine Karriere? Das macht mich einerseits glücklich, andererseits stürzt es mich auch in tiefe Angst. Wie kannst du deine Zukunft mit mir planen, wo du mich doch noch nie gesehen hast ... Sind wir nicht wahnsinnig, Mark? Manchmal denke ich, dass Mut und Wahnsinn ziemlich nah beieinander liegen! Ich mag heute nicht mehr nachdenken. Zwischen Seligkeit und Angst, zwischen Liebe und Zweifel verbleibe ich hoffnungsvoll

Deine Claudia

Mark Schubert. Der liebevollste, zärtlichste, respektvollste, begeisterungsfähigste Mann, den man sich als Frau wünschen kann. Er ist verletzlich, dachte Eva. Er hat Angst, der Realität ins Auge zu sehen, genau wie ich. Er steht an einem Wendepunkt in seinem Leben, das ist aus jeder seiner Zeilen herauszulesen. Er muss sich für weitere sieben Jahre entscheiden. Er ist einsam, er sucht nach einem neuen Sinn im Leben. Wir sind uns ähnlich, ohne uns je begegnet zu sein. Wir könnten Zwillinge sein.

Eva lief seit zwei Stunden durch den herrlichen Sommertag, und ihr Gedankenkarussell drehte sich immer schneller. Mark, dachte sie. Wir müssen uns entscheiden.

Wir haben beide eine Krise, und wir geben uns Halt. Wir sind gnädig miteinander, weil wir es offensichtlich beide nötig haben. Er vertraut mir, so wie ich ihm vertraue. Aus dem Nichts haben wir eine Beziehung aufgebaut, die eigentlich keine ist. Und dieser Tatsache muss ich jetzt ins Auge sehen.

Eva lief und lief, sie merkte gar nicht, wo sie war. Hin und her gerissen zwischen Mut und Verzweiflung ließ sie sich immer weiter treiben, horchte in sich hinein. Ich liebe ein Phantom, dachte sie.

Nun ist es an der Zeit, wieder am wahren Leben teilzunehmen. Ich bin jetzt fast am Ziel, bin wieder schlank und fühle mich jung. Ich muss wieder unter Leute. Unter richtige, real existierende Leute. Der gnädige blinde Computer hat mir über die schlimmste Zeit hinweggeholfen. Danke, Mark. Du warst ein Himmelsgeschenk.

Ich werde ihn nicht zerstören, er muss mit einem blauen Auge aus dieser Sache herauskommen, dachte Eva, und ich auch. Wir haben uns jetzt ein halbes Jahr lang täglich geschrieben. Jetzt gilt es, elegant die Kurve zu kriegen und der Angelegenheit ein sanftes Ende zu bereiten. Mark, ich muss wieder realistisch sein. Ich muss aufhören zu träumen. Und du auch. Dein Leben ist das Meer, und meines ist Quadrath-Ichendorf. Ich darf ihm keine weiteren Flausen mehr in den Kopf setzen, dachte Eva plötzlich. Ich habe Verantwortung für ihn übernommen, ganz schleichend, und auf einmal hat er sich mir komplett ausgeliefert.

Ich habe das genossen, weil ich ihn brauchte. Aber ich darf nicht mit ihm spielen, dazu ist er als Mensch zu wertvoll. Mein angeschlagenes Ego hat er wieder aufgebaut, und ich vielleicht seines. Was auch immer mit ihm los war; es geht ihm wieder gut.

Aber seine berufliche Zukunft darf er wegen mir nicht infrage stellen.

Ich antworte ihm einfach nicht mehr. Das habe ich schon ein paarmal gemacht. Er leidet dann zwar wie ein Hund, aber besser ein Ende mit Schrecken als ein Schrecken ohne Ende. Ich muss es nur durchhalten. Diesmal halte ich es durch. Ich muss es durchhalten, dachte Eva verzweifelt, das schulde ich Mark. Er muss seinen Weg gehen. Und ich meinen. Am besten, ich benutze diesen Computer nicht mehr. Leo soll den Computer mitnehmen. Dann ist er weg.

Mark wird es kapieren. Eines Tages gibt er auf.

Ich bin jetzt stark genug, um allein weiterzuleben.

Oder? Was ist nur los mit mir, dachte Eva, während sie irgendwo am Ende der Welt, wie ihr schien, am Rheinufer stehen blieb und auf das glitzernde Wasser schaute.

Liebe ich ihn etwa? Dann hat er die Freiheit verdient.

Dann werfe ich die Flaschenpost jetzt ins Meer zurück.

Lieber Mark,

die anstrengende Modesaison neigt sich dem Ende zu. Die Arbeit war hart und hat mich viel Kraft gekostet, aber ich bin fast am Ziel. Wieder sitze ich auf meiner Dachterrasse und sehe den Elbkähnen nach, die sich schwer und träge durch das Wasser schleppen. Sie alle fahren hinaus aufs Meer, hinaus in die Freiheit.

Freiheit, Mark, das ist ein Wort, über das ich in letzter Zeit wieder viel nachdenke. Ist es nicht so, dass du und ich längst nicht mehr frei sind? Wenn ich heute Abend in Hamburg ausgehe und mich mit Freunden treffe, dann habe ich dir gegenüber fast schon ein schlechtes Gewissen. Ich habe das Gefühl, dich zu betrügen und dir etwas zu nehmen, das dir bereits gehört – nämlich mich.

Auch denke ich daran, dass du vielleicht gerade an Bord der »MS Champagner« mit einer allein reisenden Dame tanzt oder mit ihr an der Reling stehst, Champagner trinkst und lachst, und dann gibt mir das einen Stich ins Herz.

Ich habe jetzt, wo die Arbeit ein wenig nachlässt, viel Zeit zum Nachdenken, Mark. Aber das Denken an dich behindert auch meine Kreativität, und das ist nicht gut für meine berufliche Zukunft. Wir haben uns zu abhängig voneinander gemacht.

Manchmal denke ich, wir könnten uns genauso anonym voneinander verabschieden, wie wir uns kennen gelernt haben, und das sage ich nicht, um dir wehzutun.

Du hast eine großartige Karriere vor dir, Mark. Der darf ich mich nicht in den Weg stellen! Bitte klammere dich nicht an eine tolle, schöne Frau, die du im September in New York triffst!

Vielleicht sollten wir einfach dankbar sein für die wunderschönen sieben Monate, die wir miteinander hatten? Du hast mir viel Kraft gegeben, Mark, viel Halt und einen neuen Sinn in meinem damals so oberflächlichen, leeren Leben.

Ich wünschte, wir könnten so weitermachen wie bisher.

Aber wir müssen beide vernünftig sein, und jeder muss seine eigene Zukunft im Auge behalten. Es war schön, zu träumen, Mark. Aber wir sind zwei erwachsene Menschen, und aus einem Traum muss man auch irgendwann aufwachen!

Ich will dir und deiner Freiheit nicht im Weg stehen, Mark. Du bist es gewöhnt, um die Welt zu reisen. Ich passe nicht in dein Leben, Mark. Geh deinen Weg. Du wirst immer in meinem Herzen sein. Ich danke dir für die wunderbare, aufregende Zeit.

Versuch, mir nicht mehr zu schreiben.

Glaub mir, es ist besser so.

Immer deine Claudia

»Ihr habt es geschafft! Heute ist der letzte Tag! Und, war es so schlimm?«

»Nicht schwer, aber immer leichter«, rief Sabine glücklich. Daraufhin begann ein allgemeines Umarmen. Die Gruppe hatte zusammengehalten wie Pech und Schwefel.

»Ich werde euch alle vermissen«, sagte Brigitte und wischte sich die Augenwinkel. »Wir haben einiges miteinander durchgestanden.« Sie drückte Eva an sich. »Und du läufst mir noch den Marathon! Ich glaube fest an dich!«

Eva versuchte, ihre Tränen zurückzudrängen. Ihr ging es miserabel, doch sie wusste, dass sie richtig gehandelt hatte, was Mark anbelangte. »Klar«, lächelte sie. »Was, dicker Oliver? Wir zwei schaffen das.« Der grinste schief. »Wenn Brigitte meint ...«

»Na klar! Oder bist du einer, der mittendrin aufgibt?«

Eva versuchte, ihren Laufkumpel zu umarmen, aber irgendwie ging die Sache ins Leere. Oliver schien auch nicht gut drauf zu sein. »Ich hab gerade das Gegenteil gelernt«, murmelte er.

Jetzt heulte auch noch Cordula los, und Joachim putzte sich die Nase.

Dagmar lachte. »Was ist denn los, ihr Tränensäcke? Heult ihr euren Pfunden nach?« Sie schaute Eva herausfordernd an.

»Nein, aber mir geht es privat nicht gut«, sagte Eva leise. »Ich will aber nicht darüber reden.«

»Mir geht's auch beschissen«, heulte Cordula. »Ich hab gedacht, ich könnte meine Ehe retten, aber ich kann's nicht.«

»Nein, dazu ist zu viel vorgefallen«, sagte Joachim. »Aber das gehört nicht hierher, oder?«

Oliver verhielt sich merkwürdig still, während Sabine, Elisabeth und Dagmar aufgekratzt kicherten. »Wir feiern natürlich mit Champagner!« Dagmar ließ die Korken knallen und reichte die Gläser herum.

»Danke, für mich nicht«, sagte Oliver. »Ich will gleich noch laufen.«

»Für mich im Moment auch nicht«, schloss sich Eva an.

»Warum nicht? Wegen der Kalorien?«

»Ich steh im Moment nicht so drauf.« Eva zog sich der Magen zusammen, wenn sie an Champagner dachte. Champagner war Mark.

Brigitte reichte jedem ihrer noch verbliebenen Schützlinge strahlend die Hand. »Moppel, ich bin stolz auf euch!«

»Ohne dich hätten wir es nicht geschafft!«

»Cordula: dreiundzwanzig Kilo, Joachim: fünfundzwanzig Kilo. Ihr habt beide durchgehalten und solltet euch noch mal in Ruhe überlegen, ob ihr nicht doch sehr gut zusammenpasst«, meinte Brigitte. »Ein Ehepaar, das einen Zentner Altlasten gemeinsam wegarbeitet, hat doch noch eine Zukunft!«

Die anderen lachten und klopften ihnen auf die Schulter.

»Die sichtbaren Altlasten sind weg«, sagte Joachim. »Aber die unsichtbaren kann man sich nicht abhungern.«

»Ach, jetzt lasst doch mal eure alten Kamellen außen vor«, meinte Elisabeth heiter. »Wir haben alle mit unserem alten Leben aufgeräumt!«

»Ihr zwei Streithähne habt hier echt dafür gesorgt, dass es nicht langweilig geworden ist«, rief Sabine. »Und außerdem passt ihr so toll zusammen, dass ich mir das mit dem Ausziehen noch mal überlegen würde.«

»Joachim geht sowieso«, sagte Cordula. »Die Reederei hat ihm wieder einen Job angeboten. Bis jetzt hat er immer noch gezögert, ob er ihn annehmen soll, aber gestern hat er gesagt, er macht es, die Entscheidung ist gefallen.«

Eva gefror das Blut in den Adern. Gestern? Da hatte sie Mark geschrieben, dass er sich frei fühlen sollte, frei für ...

»Das musst du hier doch nicht rumposaunen, blöde Kuh!«

»Du hast doch mit dem Rumposaunen angefangen, du Idiot!«

Die beiden stritten schon wieder, und Brigitte beeilte sich, ihre anderen Schützlinge auszuzeichnen.

»Dagmar! Vierundzwanzig Kilo! Super! Das macht wohl dein Brieffreund, was? Oliver: achtundzwanzig Kilo! Eva: ebenfalls achtundzwanzig Kilo!«

Oliver grinste Eva an. »Das kommt vom Tanzen!«

»Und vom Marathontraining!«, gab Eva zurück.

»Unser neues Liebespaar«, konnte es sich Joachim nicht verkneifen. Cordula zeigte ihm einen Vogel.

Eva schüttelte genervt den Kopf. Oliver reagierte ebenfalls sauer: »Kannst du nicht einmal deine Klappe halten, Idiot?«

»Wenn ich überhaupt einen Marathon laufen würde«, meinte Joachim lapidar, »dann im September in New York. Da bin ich nämlich sowieso vor Ort.«

»New York?«, fragte Eva wie elektrisiert. »Im September?«

»Was willst DU denn in New York?«, fragte Oliver verächtlich.

»Da sitzt die Reederei«, meinte Cordula beiläufig. »Vom Pier sechzehn geht's los in die weite Welt. Hab mir schon überlegt, ob ich auch wieder mitfahre, als Hausdame ...«

»Halt dich bedeckt«, warnte Joachim. »Du oder ich. Das war so abgemacht. Einer behält die Wohnung, und der andere geht wieder aufs Schiff.«

Bevor Eva noch weitere Fragen stellen konnte, war sie schon von Dagmar und Sabine umringt. »Also einen Halbmarathon trauen wir uns auch zu, was meinst du, Brigitte? Wir lassen Eva und Oliver doch nicht allein da rumzockeln! Das ziehen wir jetzt zusammen durch ...«

»O.K.«, rief Brigitte. »Das ist ein Wort. Heute in einer Woche laufen wir unseren ganz privaten Halbmarathon. Das wird ein wundervoller Abschluss sein.«

Es war Hochsommer, und sie hatten es geschafft. An ihrem großen letzten Tag, auf den sie alle hintrainiert hatten, lagen die grünen Wiesen ausgebreitet vor ihnen wie ein weicher duftender Teppich, und die Vögel jubilierten, als hätte Beethoven eigens für sie eine Symphonie komponiert. Eva fühlte sich völlig leer.

Mark hatte nicht mehr geantwortet. Ein Stück weit war sie darüber erleichtert, aber im Grunde brach es ihr das Herz.

»So, ihr Lieben. Geht es locker an.« Brigitte sah auf die Uhr. »Jetzt ist es halb elf. Ich schätze, dass wir uns alle zwischen eins und zwei zu einem gemütlichen Imbiss hier auf der grünen Wiese wiedertreffen. Viel Spaß, und genießt eure neue Leichtigkeit. Na dann los, Moppel. Denkt an den moderaten Puls!«

Dagmar und Sabine plauderten, als gingen sie gerade zusammen zum Einkaufen, während sie sich locker in Bewegung setzten. Eva hörte Dagmar sagen: »Mein Internet-Lover ist Verleger in Brasilien, ein ganz hohes Tier, sage ich dir, und jetzt möchte er, dass ich ihn in Rio treffe, auf dem Corcovado. Und das mache ich auch, jetzt, wo ich so schlank geworden bin.« Eva starrte ihnen nach. Ihre Beine waren wie Blei.

Joachim und Cordula zogen streitend an ihr vorbei.

»Wer sagt denn, dass ich dich mitnehmen will nach New York? Da gibt's auch schöne Frauen!«

»Gib mir doch noch eine Chance! Ich liebe dich doch!«

»Ja, das hast du mir bewiesen. Vielen Dank!«

»Hallo! Spart euch die Puste für die einundzwanzig Kilometer! Mein Gott, wo nehmen die nur die Kraft zum Streiten her!« Brigitte schüttelte den Kopf. »Szenen einer Ehe ...« Sie lief mit Elisabeth los. »Eva? Wartest du auf den Zug?«

Eva sah sich irritiert um. Da stand nur noch Oliver, der sich umständlich seine Laufschuhe zuschnürte. So, als hätte er alle Zeit der Welt, der gutmütige Trottel.

»Läufst du mit mir, dicke Eva?«, fragte er. »Oder schubst du mich in den Rhein?«

»Mann, Oliver. Heute bring ich dir kein Glück. Häng dich an jemand anders«, meinte Eva und trabte los.

»Alles klar?«, schrie Brigitte ihnen nach. »Ihr könnt die Sache ruhig mal ein bisschen ernst nehmen!«

»Stell schon mal das Bier kalt, Schwester Oberin!«, schrie Oliver zurück.

»Schwester Oberin?«, fragte Eva.

»Die soll ihre Feldwebelmanieren mal vergessen«, sagte Oliver. »Irgendwann ist auch mal Schluss mit der ewigen Herumkommandiererei.«

»Mit Streicheleinheiten hätten wir es nicht geschafft«, gab Eva zurück.

Dann liefen die beiden erst mal eine Weile schweigend nebeneinander her. Eva dachte an Mark, wie immer, wenn sie lief. Das muss ich mir jetzt abgewöhnen, nahm sie sich selbst in die Mangel.

Er respektiert mich. Das ist großartig von ihm. Ich habe es so gewollt. Er hat es verstanden. Es ist besser für uns beide.

Mark hatte tatsächlich nicht mehr geantwortet. Seit mehr als einer Woche nicht mehr.

Eva lief automatisch, wie sie nun seit Monaten lief. Sie fühlte sich leicht wie eine Feder und gleichzeitig schwer wie Blei.

Ich bin wieder frei, versuchte sie sich selbst aufzurichten. Es war herrlich, durch die milde Luft zu laufen, immer am Rhein entlang. Bunte Boote, die am Ufer vertäut waren, schaukelten friedlich vor sich hin. Die ehemaligen Moppel ließen die Häuser hinter sich, die Straßen und Brücken. Die anderen Läufer hatten sich inzwischen verteilt – sie war mit Oliver allein. Wie gut, dass er die Schnauze halten konnte.

Sie passierten Wiesen, auf denen Schafe weideten. Ein alter Schäfer, der sich auf seinen Stock stützte, winkte ihnen anerkennend zu. Ich schaffe es, dachte Eva. Ich schaffe es wirklich. Ich laufe einen Halbmarathon. Sie atmete gleichmäßig und lief bewusst langsam. Zum Glück schien auch Oliver keinen Geschwindigkeitsrekord aufstellen zu wollen. Sie hatten beide einen sehr moderaten Puls. Nach einer Weile brach Oliver das Schweigen.

»An wen denkst du, dicke Eva?«

»An ... jemanden. Den ich sehr gern hab. Aber es ist vorbei. Ich möchte nicht drüber reden, sonst heule ich los.«

»Tut mir Leid für dich, dicke Eva. Ich hatte mich echt mit dir gefreut.«

»O.K., Themawechsel.« Eva fühlte schon die Tränen aufsteigen und kämpfte mit aller Macht dagegen an.

»Erzähl mir von dir und deiner Freundin, das lenkt mich ab.«

»Oh, uns geht es ausgezeichnet«, sagte Oliver. »Meine Tochter ist auch völlig begeistert von ihr.«

Nanu, dachte Eva. Hat Leonie mir nicht gesagt, dass Franzi sie als Tussi bezeichnet? Aber das werde ich dem naiven, gutmütigen Oliver besser nicht unter die Nase reiben. Sonst heulen wir hier beide. So plauderten sie über die Töchter, die nun schon den zweiten Tanzkurs besuchten und in der zweiten Hälfte der Sommerferien gemeinsam mit Leo und Svenja verreisen wollten.

»Macht dir das nichts aus, dicke Eva?«

»Nein. Ich bin mit Leo fertig. Die Sache mit ... Dieser andere Mann ... Also für den hatte ich so starke Gefühle wie für Leo nie. Aber mehr möchte ich dazu nicht sagen. Was machst du denn in den Sommerferien, wenn Franzi weg ist?«

»Keine Ahnung. Ich muss jedenfalls ausziehen, meine Vermieterin geht mir total auf den Geist.«

Eva sah zu Oliver hinüber. »Wieso?«

»Ich muss lauter Hausmeisterarbeiten für sie verrichten. Sie meint immer, ich sei doch ein starker Kerl, und so muss ich den Rasen mähen, den Müll raustragen, das Auto waschen und die Fenster putzen ... Letzte Woche habe ich den Zaun neu gestrichen.«

»Du bist aber ein supernetter Untermieter. So einen kann man sich nur wünschen!«

»Dafür zahle ich keine Miete. Und habe mit Franzi ein Dach über dem Kopf.«

Ein großer Ausflugsdampfer zog vorbei, Musik tönte zu ihnen herüber, und die Leute tanzten an Deck. Manche winkten. Eva winkte zurück.

Sofort waren ihre Gedanken wieder bei Mark. Ob ich den jemals vergessen kann?, fragte sich Eva. Aber sie zwang sich, sich wieder auf Oliver zu konzentrieren.

»Einen Hausmeister könnte ich auch gebrauchen«, sinnierte Eva so vor sich hin. »Seit Leo weg ist, verkommt so manches.«

»Wenn du mit deinem Haushalt so umgehst wie mit deinem Computer, dann würde ich sagen, ja, du brauchst dringend einen Mann im Haus.« Oliver lachte. »Für dich würde ich auch viel lieber arbeiten als für meine Schwester.«

»Ach, da macht dir deine Schwester Stress ...«

Oliver schien selbst verwundert zu sein über die Worte, die ihm da aus dem Mund gekullert waren.

»Joachim geht ja nun wieder aufs Schiff«, sagte er übergangslos.

»Und das ist gut so, wenn du meine Meinung hören willst. Cordula soll froh sein, dass sie ihn los ist«, schnaubte Eva. »So ein Kotzbrocken.«

»Ihre Ehe steckt wirklich in einer Sackgasse«, gab Oliver ihr Recht. »Aber Joachim ist nicht allein schuld.«

»Ihr habt euch sicher viel unterhalten, da ihr die einzigen beiden Männer in der Gruppe seid ...?« Das ist jetzt Tratsch, dachte Eva, und ich hatte mich doch sieben Monate lang toll da rausgehalten.

Aber einundzwanzig Kilometer sind lang, und nun rennen wir halt zusammen. Außerdem sehe ich die alle ja gar nicht wieder.

»Allerdings. Joachim war Maître de Cuisine auf einem Fünf-Sterne-Schiff. Amerikanische Reederei mit Sitz in New York.«

»Ja«, sagte Eva mechanisch. Ihr Puls schnellte in die Höhe.

»Cordula hat da früher als Hausdame gearbeitet.«

»Als Hausdame??«, fragte Eva überrascht.

»Dann war Cordula irgendwann arbeitslos und blieb zu Hause. Da hat sie sich den ganzen Frust angefressen. Der schöne Joachim war damals noch schlank. Er zog weiter mit seinem Schiff über die Weltmeere und hatte wohl auch seinen Spaß mit allein reisenden Damen.«

»Ja, das kommt mir alles sehr bekannt vor ...« Eva bekam schon wieder weiche Knie und geriet ins Stolpern.

»Geht's?«, fragte Oliver. »Jedenfalls hat Cordula dann anonym Anzeige gegen ihren Mann erstattet, wegen Diebstahls von Schmuck und höheren Geldbeträgen. Er verlor daraufhin seinen Job und saß ein paar Wochen in U-Haft.«

»Cordula hat ihn angezeigt?«

»Ja. Dann hat sie ihn im Gefängnis täglich besucht und ihn regelrecht gemästet.«

»Wie die Hexe den Hänsel?« Eva konnte es nicht fassen. »Dann ist Cordula krank vor Eifersucht!«

»Als Joachim wieder draußen war und sich seine Unschuld herausgestellt hatte, war er den Job erst mal los. Aber er hat sich wieder beworben, und Cordula auch ...«

»Das erklärt so manches!« Eva wäre fast stehen geblieben, und Oliver sah sich fragend nach ihr um. »Geht's noch?«

»Woher weißt du das alles?« Die Neugierde trieb sie voran.

»Von Brigitte.«

Eva fröstelte, obwohl ihr vom Laufen heiß war.

»Glaubst du, dass Joachim zwei Gesichter hat?«

»Ich glaube eher, dass Cordula nicht ganz dicht ist«, sagte Oliver. »Die ist zu allem fähig.«

Eva lauschte ihrem eigenen gleichmäßigen tiefen Atem. Sie sahen am Horizont bereits die Rheinbrücke, über die sie wieder zurücklaufen sollten. Waren sie schon über zehn Kilometer unterwegs? Hatten sie etwa schon die Hälfte rum? Sie schauten beide gleichzeitig auf die Uhr. »Eine Stunde, drei Minuten«, sagte Oliver. »Für Moppel ein guter Schnitt.«

Sie erreichten die Brücke, liefen eine Weile schweigend nebeneinander her. Es ging bergauf, der Verkehr umtoste sie. Dann waren sie auf der anderen Seite angelangt und nahmen den Rückweg in Angriff. Die Amseln pfiffen unermüdlich immer den gleichen Schlachtruf. Der Verkehrslärm wurde leiser.

Schließlich waren sie wieder mitten in den satten Wiesen.

»Seit wann lebst du schon mit deiner Tochter bei deiner Schwester?«, nahm Eva den Gesprächsfaden wieder auf.

»Franzi ist gar nicht meine leibliche Tochter. Aber ich liebe sie wie mein eigenes Kind.«

»Du bist nicht ihr Vater?«

»Als ich meine damalige Frau traf, war Franzi schon drei. Ich habe sie adoptiert. Dann waren wir elf Jahre lang mehr oder weniger eine Familie, aber ich war beruflich viel unterwegs, und Vera hatte inzwischen jemand anderen kennen gelernt.«

»Du hast ihr Kind großgezogen?«

»Sie wollte lieber bei mir bleiben. In der Pubertät gibt es zwischen Müttern und Töchtern manchmal Reibereien.«

»Wem sagst du das ...«

»Vor einem Jahr ist Vera dann gestorben.«

»Oh ...«

»Sie ist mit ihrem neuen Mann im Auto verunglückt.«

»Oliver, das wusste ich ja alles gar nicht ... Franzi hat nie darüber geredet! Sie ist ja ziemlich verschlossen.«

»Deshalb bin ich mit ihr auch so lange bei meiner Schwester geblieben. Ich habe mich sofort nach Veras Tod vom Job suspendieren lassen, um bei Franzi zu sein.«

Eva schwieg. So ein tiefes Wasser war also der dicke Oliver.

»Jetzt gibt es wieder eine neue Frau in meinem Leben, aber ich möchte behutsam vorgehen.«

»Ja. Das solltest du. Franzi hat ja schließlich einiges hinter sich.«

Besorgt dachte Eva an die »Tussi« und dass es Oliver da schwer haben würde. Das arme Kind.

»Weißt du, wen sie mag? Dich!«

»Ich mag sie auch. Leonie und Franzi sind ja wie Schwestern ...«

Sie überquerten eine kleine Brücke, die den Nebenfluss überspannte. Die Holzplanken federten unter ihren Füßen, es war ein Gefühl, als ob sie schwebten.

»Wir waren eben beim Thema Hausmeister«, sagte Oliver unvermittelt. »Ich kann putzen, kochen, waschen, aufräumen, Rasen mähen, Zäune reparieren, Müll trennen, Garage und Autos in Schuss halten, Swimmingpool warten ... da würde ich gern mein Unwesen treiben, auf dem Anwesen ...«

»Ich bräuchte dringend einen starken Mann ...« Eva wusste nicht, warum sie das sagte. »Aber nur fürs Grobe.«

»Ja klar. Botschaft angekommen. Zweckgemeinschaft. Keine weiteren Interessen.«

»Das Apartment von Svenja steht leer ... Es hat einen separaten Eingang und ein eigenes Bad.«

Soll ich das wirklich riskieren?, dachte Eva. Den dicken Oliver mitsamt Tochter ins Haus holen?

Andererseits: Er braucht meine Hilfe. Und Franzi auch. Außerdem starre ich dann nicht dauernd auf den Computer, wenn wieder Leben im Haus ist. Vielleicht denke ich dann nicht mehr so viel an Mark.

»Die Kinder werden sich wahnsinnig freuen ...«

»Versuchen wir's. Wenn es nicht funktioniert, kann ich ja wieder zu meiner Schwester ziehen!« Oliver lachte irgendwie befreit.

»Hallo, ihr zwei! Das sollte hier aber keine Kaffeefahrt werden!«, schrie Brigitte, die ihnen mit dem Fahrrad entgegenkam. »Bewegt euren Hintern! Die anderen sind schon alle im Ziel!«

Claudia, meine Seele,
die Freudenschreie aus Neuseeland müssen bei dir in Hamburg zu hören sein!

Ich kann es gar nicht fassen – du hast mir wieder geschrieben!

Natürlich wusste ich, dass du nur Zeit zum Nachdenken brauchst, und die habe ich dir gegeben. Nichts ist ätzender, als von einem Partner bedrängt zu werden: Eifersucht und Besitzanspruch sind der Tod einer jeden Liebe.

Ja, meine Liebste, ja! Ich liebe dich! Wie konntest du annehmen, ich würde mich »frei« fühlen ohne dich! Obwohl ich immer daran geglaubt habe, dass du dich wieder melden wirst, bin ich gerade aus allen Wolken gefallen vor lauter Freude. Meine Güte, Claudia, ich habe geweint! Die Hausdame hat sich gerade diskret verzogen ... ihr Chef in Tränen aufgelöst ... Es waren zehn fürchterliche Tage ohne dich! Bitte, liebstes Weib! Tu das nie wieder! Ich glaube an uns, an unsere Zukunft, an unser Leben – und ich glaube nach wie vor ganz fest an New York!

Deine Mail! Ich habe sie bestimmt zehnmal gelesen. Du kommst also nach New York! Du willst Klarheit haben. Das ist wunderbar! Die Kollegen fragen mich schon, warum ich ständig vor mich hin pfeife! Das bist du, Claudia! Es ist, als ob nach zehn Tagen Regenwetter wieder die Sonne scheint ... Aber du hast mir Zeit zum Nachdenken gegeben, Claudia, und ich habe nachgedacht. Auch mich beschleichen zwischendurch immer wieder Zweifel, ob das alles gut und richtig ist, was wir da tun. Aber man sieht nur mit dem Herzen gut. Und dein Herz hat auch während dieser zehn stillen Tage mit mir gesprochen; ich habe zugehört und viel verstanden.

Wir werden uns in die Augen sehen, und dann wird eine Antwort da sein. Du bist die freundlichste, herzlichste und liebevollste Frau, die je mit mir gesprochen hat. Ich kann mir keine vorstellen, die ich lieber haben könnte.

Es kann gar nichts schief gehen! Ich habe neue Kraft gefunden! Nie hätte ich gedacht, dass ich so lange durchhalten kann! Aber es gibt ein Ziel, und das werde ich erreichen. Das Ziel bist du.

Zweifle nicht daran, dass wir füreinander bestimmt sind!

Was beruflich aus uns wird, werden wir dann sehen. Es gibt einen Zeitpunkt im Leben eines jeden Menschen, da ist die Liebe wichtiger als die Karriere.

Ich zähle die Tage und Stunden, bis wir uns in New York sehen. Es ist noch unklar, wann die »MS Champagner« dort in den Hafen einläuft. Pier sechzehn. Je nach Wind und Wetter.

Aber es ist klar, dass ich in deinen Hafen einlaufen werde.

Am anderen Ende der Welt bin ich dir nahe wie nie zuvor.

In ewiger Liebe,

dein Mark

21

Die Leute sprachen von einem Jahrhundertsommer. Sonnenschein und Hitze hielten schon über zwei Monate an. Man tummelte sich an den umliegenden Baggerseen, die Freibäder waren überfüllt. Die Vögel brüteten schweigend und versteckten sich im Schatten der Bäume. Der kleine Seerosenteich neben der Auffahrt des Fährmannschen Anwesens war mit Blütenstaub bedeckt, und ein Gärtner, den Leo Fährmann nicht kannte, machte sich an den Rosenbeeten zu schaffen.

Leo Fährmann zog es wehmütig das Herz zusammen, als er langsam die Kiesauffahrt herauffuhr. Dies alles hier hatte er aufgegeben, als er vor acht Monaten zu Svenja nach Hamburg gezogen war.

Heute war Leo gekommen, um Leonie für die gemeinsamen Sommerferien abzuholen. Diesmal ging's nach Mauritius – zum Tauchen. Svenja hatte darauf bestanden. Seine Mädels waren anspruchsvoll, die wollten was erleben! Darüber hinaus wollte Leonie unbedingt noch ihre Freundin mitnehmen, die Franzi hieß und schon sechzehn war. Leo konnte sich dem nicht widersetzen; ihre Ansprüche waren enorm gestiegen. Das würde eine teure Angelegenheit werden, dachte Leo, mit drei Weibern in Mauritius! Die werden sich nicht damit begnügen, im Liegestuhl zu liegen und ein Buch zu lesen. Die wollen tauchen und schnorcheln und Tennis und Golf spielen und Motorräder leihen und abends in die Disco und was weiß ich noch alles, und dann schleppen sie Jungs an, und ich muss für alle bezahlen. Hoffentlich wollen sie nicht auch noch ständig neue Klamotten. Andererseits werde ich neidische Blicke ernten, dachte Leo, wenn ich mit drei jungen Damen daherkomme, und das soll mir der Spaß wert sein. Mit Eva konnte ich nie einen Staat machen.

Es hat sich nicht viel verändert, dachte Leo Fährmann, seit ich hier ausgezogen bin. Es blüht und duftet, und das Haus liegt im tiefen Sommerfrieden wie jedes Jahr. Sicher liegt Eva irgendwo im Liegestuhl und liest einen Cornwall-Roman. Vielleicht gibt's Kuchen.

Der Gärtner richtete sich auf, als Leo aus dem Wagen stieg. Ein großer, kräftiger Mann, Anfang vierzig, in zünftiger Arbeitskleidung: Jeans mit Hosenträgern und ziemlich abgetragene Turnschuhe. Die Ärmel des hellblauen Hemdes hatte er lässig hochgerollt, auf dem Kopf trug er eine Schirmmütze. Er war das, was man weitläufig als gut aussehend bezeichnet. Leo hatte ihn noch nie gesehen.

»Guten Tag«, grüßte Leo den Mann im Vorbeigehen. »Ist die Chefin zu Hause?«

»Eva treibt sich irgendwo hinten bei den Kirschbäumen rum«, antwortete der Gärtner.

Wieso duzte der Kerl seine Frau? Und was für ein unpassender Ton: treibt sich rum! Unwillig betrat Leo das Haus. Kühle Stille schlug ihm wohltuend entgegen, so wie früher, wenn er aus dem Lärm der Stadt nach Hause gekommen war. In den leichten Duft von frischen Blumen mischte sich ein Hauch von Bohnerwachs. Leos Unterbewusstsein schaltete sofort auf »Erinnerung«. Er versuchte, das wehmütige Gefühl zu ignorieren, das in ihm hochkroch.

Vor dem Garderobenspiegel standen zwei Dutzend gelber Rosen, Evas Lieblingsblumen. Ein alter Mann mit unfreundlichem Gesicht sah ihm aus dem Spiegel entgegen: er selbst.

In der Halle neben dem Kamin hingen duftende Kränze, und eine Bodenvase bog sich unter der fülligen Pracht von sattgelben

Sonnenblumen. Die ganze Vorhalle leuchtete in sommerlicher Frische. Gelb war Evas bevorzugte Farbe, sie liebte es, alles sonnig erscheinen zu lassen. Aus der Küche drang schwach der Duft eines selbst gebackenen Kuchens: Es roch nach Zimt und Vanille. Es war verdammt noch mal wie früher.

»Sie hat immer noch nichts anderes zu tun«, murmelte Leo, als er durch die Halle in Richtung Küche schritt.

Dort stand ein junges Mädchen, das er noch nie gesehen hatte, und belegte den duftenden Tortenboden gerade mit frischen Erdbeeren. Sie hatte rote Locken und Sommersprossen.

Aha, dachte Leo. Frischer Wind im Haus. War das etwa eine neue Svenja?

»Hi, ich bin Franzi«, grinste das junge Mädchen und wischte sich die Hände an ihren Jeans ab, bevor sie ihm beherzt die Hand schüttelte. »Freu mich schon voll auf Mauritius! Das wird krass!«

»Ja, das fürchte ich auch«, sagte Leo. »Wo ist meine Frau?«

»Wenn Sie Eva meinen, die ist beim Kirschenpflücken«, sagte die kesse Franzi munter. Offensichtlich war sie hier zu Hause.

»Kriege ich auch ein Stück davon?«, fragte Leo in gespielt neckischem Ton. Das hübsche Ding gefiel ihm. »Aber bitte mit Sahne!«

»Sahne haben wir leider nicht im Haus«, sagte Franzi bedauernd. »Wir leben hier alle voll gesund.«

Leo glaubte, sich verhört zu haben. Eva und keine Sahne im Haus? Und wer war überhaupt »alle«? Kopfschüttelnd verließ er die Küche und wanderte in den hinteren Garten hinaus.

Dort traute er seinen Augen kaum: Im Kirschbaum, hinten bei den Tennisplätzen, hing eine schlanke junge Frau mit halblangen blonden Haaren, in engen Jeans und einem rot-weiß gepunkteten T-Shirt. Sie sah ziemlich sexy aus. Waren das nicht Svenjas Klamotten, jene, die sie seit ihrem Auszug vermisste?

Wenn er nicht genau gewusst hätte, dass Svenja am Flughafen wartete, würde er glauben, sie hinge da in diesem Baum.

»Hallo Leo, schön dich zu sehen.« Eva sprang ihm vor die Füße. Ihre Wangen waren gerötet, sie hatte sich schwarzroten Kirschsaft an die Stirn geschmiert. Lässig kaute sie auf einem Kirschkern herum. Wie im Cornwall-Roman. Genau so. Und er war der charakterlich Bedenkliche, während der Held hinten in den Rosenrabatten herumhantierte.

Leo starrte sie an wie vom Donner gerührt.

»Eva! Ich hätte dich kaum erkannt! Du siehst ... fantastisch aus! So ... jung!«

»Danke, das höre ich in letzter Zeit oft. Dafür siehst du ziemlich ... mitgenommen aus. Lange Fahrt, was? Willst du vielleicht was trinken?«

Eva strich sich eine Haarsträhne aus dem Gesicht, woraufhin der Kirschfleck noch größer wurde. Leichtfüßig lief sie vor ihrem Exmann her. »Leonie ist gleich fertig, sie sucht nur noch ihren Tennisschläger, und Franzi ist auch schon ganz aufgeregt!«

»Ja, ich habe schon ihre Bekanntschaft gemacht. In der Küche.«

»Siehst du? Dein Hang zum Küchenpersonal hat sich nicht geändert ...«, scherzte Eva. »Vor fünfzehn Jahren war ich es, die du gern am Herd gesehen hast, dann Svenja, und jetzt Franzi ...«

»Sag mal, wie viel hast du denn abgenommen?« fragte Leo, um das Thema zu wechseln.

»Dreißig Kilo«, sagte Eva beiläufig. »Ich habe jetzt Größe achtunddreißig und trainiere zusammen mit einem Freund für den Köln-Marathon.«

Das verschlug Leo endgültig die Sprache.

Schweigend folgte er seiner jugendlichen Exfrau zu der Sitzgruppe aus Teakholz, über die ein überdimensionaler Sonnenschirm gespannt war. Auf einem Beistelltischchen stand eine Kanne mit Zitroneneistee.

»Bedien dich.« Eva setzte sich auf eines der gelb-weiß gestreiften Sitzkissen und schlug die Beine übereinander. Leo starrte ungläubig darauf.

»Sag mal, sind das die Jeans von Svenja?«

»Keine Ahnung«, sagte Eva leichthin. »Sie hingen eine Zeit lang im Wäscheraum, und irgendwann hab ich sie mal anprobiert ...«

»Ich hab mir bei dem Mädchen in der Küche Erdbeertorte bestellt«, sagte Leo, um seine Verlegenheit zu überspielen. »Sie sagt, es gibt keine Sahne ...?«

Eva lächelte. »Wenn du willst, radle ich schnell zum Italiener und hole dir welche.«

»Du meinst die Eisdiele am Rathausplatz? Das sind mindestens vier Kilometer!«

»Na und? Ich werde mich beeilen!«

Eva war schon aufgesprungen. Leos Blick ruhte befremdet auf ihr. Sie hatte lange schlanke Beine, so hatte er sie noch nie gesehen, und ihre Füße steckten in weiß-roten Turnschuhen. Das rotweiß gepunktete T-Shirt war frech und knapp und sexy.

»Das steht dir wahnsinnig gut«, stammelte Leo. »Du siehst völlig verändert aus!«

»Ja, das war in dem Wolford-Päckchen, das du damals gesucht hast. Ich hatte es in die hinterste Schublade gesteckt und beim Frühjahrsputz gefunden. Supersüßes Teil! Ich betrachte es als Abschiedsgeschenk von Svenja.«

Leo sagte nichts, so sehr war er damit beschäftigt, auf den Busen seiner Frau zu starren.

»Du hast mich beim Tanzen auf Leonies Abschlussball gar nicht erkannt«, sagte Eva launig. »Obwohl ich da noch sieben Kilo mehr draufhatte als heute!«

»Wir haben miteinander getanzt?!«

»Ja. Aber nur ganz kurz. Schau, da kommt deine Tochter mit ihrer Freundin. Du wirst sicher 'ne Menge Spaß haben mit dem jungen Gemüse!«

294

Leonie kam fröhlich mit Franzi im Arm über die Wiese geschlendert. Franzi trug den Kuchen. Aber wen Leonie da im anderen Arm hatte, wunderte Leo dann doch.

»Was macht sie denn da mit dem Gärtner?«

»Oh, das ist doch Oliver! Der Vater von Franzi«, lachte Eva.

»Und warum wühlt der bei uns im Garten rum?«

»Der wohnt hier.«

»Ist das dein Liebhaber?«, zischte Leo zwischen den Zähnen.

»Obwohl es dich nichts angeht: Nein. Wir sind eine reine Wohngemeinschaft.«

»Du hast also noch keinen neuen Mann?«

»Das habe ich nicht behauptet.« Eva lachte. »Hallo, ihr drei! Ist der Kuchen noch warm? Ich habe hier frische Kirschen!«

»Hallo Paps!«, freute sich Leonie. »Papa – Oliver, Oliver – Papa. Franzi – Papa, Papa – Franzi.«

»Wir kennen uns schon«, sagte Franzi. »Er war schon in der Küche und wollte Sahne.«

Oliver lachte. »Tut mir Leid, guter Mann. Da müssen Sie woanders hingehen.«

Leo starrte Oliver feindselig an.

»Na, da staunst du, was?«, plauderte Leonie aufgekratzt weiter. »Sieht die Mama nicht voll schlank aus? Neuerdings muss ich meine Jeans vor ihr verstecken!«

Sie lachte und umarmte ihre Mutter stürmisch. »Mir hat die Mami am Anfang so Leid getan, als du mit Svenja nach Hamburg gezogen bist, aber inzwischen glaube ich, dass es das Beste war, was ihr passieren konnte.«

»Ja, das glaube ich auch«, mischte sich Oliver ein. »Einen größeren Gefallen hätten Sie ihr gar nicht tun können.«

Leo hatte es die Sprache verschlagen. Dieser Gärtner war ja dermaßen dreist! Ganz selbstverständlich setzte sich dieser Oliver mit an den runden Gartentisch. Die Mädchen plumpsten auf ihre Stühle und tuschelten.

»Jetzt sieht dein Vater aber voll alt aus«, kicherte Franzi.

Leo hätte am liebsten den Gartentisch umgeworfen.

»Die Rosen sind in diesem Jahr fantastisch«, begann Oliver die Konversation. »Na, Herr Fährmann, wie laufen die Geschäfte?« Dass er mir dabei nicht auf die Schulter haut, ist auch schon alles, dachte Leo grimmig. Was bildet sich dieser Typ bloß ein? Macht sich hier auf meinem Grundstück breit und schläft wahrscheinlich mit meiner Frau, auch wenn sie das Gegenteil behauptet. Ein plötzlicher Stich fuhr ihm ins Herz. Mit DER Frau wollte er selbst gern schlafen. Aber nun war die Entscheidung gefallen. Es gab kein Zurück mehr.

Er probierte den Erdbeerkuchen. Der Teig war noch warm, hauchdünn und knusprig. Er schmeckt fantastisch, so wie früher, dachte Leo mit plötzlicher Wehmut. Nein, er schmeckte anders. Leichter, irgendwie. Nicht so mächtig. Eva hatte anscheinend auf die Buttercreme verzichtet und knusprigen Vollkornzwieback für den Tortenboden verwendet. Aber, so riss er sich gleich aus seinen trüben Gedanken, ich wollte dieses Leben nicht mehr. Sie ist und bleibt eine Hausfrau. Dieser Gärtner passt zu ihr. Und Kuchen kann man schließlich überall kaufen.

Das Gespräch schleppte sich so dahin. Und plötzlich hatte Leo das Gefühl, nicht Oliver sei der Störenfried, sondern er selbst. Er fühlte sich überhaupt nicht mehr wohl.

»Leonie und Franzi, der Flieger wartet nicht!«

»Tja dann ...«, Eva umarmte die beiden Mädchen, »wünsche ich euch wunderschöne Ferien! Seid vorsichtig beim Tauchen und schreibt uns mal eine Mail!«

»Machen wir!« Die zwei kicherten. »Ich weiß gar nicht, wie das geht!«

Leonie knuffte Franzi in die Seite. »Halt die Klappe! O.K.?«, versuchte sie abzulenken. »Wir sind dann mal weg. Und dass du mir nicht an meine Klamotten gehst ...«, neckte Leonie ihre Mutter.

»Und an meine auch nicht!«, echote Franzi.

Eva lachte. »Ich würde sie euch nur ausbeulen!«

»Aber an den richtigen Stellen«, sagte Oliver mit männlichem Kennerblick.

Das brachte Leo in plötzliche Wut. Erstens war das SEINE Frau, und zweitens steckte sie im T-Shirt SEINER Freundin.

»Für einen Gärtner vergreifen Sie sich entschieden im Ton!«

»Ach, lass mal gut sein, Leo«, wiegelte Eva ab. »Wir sind alte Kumpels, sind zusammen durch dick und dünn gegangen. Der Oliver darf das.«

»Du weißt, dass ich die Firma nach den Sommerferien dichtmache«, sagte Leo, indem er mit dem Finger auf sie zeigte. »Dann könnt ihr diese Villa entweder mieten oder euch 'ne neue Bleibe suchen.«

22

Claudia, du ferner Stern, der mir doch so nahe ist! Nach dreiwöchiger Überfahrt von Neuseeland: Endlich! Ich bin in New York und doch nicht in New York.

Ich komme mir vor wie im siebten Himmel, denn hier werde ich dich treffen! Hier! Bald! Ich bin so weit, Claudia! Ich bin bereit für dich! Ich zähle die Tage, die Stunden, die Minuten! Ich bin an Land! Nach neun Monaten ohne festen Boden unter den Füßen!!

Und wo bist du, mein Herz?

Jetzt liegt alles bei dir: Werde ich den Sieben-Jahres-Vertrag annehmen oder mit dir an Land gehen? Zu dir? Ein neues Leben mit dir aufbauen? Darf ich überhaupt darauf hoffen, dass du das auch willst, wenn wir uns gerade erst von Angesicht zu Angesicht kennen gelernt haben?

Vielleicht drehst du dich entsetzt um und läufst weg, wenn du mich siehst? Aber ich bin mir einfach sicher, dass du mit meinem Anblick zufrieden sein wirst, und ich werde von deinem begeistert sein.

Ich wundere mich selbst. Alles, was ich wollte, worauf ich fieberhaft hingearbeitet habe, war dieser Sieben-Jahres-Vertrag. Davon habe ich geträumt, und für diesen Posten kämpfen auch noch andere. Einer soll ihn kriegen – und bis jetzt war ich absolut verbissen in dieses Ziel: ich! Ich soll und werde den Job kriegen. Ich bin der Beste. Ich habe mich bewährt. Die Wahl der Reederei ist auf mich gefallen.

Aber dann kamst du, Claudia. Und mit dir bekommt meine Zukunft auf einmal ganz neue Dimensionen.

Wir werden irgendetwas zusammen auf die Beine stellen. Du bist kreativ, hast Fantasie, Organisationstalent und Ehrgeiz. Ich bin eher praktisch veranlagt; kann zupacken und deine Pläne in die Tat umsetzen. Vielleicht gründen wir zusammen eine Firma? Ach, es ist so wunderbar, von einer gemeinsamen Zukunft zu träumen ...

Es klopfte. Eva konnte gerade noch die Mail wegklicken, als Oliver auch schon im Zimmer stand. »Hi, dicke Eva. Wollte fragen, ob du mit laufen gehst!«

»Jetzt nicht, Oliver.« Eva winkte Oliver aus dem Bild. Am liebsten hätte sie ihn weggezappt. Doch Oliver kam noch einen Schritt näher. »Ich kann auch gern warten, wenn du noch was erledigen musst.«

Eva drehte sich genervt zu ihm um. »Oliver, du hast mich zu Tode erschreckt!« Ihre Finger zitterten.

»Bei was habe ich dich ertappt?«

»Oliver! Finger weg!«

»Schreibst du Gedichte? Oder gar einen Roman?«

»Ich hab gesagt, du sollst deine ... grasverschmierten ... dreckigen ... Hände von meinem Computer nehmen!« Evas Stimme überschlug sich fast.

»Ich wollte nur gucken, ob das jetzt mit dem Speichern klappt, aber bitte ... wenn du solche Geheimnisse hast ...« Er wischte sich die Hände fast schuldbewusst an der Hose ab. »Sorry. Wirklich. Tut mir Leid.« Er wandte sich zum Gehen.

Eva hatte sich wieder gefasst. Beiläufig zuckte sie die Achseln: »Brigitte Brandt hat mich gefragt, ob ich Lust hätte, für die neuen Moppel eine tägliche Kolumne zu schreiben, und das versuche ich gerade.«

»Echt?«, fragte Oliver überrascht. »Das hat Brigitte mir gar nicht erzählt!«

»Sie hat ja auch MICH gefragt!« Eva war nun wirklich verlegen.

»Eine Durchhalte-Kolumne?«, fragte Oliver. »Großartige Idee!«

»Na ja, der tägliche Kampf mit dem inneren Schweinehund ...«

»Das ist genial! Den inneren Schweinehund würde ich so richtig personifizieren, ganz so, als würdest du echt mit dem reden, und der redet auch mit dir, wie findest du das?«

»Hä?«, sagte Eva. »Spinnst du?«

»Na, das kennt jeder Dicke, dass er mit seinem inneren Schweinehund Zwiegespräche hält! Du könntest jeden Tag einen neuen Dialog schreiben.«

»Hast du etwa mit deinem inneren Schweinehund Zwiegespräche gehalten?«, fragte Eva und guckte Oliver an, als hätte er gerade das chinesische Alphabet rückwärts aufgesagt.

»Jetzt tu nicht so, als müsste ich gleich in die Klapse. Du etwa nicht?«

»Nein. Nie.« Eva biss sich auf die Lippe und warf einen suchenden Blick in die hinterste Zimmerecke.

»Sie redet schon lange nicht mehr mit mir!« Fährmann war auf die Größe eines Zwergpinschers zusammengeschrumpft und kam nun artig aus seinem Körbchen gehoppelt. Er hatte eine rot-weiß gepunktete Schleife auf dem Kopf und sah entzückend aus: ein richtiges liebes kleines Schoßhündchen. Sein kleines Stummelschwänzchen wackelte fröhlich: »Gehen wir laufen? Ja?«

»Na gut. Fährmann, hol die Laufschuhe.« Eva gab dem lieben kleinen Tierchen einen kleinen Klaps auf den allerliebsten Popo.

Fährmann wetzte mit angelegten Ohren erfreut in den Flur.

»Bitte?«, fragte Oliver irritiert.

»Oh, nichts«, sagte Eva.

»Entschuldige! Ich wollte mich natürlich nicht in deine Arbeit einmischen.«

»Das tust du aber, dicker Oliver! Du wohnst im Gästeapartment, O.K.? Du bist mein Untermieter, und wenn ich deine Hilfe brauche, rufe ich dich!«

»'tschuldige, 'tschuldige!« Oliver hob beschwichtigend die Hände: »Das war ein rein freundschaftliches Interesse! Du sitzt immer stundenlang am Computer und tippst, dass die Finger fliegen, und ich wollte einfach wissen, was du da schreibst.«

»Nun weißt du es ja. Eine tägliche Moppel-Kolumne.« Eva verschränkte die Arme vor der Brust. »Sonst noch was?«

»Weißt du, wenn ich so darüber nachdenke ...« Oliver kratzte sich am Kopf, »... könnte man eigentlich auch einen ganzen Moppel-Roman schreiben! Der innere Schweinehund könnte darin sogar eine Hauptrolle spielen ..., er müsste einen richtigen Namen haben ... man müsste ihn bildlich vor sich sehen ... und er könnte immer kleiner werden ...«

Eva griff nach dem Locher, der auf ihrem Schreibtisch stand, und warf ihn Oliver an den Kopf.

Der fing ihn gerade noch rechtzeitig auf: »Ist ja schon gut, ist ja schon gut ...« Oliver trat den Rückzug an.

»Kannst du mir einen Gefallen tun, Oliver?«

»Na klar, jeden.«

»Und nie wieder in dieses Zimmer kommen?«

»Ich hab verstanden, dicke Eva. Du brauchst jetzt nicht noch deutlicher zu werden.«

»O.K., dicker Oliver. Dann mach die Tür von außen zu.«

»Wollt' echt nur fragen, ob du mit laufen kommst, dicke Eva ...«

»Von AUSSEN!«

Fährmännchen kam freudig keuchend angewackelt; die Laufschuhe baumelten an den Schnürsenkeln in seinem Maul.

Fragend schaute er von einem zum anderen: »Gehen wir jetzt doch nicht laufen?« Die Enttäuschung stand ihm in den treuen kleinen Hundeaugen.

»Doch, Fährmann«, sagte Eva augenzwinkernd. »Aber ich musste Oliver dringend seine Grenzen aufzeigen. Das habe ich mit dir früher auch gemacht. Wenn er abgehauen ist, gehen wir.«

Mein liebster Mensch,

ist es bei dir in New York wirklich so heiß? Jeden Abend sehe ich mir den Wetterbericht an und leide mit dir. Du musst ja brüten! Ich begleite dich in Gedanken Tag und Nacht. Wie geht es dir in der großen wilden Stadt? Ich stelle mir das dann gar nicht lustig vor, wie die Gluthitze zwischen den Wolkenkratzern hängt, und dann der Lärm und die Abgase – du musst ja Platzangst kriegen, nachdem du immer nur die stille blaue Weite des Ozeans gewöhnt bist! Bitte gönn dir auch mal ein paar Ruhephasen und entspann dich im Central Park. Da gibt es wunderschöne lauschige Plätzchen! Wenn ich in New York bin, dann jogge ich immer einmal um das Reservoir herum. Nun, meine Kulisse hier sieht völlig anders aus: Berge, so weit das Auge reicht! Von meinem Fenster hier in Kitzbühel sehe ich den Wilden Kaiser, der sich majestätisch gegen den blauen Sommerhimmel abhebt. Du fragst dich vielleicht, was ich mitten im brütend heißen Hochsommer in Kitzbühel mache, wo sich die Highsociety zum Skifahren trifft? Die neue Winterkollektion wird abfotografiert, ich weiß nicht, wo mir der Kopf steht. Gestern hatten wir auf dem Kitzbühler Horn bei Kunstschnee ein Shooting für die Skianzüge verschiedener Designer. Die armen Models haben bei der Affenhitze in den dicken Klamotten vor sich hin geschwitzt. Selten hatte eine Visagistin so viel abzupudern. Wir haben alle nur noch mit unseren Evians dagestanden und uns mit Ventilatoren Luft zugefächelt! Aber ich will mich nicht beklagen. Gleich gehe ich mit meinem kleinen Sportsfreund in die Berge, oder wir rennen ein paarmal um den Schwarzsee. Herrlich klares Wasser vor traumhafter Märchenkulisse! Wenn ich nass geschwitzt in den eiskalten See springe, kennt das Glückgefühl keine Grenzen. Du mein armer Mark musst jetzt in New York in einem klimatisierten Wolkenkratzer sitzen und langweilige Berichte schreiben!

Der Sommer hier in Europa ist so fantastisch wie seit fünfzig Jahren nicht mehr. Ich jedenfalls kann mich an keinen so heißen

Sommer erinnern. Seit zwei Monaten praktisch kein Regen, nur 30 Grad im Schatten, Sonnenschein, blauer Himmel und Hitze. Selbst die Abende hier im Gebirge sind so mild, dass man immer ärmellos draußen sitzen kann. Wir gehen öfter abends noch in den Biergarten am Sonnenhang oder sitzen in Kitzbühel im Straßencafé. Ich kann dir gar nicht sagen, wie ich diese milden Sommerabende in den Bergen genieße. Wenn das letzte Sonnenlicht die Bergspitzen in rosarotes Licht taucht, und der ganze Himmel flammt auf, das ist so unbeschreiblich schön! Dann fühle ich mich immer wie von Gott beschenkt, und mir wird bewusst, wie sehr ich dich vermisse.

Ach Mark, die Spannung steigt von Tag zu Tag! Gestern habe ich ein Glas Champagner auf dich getrunken, bei Vollmond auf meinem Hotelbalkon. Hast du es gespürt? Ich habe dir so viele liebe Gedanken geschickt, dass dein Wolkenkratzer in Manhattan richtig vibriert haben muss ...

Fährmännchen lag mit dem Kopf auf den Vorderpfötchen da und wartete artig, bis Eva von ihrem Computer aufschaute.

Draußen vor dem Wintergartenfenster zog sich Oliver gerade umständlich die Laufschuhe an. Während er seine kräftigen, rötlich behaarten Waden dehnte und mit allerlei wohligem Ächzen und Seufzen seine Laufvorbereitungen traf, schaute er provokant zum Fenster herein.

»Na, dicke Eva? Kommst du doch mit?«

Sofort begann Fährmanns Schwänzchen freudig auf den Boden zu klopfen.

»Mann, verschwinde aus meinem Blick!«, sagte Eva und dann, »gleich, Fährmann, sitz!«

»Ich kann auch noch warten!«, rief Oliver von draußen. »Ich hätte da noch 'ne Idee für den Moppel-Roman ... man könnte 'ne Liebesgeschichte einbauen!«

»Hau endlich ab!«, brüllte Eva sauer.

Oliver zuckte mit den Schultern und trabte los.

303

Mann, ist der schwer von Begriff, dachte Eva. Dann flogen ihre Finger wieder über die Tasten:

Mark, ich liebe und begehre dich, und es wird immer schlimmer! Doch genauso groß wie meine Sehnsucht nach dir ist die Angst vor der Sekunde, in der wir uns zum ersten Mal sehen. Kann es denn möglich sein, dass die Chemie auch körperlich zwischen uns stimmt? Und wenn ja, was machen wir dann?? Noch schlimmer ist der Gedanke, dass irgendetwas NICHT stimmen könnte! Ich kann nur hoffen, dass du in Wirklichkeit so bist wie in deinen Briefen, und sterbe vor Angst, du könntest ganz anders sein! Ein ungehobelter Klotz vielleicht, ein unsensibler, unrasierter, nach Schweiß riechender Kerl, der mir auf die Nerven geht ... Hier im Hotel schwirrt so ein Hausmeister rum, der macht mich wahnsinnig. Ach verzeih ... ich bin so unsicher und verwirrt! Ist dir eigentlich klar, was wir mit unseren Briefen angerichtet haben? Nichts ist mehr so wie früher! Du hast mein ganzes Leben umgekrempelt! Ich weiß nicht, was ich vor dir gemacht habe – es scheint alles nur der Vorfilm zum Hauptprogramm gewesen zu sein. Sollen wir es wirklich wagen, Mark? Sollen wir uns wirklich am zweiten September treffen? Da steht in meinem Terminkalender noch nichts außer: Mark??? Mit drei großen Fragezeichen!! Es gibt Momente, da zähle ich die Stunden, und dann wieder denke ich, wir sollten es niemals tun. Denn das, was wir jetzt haben, kann dadurch zerstört werden. Und das würde ich nicht aushalten. Was sollen wir machen, Mark? Ein paarmal habe ich versucht, unsere Liaison zu beenden, aber es ist ja viel mehr als das, es ist ... Liebe! Wie kann man eine Liebe beenden, ohne sich selbst das Herz aus dem Leib zu reißen? Ich kann es nicht, Mark. Mit niemandem kann ich über das reden, was mich jede Sekunde beschäftigt; leider auch nicht mit dem dicken unsensiblen Tiroler Gröschtl, der hier vor meinem Hotelbalkon knatternd den Rasen mäht ... ☺ Außerdem würde ich ihn sowieso nicht verstehen! »Wos? Wos wolln's? Nach Ammöricka? Für an Kerl, an dammischen? In Tirol gibt's aa fesche Burschn!«

Halt mich ganz fest!

Oder soll alles so bleiben, wie es ist?

Kann es denn überhaupt noch schöner werden?

Mark, schreib mir schnell! Ich brauche dich! In Liebe und Sehnsucht, deine Claudia, die sich heute ganz klein und unsicher fühlt

»Na, dicke Eva, wollen wir uns wieder vertragen?«

Oliver war gerade vom Laufen zurück und sah verschwitzter aus als je zuvor. Er dehnte seine muskulösen Waden auf der Gartenmauer, mitten zwischen den schönen Blumenkästen. Seine dreckigen Turnschuhe in Größe achtundvierzig ragten unfein zwischen den Petunien hervor.

»Ja, ist ja schon gut. Geh mir nicht auf die Nerven, Oliver!«

»Ich fürchte, das tue ich bereits durch meine bloße Anwesenheit? Soll ich wieder ausziehen?«

»Nein, dicker Oliver, es ist nur ... Ich hab halt auch noch so was wie ein Privatleben.«

»Wenn du für die neuen Moppel Kolumnen schreibst, verstehe ich nicht, dass die alten Moppel sie nicht lesen dürfen ...«

»Ich übe noch, und ich zeig's halt nicht jedem.«

»Dicke Eva, so zickig kenne ich dich gar nicht! Jedenfalls hast du was verpasst. Ich bin gaaanz weit gelaufen, da hinten um das Militärgebiet rum ...« Er wies mit seinem rötlich behaarten Arm auf die platte Ebene. Eva nahm einen riesigen Schweißfleck unter seiner Achsel wahr.

»Gehen wir schwimmen?«, fragte Oliver ganz harmlos.

»Wenn du vorher unter die Dusche gehst ...«

Eva ging ins Haus, um ihren Badeanzug zu holen, den sie gerade noch in Gedanken für die Szene mit dem Schwarzsee angehabt hatte. Er war schwarz und schmal geschnitten und verfügte natürlich über keinerlei mütterliche Busenkörbchen in Größe C. Natürlich war er von Wolford, der Mode für perfekte Körper.

Als sie wiederkam, stand Oliver bereits prustend unter der kalten Dusche. Dann sprang er mit einem Kopfsprung in den Pool. »Lass mir auch noch Wasser drin, dicker Oliver!« Eva sprang hinterher. Fährmännchen stand ganz enttäuscht am Beckenrand, aber als er bemerkte, dass Eva richtig zu schwimmen begann, wedelte er mit dem Stummelschwänzchen. Da war er flexibel. Es war ein ziemlich großes Becken; Leo hatte es damals für seine Mitarbeiter bauen lassen. Eva liebte es, in den milden Abendstunden schwimmen zu gehen. Früher hatte sie mit Leonie nur so herumgeplanscht, aber heute schwamm sie in einer Stunde ihre zweitausend Meter. Sie spürte, wie sich ihr Körper wohlig entspannte, wie sich ihre Muskeln dehnten, sie war nach dem langen Sitzen am Computer richtig süchtig nach Bewegung. Ihre Muskeln waren Fettverbrennungsöfchen geworden, und die wollten ständig etwas zu tun haben. Fährmann sprang freudig kläffend am Beckenrand hin und her.

Zwischendurch nahm sich Eva vor, nur jede vierte Bahn an Mark zu denken, ein Akt unglaublicher Selbstdisziplin. Sie hatte ihre Quote allerdings schon nach vier Schwimmzügen ausgeschöpft. Ihr Körper war lebendig im warmen Wasser, und ihr Herz schwamm in Gold. Mark, Mark, Mark, ging es ihr bei jedem Schwimmzug durch den Kopf.

Bei Mark war es gerade zwölf Uhr mittags. Was er wohl gerade tat? Bei glühender Hitze in New York? Gestern hatte er ihr noch ausführlich von seinem letzten Meeting mit zwei Bankern berichtet, die sein neuestes Projekt mit einem großzügigen Kredit unterstützen wollten. Mark hatte den Auftrag von der Reederei, die fünf Luxusrestaurants auf dem Schiff so umbauen zu lassen, dass alle tausend Passagiere der »MS Champagner« gleichzeitig speisen konnten. In aller Ausführlichkeit hatte Mark seine neuesten Entwürfe geschildert, und Eva hatte alles ganz bildlich vor sich gesehen. Wie kann man sich einen Mann so fest einbilden, dachte Eva, ich habe mir diesen Mann tatsächlich irgendwie selbst gebacken. Das sieht man ja schon daran, dass ich jede Nacht von ihm träume. Immer träume ich, dass ich ihn treffe, entweder auf einem Flughafen, oder er steht plötzlich hier im Garten. Oft fährt sein Schiff weg, ich stehe an der Reling, und er breitet die Arme aus und zieht mich auf sicheren Boden. Er ist mir nie unheimlich, dachte Eva, er hat nie ein böses Gesicht, immer fühle ich mich vertraut und gut aufgehoben, wenn ich ihm im Traum begegne.

»Ich bin schon gar«, rief Oliver ihr zu. »Falls du irgendwo einen großen Zeh rumschwimmen siehst, wirfst du ihn mir durchs Fenster, ja?«

»Und tschüss«, murmelte Eva, bevor sie an der Bande wendete.

Ich wäre wirklich bereit, mein Leben hier aufzugeben, dachte sie. Ich muss sowieso hier raus, wenn Leo die Firma verkauft. Vielleicht ziehe ich tatsächlich nach Hamburg, und dann gründe ich dort mit Mark eine Firma. Eine Zukunft ohne ihn kann ich mir tatsächlich nicht mehr vorstellen. Wenn ich ihn nicht mehr hätte, würde ich mich für den Rest meines Lebens leer fühlen und nach ihm suchen, überall, jede Sekunde. Er geht mir nicht mehr aus dem Kopf, er hält mein Herz besetzt.

Während sie weiterschwamm, spürte sie, wie sich ihr Gewicht im Wasser verteilte wie Sand in der Wüste – sie war kurz davor, sich komplett aufzulösen.

23

Claudia,

jetzt habe ich alles stehen und liegen lassen, um sofort bei dir zu sein. Hoffentlich gehst du ganz schnell an deinen Computer!!

Es ist etwas passiert, über das ich sofort mit dir sprechen muss.

Wir müssen jetzt eine Entscheidung treffen. Ich konnte mit meinen Vorschlägen für den Umbau der Restaurants überzeugen, und sie wollen mich unbedingt für die nächsten sieben Jahre in der obersten Führungsposition. Die Zeit läuft, meine Liebste. Wenn ich den Job annehme, werde ich am zweiten September schon wieder auf hoher See sein, denn der Umbau geht viel zügiger vonstatten als ursprünglich geplant. Sie haben die »MS Champagner« ab dem fünfundzwanzigsten August bereits an die Japaner verchartert! Entweder mit mir am »Ruder« oder nicht! Sie brauchen dringend eine Entscheidung von mir, da sie sich sonst schnellstens nach Ersatz umsehen müssen.

Sieben weitere Jahre ohne dich, Claudia?!

Der Job war für mich immer der Gipfel, aber die Vorstellung, ohne dich weiterleben zu müssen, stürzt mich in das tiefste Tal der Verzweiflung.

Was soll ich tun? Ich kann mich nicht ohne dich entscheiden!

Ich bete darum, dass du für mich bald Wirklichkeit wirst. Ich habe noch nie jemanden so geliebt wie dich.

Ich habe mir von der Reederei Bedenkzeit ausgebeten, alles, was meine Zukunft betrifft, sollst du entscheiden. Sie geben mir genau eine Woche.

Du musst binnen einer Woche bei mir sein, Claudia!

Bitte mach es möglich! Bitte!

Nein, dachte Eva verzweifelt, das geht mir zu schnell. Was soll ich tun? Ob ich mit Oliver darüber reden kann? Oder mit Dagmar? Mit meiner Mutter sicher nicht! Brigitte? Was soll ich nur tun? Ich trau mich nicht, jetzt plötzlich nach New York zu fahren. Ich bin doch noch nie allein geflogen! Und schon gar nicht so weit! Außerdem: Wenn ich ihm nicht gefalle? Dann geht er aufs Schiff, und alles ist vorbei. Und wenn er mir nicht gefällt, ist auch alles vorbei.

»Laufen?«, fragte Fährmann vorsichtig. »Hilft immer!«

»Nix, Fährmann. Ich muss Adrenalin freisetzen.«

Entschlossen stieg Eva auf ihr neues Rennrad und strampelte los.

Mark, dachte sie, Mark, was machst du denn da mit mir?

Und wenn wir uns doch gefallen? Vielleicht liebe ich ihn auf den ersten Blick ...? Und was dann? Soll ich ihn etwa mit nach Hause nehmen? Er glaubt doch, dass ich in Hamburg lebe, in einem Loft mit Dachgarten! Ich kann Mark doch nicht mit nach Quadrath-Ichendorf nehmen! Er weiß auch nichts von Leonie, und die steht hier in zwei Wochen auch wieder auf der Matte!

So geht das nicht im Leben, hörte sie ihre Mutter sagen, das Leben ist kein Cornwall-Roman. Das Leben ist bitterer Ernst, und du bist erwachsen. In deinem Alter sollte man wissen, was man tut.

Wann ist nur aus dem süßen Spaß bitterer Ernst geworden, dachte Eva verzweifelt, während sie den Fluss entlangraste. Es war wie ein schöner Traum. Muss ich jetzt mit aller Gewalt aus ihm erwachen? Wird das ein böses Erwachen?

Die sommerliche Landschaft flog an ihr vorüber, aber Eva nahm sie nicht wahr. Angler standen am Fluss, Kinder plantschten darin, und Spaziergänger schüttelten über die halsbrecherische Radfahrerin nur den Kopf. Die Sonne wurde langsam blutrot und schob sich ihr mehr und mehr ins Blickfeld. Eva konnte den Radweg kaum noch erkennen, aber sie raste immer weiter, dem Ende der

Welt entgegen. Mark, hämmerte ihr das Blut in den Schläfen. Mark, Mark, Mark. Wo bist du gerade, was tust du?

Irgendwo weit hinter ihr rannte ein kleines unschuldiges Hündchen um sein Leben, es war Fährmann, aber Eva verschwendete keinen Gedanken an ihn.

Ich muss jetzt Mut haben. Ich muss wenigstens einmal im Leben Mut haben.

Ich muss einmal im Leben selbst etwas tun und nicht nur geschehen lassen.

Eva trat mit Wucht in die Pedale und übersah fast einen Jogger, der ihr im Abendlicht in die Quere kam.

»Mist, der geht nicht zur Seite ...« Ihr Rennrad hatte keine Klingel. Aber die hätte auch nichts genützt, denn der Mann hatte Kopfhörer im Ohr. Völlig verklärt trottete der vor sich hin, von der Abendsonne geblendet. Mitten auf dem Weg, der Trottel.

»VORSICHT!«

Reflexartig drückte Eva beide Handbremsen. Das Hinterrad ging in die Luft, die Bremsen quietschten. Das Vorderrad geriet ins Schleudern, in Sekundenbruchteilen zog es eine meterlange Bremsspur.

Endlich bemerkte der Jogger sie. Er wollte noch ausweichen, da prallte Eva auch schon mit dem armen Mann zusammen. Beide gerieten ins Straucheln und fielen übereinander. Eva lag zum Glück oben und begrub den Mann unter sich. Das Rad rutschte noch fünf Meter weiter und landete im Gebüsch.

»Mein Gott, so passen Sie doch auf!«

»Du brauchst mich nicht Gott zu nennen, und du kannst mich ruhig weiter duzen.« Eva fand sich auf Olivers nass geschwitztem Oberkörper wieder.

»Mann, du Idiot!«, herrschte sie ihn halb erleichtert, halb wütend an. »Du machst dich aber auch breit auf dem Weg!«

Oliver stemmte sich hoch und zog Eva auf die Beine. Sie zitterte am ganzen Leib vor Schreck.

»Du hast ja einen Affenzahn drauf – wo brennt's denn?«

In meinem Herzen, dachte Eva. In meinem Herzen.

Fürsorglich tupfte Oliver eine kleine Blutspur von Evas Oberlippe.

»Lass das!« Eva wischte mit dem Handrücken hinterher. »Mist! Ich blute!«

»Ja, dein Knie hat's auch erwischt. Hier. Setz dich dahin.« Oliver sprang zum Fluss herunter, riss sich sein T-Shirt vom Leib und tränkte es mit Wasser.

»Untersteh dich, mir diesen Fetzen auf mein Baaaaa... auuu!«

»Still jetzt, stell dich nicht so an! Als Vater einer sechzehnjährigen Tochter weiß ich, wie man mit hysterischen Weibern umgeht ...«

»Lass das, dicker Oliver, du tust mir weh ...« Plötzlich kamen Eva die Tränen, und sie wollte sich abwenden.

»Du sollst still halten, sonst kommt Dreck in die Wunde ...« Oliver reinigte ihr blutendes Knie, machte das T-Shirt noch mal nass und tupfte ihr das Gesicht ab. Evas Herz raste immer noch vor Schreck. Langsam machte sich eine unendliche Erschöpfung breit. Ihre Hände zitterten, die Handinnenflächen waren zerkratzt.

Das kalte Wasser auf ihren erhitzten Wangen tat gut.

Er hielt sie an den Schultern und schaute ihr prüfend ins Gesicht.

»Heulst du etwa?«

»Nein, ich schneide Zwiebeln ...«

»Tut es so weh?«

»Nein, ich heule, weil ich ein Riesenproblem habe, über das ich in Ruhe nachdenken wollte, bevor mir ein dicker Trottel ins Rad gelaufen ist ...« Eva lachte und heulte gleichzeitig.

»Du hast mich über den Haufen gefahren, so wird ein Schuh draus!« Oliver tupfte mit seinem nassen T-Shirt-Zipfel in ihrem Gesicht herum. Sie wehrte sich nicht mehr, lehnte sich erschöpft an ihn. Offensichtlich hatte sich Oliver auch erschrocken. Sie fühlte sein Herz laut pochen, und ihr eigenes schlug auch nicht weniger heftig. Die Sonne verschwand hinter den Strommasten am Horizont, hinterließ einen rosafarbenen Himmel und eine unendliche Stille. Genau wie in diesen Cornwall-Romanen; diese Szene hätte ich mir gar nicht besser ausmalen können, dachte Eva. So ähnlich war doch diese Szene mit der vom Markt radelnden Heldin und dem charakterlich Einwandfreien, am Fluss, als ihr der Rauhaardackel vom Gepäckträger fiel ... Fährmann? Wo bist du?

Da, ganz hinten am Horizont kam er angehumpelt.

Ach Fährmann, dachte Eva. Komm, setz dich zu uns.

Das hier ist wieder einer von diesen Sommerabenden, die man nicht beschreiben kann, ging es ihr durch den Kopf. Ich würde ihn so gern Mark schildern, man möchte jubeln und singen und Bäume ausreißen, aber auch ein bisschen weinen vor lauter Glück. Es ist schön, einfach im Arm gehalten zu werden und über nichts mehr nachdenken zu müssen. Aber Mark will, dass ich nach New York komme, und dann wird sich alles ändern, so oder so.

Im Moment sitze ich hier beim dicken Oliver, genieße, dass der Schmerz nachlässt und der Kerl die Schnauze hält.

Aber cool ist das nicht, was ich hier mache, dachte Eva. Claudia würde so etwas nicht passieren. Claudia würde jetzt elegant auf ihr Fahrrad springen und davonfahren, aber ich lasse mich von ihm umarmen. Er ist halb nackt, und ich habe auch nicht wirklich viel an. Und wohin das hier noch führen soll, ist völlig unklar. Dieses Tätscheln geht schon langsam in Streicheln über, stellte sie besorgt fest. Fass, Fährmann, fass!

Es war still um diese sommerliche Dämmerstunde, nur eine unermüdliche Amsel pfiff noch von der Birke dort drüben für die beiden dicken alten Kumpel ein Abendlied.

»Besser?«, fragte Oliver und ließ sie los.

»Ja ja, geht schon. Danke. Und zieh deinen Fetzen wieder an.« Eva versuchte aufzustehen, aber ihr Knöchel tat zu weh.

»Warte, ich helf dir. Tritt erst mal mit dem linken Bein auf. Ich stütze dich ...« Oliver reichte ihr die Hand, und Eva nahm sie dankbar an. Es war so gut, dass sie Oliver getroffen hatte – gerade heute Abend, wo sie gar nicht mehr weiterwusste mit ihrer Mark-Geschichte. Aber Oliver sah sie so merkwürdig an!

Er ist mein Hausmeister und zufällig mein bester Freund, dachte Eva. Ich darf da jetzt nichts verwechseln, nur weil ich Trost brauche. Am besten, ich erzähl's ihm jetzt.

»Du, Oliver, ich ...«

Ganz langsam näherten sich ihre Gesichter, und plötzlich kläffte Fährmann direkt an ihrem Ohr.

Da saß das Hündchen mit hängender Zunge mitten auf dem Fahrradweg und bellte sich den Verstand aus dem kleinen mageren Leib.

»Du wirst doch jetzt nicht diesen dicken Kerl küssen!«

»Nein, nein, Fährmann, es ist nicht, wie du denkst ...«

»Nur weil du 'n Moralischen hast ...«

Mit der freien Hand schubste Eva die kläffende Ratte ins Gebüsch.

Sie schloss die Augen, was Oliver dazu veranlasste, sie zu küssen.

»Er schwitzt!«, kläffte Fährmann. »Und du liebst Mark!«

»Oliver, das ist nicht, was im Drehbuch steht ...«

»Was für ein Drehbuch?«

»Das Drehbuch, das ich gerade schreibe ...«

»Ein Drehbuch schreibst du auch noch? Für einen Moppel-Film? Ich hätte da 'ne ganz tolle Idee für eine Liebesszene ...«

Plötzlich zog Oliver ihren Körper ganz nah an sich heran, und aus ihrem zarten Kuss wurde ein stürmischer, verlangender, ziemlich verzehrender Dauerbrenner.

»Eijeijei.« Fährmann hielt sich die Pfoten vor die Augen.

Als Eva fertig geküsst hatte, dachte sie sofort wieder an Mark. An seinen letzten Brief! An seine Bitte, sofort nach New York zu kommen. An seinen flehentlichen Appell, seine Zukunft in ihre Hände zu nehmen. Das ist Verrat, was ich da mache! Bin ich denn wahnsinnig geworden?

»Oliver, ich kann nicht.«

Eva befreite sich und stand mit wackeligen Knien auf.

»Eva ... was ist los, was habe ich falsch gemacht? Du zitterst ja!«

»Nichts, Oliver, es ist nichts. Du hast nichts falsch gemacht, ganz im Gegenteil, du hast mir in letzter Zeit alle Lebensfreude wiedergegeben. Ich fühle mich nicht mehr einsam, du bringst mich zum Lachen, du reparierst mir den Toaster und den Rasenmäher, du gibst mir Geborgenheit, bei dir kann ich mich ausweinen und auf der Gymnastikmatte herumwälzen. Du lachst mich nicht aus, wenn ich noch nicht ganz so toll aussehe wie Cindy Crawford, du magst mich auch, wenn ich schlechte Laune habe, du kennst meine ... Problemzonen und meine Orangenhaut. Bei dir darf ich keuchen und schwitzen und ungeschminkt sein. Ich ... vertraue dir und kann dir fast alles erzählen, unsere Töchter sind genauso befreundet wie wir ... und ...« Sie musste abbrechen, weil ihre Zähne aufeinander schlugen.

»Und?«, fragte Oliver erstaunt. »Wo liegt das Problem? Sag nicht, du findest mich zu dick!«

Eva musste schon wieder lachen. »Ja, das sowieso. Du bist dick und hast rötliche Haare am ganzen Körper. Du schwitzt und hast riesige Füße. Und du bist arbeitslos, hast keinen festen Wohnsitz und eine uneheliche Tochter, die gar nicht deine ist ... aber ich mag dich echt, dicker Oliver!«

»Aber du liebst einen anderen.«

»Ja!«, schrie Eva ihn an, während sie vor ihm herhumpelte. Oliver schob das zerbeulte Fahrrad. »Und das hab ich dir von Anfang an gesagt!«

»Du hast gesagt, dass es aus ist«, meinte Oliver erstaunt. »Du wolltest nicht darüber reden, und ich habe dich in Ruhe gelassen.«

»Es ist aber nicht aus!«, schrie Eva, und jetzt kamen ihr schon wieder die Tränen. »Im Gegenteil!«

»Und warum heulst du dann?«

»Weil ich dich geküsst habe, du Idiot!«

»Hat ja keiner gesehen«, lenkte Oliver ein.

»Doch«, sagte Fährmann, der immer das letzte Wort haben musste. »Ich.«

24

Meine Liebste,
New York liegt in brütender Mittagshitze zu meinen Füßen. Sitze in einem Wolkenkratzer im achtundsiebzigsten Stock und bin dem Himmel nahe wie noch nie! Ich weiß, dass du kommst, um mich zu holen. Ich bin so glücklich! Noch nie im Leben hatte ich dieses unbeschreibliche Gefühl. Du wirst für uns kämpfen, Claudia. Du hast die Kraft. Ich kann keinen klaren Gedanken mehr fassen, alle fünf Luxusrestaurants auf der »MS Champagner« sind mir gleich. Es ist mir egal, wenn ein anderer den heiß ersehnten Posten des Hoteldirektors bekommt. Soll der doch zehn Jahre lang keinen festen Boden unter den Füßen haben! Ich habe ihn! Mit dir! Von heute auf morgen werde ich meinen Job hinwerfen, wenn ich nur dich dafür festhalten darf! Ich trage alle deine Briefe klein gefaltet mit mir herum, und in jeder freien Minute hole ich einen davon heraus und lese ihn. Kenne sie alle schon auswendig. Es gibt kein wichtigeres Gut auf der Welt als einen Menschen, der zu einem passt. Du bist meine zweite Hälfte, Claudia, ohne dich werde ich immer nur ein halber Mensch sein. Und ich weiß, dass du ganz genau so fühlst. Aus deiner Mail geht hervor, dass du innerlich ganz zerrissen bist.

Lass uns zusammenführen, was zusammengehört.

Und wir gehören zusammen, Claudia.

Schau genau hin, was ich jetzt tue:

Ich mache hiermit in aller Form einen schriftlichen Kniefall vor dir. Die roten Rosen und den goldenen Ring überreiche ich dir in wenigen Tagen:

Ich liebe dich.

Keine andere wird je an deine Stelle treten.

Ich möchte dich heiraten, Claudia.

Und mit dir an Land ein neues Leben aufbauen. An irgendeinem Fleck dieser Welt, wo wir beide glücklich sein können.

Willst du meine Frau werden?

Ich weiß, wie deine Antwort lauten wird. Du musst nur zwei Buchstaben schreiben.

Dein Mark

Eva starrte auf ihren Computer, unfähig, einen klaren Gedanken zu fassen.

Er hatte ihr einen Heiratsantrag gemacht!

»Fährmann, was sagst du dazu?«

»Ich mache Pipi vor Angst«, hauchte Fährmann.

»Fahren wir nach New York?«

»Ich trau mich nicht«, klapperte Fährmann mit den Zähnen.

»Ich weiß gar nicht, wie man einen Flug bucht!«

»Stell dir vor: die Freiheitsstatue. Schon morgen oder übermorgen. Und Mark. Mit einem Ring. Und roten Rosen ...« Glasigen Blickes starrte Eva auf den Bildschirm.

»Mir wird auch schlecht im Flugzeug.«

Und ich hätte gestern Abend beinahe was mit Oliver angefangen, dachte Eva fassungslos. Weil ich mich so schutzlos fühlte und er so starke Arme hat. Dann müsste ich mich jetzt umbringen.

In diesem Moment kam eine zweite Mail herein.

Er nimmt es zurück, dachte sie. Er hat Angst vor der eigenen Courage! Er nimmt den Job als Hoteldirektor an! Er hat es sich anders überlegt!

Unendlich lange saß sie vor dem Computer, unfähig, die neue Mail zu öffnen.

Vielleicht ist das besser so.

Mutter würde auch sagen, schlag ihn dir aus dem Kopf.

Nimm den Gediegenen, der kann anpacken und Autos reparieren und den Garten umgraben. Da weiß man, was man hat.

Oliver wird seine starken, rötlich behaarten Arme um mich legen, mich trösten, mich aufmuntern und zu mir halten, egal wie elend es mir gleich geht.

Zitternd drückte sie auf »Öffnen«.

Liebste Mama,
Mauritius ist voll krass, der Hammer! Das Wasser ist so oberklar, dass du bis auf den Grund sehen kannst. Ich kann total gut tauchen, ist gar nicht so schwer! Zuerst hatte ich voll Angst, dass ich Salzwasser schlucke, das schmeckt echt eklig, aber der Tauchlehrer hat mir erklärt, wie man mit dem Sauerstoffgerät umgeht und so. Die Fische sind voll groß, bunt und voll zutraulich, man kann sie ganz leicht streicheln. Hoffe, dir geht es auch gut. Das Wichtigste hab ich vergessen: Hab jetzt keine Rastazöpfe mehr! Ist nämlich spießig und out und mega-uncool! Dafür haben Franzi und Svenja jetzt Rastazöpfe.
Dicker Kuss, deine Leonie
PS: Papa sitzt den ganzen Tag im Liegestuhl und langweilt sich und dick wird er auch.

»Oliver! Wo bist du gewesen? Du blutest ja!«
»Ich musste da etwas klären, das war schon lange fällig.«
»Was soll das heißen? Hattest du eine Schlägerei?«
Oliver klopfte sich die Hände ab. »Reine Männersache.«
Eva lief ins Bad und holte den Verbandskasten. »Deine Augenbraue ist aufgeplatzt.«
»Alles halb so wild.«
Oliver zuckte vor Schmerz, als Eva ihm Jod auf die Wunde tupfte.
»Du willst dich wohl rächen, dicke Eva? Ich war gestern vorsichtiger mit deinem Knie!«
»Du solltest zum Arzt gehen und ihn es mal ansehen lassen!«

»Ach was. Der Kerl hatte halt 'n Schraubenzieher. Ich kann froh sein, dass er mein Auge nicht erwischt hat.«

Entsetzt trat Eva einen Schritt zurück. »Welcher Kerl?«

»Ach, es ist nichts weiter. Irgendein Spinner, der sich auf deinem Grundstück rumgedrückt hat. Ich hab ihn weggejagt.«

»Ein ... Einbrecher?« Eva lief ein Schauer über den Rücken. »Stell dir vor, ich hätte dich nicht hier, Oliver! Der Kerl hätte mir hier die Bude ausgeräumt!«

»Ja, wahrscheinlich.« Oliver hielt das Pflaster, das Eva ihm über die Augenbraue klebte, fest, sodass ihre Hände sich berührten. Eva zog ihre Hand weg.

»Jetzt in den Sommerferien versuchen es die Burschen halt überall«, sagte Oliver beiläufig, während er aufstand und zur Tagesordnung überging. »Bei großen Grundstücken ist ja meist was zu holen, wenn die Herrschaften in Urlaub geflogen sind ...«

»Kannst du ihn beschreiben?«

»Nö. Ich musste mich ja prügeln.«

»Na war er alt oder jung, dick oder dünn, groß oder klein ...?«

»Von allem ein bisschen.«

»Sollen wir nicht die Polizei rufen?«

»Ist nicht mehr nötig. Der kommt nicht wieder.«

»Wie kannst du dir da so sicher sein?«

»Ich hab mit ihm geredet, von Mann zu Mann.«

»Und du glaubst, er kommt nicht wieder?«

»Ganz sicher nicht«, sagte Oliver zufrieden. »Der weiß jetzt, wer hier der Herr im Haus ist.«

Liebster Mark,
deine letzte E-Mail raubt mir fast den Verstand. Woher nimmst du den Mut, mir solche Dinge zu schreiben? Woher das Vertrauen in mich? Wie kannst du mich heiraten wollen, wenn du mich noch nie gesehen hast? Ich soll dir mit zwei Buchstaben antworten?!
Mark, ich flehe dich an, gib mir Zeit!

Eines ist sicher: Wir müssen uns sehen, und zwar so schnell wie möglich. Diesen Zustand halte ich nicht mehr aus.

Ich zittere von Angst und Aufregung und bekomme wahrscheinlich noch hohes Fieber, denn ich bin längst nicht so cool, wie ich dich immer habe glauben lassen. Es gibt viele Dinge, die ich richtig stellen muss, Mark! Du wirst mich vielleicht nicht mehr mögen ... und das wäre mein persönlicher Weltuntergang.

Ich fliege zu dir. Fang mich auf. Wenn ich nicht vorher sterbe.

Claudia

Lieber Gott, ich muss sterben.

Wenn er es wirklich will, dann setze ich mich in den nächsten Flieger nach New York.

Nein, ich trau mich nicht. Warum kommt er nicht her? Er ist der Mann! Warum muss ich ... Wie geht das ... ganz allein?

Er denkt, ich bin ständig in New York. Er denkt, ich bin ein anderer Mensch!

Ja. Bin ich auch. Ich BIN ein anderer Mensch seit damals.

Ich bin stark. Ich habe dreißig Kilo abgenommen. Ich habe die Trennung von Leo verkraftet. Ich laufe einen Marathon. Ich kann das, nach New York fliegen.

Ich kneife nicht.

Doch, ich kneife. Lieber Gott, hilf mir doch.

Ich hab doch nur gelogen! Von vorne bis hinten!

Wie kann ich diesem Mann unter die Augen treten!

Ich muss diesem unerträglichen Zustand ein Ende machen. Sonst sterbe ich.

Vor Angst, vor Schuldgefühlen, vor Aufregung und vor Sehnsucht. Oliver. Ich frage ihn, ob er mitfährt.

Der dicke Oliver war bestimmt noch nie in New York ...

Ich bin ein kleines unsicheres Mädchen, das eine Scheune angezündet hat, obwohl es doch nur ein bisschen zündeln wollte! Jetzt bin ich zu feige, die Feuerwehr zu rufen, und ich sehe die Scheune

brennen, lichterloh, bis alles in Schutt und Asche liegen wird ...
Ich muss HANDELN!! Aber ich hocke hier wie gelähmt an meinem
Schreibtisch. Wie bucht man einen Flug nach New York?
Die Auskunft anrufen? Hier werden Sie geholfen?
Ob ich Oliver um Hilfe bitten soll? Wo steckt er nur? Ich bin
nicht in der Lage, die Treppe hochzugehen und nach ihm zu rufen.
Vielleicht ist er gar nicht daheim? Ich habe Angst, ich fühle mich
allein! Was soll ich tun? Wem vertrauen?

In diesem Moment klingelte das Telefon. Eva erschrak so sehr,
dass sie es mindestens neunmal läuten ließ, bevor sie den Mut
hatte, abzuheben.

»Fährmann«, krächzte sie mit letzter Kraft.

»Eva, bist du's? Hier ist deine dicke alte Moppel-Freundin!«

»Dagmar! Du klingst so komisch! Was ist los?«

»Was los ist? Ich hab einen beschissenen Superrückfall gehabt! Pizza, Wurst, Schinken, fetter Käse, Sahnetorte und eine
ganze Flasche Rotwein! Und morgen fresse ich weiter, das sage
ich dir!«

»Aber warum? Du warst doch so gut drauf! Du wolltest doch
nach Brasilien, deinen Brieffreund treffen, auf dem Corcovado!«

»Ja, stell dir mal vor, ich war in Rio! Ganz toll rausgeputzt, bin
super erster Klasse geflogen – man gönnt sich ja sonst nichts! Da
zwänge ich mich in den teuersten Designerfummel und in die
feinsten Riemchensandaletten, quäle mich den Berg da rauf, bin
völlig aus dem Häuschen, und dann ...«

»Ja?« Eva schluckte. Ihr Hals fühlte sich an, als hätte sie eine
Rasierklinge verschluckt.

»Wir hatten auschgemacht, jeder hat eine weische Roosche
dabei ...«

»Dagmar! Bist du am Fressen? Tu's nicht! Morgen bereust
du's!«

»Esch gibt kein Morgen mehr für misch!«

»Lies meine neueste Moppel-Kolumne ...«

»Vier Schtunn habe ich da geschtann! Mit meiner dschämlichn weischn Roosche! Vier Schtunn! Scheische!« Jetzt heulte Dagmar.

»Was mampfst denn du da?«

»Kaldes Schnitschl. Mit Unmengen von Mayonnaise. Isch auch egal jetsch – angeschtarrt haben schie mich, die braschilianischen Kerle, und ich hab immer gedacht, einer von denen isses vielleicht ... Und am Schluss happich se alle angeschbrochn in meim schlechdn Portugieesch, und die ham sisch köschtlich amüsiert.«

»Hattest du denn kein Foto von ihm?«

»Nee. Das war die Schbielregel.«

»O Gott, Dagmar! Wie kann man nur so blauäugig sein! Wie heißt er denn eigentlich?«

Eva kniff die Augen zusammen, um den grauenvollen Schmerz besser ertragen zu können, wenn Dagmar »Mark Schubert« sagte.

»Thorsten Bergmann«, heulte Dagmar. »Als der hat er sich ausgegeben.«

»Und dann?«, flüsterte Eva tonlos. Der Hörer in ihrer Hand fühlte sich an wie ein toter Fisch.

»Ich bin am nächsten Tag wieder nach Hause geflogen. Was sollte ich denn noch in Rio! Kannst du dir vorstellen, wie blöd ich mir vorgekommen bin?«

Eva schwieg. Ihr Herz raste.

»Große Liebe hat er mir vorgemacht am Bildschirm, große Gefühle, unbedingt kennen lernen, nicht mehr warten können ...«

»Seit wann bist du wieder zu Hause?«

»Seit gestern. Und heute mache ich meine E-Mails auf ...«

»Und?«

»Jetzt halt dich fest, Eva.«

»Ja. Ich halte mich fest.« Eva klammerte sich an die Schreibtischkante.

»Eine E-Mail von Cordula: Sehr geehrte Frau von Spering ...«

»Wieso von Spering? Du heißt doch Quakernack.«

»Dagmar Quakernack! Wie klingt das denn?«

»Zugegeben, das klingt nach Breitmaulfrosch. Ich habe mich schon immer gefragt, was deine Eltern sich dabei gedacht haben.«

»Ich habe mich Charlotte von Spering genannt!«

»Moment mal ... von Cordula? Unserer Moppel-Gruppen-Cordula?«

»Ja! Sie schreibt ... Hier, ich lese vor: ›Sehr geehrte Frau von Spering, beim Putzen fand ich zufällig die Serie von Mails, die mein Mann Ihnen unter dem Namen Thorsten Bergmann geschrieben hat. Leider muss ich Ihnen mitteilen, dass mein Mann in Wirklichkeit Joachim Kuipers heißt, arbeitslos ist und gerade eine Suchttherapie beendet hat. Er hat es noch nie lassen können, mit anderen Frauen zu flirten. Aber weil er sehr dick geworden war und auch eine Zeit lang im Gefängnis einsitzen musste, hat er nun wohl zu diesem Mittel gegriffen. Hoffentlich haben Sie sich keine weiteren Umstände gemacht und sind nicht etwa nach Rio geflogen! Mein Mann könnte sich eine solche Reise niemals leisten! Wundern Sie sich nicht, wenn er Ihnen nicht mehr schreibt: Nach einer Schlägerei liegt er für ein paar Tage im Krankenhaus.

Es tut mir Leid, Ihnen keine besseren Nachrichten schicken zu können, aber seien Sie froh, meinen Mann niemals kennen lernen zu müssen.

Mit freundlichen Grüßen

Cordula Kuipers‹«

25

Claudia! Geliebtes Herz!
Deine wunderbare Nachricht lässt mich jubeln und tanzen!

Wenn ich mir vorstelle, dass ich dich in ein paar Tagen sehen darf, dann wird mit ganz schwindelig. Ich habe eine Sehnsucht danach, dich anzuschauen, zu berühren, deinen Duft zu riechen ... O Gott! Ich darf gar nicht länger darüber nachdenken! Ich werde dich liebkosen, dich festhalten und dir tausend Dinge ins Ohr flüstern, die ich mich nicht zu schreiben traue. Ich musste so alt werden, wie ich jetzt bin, um so etwas erleben zu dürfen. Ich kann es kaum noch erwarten und werde fast ohnmächtig bei dem Gedanken, dich im Arm halten, dich umfangen zu dürfen. Ich weiß nicht, wie es dir geht, aber die Freude, einem Menschen zu begegnen, nach dem man sich so lange gesehnt hat, ist ein Rausch der besonderen Art. Es gibt kein Glückshormon mehr in meinem Körper, das nicht wie verrückt aus der Reihe tanzt ... Ich bin genauso aufgeregt wie du, fühle mich wie ein kleiner Junge an Weihnachten ... Die große Überraschung, sie naht ... O Claudia, wann darf ich sie auspacken????

Claudia, du hast einen zweiundvierzigjährigen Mann, der mitten im Leben steht, in einen Glückszustand gebracht, den ich nie im Leben für möglich gehalten hätte. Wie immer unser Treffen auch ausgehen mag, du hast einen Menschen sehr glücklich gemacht, und ich hoffe, dass ich dasselbe für dich tun kann. Ich liebe dich und freue mich auf dich, ich zähle die Sekunden, bis ich dich anfassen und küssen darf ... jedes Haar, jede Falte an dir werde ich erkunden und dich dabei festhalten. Du kommst mir nicht mehr davon! Ich will dich, und ich habe dich, und ich lasse dich nie wieder allein!

Ich warte auf der Freiheitsstatue auf dich.

Am Freitag um zwölf, wie du es vorgeschlagen hast.

Du wirst es schaffen, zu kommen. Allein.

Ich werde da sein. Mark.

O Gott! Eva saß senkrecht im Bett und raufte sich die Haare. »Es ist ein Albtraum!«

Ihr Herz hämmerte in unregelmäßigen Abständen. Ihr war, als hätte jemand einen riesigen Stein daran gebunden.

Schon öfter hatte sie den Verdacht gehabt, Mark könnte Joachim sein. Der Verdacht hatte sich ihr ja regelrecht aufgedrängt. Dass sie das nicht früher erkannt hatte! Nein, dachte Eva, ich wollte es nicht erkennen. Dieser Mistkerl! Wie konnte dieser ungehobelte Prolet ihr solche Liebesbriefe schreiben?

Mark, dachte sie, Mark, bitte gib mir doch ein Zeichen, dass du nicht Joachim bist! Das kann doch gar nicht möglich sein!

O Gott, hilf mir. Ich habe mich noch nie im Leben so einsam und beschissen und verarscht gefühlt.

»Möchtest du ein ganz kleines bisschen essen?«, wisperte Fährmann, der sich vor Angst unter ihrem Bett zusammengeringelt hatte.

»Das würde uns beiden ein bisschen Kraft geben, und wir könnten in Ruhe über die ganze Sache nachdenken ...«

»Essen? Jetzt? Ich bin kurz davor, mich zu übergeben ...«

»Gerade deshalb solltest du deinem armen geknechteten Magen ein ganz kleines Fitzchen anbieten«, wisperte Fährmann. »Ein winziges Stückchen mageren Putenschinken mit Vollkorntoast ... vielleicht?« Sein Röcheln erstarb. »Dann war das also Joachim, den Oliver vorgestern im Garten verprügelt hat?!«

Eva brach der kalte Schweiß aus. Hastig setzte sie sich auf. Ihr Spiegelbild im Schlafzimmerschrank sah ihr fahl entgegen. Sie erschrak über den Anblick. Ihr Gesicht war totenbleich und schmal. Sie ging zum Schlafzimmerfenster und riss es auf. Es war kurz nach Mitternacht. Fährmann trippelte dicht an ihren Waden mit bangen Schritten hinterher. Der machte sich fast ins Hemd, der kleine Feigling. Eva lauschte nach draußen. Nur die Kastanien wiegten sich im nächtlichen Wind. Fröstelnd schlich sie wieder ins Bett. Sie zog sich die Decke über den Kopf und schloss die Augen.

Mark. Wie siehst du aus? Hast du das Gesicht von Joachim?

Schweißgebadet fuhr sie wieder hoch. War da ein Knacken vor dem Fenster?

»Mach es wieder zu«, quietschte Fährmann panisch.

Eva schloss das Fenster und flüchtete sich zurück ins Bett.

Warum kann ich denn mit keinem reden? Wenn doch nur Oliver da wäre! Aber ich kann ihn doch nicht in mein Schlafzimmer einladen! Das würde er mit Sicherheit falsch verstehen!

Was soll ich denn nur tun, verdammt noch mal! Noch immer bin ich fest davon überzeugt, dass es Mark wirklich gibt!

Eva wusste auch nicht genau, was ihr die Gewissheit gab, dass Mark NICHT Joachim war und dass sie NICHT auf einen Heiratsschwindler hereingefallen war. Auch wenn alle Anzeichen dafür sprachen, dass sie genau wie Dagmar auf Joachim reingefallen war: Irgendetwas trieb sie nach New York, auf die Freiheitsstatue. Sie stellte sich zum tausendsten Mal ihr Treffen in allen Einzelheiten vor.

»Ich bin wahnsinnig, ich bin völlig wahnsinnig«, flüsterte sie vor sich hin.

»Ja, das bist du!«, fiepte Fährmann. »Schön, dass du das endlich mal einsiehst.« Seine Knochen klapperten.

»Ich kann mir die Kugel geben, oder ich kann mich der Wahrheit stellen«, murmelte Eva.

»Beides ist gleich schlimm«, wimmerte Fährmann. »Von beidem wirst du sterben!«

»Soll ich es einfach wagen?«, fragte Eva laut. »In was habe ich mich da reinmanövriert?« Sie fuhr sich mit den Händen über das verschwitzte Gesicht. »Wieso habe ich es nur so weit kommen lassen? Ich trau mich nicht, ICH TRAU MICHT NICHT!«

Plötzlich spürte sie einen Luftzug im Zimmer.

Jetzt! Da war einer! Da stand einer an ihrem Bett!

Sie wagte nicht zu atmen. Jemand war im Raum, das fühlte sie.

Auf einmal hatte sie eine kühle Hand an ihrer Wange.

Eva schrie, so laut sie konnte. Es war ein schriller, panischer Schrei. Jemand hielt ihr den Mund zu.

Eva blieb die Luft weg, sie glaubte ersticken zu müssen.

»Pscht, ist ja schon gut! Dicke Eva! Was traust du dich nicht?« Oliver strich ihr eine verschwitzte Haarsträhne aus dem Gesicht. »Du sitzt hier im Bett und brüllst! Hast du schlecht geträumt?« Das Pflaster auf seiner Augenbraue verlieh seinem Gesicht etwas Unheimliches. Es sah aus, als würde er höhnisch auf sie herabblicken.

In wilder Hast suchte Eva den Lichtschalter. Oliver. Nur der dicke alte liebe Oliver. Sie fühlte eine zentnerschwere Last von ihrer Brust fallen.

Dankbar griff sie nach seiner Hand. Sie fühlte sich warm an und vertraut. Augenblicklich fühlte sich Eva geborgen.

»Hier, trink!« Oliver reichte ihr ein großes Glas Wasser. Sogar ein Zitronenschnitz schwamm darin, genau wie sie es liebte. Er war so aufmerksam und fürsorglich ... und sie mochte ihn, sehr sogar, aber er war nicht Mark! Er war nur der dicke Oliver!!

Ich werde noch verrückt, dachte Eva. Ich muss hier raus.

Hastig schüttete Eva das kühle erfrischende Getränk in sich hinein.

Sofort fühlte sie sich besser.

»Was ist denn los?«, fragte Oliver. »Du hast da vor dich hin gebrabbelt, und dann, rums, Fenster auf, rums Fenster wieder zu.

Als du anfingst zu schreien, habe ich gedacht, ich sehe lieber mal nach, ob unser Freund Joachim nicht wieder einen Hausbesuch macht.«

Eva zog sich fröstelnd die Decke ans Kinn.

»Aber Joachim liegt seit vorgestern im Krankenhaus.«

»Was hast du mit ihm gemacht?«

»Ich fürchte, ich hab ihm den Arm gebrochen. Echt. Sonst nix!«

»Dann kann er mir gestern gar keine Mail mehr geschrieben haben ...« Eva ließ sich nach hinten auf ihr Kopfkissen fallen und starrte an die Decke. Auf einmal lösten sich Tränen.

Oliver strich ihr über die Wange. »Ist das denn so schlimm, wenn Joachim dir keine E-Mail mehr schreibt? Ich könnte dir auch eine schreiben, wenn du willst!«

Eva richtete sich wieder auf. Sie lachte und weinte gleichzeitig.

»Ach Oliver, ich habe ... schrecklichen Mist gebaut ...« Eva fischte nach dem Zitronenschnitz und knabberte wie ein Hamster darauf herum.

Oliver setzte sich zu ihr auf die Bettkante. »Rutsch mal.«

Eva hielt seine Hand fest, sah ihm in die Augen, zog die Nase hoch und spielte unverwandt an den rötlichen Haaren auf seinem Unterarm herum. Plötzlich sprudelte die ganze Geschichte aus ihr heraus.

»Ich wusste, dass es nicht Joachim ist!«

»Wer ist nicht Joachim?«

»Oliver, du darfst mich jetzt nicht auslachen ... ich schreibe mir seit neun Monaten mit einem fremden Mann E-Mails ...«

»Mit einem FREMDEN Mann, spinnst du?«

»Ja, ich weiß, das ist abartig, aber ich liebe ihn, obwohl ich ihn belogen habe. Zuerst war das alles nur ein Spiel, ich hab ihm was vorgemacht, ich war eine andere ... Ich wollte ihm gefallen, da war ich noch dick und fett und frustriert, und Leo hatte mich gerade verlassen. Aber dann konnte ich nicht mehr zurück und hab das Spiel immer weitergespielt. Aber inzwischen ist es gar kein Spiel mehr, er will sein Leben in meine Hände legen, und wenn er sieht, dass ich gar nicht ich bin, also ich meine, dass ich gar nicht die bin, für die er mich hält, dann lässt er mich sicher fallen, dann ist alles zu Ende, und das hab ich auch verdient. Ach, Oliver, ich schäme mich so ...« Sie fing an zu schluchzen und schüttelte gleichzeitig immerfort den Kopf. »Ich mache den kostbarsten Menschen der Welt unglücklich, aber es gibt keinen anderen Weg, als mich in Luft aufzulösen ... Ich könnte sterben, ein tragischer Autounfall, was hältst du davon? Wir könnten ihm eine Todesanzeige schicken ...«

Das klang alles ziemlich konfus, und Oliver wirkte sehr erstaunt. Jetzt sah seine Augenbraue nicht nur so aus, als würde er sie höhnisch hochziehen, jetzt war es tatsächlich so, zumal Eva nicht damit aufhörte, zu zittern, zu stammeln, das Wasserglas in ihren Händen zu drehen und gleichzeitig an den Haaren an seinem Unterarm herumzuzupfen. Sie schien völlig verwirrt zu sein.

»So beruhige dich doch erst mal. Ich höre dir ja zu!«

Er nahm Eva den Zitronenschnitz ab und wischte ihr mit Daumen und Zeigefingern über den Mund, an dem noch etwas Fruchtfleisch hing. Er leckte seinen Finger ab und verzog das Gesicht.

»Also dein Kuss neulich hat besser geschmeckt.«

Sie musste lachen, mitten in ihr eigenes Gestammel hinein.

»Ach, Oliver, ich bin so ein Idiot! Ich hab mir da was eingebrockt ...«

Sie schüttelte sich wie ein nasser Hund. Vielleicht war das auch ein bisschen Schüttelfrost.

Oliver legte den Arm um sie und drückte sie an sich. »Da wird aber jemand krank!« Fürsorglich breitete er die Decke über sie.

»Ich bin schon krank, Oliver! Krank vor Liebe, krank vor Reue und krank vor schlechtem Gewissen. Ich wünschte, ich wäre tot.«

»Jetzt mal der Reihe nach. Sterben kannst du später immer noch.«

Und dann begann Eva zu reden. Sie erzählte ihm, wie alles begonnen hatte mit der ersten E-Mail, dass sie doch eigentlich nur an Brigitte Brandt hatte schreiben wollen, aber dann schrieb ein Mark Schubert zurück von einem Luxusschiff in Hongkong. Sie erzählte immer weiter, fast jede Mail konnte sie wörtlich wiedergeben, sie ließ nichts aus, sie schonte sich nicht. Zwischendurch musste sie heulen und lachen, dann zitterte sie wieder, dass ihre Zähne aufeinander schlugen. Oliver hörte ihr lange schweigend zu. Als sie halbwegs am Ende war, sagte er mit Entschlossenheit:

»Du musst da hin.«

»Ich weiß, aber ich trau mich nicht ... Komm doch mit, Oliver.«

»Ich? Na, der wird sich bedanken, wenn du da mit so einem fetten Trottel wie mir daherkommst.«

»Ach Oliver! Du bist doch überhaupt nicht mehr fett!«

»Trotzdem. Der will DICH sehen, allein, schreibt er. Ist doch logisch. Meinst du, der will so 'n Andstandswauwau dabeihaben?«

»Du könntest ja heimlich mitkommen und dir die Sache aus der Entfernung anschauen.«

»Hast du denn so wenig Vertrauen zu dem Mann?«

Eva schämte sich. »Das ist es nicht, am meisten fürchte ich mich vor seiner Enttäuschung. Wenn er sieht, dass ich gar nicht die tolle Claudia bin.« Eva zog die Knie unter der Bettdecke bis ans Kinn.

Oliver sah sie ernst an. »Ich beneide diesen Mark.«

»Bitte?«

»Der Typ hat ja mehr Glück als Verstand!«

»Verstehst du das denn nicht?! Ich BIN es ja gar nicht!«

»Natürlich bist du es. Du bist der absolute Volltreffer!«

»Kapierst du nicht, Mann! Ich hab ihm die Claudia doch nur vorgespielt! Geht das denn nicht in deinen Schädel rein!«

»Schrei nicht so. Du bist eine sehr unterhaltsame Frau, bist nie langweilig, siehst toll aus, hast drei süße Sommersprossen auf der

Nase und immer ein Lächeln auf dem Gesicht. Du bist fast immer nett, nie hysterisch und kaum launisch ... alles an dir ist echt ...« Er hob zum Spaß die Bettdecke und lugte darunter ».. und lange schlanke Beine hast du auch ... und an jedem Fuß fünf Zehen ... Übrigens: Hast du die große Zehe gefunden, die mir beim Schwimmen abgefallen ist?«

»Oliver! Kannst du mich einmal ernst nehmen!!«

»Tu ich doch!«

»Ich bin nichts weiter als eine verlassene Hausfrau! Von wegen internationale Modefirma und eigenes Design.«

»Wenn dieser Mark bis drei zählen kann, wird er darüber nur erleichtert sein.«

»Er hat sich in eine erfolgreiche Geschäftsfrau verliebt!«

»Liebt er deinen Erfolg, oder liebt er DICH?«

Eva vergrub ihren Kopf auf den Knien.

»Soll ich jetzt mal sagen, wie du auf mich wirkst? Als MANN?« Oliver schob ihr Kinn mit dem Zeigefinger nach oben. »Sieh mich mal an.«

»Mann! Es kommt doch nicht drauf an, wie ich auf DICH wirke, sondern wie ich auf MARK wirke! Dem habe ich doch monatelang vorgelogen, wie super ich aussehe und wie toll ich bin!«

»Aber du BIST toll und du SIEHST super aus! Das Einzige, was du richtigstellen musst, ist dein Vorname. Daran wird er sich ja wohl gewöhnen können!«

»Und du meinst ... ich könnte vor ihm bestehen?«

»Der Kerl soll froh sein, wenn er dich kriegt! Was wenn ER ein Hochstapler ist? So eine Art Joachim?«

»Ach, Oliver, wenn du seine Briefe kennen würdest, käme dir nicht im Traum so ein hässlicher Gedanke!«

»Also, wo ist das Problem?«, sagte Oliver, während er sich erhob. »Jetzt schläfst du dich erst mal aus, und morgen Nachmittag setze ich dich in den Flieger nach New York. Dann kommst du übermorgen früh dort an.«

»Aber Oliver ... ich .... trau mich nicht! Bitte flieg mit. Wenn er mir blöd kommt, kannst du ihm alle Knochen brechen ... Das kannst du doch so gut ...«

Oliver hielt ihr einfach den Mund zu.

»Nein, meine Liebe. Die Suppe hast du dir ganz allein eingebrockt, und die Suppe löffelst du auch allein wieder aus.«

26

»Darf es bei Ihnen ein Glas Champagner sein?«
Eva schreckte auf. »Bitte? Nein. Nein danke.« Die
freundliche Stewardess lächelte freundlich und
ging eine Reihe weiter.

Eva starrte wieder aus dem Fenster. Nun flog sie also. Nach
New York. Zu Mark. Sie würde ihn treffen. In wenigen Stunden.
Ihr war schlecht. Oliver hatte sie tatsächlich zum Flughafen ge-
bracht. Und ihr noch beim Einchecken geholfen. »Können Sie die
Dame mal upgraden«, hatte er augenzwinkernd gesagt und irgend-
eine goldene Karte aus seiner Hosentasche gezogen. »Das ist ein
Notfall. Sie muss zu einem Sterbenden.«

Die Bodenstewardess hatte seine Karte durch einen Schlitz gezogen und sie ihm dann wieder gegeben: »Sind noch dreißigtau-
send Meilen drauf. Guten Flug!«

Jetzt saß Eva in der ersten Klasse, ganz vorn.

»Damit du ganz entspannt in New York ankommst«, hatte Oliver noch gesagt. Sie solle Kraft tanken und den Tatsachen ins
Auge sehen. Und Mark sofort die Wahrheit sagen.

»Ich bin Eva aus Quadrath-Ichendorf, und wenn du auf Claudia
bestehst, sind wir geschiedene Leute.«

Wenn Mark sie wirklich liebte, würde er ihr die Lügerei verzeihen. Wenn nicht, war er es auch nicht wert. Oliver hatte gewinkt,
theatralisch beide Daumen gedrückt und war gegangen.

Vor lauter Nervosität konnte Eva kaum still sitzen. Fast unsicht-
bar hockte ein magerer, zitternder Fährmann zu ihren Füßen. Seine
Schnauze hatte er vorsichtshalber schon mal in die Kotztüte gesteckt.
Falls ihm schlecht würde. Und das war ziemlich wahrscheinlich.

Eva warf ihm einen warnenden Blick zu, rieb sich die schweißnassen Hände, riss noch ein Erfrischungstuchpäckchen auf und
betupfte ihre Schläfen. Fährmann würgte.

Ihre Sitznachbarin, eine alte Dame im grauen Kostüm, lächelte
Eva aufmunternd an.

»So schlimm, die Flugangst?«

»Nein, nicht die Flugangst. Die ... Angst. Einfach Angst.«
Die Dame sah sie fragend an. »Angst? Wovor?«

»Dass mir der Himmel auf den Kopf fällt.« Eva kicherte nervös.

»Aber Kindchen! Sie hätten doch ein Glas Champagner nehmen sollen! Champagner hilft immer!«

»Wem sagen Sie das«, lächelte Eva. »Aber ich muss unbedingt
nüchtern bleiben.« Wenn ich da besoffen ankomme, dachte sie,
und auch noch eine Fahne habe – na dann prost!

Fährmann lugte mit seinen kleinen braunen Knopfaugen aus der
Kotztüte hervor. »Ein Gläschen? Ein ganz kleines?«

»Kindchen, so ein Glas Champagner bewirkt Wunder!«

Energisch drückte die alte Dame auf die Ruftaste. Die Stewardess machte sofort eine Kehrtwendung.

»Hier bitte doch ein Glas Champagner«, sagte die alte Dame.
»Und für mich bitte auch noch eins.«

Die beiden prosteten einander zu. »Worum geht es denn?«,
fragte sie, und der Schalk blitzte aus ihren Augen. »Um einen
Mann?«

Eva verschluckte sich fast an ihrem Champagner.

»Hm hm«, machte sie verlegen und nickte errötend.

»Und?«, fragte die Dame begeistert. »Wie sieht er aus?«

Eva hustete, sodass ihr die Dame auf dem Rücken herum-
klopfte.

»Das ist ja der Haken«, brachte Eva schließlich hervor. »Ich hab
ihn noch nie gesehen!« Mein Gott, bin ich bescheuert, dachte sie.

Die Dame war hellauf begeistert. »Ein Blinddate«, stellte sie
mit großer Befriedigung fest. »In New York!« Ihre Augen hin-

ter den Brillengläsern funkelten. »Hoffentlich auf der Freiheits-statue?«

»Hm, hm«, machte Eva zerknirscht. »Sitz, Fährmann!«, zischte sie.

Die alte Dame sah Eva mit unverhohlener Bewunderung an.

»Geil!«, sagte sie mit heiliger Andacht.

Eva starrte die alte Dame mit offenem Mund an.

Diese ließ ihr Glas leise an das ihre klirren: »Ich beneide Sie! Sie sind jung, Sie sind schön, Sie sind verliebt ... Genießen Sie es. Das Leben ist kurz!«

Eva lächelte sie dankbar an. So eine nette alte Dame!

»Und darf ich Ihnen noch einen kleinen Tipp geben?«

»Ja natürlich. Gern.« Bestimmt rät sie mir, vorher ein Pfeffer-minz zu lutschen oder das Preisschild unter den Schuhen abzu-kratzen, dachte Eva. Oder sie empfiehlt mir ein Deodorant.

»Benutzen Sie einfach einen anderen Namen! Das hab ich früher immer so gemacht! Dann kriegen Sie den Kerl viel ein-facher wieder los! Funktioniert! Sonst telefoniert er Ihnen wo-möglich noch jahrelang hinterher. Und das wollen Sie nicht. Stimmt's?«

»Nein.«

»Na sehen Sie. Fräulein ...? Bringen Sie noch Champagner, ja?!«

New York. Vierzig Grad im Schatten. Abgase und flirrende Hitze, Lärm und Gewimmel überall. Tausende von Menschen. Touristen-gruppen, Busse, Taxis, Ampeln, unerträgliche Gerüche aus den Klimaschächten. Abfall, Hupen, Geschrei, Gesichter.

Staub und Smog ließen die Farben verblassen. Bettler neben Geschäftsmännern in Designeranzügen, blinkende Leuchtrekla-men am helllichten Tag. Dicke Frauen und Kinder neben grazilen Schönheiten in knappen Kostümen, essende, trinkende, lachende, redende, schreiende Münder. Die Menschen stauten sich zu einem Furcht erregenden Pulk, bevor sie mit starrem Blick über die Fußgängerampeln hetzten. Eva konnte vor lauter Nervosität kaum noch geradeaus gehen. Ihr Magen zog sich zusammen, obwohl er leer war. So leer wie ihr Kopf. Ihre Knie zitterten, als sie in ihren nagelneuen todschicken Pumps über die verstopften Straßen von Manhattan hetzte. Fährmann saß winselnd auf ihrem Schuh und klammerte sich mit seinen vier mageren Beinen ängstlich daran fest. Er zitterte wie Espenlaub.

»Taxi«, rief Eva ein ums andere Mal, so wie sie es bei »Sex and the City« gesehen hatte, und war erstaunt über ihren Mut, einen dieser gelben Wagen anhalten zu wollen. Endlich blieb einer davon mit quietschenden Bremsen stehen. Fährmann sprang zitternd in ihre Handtasche und zog den Kopf ein. Eva wollte sich auf den Beifahrersitz werfen, aber das ging nicht, denn da hatte der alte zerknitterte Inder, der am Steuer saß, eine Schüssel mit Curryreis stehen. Fährmann lugte kurz interessiert aus der Handtasche und zog sich dann wimmernd in das Innere zurück. Das ganze Armaturenbrett war mit hinduistischen Figuren geschmückt, vor denen er sich fürchtete. Aus dem Radio plärrte indische Flöten-musik. Zu allem Überfluss trug der Taxifahrer auch noch einen Turban und sah sie mit seinem Glasauge finster an. Das war fast zu viel für die dicke Eva aus Quadrath-Ichendorf. Sie kletter-te kleinlaut auf den Rücksitz und stellte die Handtasche neben sich. »Sitz, Fährmann!« Fährmann zitterte, dass die Handtasche vibrierte.

»Your handy makes vibrations in your handbag«, zirpte der Inder, während er den ganzen Verkehr aufhielt und unerträgliches Hupen einsetzte.

«O no, that's only my little pigdog», rief Eva.

»O little pigdog, new handy?«, freute sich kopfwackelnd der Inder. »Nice!«, sang er mit hoher Stimme.

Am Rückspiegel baumelten allerlei Dinge, darunter mehrere Kinderfotos, auf die der Inder stolz zeigte.

»To the Statue of Liberty«, stammelte Eva verwirrt.

Der Inder lachte, und sein Kopf wackelte unentwegt, was den Turban nicht ins Wanken brachte.

Eva saß völlig überwältigt auf der Rückbank und ließ das Panorama der hektischen Innenstadt an sich vorbeisausen. Der Inder raste, als ginge es um sein Leben, vorbei an Ground Zero, wo früher das World Trade Center gestanden hatte, bis sie zu einer Riesenmenschenmenge kamen, in die er, unvorschriftsmäßig links abbiegend, fast hineinfuhr. Mit quietschenden Bremsen hielt er endlich an.

»Over there«, fistelte er, »get in line!«

»Just a moment«, sagte Eva irritiert und kramte in ihrer Handtasche nach Kleingeld. »Fährmann, geh weg! In what line?«

»You have to take the ferry to the island!«

«Du könntest jetzt auch einfach wieder zum Flughafen fahren«, schlug Fährmann aus dem Inneren der Handtasche vor. »Dann könntest du dir die ganze Blamage ersparen.«

»Fährmann: Ich schmeiß dich in den Gulli!«

»I'm sorry?«, wackelte der Inder tadelnd mit dem Kopf.

»I was just talking to my pigdog«, stammelte Eva, zahlte und stieg aus.

In sengender Hitze stand Eva dann endlos lange in der verdammten Warteschlange nach Liberty Island. Millionen von Touristen hatten das Gleiche vor, und hinter ihnen war eine Riesenbaustelle, von der aus die Presslufthämmer um die Wette lärmten.

»Du könntest auch einfach in ein anderes Taxi steigen und wieder zum Flughafen fahren«, flüsterte Fährmann.

Eva versetzte der Handtasche einen Stoß.

Vor ihr drängelten sich unzählige Familien mit kleinen Kindern, braune, gelbe, dunkle, helle, viele saugten und knabberten an irgendwas, an Chips und Flips und Cookies und frittierten Hühnerbeinen, und alle sprachen in unzähligen Sprachen durcheinander. Eva stellte fest, dass viele der Kinder zu fett waren, und ihre Mütter und Väter auch. Und plötzlich sah sie tausende von riesigen Schweinehunden aller Rassen, die ihr aus höhnisch verzogenen Mäulern entgegengrinsten. Fährmann wimmerte vor Angst.

Zwölf Uhr, das wird knapp, dachte Eva in fliegender Panik. Ihr wurde abwechselnd heiß und kalt, und ihr Herz polterte unrhythmisch.

Hoffentlich hat Oliver Mark noch gemailt, dass es später werden kann. Ich hab es ihm gesagt. Wenn ich um zwölf nicht komme, soll Mark warten.

Die Schlange vor ihr halbierte sich, und die orangerote Fähre verschluckte etwa zweihundert Touristen.

Jetzt entspannt sich die Situation, dachte sie, jetzt muss ich nur noch ruhig durchatmen.

»Man KÖNNTE aber auch in ein klimatisiertes Hotel ausweichen ...«

»Fährmann: Ich hab dich nicht nach deiner Meinung gefragt! Sitz! In einer Stunde bin ich bei Mark. Dann weiß ich, was ich in den letzten neun Monaten getan habe.«

»Du hast abgenommen! Dreißig Kilo! Das nehmen andere in neun Monaten zu! Ich rrrrrröchel! Nicht würgen!«

Endlich hatte sich Eva bis zum Kassenhäuschen vorgearbeitet, in dem eine Afroamerikanerin saß, die immer nur ein Wort schrie: »Single?«

»Single«, stammelte Eva eingeschüchtert, »my little pigdog here in my handbag doesn't pay!«

Schon wurde sie von nachrückenden Touristengruppen auf die Fähre gedrängt. Da stand sie nun.

Zwischen zweihundert Touristen und deren Schweinehunden. Das war ein Geknurre und Gebell auf dem Kahn! Alle fixierten sie aus blutunterlaufenen Augen, und der Speichel tropfte von ihren Mäulern.

Die Freiheitsstatue. Sie kam immer näher.

Hilfe, ich sterbe, dachte Eva.

»Man könnte aber auch«, fiepte Fährmann, »einfach auf der Fähre bleiben und wieder zum Festland rübermachen!«

Der laue Wind strich ihr beruhigend durch die Haare und ließ ihr champagnerfarbenes schlichtes Leinenkleid um ihre Beine wehen, um jetzt mal wieder ein bisschen Cornwall ins Spiel zu bringen.

Hinter ihr ertönte ein anerkennender Pfiff. Fährmann lugte neugierig aus der Tasche, aber Eva vermied es, sich umzusehen.

Wie mögen diese Fremden mich sehen, fragte sie sich.

Sie betrachtete sich in einer Scheibe, während sie so dastand und sich an einer Schlaufe festhielt. Schwitzfleck war auch keiner da. Und ihr Arm war schlank und muskulös.

Ja, sie war Claudia.

Elegant, schlank, stilvoll gekleidet. Eigentlich musste sie gar keine Angst vor Mark haben. Diese Erkenntnis ließ ein plötzliches Jubelgefühl in ihr aufsteigen. Ja! Sie hatte es geschafft! Sie war eine attraktive, schlanke, selbstbewusste Frau!

Sie war eine Marathonläuferin geworden! Genau, wie sie ihm am Anfang beiläufig geschrieben hatte. Eine Weltreisende. Eine, die mal eben nach New York jettet. Eine selbstständige Frau.

Trotzdem würde sie ihm viele Lügen beichten müssen. Und er?

Vielleicht würde sie wie Dagmar vier Stunden da rumstehen und sich anstarren und auslachen lassen? Nein. Mark kommt.

Nervös ließ Eva ihren Blick hin und her schweifen. Welcher von den vielen Männern auf dem Schiff konnte Mark sein?

Oder war er schon da oben?

Betrachtete er sie durch ein Fernglas? Es war so unheimlich! Sie schwankte zwischen Panik und Hoffnung im Sekundentakt.

Würde er sich davonmachen, wenn sie ihm nicht gefiel?

Und wenn er ihr nicht gefiel, würde sie unerkannt verschwinden können? Nicht auf diesen hochhackigen Pumps, dachte sie, als ihr schmaler Absatz bei dem Versuch, mit den Massen die Fähre zu verlassen, in einem Regenrost stecken blieb. Verdammt. Jetzt wollte sie elegant von der Fähre schreiten, und nun das! Erschrocken fuhr sie zusammen, als das alte Uhrwerk im Ferryhouse zwölf Mal schlug. Das Geläut schien gar kein Ende nehmen zu wollen! Sie bekam den verdammten Absatz nicht wieder frei! Natürlich wurde sie beobachtet! Das fühlte sie!

Tolle Claudia. Erster Auftritt: Katastrophe.

Sie riss den Schuh aus dem Schacht und humpelte an der Warteschlange vorbei, die wieder nach Manhattan wollte.

»Das sieht nicht besonders elegant aus«, fiepte Fährmann, der knopfäugig aus der Handtasche lugte.

»Na gut«, entschied Eva, »ich renne barfuß weiter.« Sie zog auch den anderen Schuh aus, klemmte sich die hinderlichen Pumps unter die Arme, und dann rannte sie, immer zwei Stufen auf einmal nehmend, die alte Treppe herauf, die hinter dem Lift, vor dem sich die Leute drängelten, versteckt war. Mark hatte ihr diese Treppe beschrieben.

Ein Wärter rief ihr zwar noch irgendwas Unflätiges hinterher, aber das war ihr herzlich egal.

Mark, dachte sie. Mark, Mark, Mark, kläffte Fährmann in plötzlicher Aufregung. Mit fliegenden Ohren saß er in der Tasche.

Jetzt lösen wir endlich den Knoten. Ich komme. Ich bin mutig genug. Auf diesen Moment habe ich neun Monate hingearbeitet.

Jetzt ist es so weit. Jetzt hält mich niemand mehr auf.

27

Die steinerne Wendeltreppe zog sich endlos lange hin. Die Stufen waren kalt und schmutzig. Endlich war sie oben angekommen. Sie sah sich suchend um, bereit, jederzeit zu sterben, aber außer zwei Reisegruppen aus China war niemand zu sehen.

»Can I help you, Ma'm?«

Ein schwarzer, grauhaariger alter Wärter näherte sich mit einem Schlagstock, den er bedrohlich auf seine Handfläche schlug.

»I want to go all the way up to the flame«, keuchte sie.

Der Alte sah mitleidig an ihr herunter.

»What's your name?«

Das tut nichts zur Sache, dachte Eva, das geht den Kerl gar nichts an.

«Hau ab, hau ab, hau ab«, kläffte Fährmann, ohne den Kopf aus der Tasche zu nehmen.

«You must be Claudia.«

O Gott, ich breche zusammen, dachte Eva, der Alte ist schon eingeweiht. Mark steht da oben. Mark. Mark. Mark.

Der Schwarze ging zum Lift, aus dem einige hundert dicke Kinder mit ihren fetten, übereinander kugelnden Schweinehundwelpen quollen, und tat so, als wäre der Vorfall nie passiert.

Eva schleppte sich die letzten Stufen noch hoch. Sie musste verschnaufen, weil ihr schlecht war vor lauter Angst.

In ihrer Handtasche zuckte es schwach. »Fährmann? Lebst du noch?«

»Nein ...«

Eva presste sich an das eiskalte, stockdunkle Gemäuer.

Was mache ich hier, dachte sie, was mache ich?

Wann wache ich auf und bin in meinem Bett in Quadrath-Ichendorf? Und lese einen Cornwall-Roman, in dem die Heldinnen gemütlich am Fluss entlangradeln und sich nicht so einen tierischen Stress machen wie ich hier?

Sie schleppte sich weiter, Stufe um Stufe, und das Klopfen ihres Herzens war das einzige Geräusch in dieser völligen Finsternis.

Dann war sie oben. Mit einem Mal wurde es hell.

Die Sonne brannte auf den kleinen Balkon herab, der das Feuer der Freiheit umgab.

Sie stand in der Hand, die die Flamme hielt. Eigentlich ist es völlig verboten, hier zu stehen, dachte sie, das muss Mark eine schöne Stange Geld gekostet haben, aber es passt zu ihm, dass er mich nicht bei »Kentucky schreit ficken« treffen will, sondern hier.

Das Hupen der Taxis, das Tuten der Fähren und der Riesenschiffe, die Geräusche der Stadt, die ihr zu Füßen lag, das alles war nicht so laut wie das Herzklopfen, das in ihren Ohren dröhnte.

Eva schloss die Augen.

Jetzt, dachte sie. Jetzt. Jetzt. Jetzt.

Wenn du da bist, dann sag jetzt was, betete sie. Bitte. Ich hab so viel auf mich genommen. Jetzt bist du dran. Wenn es dich gibt, dann rede mit mir. Jetzt.

Plötzlich spürte sie eine Hand auf ihrer Schulter. »Willkommen, Claudia.« Die Stimme passte schon mal.

Das war er. Er stand hinter ihr. Sie suchte am Geländer nach Halt.

Ein Männerarm hielt sie fest. Mein Gott, ist das jetzt kitschig, dachte Eva. Sie drehte den Kopf. Mann, wie kann ich es denn jetzt noch spannend machen? Sie presste die Augen zusammen. Noch nicht. Jetzt nicht.

342

Sie wollte neun Monate Illusion und Fantasie noch eine Sekunde bewahren.

Wenn sie ihn ansah, würde alles vorbei sein.

Der Traum ist ausgeträumt, wenn ich die Augen aufmache.

Er ist alt und hässlich, dachte sie. Egal. Ich werde ihn lieben. Ich liebe ihn längst.

Ihr Herz raste zum Zerspringen.

Die schweißnassen Haare klebten ihr am Kopf, und ihr champagnerfarbenes Kleid war fleckig geworden. Ihre nackten Füße starrten vor Schmutz.

Sie öffnete die Augen.

Scheiße. Der Hausmeister aus Quadrath-Ichendorf.

Sie hatte es geahnt.

»Oliver! Du solltest dich doch, wenn überhaupt, im Hintergrund halten! Und wie siehst du eigentlich aus?« Oliver hatte einen weißen Leinenanzug an und ein weißes Hemd. So wie sie sich Mark immer erträumt hatte. Und wie so ein Kerl in den Cornwall-Romanen auch immer aussieht, wenn er sonntags in die Kirche geht.

»Dicke Eva!« Er schien total erstaunt zu sein. »Was machst du denn hier?«

»Ach komm jetzt, tu doch nicht so blöd! Und sag nicht Dicke zu mir, wir sind hier nicht allein!«

Eva fuhr sich nervös mit den Händen in den Nacken und trat auf dem immer heißer werdenden Steinboden von einem nackten Fuß auf den anderen.

»Mann, jetzt hab ich es ganz allein bis hierher geschafft, da brauche ich dich auch nicht mehr! Verschwinde!«

»Entschuldige«, sagte Oliver. »Aber ich bin hier verabredet. Mit der Frau meines Herzens.«

»Ja, und deine große Zehe schwimmt auch noch im Pool«, verdrehte Eva genervt die Augen. »Ist ja nett von dir, dass du mir beistehen willst, aber was macht denn das für einen Eindruck, wenn Mark sieht, dass ich mich hier nicht allein raufgetraut habe.«

Endlich hatte sie es geschafft, ihre Schuhe wieder ordentlich vor ihre Füße zu stellen. Sie versuchte hineinzuschlüpfen, aber es gelang ihr nicht. Der linke baumelte ihr am Fuß herum. Oliver bückte sich und streifte ihn ihr über.

»Bei dir sind ja noch alle Zehen dran«, stellte er fachmännisch fest.

Dabei berührten seine Hände ihr Bein auf eine Art und Weise, dass ihr ganz anders wurde. Fährmann sah sich die ganze Angelegenheit kopfschüttelnd an.

»Oliver!« Eva schnappte nach Luft. »Das hier ist der Moment meines Lebens, und du störst!«

»Passt!«, sagte Oliver und tat erstaunt. »Ich würde sagen, du bist die Richtige!«

Eva hatte jetzt keinen Sinn für seine Aschenputtel-Späße. Sie sah ihn an, wollte ihn wegschieben und doch festhalten. Wie das halt so ist, wenn einem plötzlich die Schuppen von den Augen fallen, das hat ja jeder mal irgendwann im Leben erlebt (also hoffentlich!). Und plötzlich überkam sie jenes Gefühl, das man nur einmal im Leben hat: Ja, er ist der Richtige.

Hier bin ich zu Hause.

Ich bin angekommen.

Plötzlich wusste sie, dass sie zu ihm gehörte, zu Oliver. Er war ein Mann aus Fleisch und Blut, kein Hirngespinst, kein Lügengebäude, kein weißer Riese im fernen Ozean. Sie kannte ihn, jede seiner Bewegungen, jeden seiner Gesichtszüge, sie vertraute ihm, sie lachte mit ihm, sie hielt Diät mit ihm und lief Marathon mit ihm, sie beichtete ihm ihre Schwächen, und sie kannte die seinen – kurz – sie liebte ihn.

»Ach Oliver, lass uns von hier verschwinden!«

»Du willst aufgeben? So kurz vor dem Ziel?«

»Ich BIN am Ziel, Oliver! Ich will Mark nicht mehr treffen.«

Sein Blick wurde ganz weich und unendlich zärtlich.

»Du HAST ihn schon getroffen. Schon am fünften Januar. Er ist dir sofort verfallen, und du hast ihm das Leben gerettet. Er liebt deine Orangenhaut und deinen Zitronenkuchen, und er findet deinen Po knackig und deinen Busen wunderschön. Er liebt deine großen Füße und dein großes Herz, er liebt deine große Klappe und deine blühende Fantasie, deine Sommersprossen und deine Temperamentsausbrüche, das Geräusch, wenn du ihm die Tür vor der Nase zuknallst und das Gefühl, Teetassenscherben im Hintern zu haben.«

»Du BIST Mark«, stellte Eva fest. »Und du hast es die ganze Zeit gewusst.« Sie wollte ihm eine kleben, aber er hielt ihre Hände fest.

»Ich bin Mark«, sagte Oliver. »Aber erst, seitdem du mir die bezaubernde E-Mail mit dem Käsestreuselkuchen geschrieben hast. Und dass du deinem schweren Leben einen neuen Leicht-Sinn geben willst.«

Eva musste die Augen zusammenkneifen. »Wieso hast du die Mail bekommen, die ich an Brigitte Brandt geschrieben habe?«

»Ich war gerade mit Franzi bei meiner Schwester eingezogen und sollte ihren Bürokram erledigen. Da fand ich deine Mail.«

»Deine Schwester ist ... Brigitte? Brigitte Brandt?«

»Hab ich das nie erwähnt?«

»NEIN! Du bist Brigittes Bruder?«

»Folgerichtig, nachdem sie meine Schwester ist.«

Eva blieb der Mund offen stehen.

»Unsere Mädels sind an allem schuld«, sagte Oliver. »Deine wunderbare kleine Löwentochter Leonie hat so für dich gekämpft! Sie kam sich so schuldig vor, weil sie von der Sache mit dem Kindermädchen schon lange wusste. Sie hat dir beigebracht, wie man eine E-Mail schreibt. Und Franzi hat mir gesagt, dass ich dich auf Händen tragen muss, weil du sehr verletzt worden bist ...« Er hielt inne.

»Das verstehe ich alles nicht ...« Eva fasste sich an den Kopf.

»Unsere Mädels haben das alles eingefädelt?«

»Die beiden haben nur ein bisschen nachgeholfen. Franzi hat mich dann in Brigittes Gruppe geschickt, weißt du noch, ich kam zu spät, genau wie du ...«

»Ja, weil Leonie mich auch geschickt hat ...«

»Erst war es für die Kinder wohl ein Spaß, sie fanden es toll, die Partnervermittler zu spielen. Aber dann wurde ihnen die Sache zu heiß, und sie haben sich Sorgen gemacht.«

»Mit Recht!«

»Zum Glück hat Leo sie dann mit in Urlaub genommen. Die beiden kleinen Hexen haben das zwar wunderbar eingefädelt, aber dann wollten sie sich lieber dünne machen.«

»Seit wann weißt du es?«

»Was? Dass du Claudia bist? Seit dem Abend am Fluss«, sagte Oliver. »Als wir übereinander gepurzelt sind. Ich war längst in dich verknallt, aber ich liebte ja auch Claudia aus Hamburg ... Und als du auf dem Rückweg gesagt hast, dass dein Freund beruflich in New York ist, da wusste ich, dass es einen Gott gibt.«

Eva starrte ihn fassungslos an. »Aber du hast ein Doppelspiel mit mir gespielt!«

»Klar«, sagte Oliver. »Mit wachsender Begeisterung. Du etwa mit mir nicht?«

Eva tastete mit den Händen nach einer Sitzmöglichkeit.

Ihre Beine zitterten so sehr, dass sie sich nicht mehr darauf halten konnte. Mit Olivers Hilfe sank sie schließlich auf das kleine glühend heiße Mäuerchen, das das Gitter freigab.

»Verbrenn dir nicht deinen süßen Po«, sagte Oliver und legte ihr ein Taschentuch unter den Hintern. Es war dasselbe blau-weiß karierte, das er ihr beim Abschlussball in der Kerpen-Horremer Mehrzweckhalle geliehen hatte.

»Also bist du gar kein Seemann«, stellte sie sachlich fest.

»Doch. Joachim und ich waren beide Food-and-Beverage-Manager auf der »MS Champagner« und haben uns immer abgewechselt. Daher kennen wir uns, aber nicht besonders gut. Dann passierte die Sache mit den Diebstählen, und gleichzeitig starb Vera. Die Reederei hätte mich gebraucht, weil sie Joachim entlassen mussten, aber ich bin bei Franzi geblieben. Da waren wir beide weg vom Fenster. Joachim saß im Knast, und ich war mit dem Kind zu Hause. Wir hatten beide Frust und haben uns dreißig Kilo angefressen.«

»Deshalb also diese Reibereien mit Joachim ...«

»Er tut mir irgendwie Leid. Wir haben uns beide um den Posten des Hoteldirektors beworben. Und um dieselbe Frau. Wir konnten das aber nach einer kleinen Meinungsverschiedenheit an deiner Hecke klären.« Oliver rieb sich die Hände.

»Wieso dieselbe Frau? Er hat Dagmar heiße E-Mails geschrieben!«

Oliver schüttelte bedauernd den Kopf. »Das war gar nicht Joachim.«

»Sondern? Wer denn?«

»Das war Cordula!«

Eva wurde blass.

»CORDULA hat DAGMAR Liebes-E-Mails geschrieben?«

»Ich hab dir ja schon mal gesagt, dass sie vielleicht nicht ganz dicht ist. Sie sehnte sich nach Liebe, die sie von Joachim nicht bekam. Also begann sie einen Internetflirt, und zwar als Mann.«

»Aber warum als Mann?«

»Weil nur Frauen den Mut haben, sich auf solche Internetbeziehungen einzulassen.«

Oliver lächelte Eva an. »Wofür du das beste Beispiel bist.«

»Aber DU bist ein Mann!«

»Ausnahmen bestätigen die Regel.«

Eva lehnte sich an Oliver, und plötzlich überkam sie eine grenzenlose Dankbarkeit. »Du bist Mark«, sagte sie. »Was werden wir in Zukunft gemeinsam anfangen? Wirst du das Schiff nicht vermissen?«

»Nicht mehr. Joachim hat jetzt den Job, und ich habe die Frau ...«

Jetzt küsste er sie. Na also.

»Ich wollte immer eine Familie, und es ist nun mal eine Tatsache, dass wir mit Franzi und Leonie eine sehr harmonische und glückliche Familie sind.«

»Ja«, sagte Eva. »Das sind wir.« Was anderes fiel ihr im Moment nicht ein.

»Und Tante Brigitte ist ja schließlich auch noch da.«

»Wenn du mich wirklich heiraten willst, soll sie unsere Trauzeugin sein.«

»Und die Mädchen werden Brautjungfern.«

»Ob ich Svenja einlade, weiß ich noch nicht.«

»Ist ja auch egal jetzt.«

»Willst du mich denn überhaupt heiraten?«

»Und ob ich das will! Und du hast auch schon Ja gesagt!«

»Aber was willst du anfangen, an Land, ohne das Meer unter deinen Füßen?«

»Wir könnten eine Schlankheitsfarm eröffnen.«

»In Quadrath-Ichendorf?«

»Weißt du, Liebling, wer dick ist, dem ist egal, wo sein neues Leben beginnt. Und Quadrath-Ichendorf ist ein guter Name für Dicke.«

»Die Arbeiterwohnungen stehen leer. Die könnte man als Gästeapartments umbauen!«

»Und die Firma zu einer riesigen Fitnesshalle!«

»Mit Brigitte als Diplom-Ernährungswissenschaftlerin?«

»Und mit dir als Köchin, Hotelchefin, Motivationstrainerin, Modeberaterin (hier kicherte Oliver) und persönlichem Coach.«

»Und was machst du, dicker Oliver?«

Oliver sah sie strahlend an: »Ich bin der Mann für alle Fälle. Oder zweifelst du an mir?«

»Nein«, strahlte Eva, »jetzt nicht mehr ...«

»Verlass dich auf mich«, sagte Oliver. »Ich bin bei dir.«

Fährmann sah sie aus treuen Augen an. »Das ist das Schönste, was ein Mann sagen kann.«

Und Eva fand, dass Fährmann ausnahmsweise ruhig einmal das letzte Wort haben sollte.

ENDE

DANKSAGUNG

Ich danke meiner engagierten und professionellen Verlegerin Britta Hansen vom Diana Verlag, die von Anfang an an diese Geschichte geglaubt hat, und natürlich Uli Genzler, der zwar sehr schlank ist, aber trotzdem Interesse an einer fröhlichen Diät-Story hatte.

Ich danke meiner wunderbaren Agentin Dagmar Konsalik, die für die Zusammenführung von Autorin und Verlag gekämpft hat wie eine Löwin und auch dafür, dass dieser Roman im Mai erscheint.

Ich danke Eva Maria für die Idee. Sie steht seit langem mit einem gewissen Harald, der in Manhattan als Banker arbeitet, in aufregendem E-Mail-Kontakt, und ich frage alle paar Jahre mal nach, ob sie sich endlich kennen gelernt haben. Dies ist nicht der Fall, aber Eva Maria hat zwischenzeitlich 30 Kilo abgenommen.

Ich danke Birgit L. für die unaufgeforderte Überbringung von Liebesbriefen, die sie sich mit einem gewissen Udo geschrieben hat. Offensichtlich ist sie fertig mit ihm, was ich persönlich schade finde.

Ich danke meinen Probeleserinnen und Freundinnen: Anja Fritz, die mir im Skilift ganz ehrlich gesagt hat, was ich alles nicht bringen kann; Gaby Winkler, die seit fast 30 Jahren mein Geschreibsel liest, folgerichtig meine älteste Schulfreundin ist und nie ein Blatt vor, wohl aber in den Mund nimmt; Brigitte Brandtstötter, an deren Namen ich Anleihen machen durfte, und meinem einzigen männlichen Probeleser Joachim van Moll, der zur Strafe für seine berechtigte Kritik jetzt als Bösewicht vorkommt.

Ich danke Conny Hörl für ihre supergguten Schlankheitsrezepte und Fitnesstipps aus ihrem Buch »Genussvoll abnehmen«.

Ich danke Birgitt Wolff für die Rezepte aus ihrem Buch »Cooking for friends«. Und Natascha Ochsenknecht für ihren Käsestreusel-kuchen.

Ich danke Dr. Marco von Münchhausen und Dr. Michael Despeghel für die Zusendung ihres Buches »Abnehmen mit dem inneren Schweinehund«.

Ich danke allen Quadrath-Ichendorfern und Kerpen-Horremern, dass meine Geschichte bei ihnen spielen darf. Ich hab euch zwar nicht gefragt, aber die Namen eurer Ortschaften klingen einfach so grauenvoll. Huchern-Stammeln ging nicht, weil, da wohnt meine beste Freundin.

Last not least danke ich meinem Mann für die Schilderungen aus dem Leben eines Luxusschiffhoteldirektors und für den Mut, mit mir für immer an Land zu gehen.